페테르부르크 이야기

Петербургские Повести

세계문학전집 **68**

페테르부르크 이야기

Петербургские Повести

니콜라이 고골

조주관 옮김

민음사

일러두기

1 소설 안의 러시아 인명과 지명 표기는 가능한 한 러시아어 발음 규칙(격음, 거센소리)에 따랐다.

2 러시아인들의 정식 이름은 '이름＋부칭(父稱)＋성(姓)'으로 이루어진다. 부칭이란 아버지의 이름에 'ovich(evich)'나 'ovna(evna)'를 붙여 누구의 아들과 딸임을 지시한다. 예) 니콜라이(이름)＋바실리예비치(부칭: 아버지의 이름이 '바실리'임을 뜻한다.)＋고골(성) 순이다.

a. 니콜라이 바실리예비치 고골: 공식 석상의 호칭.

b. 니콜라이 바실리예비치: 예의를 갖춘 호칭. (선생님이나 예의를 지켜야 할 사이)

c. 니콜라이 고골: 일반적 호칭. (서적, 신문, 잡지 등등)

d. 고골: 제3자를 칭할 때를 빼고, 사람을 앞에 놓고 이렇게 부르는 것은 실례다.

e. 친근한 사이일 때는 부칭이나 성을 빼고 이름만 부른다.

예) ① 니콜라이: 일반적으로 이렇게 부르지 않는다.

② 콜랴(니콜라이의 애칭): 친근한 사이일 때 애칭을 사용한다. (가족, 연인, 부부 사이의 호칭)

③ 어릴 때의 별명도 종종 호칭으로 사용된다. (가족, 어릴 때 친구)

f. 우리는 등장인물의 호칭에서 사람들 사이의 관계를 짐작할 수 있다. 호칭은 작중 인물 상호 간의 신분 관계를 나타낸다.

3 이 책의 번역에 사용한 저본은 작품 해설에 밝혀 두었다.

차례

코

1

흔히 볼 수 없는 괴상한 사건이 3월 25일 페테르부르크에서 발생했다. 이반 야코블레비치[1] 라는 이발사가 보즈네센스키 거리에 살고 있었다. (그의 성은 알 수가 없고, 이발소 간판에는 볼에다 하얀 비누칠을 한 신사의 얼굴 그림과 "피도 빼드립니다."[2] 라는 글귀만 보일 뿐, 다른 아무것도 쓰여 있지가 않았다.) 아침 일찍 깨어난 이발사 이반 야코블레비치는 빵 굽는 냄새를

---

1) 이발사 이반 야코블레비치의 이름을 분석해 보면 아주 흥미롭다. 러시아에서 흔한 이름인 이반은 비인격적이며 감정이 없는 사람을 일컬을 때 사용된다. 그리고 야코브(Yakov)는 속담에서 나온 말인데 매우 어리석고 바보스러운 사람을 가리킨다. 러시아 속담에는 다음과 같은 말이 있다. "수다쟁이가 야코브에 대해서 말을 한다." 이 속담은 말뜻을 잘 알아듣지 못하는 사람을 위해서 반복하여 설명해 준다는 뜻이다.

맡았다. 침대에서 비스듬히 몸을 일으킨 이반은 커피를 즐겨 마시는 뚱보 마누라가 지금 막 구운 빵을 난로에서 꺼내는 것을 보았다.

"여보! 프라스코비야 오시포브나! 오늘 난 커피 안 마실래."

이반 야코블레비치가 말했다.

"대신 따끈따끈한 빵하고 양파가 먹고 싶은데."

사실 이반 야코블레비치는 빵과 커피를 둘 다 먹고 싶었지만, 아내가 그런 욕심을 아주 싫어했으므로 한꺼번에 두 가지를 다 요구할 수는 없었다.

'제기랄, 빵을 먹든지 말든지. 커피가 한 잔 남으면, 나한테는 그게 더 좋아.'

아내는 속으로 그렇게 생각하고는 식탁에다 빵 한 조각을 던져 놓았다.

이반 야코블레비치는 예절을 지키기 위해 루바시카[3] 위에다 연미복을 입고 식탁에 앉아 양파 두 개와 빵 위에 소금을

---

2) 중세 유럽에서는 정맥을 절단해 피를 빼는 방혈(放血)이 건망증, 청력 상실, 뇌졸중의 치료법이었다. 질병은 신체의 특정 부위에 혈액이 정체되어 생긴 것이므로 방혈을 통해 기능을 회복시킬 수 있다는 것이 이론적 근거였다. 당시 외과 의사 겸 이발사는 피를 뜻하는 적색과 붕대를 뜻하는 백색의 줄무늬 기둥 위에 피를 받아 내는 세숫대야를 걸고 방혈 치료를 한다는 광고를 했다. 이것이 오늘날 이발소의 상징물로 남아 있는 것을 보면 당시 인기가 굉장했음을 알 수 있다. 오늘날 이발소의 네온사인에서 빨간 것은 동맥, 파란 것은 정맥, 흰 것은 붕대를 의미한다. 이것은 곧 옛날에는 이발사와 외과 의사가 동일한 직업이었다는 것을 말해 준다.
3) 루바시카(rubashka)는 무명으로 된 헐렁헐렁한 러시아식 상의를 말한다.

뿌려 식사 준비를 마친 다음, 나이프를 손에 들고 심각한 표정으로 빵을 자르기 시작했다. 빵을 두 조각으로 잘랐을 때 빵 속에서 무언가 하얀 것이 눈에 띄자 깜짝 놀랐다. 이반 야코블레비치는 조심스럽게 나이프 끝으로 빵을 헤집은 다음 손가락으로 그것을 살짝 만져 보았다.

"단단하네!"

혼자 중얼거렸다.

"대체 이게 뭘까?"

그는 손가락을 쑤셔 넣어 그것을 빼냈다. 코다……! 이반 야코블레비치는 양손을 얼른 움츠렸다. 눈을 비비고 다시 손가락으로 건드려 보았다. 역시 코다. 사람의 코가 틀림없다! 게다가 아는 사람의 코 같았다. 이반 야코블레비치의 얼굴에 공포의 빛이 감돌았다. 하지만 그 공포도 아내가 터뜨린 분노에 비하면 아무것도 아니었다.

"이 짐승 같은 인간아, 어디서 남의 코를 잘라온 거야?"

그녀는 버럭 성을 내며 소리치기 시작했다.

"사기꾼! 술주정뱅이! 내가 직접 경찰에 신고해야지! 이런 날강도가 어디 있어. 당신이 면도할 때 남의 코를 얼마나 세게 움켜쥐는지 내가 벌써 세 사람한테서나 들었어……."

그러나 이반 야코블레비치는 제정신이 아닐 정도로 비몽사몽간이었다. 그는 이 코가 누구의 것인지 기억이 났다. 매주 수요일과 일요일에 면도하러 오는 8등관[4] 코발료프[5]의 코였다.

"여보! 제발 그만해! 걸레에 싸서 구석에 처박아 두었다가 나중에 내다 버리면 되잖아."

"듣기 싫어! 그래 내가 남의 얼굴에서 베어 낸 코를 이 방에 내버려둘 것 같아? 세상에 저런 머저리가 어디에 있어! 기껏 해야 혁대에 면도칼이나 가는 재주밖엔 없으니. 자기 일은 하나도 처리할 줄 모르고! 정말 주책이라니까! 내가 경찰에 가서 대신 적당히 대답해 주겠지, 생각하는 거지? ……아이! 저 등신, 바보! 자, 어서 내다 버려, 어서! 자, 어서 아무 데나 내다 버리라니까! 냄새도 맡기 싫어!"

이반 야코블레비치는 마치 무엇에 호되게 얻어맞기라도 한 것처럼 얼떨떨한 표정으로 서 있었다. 아무리 생각해 보아도 정작 무엇을 어떻게 생각해야 좋을지 알 수가 없었다.

---

4) 러시아 관료의 직급은 1722년 표트르 대제에 의해 14등급으로 분류되었다. 이 관등은 1917년 볼셰비키 혁명 때까지 변동 없이 시행되었다. 이 작품에 등장하는 인물들의 관등은 5등 문관, 6등 문관(대령), 7등 문관(중령), 8등 문관(소령)이 있다.(괄호 속의 등급은 군인 계급으로 소령은 1884년에 없어졌다.) 관료의 등급에 따라 경칭 역시 다르다. 3등급에서 5등급까지는 '각하'라는 경칭을, 6등급에서 8등급까지는 '최고 귀하'로, 나머지는 '귀하'라는 경칭을 사용했다.

5) 주인공의 이름을 분석하면 재미있다. 코발료프(Kovalyov)는 우선 소리상 고골의 우크라이나어식 발음인 고골료프(Gogolov)와 유사하다. 또한 코발료프는 고골의 이름 니콜라이(Nikolay)의 애칭인 콜랴(Kolya)에서 나온 것이다. 이뿐만 아니라 코발료프라는 이름 속에는 고골의 부친 이름인 바실리예비치(Vasilyevich)를 함축하고 있다. 즉, 바실리예비치에서 'va'와 'yev'는 코발료프에서 'va'와 'yov'로 대응되고 있다. 이렇게 만들어진 코발료프라는 이름은 '수캐'라는 의미를 지닌 'kobel'이라는 단어를 연상시키는데, 코발료프가 개처럼 이리저리 여성의 뒤를 쫓아다니며 기회를 살피는 행동과 잘 들어맞는다고 할 수 있다. 코발료프라는 이름이 대장장이를 의미하는 러시아어 'koval'에서 유래한다고 주장하는 사람도 있다.

"도대체 어떻게 이런 일이 일어날 수 있을까?"

마침내 그는 뒤통수를 긁적이며 중얼거렸다.

"어제 내가 술에 취해 집에 들어왔나? 어쨌든 아무리 생각해 봐도 이건 도저히 있을 수 없는 일이야. 빵은 잘 구워졌는데 코는 말짱하잖아. 어찌 된 영문인지 알 수가 없네!"

이반 야코블레비치는 입을 다물었다. 이 코가 경찰한테 발각되면 어차피 자기가 죄를 뒤집어쓸 거라고 생각하니 아찔했다. 은실로 화려하게 수놓은 붉은 옷깃이며 기다란 대검을 찬 경찰의 모습이 벌써부터 눈앞에 어른거리기 시작하자 온몸이 부들부들 떨려 왔다. 마침내 그는 바지와 구두를 꺼내 꾀죄죄한 옷차림을 하고, 마누라의 시끄러운 잔소리를 뒤로한 채 걸레에 코를 싸 들고 큰길로 나왔다.

이반은 그것을 대문 아래 주춧돌 사이에 끼워 넣거나, 아니면 실수로 떨어뜨린 척한 다음 얼른 골목을 돌아가려고 했다. 그러나 공교롭게도 그는 잘 아는 친구와 맞닥뜨리고 말았다.

"어딜 가는 길인가? 이렇게 일찍 누구 면도해 주러 가나?"

이렇게 치근치근 묻는 바람에 이반 야코블레비치는 도저히 적당한 기회를 잡을 수가 없었다. 이번엔 코를 길바닥에 떨어뜨리는 데 감쪽같이 성공했다. 하지만 마침 순찰 중이던 경찰이 경찰봉으로 그것을 가리키며 주의를 주었다.

"이봐, 자네! 거기 뭐 떨어뜨렸어. 주워 가!"

그래서 결국 이반 야코블레비치는 하는 수 없이 코를 주워 다시 주머니 속에 넣을 수밖에 없었다. 그러다 보니 어느새 크고 작은 상점들이 문을 열기 시작했고, 거리에 사람들의 왕래도 점점 많아져 그는 더욱 절망에 빠져들었다.

어쩌면 네바강에 코를 슬쩍 던져 버릴 수 있을지도 모른다
는 생각에 그는 이사키예프 다리 쪽으로 가야겠다고 마음먹
었다. 그건 그렇고, 여러 가지 정황으로 보아 존경할 만한 인
물인 이반 야코블레비치에 대해 지금까지 한마디도 안 했다
는 점에서 약간 미안한 마음이 들었다.

이반 야코블레비치는 러시아의 솜씨 좋은 이발사가 모두 그
렇듯이 대단한 술꾼이었다. 날마다 다른 사람의 수염을 깎아
주고 있지만 자신은 좀처럼 수염을 깎으려 하지 않았다. 이반
야코블레비치는 코트를 입어 본 일이 한 번도 없었다. 그나마
있는 양복은 얼룩덜룩하게 보일 정도였다. 원래 까만색이었던
것이 지금은 낡아 누릇누릇하고 희끗희끗한 얼룩무늬가 생겼
기 때문이다. 옷깃은 닳을 대로 닳아서 반질반질했다. 옷 단추
세 개나 떨어져 나가고, 그 자리엔 실밥만 남아 있었다. 이반
야코블레비치는 대단히 냉소적인 사람이었다. 8등관 코발료프
는 면도를 할 때면 언제나 이렇게 말했다.

"이반 야코블레비치, 자네 손에서 구린내6)가 나!"

그러면 이반은 반문하는 것이었다.

"글쎄요. 왜 구린내가 날까요?"

그럴 때 8등관은 말했다.

"왜 그런지는 모르겠지만, 어쨌든 구린내가 나는 건 사실

---

6) 비평가 예르마코프는 이발사 이반 야코블레비치의 손에서 풍기는 '구린
내'를 '항문 에로티즘(anal erotism)'의 증거라고 주장한다.

이야."

그러면 이반 야코블레비치는 코담배를 코에 갖다 대고 냄새를 들이마시고 나서, 말대꾸 대신 8등관에게 볼, 코, 뒤통수, 턱밑을 가리지 않고 손이 가는 대로 마구 비누칠을 해 대는 것이었다.

이 존경할 만한 시민이 막 이사키예프 다리에 나타났다. 그는 우선 주위를 한번 살펴보고 나서, 다리 밑에 물고기가 많이 놀고 있는지 어떤지를 살피는 척하며 난간에 몸을 기댔다. 그러고는 걸레에 싼 코를 슬쩍 밑으로 떨어뜨렸다. 마치 천 근이나 되는 무거운 짐을 한번에 벗어 던진 기분이었다. 이반 야코블레비치의 입가에는 만족스런 미소가 절로 흘러나왔다. 그는 관리의 면도를 해주러 갈 생각은 않고 '식사와 차'라는 간판이 걸린 음식점으로 발길을 돌렸다. 펀치 술을 한잔하고 싶었던 것이다. 그때 뜻밖에도 삼각모에 대검을 차고 구레나룻을 넓게 기른 의젓하게 생긴 경찰 하나가 다리 끝에 서 있는 것이 눈에 들어왔다. 그는 정신이 아찔했다. 경찰은 그를 보고 손가락을 까닥거리며 말했다.

"이봐! 이리 좀 와봐!"

이반 야코블레비치는 예의상 멀리서부터 모자를 벗어 들고 종종걸음으로 다가가며 인사를 했다.

"나리! 안녕하십니까?"

"나리고 뭐고, 자네 지금 저 다리 위에서 무슨 짓을 했나? 바른 대로 말해 봐!"

"아이 참, 나리도. 저는 면도를 하러 가는 길에 그저 물살이 빠른지 어떤지 살펴보았습니다. 그저 그것뿐이에요."

"거짓말하지 마! 그따위 수작에 누가 넘어가나? 어서 바른 대로 말해!"

"그보다도 나리, 일주일에 두 번씩, 아니 세 번씩이라도 면도를 해 드리죠. 물론 공짜입니다."

이반 야코블레비치가 대답했다.

"쓸데없는 소리 하지 마! 지금 본관에게 면도를 해 주는 이발사가 세 명이나 돼. 그 친구들은 모두 그걸 영광으로 생각하고 있지. 그것보다 저기서 뭔 짓을 했는지 그거나 어서 말해!"

이반 야코블레비치는 새파랗게 질려 버렸다. 하지만 여기서 사건은 완전히 안개 속에 묻혀 그 후 어떻게 되었는지 전혀 알 길이 없다.

2

8등관 코발료프는 꽤 일찍이 눈을 뜨자마자 숨을 내쉬며 입술로 '부르르……' 소리를 냈다. 자기 자신도 왜 그러는지 설명할 수는 없었지만, 어쨌든 아침에 잠을 깨면 늘 하는 버릇이었다. 코발료프는 기지개를 켜고, 책상 위에 놓인 손거울을 집어 들었다. 어제저녁에 콧등에 생긴 여드름이 어떻게 됐는지 보고 싶었다. 그런데 코가 있어야 할 장소가 아주 평평하지 않은가! 도저히 믿을 수가 없었다. 코발료프는 소스라치게 놀라 물을 가져오게 하여 수건에 물을 묻혀 눈을 닦았다. 다시 보아도 정말로 코는 없었다. 꿈은 아닌 것 같았다. 그곳을 만져 보기도 하고 자신을 꼬집어 보기도 했지만, 아무래도 꿈인 것 같지는 않았다. 8등관 코발료프는 침대에서 벌떡 일어나 몸을 흔들어 보았으나 역시 코는 없었다……! 그는 하인에게 서둘러 옷을 가져오게 하고, 옷을 몸에 걸치자마자 경찰서장한테로 달려갔다.

그런데 여기서 이 8등관 코발료프가 어떤 직급의 인물인지 독자들에게 알려 주기 위해 간단히 그를 소개할 필요가 있을 것 같다. '8등관'이라는 직급은 학력으로 받을 수 있는 칭호이나 대개 카프카스 지방 등지에서 이리저리 굴러먹다가 얻게 되는 종류의 직급과는 비교가 되지 않는다. 이 양자를 결코 동일하게 취급할 수 없다. 양자가 전혀 다른 인간들이기 때문이다. 학력으로 결정되는 8등관이라면 대개가…… 아니, 그것보다도 러시아라는 국가는 이상한 곳이어서 어떤 8등관에 대해 한마디만 하면 리가에서 캄차트카에 이르는 전국의 모든 8등관이 이건 틀림없이 내 이야기를 하는 것이라고 생각해 버린다. 이 점에선 다른 관등이나 칭호를 가진 인간들도 역시 마찬가지다. 어쨌든 코발료프는 카프카스 출신의 8등관이었다. 그는 이 칭호를 얻게 된 지가 겨우 2년밖에 되지 않아 한시도 그 칭호에 대해 잊은 적이 없었다. 자신의 위신과 품위를 한 단계 더 높이려고 8등관이라 하지 않고 언제나 스스로 소령이라 말하고 다녔다.

"이봐, 예쁜 아줌마?"

그는 셔츠 장사를 하는 아낙네를 길에서 만나면 으레 이렇게 말했다.

"이걸 우리 집으로 갖다주게. 사도바야 거리에 가서 코발표
프 소령 집이 어디냐고 물으면 누구나 다 가르쳐 줄 걸세."

혹시라도 정말 예쁜 여자 장사꾼을 만나면 무슨 커다란 비
밀이라도 되는 양 이렇게 덧붙이는 것이었다.

"코발표프 소령 댁이 어디냐고 물어야 해, 알겠지?"

바로 이런 이유에서 앞으로 우리도 이 8등관을 소령이라
부르기로 하자.

코발표프 소령은 날마다 넵스키[7] 거리를 산책했다. 그의
와이셔츠 깃은 언제나 깨끗하고 풀을 먹여 빳빳했다. 구레나
룻으로 말하자면, 요즘도 현청이나 군청의 측량 기사라든가 토
목 기사, 연대의 군의관 또는 각종 공무를 수행하는 관리들,
대체로 불그스름하고 뺨이 통통하고 카드놀이를 잘하는 친구
들에게서 흔히 볼 수 있는 것이었다. 다시 말하자면 그런 구레
나룻은 뺨 가운데를 따라 내려오다가 곧장 코 옆으로 뻗쳐 나
간다. 코발표프 소령은 홍옥으로 만든 도장이나 월요일, 수요
일, 목요일 등과 같은 글자를 새긴 문장 같은 걸 가지고 다녔
다. 코발표프 소령이 페테르부르크에 온 데에는 물론 그만한
이유가 있었다. 다름 아니라 자기 관등에 맞는 적당한 직업을
구해 보려고 올라왔다. 가능하다면 부지사나 그게 안 되면 훌

---

7) 상트페테르부르크에 있는 번화가다. 길이 약 4킬로미터에 최대 너비 60미
터에 이르는 대로다. 옛 해군성 앞에서 동쪽으로 뻗어 있으며, 카잔 성당, 백
화점, 호텔, 극장 등을 거쳐 폰탄카강을 건너 알렉산드르 넵스키 성당에서
끝난다.

륭한 관청의 회계 감사관 자리를 노리고 있었다. 코발료프 소령은 결혼에 무관심하지는 않았지만, 다만 상대방이 20만 루블의 지참금을 가져오는 경우에 한해서만 가능한 것이었다. 이제 독자들은 그래도 제법 잘생긴 소령이 코가 흔적도 없이 사라지고 그 자리가 보기 흉하게 평평해진 것을 본 순간 그의 심정이 어떠했을지를 이해할 수 있을 것이다.

공교롭게도 거리에는 돌아다니는 마차가 한 대도 보이지 않았다. 그는 망토로 몸을 감싸고 코피가 나오기라도 하는 것처럼 손수건으로 얼굴을 가린 채 걸어갈 수밖에 없었다.

'아마 내가 착각했는지도 몰라. 사람의 코가 그렇게 쉽게 떨어져 나갈 리가 있나.'

이런 생각을 하면서 그는 거울을 보기 위해 일부러 제과점에 들렀다. 다행히 손님은 아무도 없었다. 일하는 한 아이가 가게를 청소하며 의자를 정돈하고 있을 뿐이었다. 다른 아이는 잠이 덜 깬 얼굴로 방금 구워 낸 빵을 나르고 있었다. 식탁과 의자에는 커피가 쏟아져 얼룩진 어제 자 신문이 아무렇게나 놓여 있었다.

"마침 아무도 없어서 다행이군."

그는 중얼거렸다.

"어디 한번 자세히 봐야지."

그는 슬금슬금 거울 앞으로 다가가 얼굴을 들여다보았다.

"제기랄! 꼴이 이게 뭐야!"

그는 내뱉듯이 말했다.

"코가 없으면 뭐 다른 거라도 붙어 있어야 할 것 아니야! 이건 아무것도 없으니!"

원통하다는 듯 입술을 깨물며 그는 제과점을 나왔다. 이제부터는 누구를 만나더라도 못 본 체하고 또 누구한테도 웃어 보이지 않으리라고 마음속으로 다짐했다. 이것은 평소 그의 버릇과는 반대되는 일이었다. 갑자기 그는 어떤 집 대문 앞에 못 박힌 듯 멈춰 섰다. 상식적으로는 도저히 이해할 수 없는 기이한 광경이 눈앞에서 벌어지고 있었다. 현관 앞에 사륜마차가 멎더니 이내 문이 열리며 정복을 입은 신사가 몸을 구부리고 뛰어내려 계단을 따라 뛰어 올라갔다. 그런데 그 신사가 바로 자신의 코였던 것이다. 이때 코발료프의 놀람과 두려움은 어떠했는지! 이 기이한 광경을 본 순간 그는 눈에 비친 모든 것이 거꾸로 뒤집어진 듯해서 그대로 서 있을 수도 없을 것 같았다. 그는 열병 환자처럼 온몸을 떨면서도 어쨌든 자신의 코가 마차로 돌아올 때까지 기다리기로 했다. 정확히 이 분 후에 코가 돌아왔다. 코는 커다란 깃을 세우고 금실로 수놓은 정복에 양가죽 바지를 입고, 허리에는 대검을 차고 있었다. 모자의 깃털 장식으로 보아 5등관이라는 걸 알 수 있었다. 그리고 그 밖의 모든 정황으로 보아 코는 누군가를 방문하러 온 게 분명했다. 코는 좌우를 한번 둘러보고 마부에게 소리쳤다.

"마차를 이리 갖다 대!"

그러고는 마차를 타고 어디론지 떠나가 버렸다.

불쌍한 코발료프는 미칠 지경이었다. 그는 이처럼 괴상한 사건을 어떻게 해석해야 좋을지 도저히 알 수 없었다. 어제까지만 해도 걸어 다니지도 타고 다니지도 못했던, 자기 얼굴에 붙어 있던 그 코가 정복을 입고 돌아다닐 수 있단 말인가! 이건 아무리 생각해도 있을 수 없는 일이었다. 그는 마차를 뒤쫓아 달려갔다. 다행히 마차는 얼마 안 가서 카잔 성당 앞에 멈춰 섰다.

그는 서둘러 성당 앞으로 달려갔다. 얼굴에 온통 붕대를 감고 우습게도 두 개의 눈구멍만 내놓고 있는 거지 노파들이 줄지어 서 있었다. 예전에 그도 역시 그 꼴들이 우스워 비웃었었다. 그는 거지들을 헤치고 성당 안으로 들어갔다. 성당 안에는 예배 보는 사람들이 그리 많지 않았다. 그들은 모두 출입문 옆에 모여 서 있었다. 코발료프는 도저히 기도를 드릴 수 없을 만큼 몸 상태가 좋지 않음을 느꼈다. 그는 코 신사를 찾기 위해 여기저기를 살피기 시작했다……. 한참 만에 한쪽 구석에 서 있는 코 신사를 발견했다. 코는 커다란 옷깃 속에 얼굴을 깊숙이 파묻고 어느 정도 경건한 표정으로 기도를 드리고 있었다.

'어떻게 해야 저 친구 옆으로 갈 수 있을까?'

코발료프는 생각했다.

'정복 차림으로 보나 모자의 깃털 장식으로 보나 틀림없는 5등관이야. 제기랄, 어쩌면 좋담!'

그는 코 신사의 곁으로 다가가 헛기침을 몇 번 해 보았으나, 코는 경건한 자세를 조금도 바꾸지 않고 머리를 숙인 채 여전히 기도만 하고 있었다.

"저 실례합니다만……."

코발료프는 몸과 마음을 졸이며 입을 열었다.

"실례합니다……."

"왜 그러시오?"

코가 얼굴을 돌리며 물었다.

"좀 이상한 일이 있어서 말씀드리는 건데…… 제 생각으로는…… 각하는 자기가 있어야 할 자리를 알고 계실 텐데요? 그런데 이런 성당 안에서 각하를 뵙게 되다니 참으로 이상하군요…… 그렇지 않습니까?"

"미안합니다만 저는 무슨 말을 하고 계신지 통 이해할 수가 없군요. 좀 더 분명히 말해 주시죠."

'어떻게 말하면 알아들을까?'

코발료프는 잠시 생각한 후 용기를 내 입을 열었다.

"물론 저는…… 이렇게 말하는 저는 소령이올시다. 소령인 제가 코를 떼어 놓고 다닌다는 건 창피한 일이 아닙니까? 보스크레센스키 다리 위에서 껍질 벗긴 오렌지를 팔고 있는 여자 장사꾼이라면 코 없이 앉아 있어도 무방하겠지요. 그러나 조만간 틀림없이 현의 지사 자리에 앉게 될 인물이 이래서야 어디 말이 됩니까…… 생각해 보시면 아실 겁니다…… 저는 도대체 당신이…… (이렇게 말하며 코발료프는 두 어깨를 움츠렸다.) 아니, 말을 좀 실수한 것 같습니다만…… 만일 이 사건을 의무와 명예에 관한 법률에 적용해 본다면…… 제가 말하지 않아도 각하가 더 잘 알고 계실 줄 믿습니다……."

"솔직히 무슨 말씀인지 하나도 모르겠소."

코는 대답했다.

"좀 더 이해가 될 수 있게 설명해 주실 수 없겠소?"

"그렇다면 말씀드리겠습니다만……."

코발료프는 위엄을 보이려고 애쓰며 말했다.

"오히려 제가 각하의 말을 어떻게 해석해야 할지 모르겠습니다…… 모든 것이 지극히 명백한 것 같은데요…… 굳이 제 입으로 직접 말씀드려야 할까요? ……각하는 바로 제 코가 아닙니까?"

코는 약간 미간을 찌푸리며 소령을 바라보았다.

"당신은 실수하고 있소. 나는 어디까지나 나 자신이오. 더욱이 나와 당신 사이엔 어떤 밀접한 관계도 있을 수 없잖소? 당신의 제복에 달린 단추를 봐도 나와는 다른 관청에 속해 있으니까요. 나는 문관이지만 당신은 원로원이나 법무성에 근무하는 것 같군요."

코는 얼굴을 돌려 다시 기도를 암송하기 시작했다.

코발료프는 너무나 당황해서 어떻게 해야 할지, 무엇을 생각해야 좋을지 도무지 알 수가 없었다. 바로 이때 옷자락 스치는 소리가 가볍게 들리더니, 아래위를 온통 레이스로 장식한 중년 부인과 날씬한 허리에 예쁘장한 꽃무늬가 그려진 새하얀 옷을 입고 만두처럼 부풀어 오른 모자를 쓴 가느다란 몸매의 부인이 들어왔다. 그 뒤로 널찍한 구레나룻에 키 큰 신사가 따라 들어와서 말을 멈추고 담뱃갑을 열었다.

코발료프는 부인에게 가까이 다가가서 셔츠의 깃을 보기 좋게 약간 위로 잡아당기고, 금줄이 늘어진 복장을 바로잡은 후, 미소 띤 얼굴로 좌우를 둘러보고는 날씬한 부인 쪽으로 시선을 돌렸다. 그녀는 봄꽃처럼 가볍게 고개를 숙여 보이고, 하얗다 못해 거의 투명하게 보이는 고운 손을 이마로 가져갔다.

코발료프의 얼굴에 떠오른 미소는 그녀의 둥그스름한 백설 같이 흰 턱과 이른 봄에 피어나는 장밋빛 뺨의 일부가 모자 밑으로 드러날 때 더욱 환하게 퍼져 갔다. 그러나 순간 그는 불에 덴 사람처럼 흠칫 물러섰다. 코가 있어야 할 자리에 아무것도 없다는 것이 생각났기 때문이다. 그의 눈에선 눈물이 아른거렸다. 그는 제복을 입은 신사에게 대놓고 너는 5등관으로 행세하는 비열한 사기꾼일 뿐이고, 넌 아무것도 아니며, 단지 내 코에 불과하다고 말하기 위해 옆을 돌아보았다. 그러나 코는 이미 그 자리에 없었다. 아마도 누구를 다시 방문하려고 마차를 타고 가 버린 모양이었다.

코발료프는 절망에 빠지고 말았다. 그는 발길을 돌려 둥근 기둥이 늘어선 바깥 복도로 나와 잠시 걸음을 멈추고 혹시 어디 코가 보이지 않나 사방을 열심히 둘러보았다. 코가 깃털 달린 모자에 금실로 장식된 정복을 입고 있다는 건 똑똑히 기억하고 있었지만, 어떤 외투를 입고 있었는지, 마차나 말이 어떤 빛깔이었는지, 하인을 거느리고 있었는지, 또 있다면 하인에게 어떤 제복을 입혔었는지는 전혀 기억이 나질 않았다. 더욱이 거리에는 상당히 많은 마차가 왕래하고 있었을뿐더러 모두가 굉장히 빠른 속도로 달리고 있어서, 그것을 일일이 눈여겨 바라볼 수는 없는 일이었다. 설사 그가 비슷한 마차를 발견했다 하더라도 그것을 정지시킬 수 있는 방법도 없었다. 활짝 갠 화창한 날씨여서 그런지 넵스키 거리에는 그야말로 많은 사람들이 운집해 있었다. 폴리테이스키 아니치킨 다리에 이르는 인도에는 어느 곳이나 꽃이 폭포를 이룬 듯 잘 차려입은 여자들이 떼로 오가고 있었다. 저쪽을 보니 그가 잘 아는 7등관이 걸어가고 있었다. 코발료프는 그 친구를 중령이라 불렀는데, 특히 사람들 앞에서 그렇게 불렀다. 코발료프는 귀족원 과장으로 일하는 절친한 친구 야르츠겐도 보았다. 여덟 명이 하는 카드놀이에서 늘 잃기만 하는 사내였다. 그리고 카프카스 출신 8등관 소령의 모습이 보였는데, 그는 손을 흔들어 오라는 신호를 하기까지 했다.

"제기랄, 어딜 갈 수가 있나!"

코발료프는 투덜거렸다.

"어이, 마부! 경찰서장한테 곧장 가세."

코발료프는 마차에 올라타기가 무섭게 마부에게 고함을 쳤다.

"전속력으로 달려, 전속력으로!"

"경찰서장님은 안에 계신가?"

현관에 들어서자 그는 큰 소리로 물었다.

"안 계십니다."

수위가 대답했다.

"방금 나가셨습니다."

"허 참, 일이 꼬이네!"

"그렇게 됐습니다."

수위가 말을 받았다.

"조금 전에 나가셨습니다. 일 분만 일찍 오셨어도 만나 보셨을 겁니다……."

코발료프는 손수건으로 얼굴을 가린 채 다시 마차에 올라타고 절망적인 어조로 외쳤다.

"자, 가자!"

"어디로 가십니까요?"

마부가 물었다.

"곧장 가!"

"곧장이라뇨? 보시다시피 여긴 삼거립니다. 오른쪽으로 갈까요, 왼쪽으로 갈까요?"

이 질문에 코발료프는 마음을 진정시키며 다시 곰곰이 생각하지 않을 수 없었다. 그의 입장에서는 우선 경찰서에 사건을 신고하는 게 원칙이었다. 그것은 이 사건이 경찰과 직접적인 관련이 있어서라기보다는 경찰의 수배가 다른 기관의 도움보다는 훨씬 신속하기 때문이다. 코가 근무하고 있다는 관청의 우두머리에게 호소해 목적을 이루려는 방법은 무모하기 짝이 없는 것이다. 왜냐하면 코가 자기 입으로 직접 한 말을 들어 보아도 명백하게 드러나는 것처럼 그런 친구한텐 털끝만 한 양심도 없으며 따라서 코발료프와는 전혀 모르는 사이라고 딱 잡아뗄 것이 뻔하기 때문이다. 그래서 코발료프는 경찰서로 가자고 마부에게 말하려다가 문득 새로운 생각이 떠올랐다. 아까 처음 만났을 때에도 뻔뻔하게 거짓말을 한 날강도 같은 사기꾼이니까 적당한 기회를 틈타 페테르부르크를 빠져나가 어디론가 사라져 버릴지도 모른다. 그렇게 된다면 아무리 수사해 봐야 헛수고가 될 것이고, 헛수고가 아니라 해도 적어도 한 달은 걸려야 해결될 것이다. 그렇다면 이 일을 어찌해야 좋단 말인가! 마침내 코발료프는 하늘의 계시를 받은 것처럼 한 가지 묘안을 생각해 냈다. 그는 곧장 신문사로 달려가 이 사건의 진상을 상세히 적어 한시바삐 광고를 내기로 했다. 그렇게 하면 누구든지 코를 발견하는 즉시 붙잡아서 코발료프에게 연행해 오거나, 그렇지 않으면 적어도 코의 거처를 알려 줄 것이다. 이렇게 결심하자 그는 마부에게 신문사로 가자고 명령했다. 쉴 새 없이 주먹으로 마부의 등을 치며 윽박질렀다.

"빨리 몰아, 이 사람아! 좀 더 빨리 몰지 못하겠나, 빌어먹을 녀석아!"

"허 참! 나리도!"

마부는 고개를 가로저으며 늑대처럼 긴 털을 휘날리는 말의 잔등을 채찍으로 후려갈겼다. 얼마 후에 마차가 멎었고, 코발료프는 숨을 헐떡이며 좁은 접수 창구로 달려 들어갔다. 방 안에는 낡은 양복 차림에 머리가 허연 관리가 책상에 앉아 펜대를 입에 문 채 광고료로 받은 동전을 세고 있었다.

"광고 접수는 누가 합니까?"

코발료프는 큰 소리로 물었다.

"아, 안녕하십니까?"

"예, 어서 오십시오."

관리는 이렇게 대답하며 눈을 들어 힐끔 쳐다보고는 다시 동전 더미로 시선을 옮겼다.

"광고를 냈으면 하는데요……."

"잠깐만 기다려 주십시오."

관리는 오른손으로 종이 위에 적힌 숫자를 짚어 가며 왼손 손가락으로 주판알 두 개를 튕겼다.

금실로 장식한 제복을 말쑥하게 차려입은 것으로 보아 어느 귀족 집 하인인 듯한 사내가 두 손으로 광고문을 적은 종이를 들고 책상머리에 서서 부드러운 말투로 애교를 떨며 지껄이고 있었다.

"아시겠어요, 나리? 80코페이카[8]도 안 되는 강아지 새끼를 말입니다, 저 같으면 단돈 한 푼에 가지라고 해도 마다하겠지만 백작 부인께서는 그놈을 여간 귀여워하시는 게 아닙니다. 그 강아지 새끼를 찾아 주는 사람에게 100루블을 주겠다는 겁니다! 나리와 저를 놓고 봐도 역시 그렇지만 사람들의 취미란 정말 가지각색이더군요. 사냥꾼은 한번 개에 미치기만 하면, 사냥개나 애완견을 구하는 데 500루블이건 1000루블이건 조금도 아까워하지 않습니다. 어떻게 해서든지 좋은 개를 구하려고 야단이거든요."

존경할 만한 관리는 정색을 하고 그의 얘기를 듣고 있었지만 한편으로는 접수한 광고 문안의 글자 수를 계산하기에 바빴다. 주위에는 노인들과 상점의 점원들, 그리고 집사들이 제각기 광고문을 들고 옹기종기 서 있었다. 어떤 광고문에는 술을 마시지 않는 마부를 구한다고 쓰여 있었고, 다른 광고문에는 1814년에 파리에서 수입하여 아직 새것이나 다름없는 마

---

8) 코페이카(Kopejka)는 러시아의 화폐 단위로 동화를 말한다. 1루블은 100 코페이카이다.

차를 팔겠다는 내용도 있었다. 세탁 일 경험이 있고 다른 일
도 할 수 있는 열아홉 살의 농촌 처녀가 파출부 자리를 구함,
스프링 한 개가 부족한 튼튼한 마차, 생후 17년 된 회색 반점
이 있는 건강한 승마용 말, 런던에서 새로 들여온 무씨와 배
추씨, 모든 시설이 완비된 별장, 훌륭한 자작나무 숲이나 전
나무 숲을 만들 수 있는 공지가 딸린 마구간 두 채, 낡은 구
두 밑창을 구함, 매일 8시부터 3시까지 연락 주시면 찾아가겠
음…… 이런 것도 있었다. 좁은 접수실에 이렇게 많은 사람들
이 들어와 있으므로 실내의 공기는 말할 수 없이 혼탁했으나
8등관 코발료프는 그 냄새를 맡을 수조차 없었다. 손수건으
로 얼굴을 가리고 있었기 때문이기도 하지만, 있어야 할 코가
어디론가 행방을 감춰 버렸기 때문이었다.

"이보시오, 부탁이 있어 왔는데…… 좀 긴급을 요하는 광고
니까요……."

그는 끝내 더 참지 못하고 입을 열었다.

"예, 예, 잠깐만요…… 2루블 43코페이카입니다! …… 잠깐
만 기다리세요…… 1루블 64코페이카입니다!"

백발의 관리는 노파와 집사 앞에 글자 수를 계산한 광고
문을 내밀며 말했다. 그다음에야 코발료프를 보고 물었다.

"무슨 일로 오셨죠?"

"다름 아니라 나는……."

코발료프가 대답했다.

"사기랄까? 속임수랄까? 그런 사건에 걸려들었는데…… 지
금 이 순간까지도 어찌 된 영문인지 전혀 알 수가 없단 말입

니다. 그래서 그 사기꾼을 잡아 오는 사람에게 충분한 보상을 하겠다는 광고를 냈으면 해서 왔습니다."

"성함이 어떻게 되십니까?"

"아니, 이름이 왜 필요하죠? 이름을 밝힐 수는 없습니다. 나를 아는 사람이 대단히 많습니다. 5등관 부인 체흐타료바라든가, 대령부인 팔라게야 그리고리예브나 포드토치나[9] 라든가…… . 갑자기 그런 부인들이 알기라도 한다면…… 큰일이죠! 그저 8등관으로, 아니면 그것보다 소령급 관료라는 것만 적어 두는 게 더 낫겠습니다."

"그럼 달아난 놈은 댁의 하인입니까?"

"하인이냐구요? 하인은 그런 큰 사기를 치지 못하죠. 도망친 건 바로…… 내 코란 말입니다…… ."

"흥, 거 참 이상한 성도 다 있네요! 그래, 그 코 씨라는 자가 거액의 돈을 훔쳤다는 말씀인가요?"

"코라는 건 즉…… 그렇게 멋대로 추측하면 곤란합니다! 그 코라는 건 내 코로, 그놈이 없어졌단 말입니다. 살다 보니 참 별꼴을 다 당합니다."

"어떻게 코가 사라졌나요? 무슨 말인지 잘 알아듣지 못하겠는데요."

"어떻게 그런 일이 생겼는지 나도 설명할 수가 없어요. 하지만 그 코가 지금 마차를 타고 시내를 돌아다니며 5등관 행세

---

9) 포드토치나(Podtochina)라는 이름은 러시아어 'podtochit(갉아먹다)'에서 유래하였다.

를 하고 있는 것만은 사실입니다. 그래서 나는 한시바삐 그 놈을 붙잡아서 끌고 와 달라는 광고를 내겠다는 겁니다. 코는 사람의 얼굴에서 눈에 가장 잘 띄는 부위가 아닙니까? 그 코를 잃어버린 내 심정이 어떤지 한번 상상해 보십시오! 새끼발가락 하나가 없어졌다면야 별문제죠. 신발을 신으면 아무도 알아채지 못하니까요. 나는 매주 목요일마다 5등관 부인 체흐타료바를 방문하고, 대령 부인 팔라게야 그리고리예브나 포드토치나와 아주 예쁘게 생긴 그 부인의 따님이라든가 그 밖에도 친하게 지내는 부인들이 아주 많습니다. 한번 입장을 바꿔 생각해 보십시오, 지금 내 심정이 어떻겠는지……. 이제 나는 부인들 앞엔 나타날 수도 없게 됐습니다!"

관리는 입술을 굳게 다물고 무언가 골똘히 생각하는 눈치였다.

"안 되겠는데요. 그런 광고를 신문에 낼 수는 없습니다."

한참 동안 잠자코 있다가 마침내 그는 이렇게 말했다.

"뭐라고요? 왜 낼 수 없단 말입니까?"

"왜고 뭐고 없습니다. 신문의 평판이 떨어질 테니까요. 코가 달아났다는 소릴 신문에 써 봐요. 당장 세상 사람들은 그 신문은 말도 안 되는 거짓 기사로 가득 차 있다느니 뭐니 할 겁니다."

"하지만 어째서 이 사건이 말도 안 된단 말입니까? 제가 보기엔 그런 점은 조금도 없는데요……."

"그건 선생님 생각이지요. 마침 지난주에도 이런 일이 있었습니다. 어떤 관리 한 분이 선생님처럼 여길 찾아와서 광고문을 내놓더군요. 계산해 보았더니 2루블 75코페이카였지요. 그 광고라는 것이 검정색 애완용 발바리가 달아났다는 것뿐이었습니다. 아무래도 좀 수상하다 생각했지요. 아니나 다를까 그것은 누구를 비방하는 글이었습니다. 정확히 기억나지 않지만, 발바리라는 건 어떤 학교인가 기관인가의 회계사를 가리키는 말이었거든요."

"그렇지만 저는 발바리 광고를 내달라는 건 아니니까요. 저는 제 코에 대한 거니까, 말하자면 저 자신에 대한 광고나 마찬가지 아닙니까?"

"아, 안 되겠습니다. 아무래도 그 광고는 낼 수 없습니다."

"하지만 제 코는 정말로 사라져 버렸으니 어쩌면 좋습니까?"

"만일 코가 정말 떨어져 나갔다면, 그건 병원에 가셔야죠. 요즘 요구에 따라 얼마든지 멋진 코를 달아 주는 의사가 있다더군요. 그러나 내가 보기엔 선생님은 명랑한 성격이어서 세상 사람들을 좀 놀려 주고 싶으신 것 같군요."

"천만의 말씀! 저는 진정으로 말하는 겁니다. 이야기가 이렇게 된 이상 할 수 없군요. 당신한테 직접 보여 드리지요."

"뭐 그러실 필요 없습니다!"

관리는 코담배 냄새를 맡으며 말을 이었다.

"하지만 괜찮으시다면……."

관리는 호기심에 사로잡혀 덧붙였다.

"한번 보여 주시죠."

8등관은 얼굴에서 손수건을 걷어 냈다.

"세상에, 정말 기이하군요!"

관리는 말했다.

"코가 있어야 할 자리가 방금 구워 낸 블린[10]처럼 매끄럽군요. 믿을 수 없을 정도로 어떻게 이렇게도 매끄러울 수가 있을까!"

"이젠 선생님도 할 말이 없을 겁니다. 그러니까 광고는 꼭 내 줘야겠어요. 이런 기회로 선생님을 알게 된 것을 기쁘게 생각합니다. 아니, 감사하게 생각한다는 편이 옳을 겁니다."

말이 이렇게 나오는 걸 보니 소령도 이제 약간 아첨하는 태도를 취하기로 한 것 같았다.

관리가 대답했다.

"신문에 내는 건 물론 어려운 일이 아니지만, 내 생각 같아선 광고를 내 봐야 당신한테 이로울 건 하나도 없을 것 같습니다. 굳이 내고 싶으시다면 예술적 필력이 있는 사람을 찾아가서 이 희한한 사건을 주제로 작품을 써 달라고 하십시오. 그것을 《북방의 꿀벌》 같은 잡지에라도 실으면 (여기서 그는 다시 한번 코담배 냄새를 맡았다.) 젊은 사람들에게도 교훈이 될 것이고 (이번엔 코를 문질렀다.) 독자들의 흥미도 끌 수 있을 것 같은데요."

8등관은 완전히 실망하고 말았다. 그는 극장 광고가 실린 신문의 하단을 바라보았다. 예쁜 여배우의 이름을 보자 그의 얼굴엔 금방 미소가 떠올랐다. 그리고 푸른색 지폐가 들어 있는지 어떤지를 확인하려고 한 손으로 호주머니 속을 더듬거렸다. 코발료프의 견해에 따르면 소령급은 적어도 특별석에 자

---

10) 러시아어 '블린(blin)'은 일종의 팬케이크를 뜻한다.

리를 잡아야 했기 때문이다. 그러나 코가 없다고 생각하니 기가 죽어 버리고 말았다.

관리 역시 코발료프의 곤란한 처지에 공감하는 모양이었다. 그래서 다소나마 그의 슬픔을 위로하는 뜻에서 몇 마디 말로라도 동정해 주는 것이 예의라고 생각했다.

"어처구니없는 일을 당한 선생님께 저로서는 무엇이라고 위안의 말씀을 드려야 할지 모르겠습니다. 어떻습니까, 코담배라도 한 대 하시겠습니까? 골치가 아플 때나 우울할 때 효과가 좋을뿐더러 치질에도 좋습니다."

이렇게 말하고 관리는 코발료프에게 담뱃갑을 내밀며 모자를 쓴 여인의 초상이 그려져 있는 뚜껑을 재치 있게 밑으로 젖혔다.

아무런 생각 없이 입 밖에 낸 이 말과 행동이 그만 코발료프를 화나게 하고 말았다.

"농담도 분수가 있지 않소!"

그는 화를 버럭 내며 말했다.

"난 냄새를 맡을 수 있는 부위가 없어졌단 말이오! 선생께선 눈에 보이지 않소? 담배 같은 건 이제 보기만 해도 진절머리가 날 지경이오. 그따위 싸구려 베레진[11] 담배는 고사하고 프랑스제 라페[12] 담배를 권한다 해도 나한텐 소용없단 말이오."

이렇게 말을 내뱉고 난 그는 화가 머리끝까지 나서 신문사

_____

11) 베레진은 담배의 이름이다. 러시아어 'beresina'는 원래 자작나무를 의미한다.
12) 라페(Râpé)는 프랑스제 코담배의 이름이다.

를 뛰쳐나왔다. 그는 지구 경찰서장한테로 갔다. 서장 집에는 현관이나 주방에 상인들이 우정의 표시로 가져온 설탕이 가득 쌓여 있었다. 코발료프가 서장 집으로 향하던 그 시각에 하녀는 경찰서장의 긴 장화를 벗기고 있었다. 그의 집에는 장검을 비롯한 모든 군용 장신구가 집 안 구석구석에 조용히 걸려 있었으며, 보기만 해도 위협적인 세모꼴의 군대 모자는 이미 세 살짜리 아들의 장난감이 되어 버렸다. 그는 충돌과 욕설이 난무하는 일상을 끝내고 이제 평온한 만족감을 누릴 준비를 하고 있었다.

코발료프가 찾아간 것은 마침 경찰서장이 기지개를 켜고 헛기침을 하면서 이상한 소리를 하고 있을 때였다. "에라, 한두어 시간 잠이나 푹 자자!" 그러니까 8등관이 찾아 들어간 시각은 아주 좋지 않은 때라고 할 수 있다. 이때 코발료프가 몇 푼트[13]의 차나 옷감을 선물로 가지고 왔다면 혹시 어찌 될지 몰랐을 수도 있다. 하지만 그래도 서장이 기쁜 마음으로 그를 맞이하진 않았을 것이다. 이 경찰서장은 온갖 종류의 예술품과 공예품에 대한 광적인 애호가였다. 그러나 무엇보다도 소중히 여기는 것은 지폐였다. "이게 최고지." 그는 언제나 이렇게 말하는 것이었다. "세상에 이것보다 더 좋은 물건은 없지. 먹을 걸 달라고 하나, 장소를 넓게 차지하나, 언제나 주머니 속에 들어앉아 있고 어쩌다 떨어뜨려도 깨지거나 부서지는 법

---

13) 푼트(funt)는 옛 러시아의 무게 단위다. 1푼트는 409.5그램이다.

코

이 없거든."

　경찰서장은 코발툐프를 매우 무뚝뚝하게 맞았다. 그리고 점심 식사 후는 사건을 심리하기에 적당한 시간이 아니라느니, 사람은 선천적으로 식후엔 잠깐 휴식하게 되어 있는 동물이라느니(이 말을 듣고 코발툐프는 이 경찰서장이 선현들의 격언을 상당히 많이 알고 있는 사람이구나 생각했다.), 똑똑한 사람이라면 코를 떼이는 일은 결코 없을 거라며 되지 못한 소릴 늘어놓았다. 요즘 세상에는 제대로 자기 자리도 지킬 줄 모르면서 여기저기 무례한 장소를 찾아다니는 소령이 많다는 이야기도 했다.

　다시 말해서 코발툐프에게 딱 맞아떨어지는 날카로운 지적이었다! 여기서 한마디 해 둘 것은 코발툐프가 불같은 성질의 인간이었다는 점이다. 그는 단순히 자기 자신에 관한 것만이라면 얼마든지 이해할 수 있었지만, 일단 관등이나 계급에 관계되는 문제면 절대로 간과하지를 못했다. 그는 연극 같은 경우에도 위관 장교에 관한 풍자라면 무엇이든 묵과할 수 있지만 영관급에 속하는 관료를 조소하는 것은 절대로 용서해서는 안 된다는 소견을 가지고 있었다. 경찰서장의 그 같은 환대에 코발툐프는 머리를 흔들며 고개를 가로저으며 팔을 약간 벌리고 위엄 있게 말했다.

　"솔직히 말해서 서장님의 그런 모욕적인 말을 듣고는 제가 더 이상 아무 말도 할 수 없군요……."

　그는 그렇게 말하고 그냥 나와 버렸다.

그는 자기 발소리를 겨우 들을 정도로 녹초가 되어 집으로 돌아왔다. 이미 저녁 무렵이었다. 이렇게 모든 노력이 수포로 돌아가고 나니 자기 집이 어쩐지 을씨년스럽고 초라해 보였다. 현관에 들어서니 낡은 가죽 소파 위에 하인 놈이 팔자 좋게 드러누워 천장에다 침을 뱉고 있었다. 그 침은 용케도 한자리에 가서 명중하는 것이었다. 너무나 무사태평한 꼴을 하고 있는 놈을 보자 불끈 화가 치밀어 올랐다. 그는 모자로 하인의 이마를 내려치며 호통을 쳤다.

"이 돼지 같은 놈아, 그 무슨 쓸데없는 짓이냐!"

이반은 벌떡 일어나 재빨리 그의 등뒤로 돌아가 외투를 받았다.

소령은 자기 방에 들어가자 온몸이 나른하고 마음이 서글퍼져 맥없이 안락의자에 몸을 던지고는 두세 번 땅이 꺼지게 한숨을 내쉬고 나서 이윽고 입을 열었다.

"아! 세상에! 아아! 이렇게 기막힐 데가 어디 있을까! 차라리 팔이 하나 없든지, 다리가 하나 없다면 아마 이보다는 더 나을 텐데. 귀가 다 없어져도, 흉하긴 하겠지만 그래도 참을 수는 있겠지. 그러나 코가 없어서야 도대체 뭐냐 말이야…… 새가 새가 아니고, 사람이 사람 아닌 거지…… 아무짝에도 쓸 수가 없다고! 전쟁이나 결투에서 코가 떨어져 나갔든가, 아니면 내 자신의 실수로 그렇게 됐다면 또 모르겠어. 무엇 때문에 이렇게 됐는지 이유도 모르겠으니 말이야! 돈 한 푼 못 받고 공짜로 잃어버렸으니, 내 참 어처구니가 없어서…… 아니야, 아무리 생각해도 있을 수 없는 일이야!"

그는 잠시 생각하다가 다시 계속했다.

"코가 없어지다니 이건 있을 수 없는 일이야. 아무리 생각해도 이상해. 이건 필시 내가 꿈을 꾸고 있는 게 아니면 환상일 거야. 아니면 면도를 하고 나서 보드카를 물인 줄 알고 잘못 마셔 버렸는지도 몰라. 바보 같은 이반 녀석이 술인 줄 모르고 내준 것을 나도 멋모르고 들이마셨는지도 모르지."

소령은 자기가 취했는지 아닌지를 실제로 확인해 보려고 자기 몸을 힘껏 꼬집고는 비명을 질렀다. 아픈 것으로 보아 자기가 현실에서 살아 움직이고 있음이 명백했다. 그는 조심조심 거울 쪽으로 다가갔다. 그래도 처음엔 혹시 코가 제자리에 돌아왔을지도 모른다는 생각에 눈을 가늘게 뜨고 거울 속을 들여다보았다. 다음 순간 흠칫 뒤로 물러나며 중얼거렸다.

"이거 정말 꼴불견이군."

사실 이 일은 도저히 이해할 수 없는 사건이었다. 단추라든가, 은수저나 시계가 없어졌더라도 거기엔 반드시 그렇게 된 이유가 있을 것이다. 더구나 이것은 자기 집에서 일어난 사건이 아닌가⋯⋯. 코발료프 소령은 여러 가지 상황을 종합해 판단한 결과, 이 사건의 원인은 다름 아닌 대령 부인 포드토치나와 가장 밀접하게 연관되어 있을 것이라는 결론에 도달했다. 부인은 소령이 자기 딸과 결혼해 주기를 바라고 있었다. 코발료프 역시 그 딸을 좇아다니며 좋아했지만 결정적인 언질만은 회피하고 있었다. 그러다가 대령 부인이 자기 딸과 결혼해 달라고 직접적으로 말하자, 그는 자신이 아직 젊으니까 앞으로 한 5년쯤 관리 생활을 더 한 다음이면 자기도 마흔두 살이 될 테니까 그때가 좋을 거라고 적당히 둘러댔다. 그래서 여기에 대한 복수를 하려고 대령 부인이 요술 할멈을 시켜 그의 얼굴을 못 쓰게 망친 게 분명했다. 그렇지 않고서야 성한 코가 잘려 나갈 수는 없는 일이었다! 그날 저녁 그의 방에 들어왔던 사람은 아무도 없었다. 이반 야코블레비치가 와서 면도를 한 것은 수요일이었는데 수요일은 물론 다음 날 목요일에도 하루 종일 코는 제자리에 있었다. 그는 이것을 똑똑히 기억하고 있을뿐더러 확실히 알고 있었다. 게다가 코가 잘려 나가려면 어쨌든 아팠어야 할 게 아닌가? 코가 잘려 나간 자리만 해도 이렇게 빨리 블린처럼 반질반질하게 아물 리가 만무했다. 그는 정식으로 법적 절차를 밟아 대령 부인을 법정에 세울 것인지, 아니면 그녀를 찾아가 직접 담판 지을 것인지 머릿속으로 궁리해 보았다. 그의 생각은 방문 틈새로 들어오는 불빛 때문에 갑자기 중단되고 말았다. 이반이 문간방에서 촛불을 켠 모양이었다. 잠시 후 이반이 촛불을 받쳐 들고 방 안을 환히 밝히며 들어왔다. 코발료프는 어제까지 코가 붙어 있던 자리를 얼른 손수건으로 가렸다. 멍청한 하인 놈이 주인의 이상야릇한 얼굴을 발견하고 멍청히 바라보는 일은 피하고 싶었기 때문이다.

이반이 자기의 구석방으로 물러가자마자, 이번엔 현관에서 낯선 사람의 목소리가 들려왔다.

"여기가 8등관 코발료프 씨 댁입니까?"

"들어오시오. 코발료프 소령 여기 있소."

코발료프는 벌떡 일어나서 방문을 열었다.

방에 들어온 사람은 알맞게 살찐 볼에 거무스름한 구레나룻을 기른 풍채 좋은 경찰관이었다. 그는 이 소설의 첫머리에서 이사키예프 다리 끝에 서 있었던 바로 그 경찰이었다.

"혹시 코를 잃어버리지 않았습니까?"

"네, 그렇습니다."

"그걸 찾았습니다."

"저, 정말입니까?"

코발료프 소령은 저도 모르게 소리를 질렀다. 어찌나 반갑던지 혀끝이 말을 듣지 않을 지경이었다. 그는 눈을 크게 뜨고 자기 앞에 서 있는 경찰관의, 촛불을 받아 번쩍이는 두툼한 입술과 양볼을 바라보았다.

"어, 어떻게 찾았습니까?"

"정말 우연하게 여행을 막 떠나려는 놈을 체포했습니다. 역마차를 타고 라트비아의 리가로 도망치려던 찰나였지요. 여권도 어느 관리의 이름으로 오래전에 발급받았더군요. 경찰관인 나 자신도 처음엔 의젓한 신사로 알았어요. 다행히도 마침 안경을 쓰고 있었기 때문에 그게 코라는 걸 금방 알아챘지요. 원래 나는 근시라서 소령님이 이렇게 눈앞에 서 있어도 얼굴은 어렴풋이 알아볼 수 있으나 코나 수염 같은 건 거의 알아볼 수 없습니다. 우리 장모, 그러니까 마누라의 어머니도 역시 거의 아무것도 보지 못하지요."

코발료프는 제정신이 아니었다.

"그래, 지금 어디에 있습니까? 어디 있는지 내가 당장 달려가겠소.!"

"걱정하지 마십시오. 소령님에게 꼭 필요할 것 같아 제가 가지고 왔습니다. 그런데 일이 참 묘하게 됐습니다. 이 사건의 공범은 보즈네센스키 거리의 이발사 놈인데 지금은 유치장에 들어가 있어요. 나는 평소부터 그자가 술주정뱅이로 도둑질이라도 능히 할 만한 놈이라고 의심하고 있었습니다. 그런데 그저께 그자가 상점에서 단추 상자를 슬쩍했습니다. 어쨌든 소령님의 코는 무사합니다."

이렇게 말하며 경찰은 주머니에 손을 넣어 종이에 싼 코를 꺼냈다.

"예, 바로 이거요!"

코발료프는 소리쳤다.

"틀림없소. 그럼 차라도 한잔하시지요."

"감사합니다만, 그럴 수가 없습니다. 이제부터 형무소에 가 봐야 할 일이 있어요. 그런데 요새 물건값이 굉장히 오르더군요. 우리 집엔 장모, 그러니까 내 마누라의 어머니가 와서 함께 살고, 어린애들도 우글거려서 말입니다. 큰놈은 정말 똑똑하고 영특해서 장래가 촉망되지만 교육비를 댈 수가 있어야죠."

코발료프는 경찰의 의도를 정확히 파악했다. 그는 책상 위에 있는 10루블짜리 지폐를 집어서 발을 질질 끌고 문 밖으로 나가며 인사를 하는 경찰의 손에 쥐여 주었다. 그리고 잠시 후 코발료프는 큰길로 짐마차를 끌고 나온 바보 같은 놈을 욕하는 그 경찰의 목소리를 들을 수 있었다.

경찰이 돌아간 후에도 코발료프는 얼마 동안 형용할 수 없는 기분에 싸여 멍청히 앉아 있었다. 몇 분이 지난 후에야 차츰 사물을 볼 수 있고 느낄 수 있게 되었다. 이처럼 그가 무의식 상태에 빠졌던 것은 전혀 뜻밖에 찾아든 기쁨 때문이었다. 그는 다시 찾은 코를 양손에 올려놓고 다시 한번 조심스럽게 들여다보았다.

"음, 틀림없어, 내 코야. 내 코가 틀림없어."

코발료프 소령은 되풀이했다.

"옳지, 여기 왼쪽에 어제 생긴 여드름도 있군."

소령은 너무 반갑고 기뻐서 금방 웃음이 터져 나올 지경이었다.

하지만 이 세상에선 무엇이든 오래가지 못하는 법이다. 기쁨 역시 다음 순간에는 그리 대수롭지 않고 또 그 다음엔 더욱 시들해져서 마침내 예사로운 마음으로 되돌아간다. 그것은 마치 작은 돌이 물에 떨어졌을 때 생기는 파문이 결국 다시 평평한 수면으로 되돌아가는 것과도 같다. 코발료프는 생각에 잠겨들어 갔고 아직은 사건이 끝나지 않았다는 것을 깨달았다. 코는 분명히 찾았지만, 그것을 다시 제자리에 붙여야 하는 문제가 남았던 것이다.

"만일 붙지 않으면 어떻게 하지?"

이렇게 자문한 소령의 얼굴은 그만 창백해졌다.

형언할 수 없는 두려움으로 그는 책상으로 달려가 거울을 꺼내 놓고 어떻게 해서든지 코를 비뚤어지지 않게 붙여야겠다고 생각했다. 손이 부들부들 떨렸다. 그는 조심조심 코를 제자리에 올려놓았다. 그러나 이를 어쩌나! 코는 붙지 않았다……! 그는 코를 입에 대고 따뜻하게 입김을 쏘여 다시 두

볼 사이의 평지에다 올려놓았다. 그러나 코는 아무리 해도 그대로 붙지 않았다.

"자! 자! 가만히 좀 붙어 있어! 이 바보야!"

그는 코를 타일러 보았다. 그러나 코는 들은 체 만 체 병마개 같은 야릇한 소리를 내며 책상 위에 떨어질 뿐이었다. 소령의 얼굴은 경련을 일으키며 일그러졌다.

"정말로 안 붙겠다는 건가?"

그는 어이가 없다는 듯 말했다. 다시 몇 번을 되풀이해서 제자리에 붙여 보았으나 역시 헛수고였다.

그는 이반을 불러 의사를 모셔 오라고 했다. 의사는 같은 건물 2층의 훌륭한 방을 차지하고 있었다. 풍채가 좋고 윤기가 흐르는 멋진 수염과 젊고 건강한 아내를 가진 의사였다. 그는 매일 아침 일찍이 신선한 사과를 먹고 거의 사십오 분간이나 양치질을 하는데, 다섯 가지 칫솔로 이를 닦아 입 안을 항상 깨끗이 유지하고 있었다. 의사가 곧 나타났다. 이런 불행이 일어난 지 얼마나 오래되었는지를 묻고 나서, 의사는 코발료프의 턱을 손으로 받쳐 올리더니 코가 붙었던 장소를 손가락으로 탁 튕겨 보았다. 소령은 움찔하며 머리를 뒤로 홱 젖히는 바람에 뒤통수가 벽에 부딪혔다. 의사는 이 정도는 걱정할 것 없다면서, 벽에서 좀 떨어져 앉게 한 다음 이번엔 우선 오른쪽으로 얼굴을 기울어지게 해 코가 붙었던 자리를 만져 보며 말했다. "흠!" 다음엔 왼쪽으로 기울어지게 하고 역시 "흠!" 했다. 마지막으로 손가락으로 그곳을 탁 튕기자, 코발료프는 마치 이빨 검사를 받는 말처럼 목을 움츠렸다. 진찰을 마친 후 의

사는 고개를 가로저으며 말했다.

"이건 곤란합니다. 이대로 그냥 두시는 편이 훨씬 나을 것 같군요. 잘못 건드렸다간 되레 좋지 않을 겁니다. 그야 물론 코야 붙일 수 있지요. 당장이라도 붙여 드릴 수 있지요. 하지만 소령님을 위해서 드리는 말씀인데, 그렇게 하면 오히려 해롭습니다."

"상관없습니다. 코 없이는 한시도 살 수 없어요!"

코발료프는 말했다.

"아무리 나쁘다 해도 지금보다 나을 겁니다. 이런 제기랄! 내가 이런 혐오스런 몰골로 어디를 다니겠습니까? 나는 훌륭한 사람들과 교제를 하고 있는 사람으로서, 오늘 저녁만 해도 저녁 파티가 있는 집안을 두 곳이나 방문해야 합니다. 교제가 넓으니까…… 5등관 부인 체흐타료바라든가 대령 부인 포드토치나라든가…… 하기야 포드토치나 부인한테는 이번에 이런 일을 당했기 때문에 경찰서에서나 만나면 만날까, 그 밖엔 만날 필요조차 없게 되었습니다만……. 그러니 제발 좀 봐주십시오……."

코발료프는 애원하다시피 말했다.

"무슨 방법이 없을까요? 어떻게 해서든지 붙여만 주십시오. 보기 좋게 되건 흉하게 되건 어쨌든 떨어지지만 않으면 됩니다. 좀 위험할 것 같을 땐 미리 한 손으로 가볍게 누르고 있을 수도 있습니다. 그리고 앞으로 춤은 그만두겠습니다. 혹시 잘못하다 코를 상하게 할 수도 있으니까요. 치료비는 힘 자라는 데까지 최대한도로 생각해 드릴 터이니 그 점은 조금도 염려 마시고……."

"이렇게 말하면 곧이들으실지 모르겠지만……."

의사는 크지도 작지도 않으나 힘차고 매력 있는 음성으로 말했다.

"나는 돈 때문에 의사 노릇을 하는 사람이 아닙니다. 그것은 나의 신념과 인술에 위배되는 것이니까요. 내가 왕진료를 받는 건 사실이지만 그것은 거절함으로써 오히려 환자의 기분을 상하게 하지나 않을까 하는 염려 때문입니다. 물론 나는 소령님의 코를 당장에라도 붙여 드릴 수 있지만 그러나 결과는 안 붙인 것만도 못할 겁니다. 이만큼 진정으로 말해도 내 말을 믿지 못하시겠습니까? 아예 건드리지 말고 그대로 두십시오. 그곳을 냉수로 자주 씻어 주세요. 사실 코가 없어도 있을 때나 매한가지로 건강엔 전혀 지장이 없으니까요. 그리고 그 코는 알코올 병에 넣어 두면 좋을 겁니다. 아니, 그것보다 병 속에 독한 보드카와 따뜻하게 데운 식초를 두 숟갈 넣는 편이 좋겠군요……. 그렇게 상하지 않게 해 놓으면 상당한 금액을 받을 수 있을 겁니다. 너무 값을 비싸게 부르지만 않는다면 내가 팔아 드릴 수도 있습니다."

"원 천만의 말씀을! 그걸 팔다니 말이 됩니까!"

절망에 빠진 코발료프 소령은 펄쩍 뛸 듯이 소리쳤다.

"차라리 코가 그냥 사라져 버리는 편이 낫겠소."

"실례했습니다."

의사는 허리를 굽혀 인사하며 말했다.

"소령님께 도움이 되고 싶었습니다만…… 어쩔 수 없습니다. 그러나 적어도 내가 노력했다는 것만은 소령님도 인정하시겠지요?"

이렇게 말하고 나서 의사는 점잔을 빼며 방에서 나가 버렸다. 코발료프는 의사의 얼굴조차 제대로 보이지 않았다. 깊은 무의식 상태에서 겨우 눈에 들어온 것은 의사의 검은 연미복 소매 끝으로 비어져 나온 눈처럼 하얀 셔츠의 소매뿐이었다.

다음 날 그는 소송을 제기하기 앞서 우선 대령 부인에게 편지를 보내 그녀가 자기에게 돌려줘야 할 것을 분쟁 없이 돌려줄 것인지 알아보기로 했다. 그의 편지는 다음과 같았다.

친애하는 알렉산드라 그리고리예브나!

저는 부인이 취하신 기이한 행동을 도저히 이해할 수 없습니다. 그렇게 해 봐야 부인한테 조금도 이로울 것이 없을 뿐만 아니라, 따님과 억지로 결혼시킬 수도 없다는 것을 알아주시기 바랍니다. 제 코와 관련된 사건의 경위는 너무도 자명한 것이며, 따라서 그 주범이 바로 부인이라는 것도 명백합니다. 갑자기 코가 자기 자리를 떠나 관리로 변장하기도 하고 원래의 모습으로 되돌아가기도 한다는 것은 부인이라든가 혹은 부인과 유사한 짓을 하는 사람들이 부리는 요술의 결과가 아니고 무엇이겠습니까? 만약에 코가 오늘 중으로 본래의 위치로 돌아오지 않을 경우 부득이 법에 호소하는 수밖엔 없다는 것을 미리 알려 드리는 바입니다.

그러나 아직도 당신에게 최대의 경의를 표합니다.

당신을 존경하는 플라톤 코발료프 드림

친애하는 플라톤 쿠지미치 씨!

저는 당신이 보내 주신 편지를 읽고 얼마나 놀랐는지 모릅니다. 솔직히 말씀드려서 제게 무슨 잘못이라도 있는 듯이 이렇게 질책하시리라고는 상상도 못 했습니다. 무엇보다도 먼저 저는 당신이 말씀하시는 그런 관리를, 변장을 했건 안 했건 간에 한 번도 집에 들여 본 일이 없습니다. 하기는 필립 이바노비치 포탄치코프라는 분이 한 번 오신 일은 있습니다. 그렇지만 그분은 품행이 바르고 학식이 높은 신사로 제 딸애한테 청혼하려는 눈치였지만, 저는 아직 아무런 언질도 주지 않았습니다. 그리고 편지에 코에 대한 말씀이 있었는데 혹시 그것은 제가 당신의 '코를 떼려고', 다시 말해 정식으로 당신의 청혼을 거절하려 한다는 뜻이 아닌지요? 그렇다면 천만 뜻밖입니다. 그런 말씀은 오히려 당신이 먼저 하셨고, 저는 그때 아시다시피 반대 의견이었으니까요. 그러니까 지금이라도 당신이 정식으로 청혼만 하신다면 저는 언제든지 쾌히 받아들일 용의가 있습니다. 그것은 제가 항상 마음속으로 바라던 것이니까요. 그럼 좋은 소식이 있기를 기다리며 이만 줄입니다.

알렉산드라 포드토치나

"아니야."

코발료프는 편지를 읽고 나서 말했다.

"그 여자는 확실히 아무 죄가 없어. 암, 그럴 리가 없지! 죄가 있다면 절대로 이런 편지는 쓸 수 없거든."

8등관이 이런 방면에 밝은 이유가 있었다. 카프카스 지방

코   47

에 있을 때 여러 번 사건의 심리를 맡아 본 경험이 있었기 때문이다.

"그렇다면 대체 어찌하여, 무슨 운명의 장난으로 이런 일이 일어났을까? 갈수록 앞이 캄캄하군!"

그는 맥없이 두 팔을 밑으로 늘어뜨렸다.

어느새 이 기괴한 사건에 대한 소문은 부풀려져 장안에 퍼졌다. 소문이란 언제나 그렇듯 이 사람 저 사람에게 옮겨질 때마다 허무맹랑한 꼬리가 덧붙여지기 마련이다. 이 무렵 사람들은 모두 신기한 것을 좇고 있었다. 바로 얼마 전부터 자기학(磁氣學)에 대한 체험이 크게 유행했고, 코뉴센나야 거리에 춤추는 의자[14]가 있다는 소문이 퍼지기 시작한 지 얼마 되지 않았다. 따라서 8등관 코발료프의 코가 오후 3시가 되면 넵스키 거리를 산책한다는 소문은 그리 이상할 것도 없었다. 호기심이 강한 사람들이 날마다 수없이 모여들었다. 지금 윤케르 상점에 들어갔다고 누가 말하면, 상점 앞에는 순식간에 사람들이 구름처럼 몰려들어 일대 혼란이 야기되고 경찰이 출동하지 않으면 안 될 지경에 이른다. 구레나룻을 기른 덩치 큰 사기꾼 하나가 극장 입구에서 여러 가지 과자를 팔고 있었는데, 그 장사를 집어치우고 이번에는 튼튼하고 멋진 벤치를 많이 만들어 놓고는 한 사람에게 80코페이카씩 받고 호기심이

---

14) 1833년 말과 1834년 초에 코뉴센나야 거리에서 발생했다는 사건을 말한다. 한 관리의 아파트에서 의자와 책상들이 춤을 추며 공중제비를 돌았다고 한다.

강한 사람들을 끌어모았다. 어느 고참 대령은 그 광경을 구경하려고 일부러 일찌감치 집에서 나와 군중을 헤치고 겨우 안으로 들어갔다. 그러나 괘씸하게도 상점 창문을 통해 보이는 것은 흔해 빠진 털실 재킷 한 벌과 석판으로 인쇄한 그림 한 장이 걸려 있는 것뿐이었다. 그림이란 것도 스타킹을 고쳐 신고 있는 처녀와 그 광경을 나무 그늘에 숨어서 바라보고 있는 짧은 수염을 기르고 두 겹 조끼를 입고 있는 건달을 그린 것으로, 이미 10년 이상이나 바로 그 자리에 걸려 있었던 것이다. 대령은 되돌아 나오며 입맛이 쓰다는 듯이 중얼거렸다.

"어째서 세상 사람들은 이런 어리석고 터무니없는 소문을 가지고 법석을 떠는 걸까?"

그런데 이번에 넵스키 거리가 아니라 타브리체스키 공원[15]에 코발료프 소령의 코가 나타났다는 소문이 퍼졌다. 그곳에 이미 오래전부터 코가 나타났으며, 페르시아 왕자 호스로우 미르자[16]가 거기 체류할 때에도 역시 그런 괴상한 사건이 일어나 그를 몹시 놀라게 했다는 소문도 떠돌았다. 몇몇 의대생들이 일부러 견학을 하러 그 공원을 찾아가기도 했다. 어느 유명한 귀부인은 공원 관리인에게 편지를 보내 자기 자녀들에게 그 기이한 현상을 구경시켜 달라고 부탁했고, 그리고 가능하다면 젊은 아이들에게 교훈이 되도록 설명해 주면 고맙겠다고 했다.

---

15) 1738~1789년에 그리고리 포템킨 영지에 조성된 공원을 말한다.
16) 호스로우 미르자(1813~1875)는 A.C. 그리보예도프가 사망했을 때 위로의 말을 전하기 위해 페르시아왕이 페테르부르크에 보낸 페르시아 왕자이다.

이 사건으로 신난 사람들은 파티라면 빼놓지 않고 찾아다니는 소위 사교계의 사람들이었다. 그들은 여자들을 웃기는 일을 무엇보다 좋아하는 사람들로, 마침 재미있는 이야깃거리가 떨어져 곤란을 느끼고 있었다. 그러나 소수에 지나지 않았지만 점잖고 생각이 깊은 사람들은 그것을 매우 못마땅하게 여겼다. 어느 신사 한 사람은 분노에 찬 어조로 오늘날과 같은 문명 시대에 그따위 황당무계한 헛소문이 어떻게 퍼질 수 있는지 모르겠다, 그리고 당국이 이런 일에 대해 왜 주목하지 않는지 놀라운 일이라고 말했다. 이 신사는 분명히 정부가 모든 일을, 심지어는 자기 집 부부 싸움까지 간섭하기를 바라는 사람 가운데 하나인 모양이었다. 이런 일들이 있은 후에 뒤이어…… 그러나 여기서 이 사건은 또다시 미궁에 빠져 버렸다. 그 후 일이 어떻게 되었는지는 전혀 알 길이 없었다.

3

세상엔 정말로 말도 안 되는 일이 일어나기도 한다. 때로는 도저히 이해하기 어려운 사건이 벌어진다. 한때는 5등관 행세를 하며 마차를 타고 장안을 돌아다니며 그렇게 떠들썩한 소동을 일으켰던 코가 갑자기 아무 일도 없었던 것처럼 시치미를 떼고 다시 제자리에, 즉 코발료프 소령의 얼굴 한가운데 돌아와 앉은 것이다. 어느새 4월 7일이 되어 있었다. 잠에서 깨어 무심코 거울을 들여다보니 코가 있지 않은가! 손으로 코를 만져 보았다. 틀림없는 코다!

"에헤!"

코발료프는 어찌나 반가웠던지 맨발로 껑충껑충 춤을 추려고까지 했다. 그러나 그때 이반이 들어왔기 때문에 그만두었다. 그는 즉시 세면도구를 가져오라고 했다. 세수를 하고 나서 다시 한번 거울을 바라보았다. 코다! 수건으로 얼굴을 닦고 다시 보았다. 역시 코다!

"여보게, 이반, 내 콧등에 여드름이 난 것 같단 말이야, 좀 봐 주게."

그는 이렇게 말하며 마음속으로 후회했다.

'괜한 걸 물었군! 혹시 이반이 '여드름은 고사하고 코가 보이질 않네요, 나리.' 하고 대답하면 정말 큰일인데.'

그러나 이반은 이렇게 대답했다.

"여드름이 다 뭡니까, 아무것도 없어요. 코는 아주 말쑥합니다."

"좋아, 이젠 됐어!"

소령은 중얼거리며 손가락을 탁 하고 튕겼다. 바로 이때 방 안으로 얼굴을 들이민 것은 이발사 이반 야코블레비치였다. 이발사는 버터를 훔치다가 호되게 얻어맞은 고양이처럼 겁에 질린 모습이었다.

"먼저 묻겠는데, 손은 깨끗한가?"

코발료프는 이발사가 가까이 오기도 전에 이렇게 소리쳐 물었다.

"네, 깨끗합니다."

"거짓말은 아니겠지?"

"네, 정말로 깨끗합니다, 나리."

"좋아, 조심해서 해 주게."

코발료프는 의자에 앉았다. 이반 야코블레비치는 그에게 흰 보자기를 씌웠다. 그러고는 눈 깜짝할 새에 비누 솔로 그의 수염과 볼에다가 장사하는 집의 생일 잔치에 나오는 크림처럼 가득 비누칠을 했다.

"음, 틀림없어!"

이발사는 소령의 코를 내려다보며 중얼거렸다. 그리고 이번에 옆으로 고개를 기웃 하여 측면에서 바라보았다.

"역시 내가 생각했던 대로야!"

코만 그냥 오랫동안 바라보고 있었다. 이윽고 코끝을 쥐려고 조심스럽게 두 손가락을 뻗쳐 들었다. 이것은 이반 야코블레비치가 면도를 하는 순서였던 것이다.

"이봐, 조심해야 하네!"

코발료프가 외쳤다. 이반 야코블레비치는 흠칫 손을 내렸다. 그는 이제껏 한 번도 경험해 본 일이 없는 불안을 느꼈다. 한참 만에야 그는 턱밑에 살며시 면도칼을 갖다 대기 시작했다. 후각 기관에 손을 대지 않고 면도를 하자니 아주 불편하고 곤란하기 짝이 없었으나, 그 거친 엄지손가락으로 볼과 아랫입술을 누르고 가까스로 면도를 깨끗이 끝낼 수 있었다.

면도가 끝나자 코발료프는 즉시 옷을 갈아입고 마차를 잡아타고서 곧장 제과점으로 달려갔다. 제과점에 들어서자마자 그는 멀리서부터 커다란 소리로 주문했다. "코코아 한 잔!" 그러고는 재빨리 거울 앞으로 달려갔다. 역시 코는 제자리에 붙어 있었다. 그는 만면에 미소를 띠고 뒤를 돌아보고는 눈을 약간 가늘게 뜨며 비웃는 듯한 표정으로 두 사람의 군인에게 시선을 던졌다. 그중 한 사람의 코는 아무리 우겨 봐도 조끼 단추보다 크다고는 할 수 없는 물건이었다. 제과점을 나온 그는 평소부터 부지사 자리를, 그것이 안 되면 감찰관 자리라도 하나 얻으려고 찾아다니던 그 관청으로 발길을 돌렸다. 수위실 옆을 지나면서 슬쩍 거울을 들여다보았지만 여전히 코는 붙어 있었다. 다음엔 역시 소령인 8등관 친구를 찾아갔다. 이 친구는 언제나 남의 아픈 곳을 찔러 약을 올리기 좋아하는 독설가였다. 그럴 때마다 코발료프는 다음과 같이 응수하곤 했다.

"아무리 지껄여 봐야 자네 독설은 바늘 끝으로 찌르는 것만큼도 아프지 않네."

이 친구에게 가는 도중에도 코발료프는 생각했다.

'만일 그 녀석이 나를 보고도 배를 쥐고 웃어 대지 않는다면 그거야말로 내 얼굴에 있어야 할 물건이 모두 제자리에 붙어 있다는 증거가 될 거야.'

그러나 그 8등관은 아무 소리도 없었다.

'됐어, 됐어, 틀림없어!'

그는 속으로 쾌재를 불렀다. 돌아오는 길에 그는 대령 부인과 그 딸을 만났다. 아는 체를 하니까 환성을 올리며 반가워했다. 그러니까 그의 육체는 아무런 결함이 없는 것이다. 그는 꽤 오랫동안 길가에 서서 여자들과 얘기를 했다. 그리고 일부러 코담배를 꺼내서 보란 듯이 한참 동안이나 양쪽 콧구멍에 집어넣고 있었다. 그러면서도 속으로는 이렇게 중얼거렸다.

'어리석은 여자들이야! 아무튼 난 당신 딸한테 장가들지 않겠소. 뭐 별다른 이유가 있는 건 아니지만…… . 흥, 미안하게 됐습니다!'

그 후부터 코발료프 소령은 아무 일도 없었던 것처럼 어떠한 장소에도 거리낌없이 나타났다. 코 역시 아무 일 없었던 것처럼 얼굴 한가운데에 앉아 어디로 달아날 것 같은 기색은 보이지 않았다. 그런 일이 있은 후 코발료프 소령은 언제 보아도 기분이 좋아서 싱글벙글했고, 예쁜 여자라면 누구에게나 추파를 던지는 것이었다. 한번은 시장의 상점 앞에서 걸음을 멈추고 훈장에 다는 리본을 샀다. 대체 그것을 무엇에 쓰려는지 알 수 없었다. 왜냐하면 그는 아직 한 번도 훈장을 받은 일이 없었기 때문이다.

광대한 우리나라 북쪽 수도에서 일어난 이 사건의 전모는 대략 이상과 같다. 지금은 누가 생각해도 믿기 어려운 점이 한두 가지가 아니다. 코가 도망을 쳐서 5등관의 모습으로 차려 입고 여기저기 나타난다는 것도 확실히 초자연적인 기괴한 사실이라는 것은 말하지 않더라도, 왜 코발료프와 같은 인물이 신문사에서 코에 대한 광고를 내지 못했을까? 내가 여기서 말하려는 것은 광고료가 비싸기 때문에 하는 이야기가 아니다. 그건 말도 안 되는 일이다. 나는 그런 계산적인 사람이 못 된다. 하지만 어쨌든 창피하고 어색하고 불쾌한 일이다. 또 구워 낸 빵 속에 어떻게 코가 들어 있을 수 있을까? 이반 야코블레비치는 또 어떻게…… 아니, 그것은 도저히 이해할 수 없다. 나로서는 정말로 이해할 수 없는 일이다. 그러나 무엇보다 이상하고 무엇보다 이해하기 어려운 것은 작가들이 어떻게 이런 종류의 사건을 주제로 삼을 수 있겠느냐 하는 문제다. 솔직히 말해서 이것은 이미 인간의 두뇌로써는 풀어낼 수 없는, 다시 말하자면…… 아니, 아니, 나로서는 도저히 이해할 수 없는 문제다. 첫째로 이런 사건을 주제로 써 봐야 국가에 이로울 건 조금도 없을 거고, 둘째로는…… 둘째도 역시 아무런 이익이 없을 것이다. 하여튼 나는 뭐가 뭔지 도무지 알 수가 없다…….

그렇긴 하지만 하나하나 따져 본다면 전체적으로 이 사건을 수긍할 수도 있을 것이다. 물론 하나에서 열까지 모두가 비현실적인 것만은 사실이지만, 그러나 생각하고 다시 생각해 보면 이 이야기 속에는 분명히 무엇인가 내포되어 있다. 누가 뭐라 해도 이와 비슷한 사건들은 이 세상에 있을 수 있다. 드물긴 하지만 있을 수 있는 일이다.

코

외투

그가 근무하던 관청은…… 아니, 어느 관청인지 밝히지 않는 게 좋을 것 같다. 어느 관청이건, 어느 부대이건, 어느 사무실이건, 하여튼 관리만큼 화를 잘 내는 사람들도 없다. 이제는 개인들까지 자기가 당한 일을 마치 사회 전체에 대한 모욕처럼 생각한다. 어느 도시인지 기억할 순 없지만 아주 최근에 그 지역 경찰서장이라는 사람이 국가 기강이 무너지고 자신의 거룩한 이름이 함부로 남용된다는 내용의 탄원서를 제출했다고 한다. 그리고 다소 낭만적인 내용이 적힌 어마어마한 분량의 증빙 서류를 첨부했는데, 그 서류에는 10쪽마다 한 번씩 경찰서장이 등장하는데 완전히 술에 취한 모습으로 묘사되었다. 그러니 불미스러운 일에서 벗어나려면, 문제가 되는 곳을 그냥 '어느 관청'이라 부르는 것이 낫다. 그 '어느 관청'에 '어떤 관리'가 근무하고 있었다. 아주 뛰어나다고 할 수 없고 키가 작은 그 관리는 약간 얽은 자국이 있는 불그스름한 얼굴에 눈에 띄게 시력이 안 좋았으며, 이마가 조금 벗겨지고, 양볼에 주름이 진 데다 치질 환자 같은 얼굴빛을 하고 있었다. 어쩌겠는가! 페테르부르크 기후 탓인 것을. 관등에 관한 한(우리나라에서는 우선 관등부터 밝혀야 한다.) 그는 만년 9등관이었다. 아시다시피 밝혀도 끽소리 한 번 못 하는 사람들을 억압하는 훌륭한 습성이 있는 온갖 종류의 작가들이 마음껏 놀려 대고 마구 비꼬는 바로 그 9등관이다. 그 관리의 성(姓)은 바시마치킨이었다. 이름만 보아도 바시마크[1]에서 유래한 성임을 알 수 있다. 그러나 언제 어느 시대에 어떻게 바시마크와 연관되었는지 알 수 없다. 아버지도, 할아버지도, 심지어 외가 쪽 식구까지도 바시마치킨 집안 사람들은 모두 보통 구두를 신고 다녔고, 밑창도 1년에 세 번 정도만 갈았다. 그의 이름은 아카키아카키예비치[2]였다. 아마 독자들에게 이름이 약간 이상하고 진기하게 여겨지겠지만 일부러 그런 이름을 찾아낸 것이 아니라 다른 이름으로 부를 수 없는 사정이 생겼고 결국엔 그렇게 된 것이다. 기억이 틀리지 않다면, 아카키 아카키예비치는 3월

---

1) 러시아어 '바시마크(bashmak)'는 단화, 즉 구두라는 의미이다.
2) '아카키 아카키예비치(Akakii Akakievich)'는 아버지 역시 그 이름이 아카키라는 말이다. 아카키라는 이름의 유래에는 두 가지 설이 있다. 하나는 실존했던 성자의 이름에서 유래했다는 것이고, 다른 하나는 러시아어 가운데 유아어로서 똥 또는 응가를 의미하는 '카카(kaka)'에서 유래했다는 것이다. 주인공의 이름은 유아어 '카카'와 비슷하여 그의 유아성과 희극성을 높이기 위한 의도적인 이름이라는 것이다.

23일 저녁 무렵에 태어났다. 고인이 된 그의 어머니는 관리의 아내로서 마음씨가 아주 착한 여자였으며, 당연히 해야 할 일이지만 아기에게 세례를 주어야 했다. 엄마는 문을 향한 채 아직 침대에 누워 있었고, 오른쪽에는 의회에서 의장으로 일한 적이 있는 뛰어난 대부 이반 이바노비치 예로시킨과, 그 경찰관의 아내이자 선행을 잘 베푸는 대모 아리나 세묘노브나 벨로브류시코바가 서 있었다. 산모에게 세 가지 이름 가운데 마음에 드는 것을 고르라고 했다. 목키나 솟시[3]로 부르든지 아니면 순교자의 이름을 따서 호즈다자트라고 부르라는 것이었다. 산모는 잠시 생각하더니 "싫어요."라고 말했다. "무슨 이름이 다들 그 모양이람." 그녀를 만족시키기 위해 달력의 다른 한 장을 넘겼다. 이번엔 다시 트리필리, 둘라, 바라하시 이렇게 세 개의 이름이 나왔다. "아이구, 맙소사." 산모가 내뱉은 말이었다. "무슨 이름들이 다 그래. 정말로 한 번도 들어 보지 못한 이름들이네. 바라다트나 바루흐라면 또 모르지만 트리필리와 바라하시라니." 달력을 또 한 장 넘겼다. 파프시카히와 바흐티시. "이젠 더 볼 것도 없어요." 산모가 말했다. "그 애 운명이 그런가 보군요. 그렇다면 차라리 아버지의 이름을 따서 부르는 것이 더 낫겠어요. 아버지가 아카키였으니 아들도 똑같이 아카키라고 하지요." 이렇게 해서 아카키 아카키예비치라는 이름이 생겨난 것이다. 세례를 받을 때 아기는 울어 버렸고, 마

---

3) '목키(Mokkii)'와 '솟시(Sossii)'는 각각 '젖은(mokryi)'과 '(젖을) 빨다(sosat)'에서 유래한다. 작가는 유아적인 이름을 이용하여 언어 유희를 즐기고 있다.

치 자신이 훗날 9등관이 될 것을 미리 예상이라도 한 듯 얼굴
을 찡그렸다. 모든 일이 바로 이렇게 일어난 것이다. 이런 이야
기는 불가피한 것이었고 또한 다른 방법이 없었다는 점을 독
자가 직접 알 수 있도록 하기 위해서 했다. 그가 언제 어떤 시
기에 관청에 들어왔는지, 또 그를 관직에 앉힌 사람이 누구
인지는 아무도 기억할 수 없었다. 부장과 국장이 수없이 갈리
는 동안, 그는 언제나 같은 자리와 같은 직위에서 서기로서 같
은 업무를 되풀이했다. 나중에는 그가 제복을 입고 이마가 벗
겨진 모습을 한 채 9등관이 되기 위해 이미 완전한 준비를 하
고 세상에 태어난 것처럼 보인다고 다들 믿게 되었다. 관청에
서는 모두 그를 아무렇게나 대했다. 경비는 그가 지나가도 자
리에서 일어나지 않았을 뿐만 아니라, 날아온 파리 한 마리
가 응접실을 지나가는 듯 전혀 거들떠보지도 않았다. 상관들
은 그를 냉정하고 난폭하게 대했다. 계장인지 무슨 대리라는
작자는 '정서해 주시오.'라든가 '이거 재미있고 좋은 일감이지
요.'라고 예의를 지켜 해야 하는, 업무에서 사용되는 기분 좋
은 말 한마디 없이 코앞에 서류 뭉치를 불쑥 들이밀었다. 그
러면 그는 누가 일을 맡기는지, 그 사람이 그럴 권리가 있는지
어떤지에 관계없이 종이만 바라보고는 일을 맡았다. 그는 종
이를 받는 대로 즉시 글씨를 써 내려갔다. 젊은 관리들은 사
무적인 기지를 발휘해 그를 조롱했고, 그의 면전에서 그에 대
한 꾸며 낸 여러 가지 이야기들을 주고받았다. 그의 집주인인
일흔 살 먹은 노파까지 등장시켜, 그가 노파에게 맞고 산다고
말하거나 언제 노파하고 결혼하느냐고 묻기도 하고, 눈이 내

린다며 종이 부스러기를 그의 머리 위에 뿌리기도 했다. 그러나 아카키 아카키예비치는 눈앞의 사람들은 안중에도 없다는 듯 아무런 대꾸도 하지 않았다. 그가 하는 일에도 지장을 받지 않았다. 그런 와중에도 그는 정서하는 일에 한 치의 실수도 하지 않았다. 농담이 도를 넘어 너무 지나치게 그의 팔을 건드리며 일을 방해하면, 그제서야 "날 좀 내버려 둬요, 왜 이렇게 나를 못살게 구는 거요?"라고 말하는 것이었다. 그의 말과 음성에는 기이한 힘이 담겨 있었다. 그 말을 듣고 있노라면 어느새 연민의 정이 솟아나, 취직한 지 얼마 안 되어 동료들 따라 아무 생각 없이 그를 조롱하던 한 젊은이는 갑자기 뭔가에 찔리기라도 한 듯 꼼짝할 수 없었다. 그날 이후로 그 젊은이는 모든 것이 변한 것 같았고 그때까지와는 다른 모습으로 느껴졌다. 한때는 유쾌하고 사교적인 사람들로만 여기고 알고 지내던 동료들과도 어떤 알 수 없는 힘에 의해 멀어지게 되었다. 그 이후로도 오랫동안 가장 즐거운 순간에 젊은이는 이마가 벗겨진 작은 관리가 애처롭게 스며드는 말로 '날 좀 내버려 둬요, 왜 이렇게 나를 못살게 구는 거요?'라고 말하던 모습이 떠올랐다. 그 절절이 스며드는 애처로운 말 속에 '나도 당신들의 형제요.'라는 또 다른 소리가 묻어나는 것이었다. 그러면 이 가련한 젊은이는 손으로 얼굴을 가렸고, 그 후 평생 동안 인간이 얼마나 잔인한 존재인지를, 누구나 알 만한 세련되고 품위 있고 명예로운 사람들조차 그 고상하고 점잖고 자랑스런 인품 뒤에 얼마나 많은 잔인하고 무례한 면이 감추어져 있는지를 알고서 얼마나 몸서리를 쳤는지…….

그처럼 자신의 일에 충실한 사람을 어디서 찾을 수 있을까. 단순히 열성적으로 일한다고 말하는 것만으로는 부족했다. 아니, 그는 애정을 갖고 근무했다. 이 정서하는 일에서 그는 다양하고 즐거운 자신만의 어떤 세계를 발견한 것이다. 즐거움은 그의 얼굴에도 나타났다. 그가 특별히 좋아하는 글자도 있었다. 일을 하다가 그 글자를 대하면 너무나 기뻐서 미소를 짓고 윙크를 하면서 입으로 글자들을 불러 보곤 했다. 그 때문에 그가 깃털 펜으로 써 내려가는 글자 하나하나를 그의 얼굴에서 읽어 낼 수 있을 것 같았다. 일에 대한 열정만 가지고 본다면, 자신도 놀랄 일이겠지만, 5등관 직책을 하사할 만도 했다. 그러나 그가 얻은 것은, 동료들의 독설을 빌린다면, 허름한 제복 단추와 치질뿐이었다. 그렇다고 그에게 관심을 갖는 사람들이 전혀 없었던 것은 아니다. 어느 양심적인 국장이 오랜 기간의 근무를 치하하고자 평범한 정서 업무보다 좀 더 중요한 직책을 그에게 맡기라고 지시했다. 그 결과 그는 준비된 양식에 따라 다른 관청으로 가는 문서를 작성하는 일을 하게 되었다. 표제를 바꾸고, 동사를 일인칭에서 삼인칭으로 바꾸는 일일 뿐이었다. 이 새 업무는 그에게 너무 부담이 되어 그야말로 땀을 뻘뻘 흘리던 그는 마침내 이마를 훔치며 말했다. "못 하겠어요, 차라리 정서하는 일을 맡겨 주십시오." 그 이후로 그는 항상 정서만 하게 되었다. 그에게는 정서하는 일 이외에 아무것도 존재하지 않는 것 같았다. 그는 옷차림에도 전혀 신경을 쓰지 않았다. 그의 제복은 녹색이 아니라 불그스레한 밀가루 색이었다. 제복의 깃이 좁고 낮아서 그 깃 사이로 비어져 나온

목은 사실 길지 않은데도 유별나게 길어 보였다. 그 모습이 마치 러시아에 거주하는 외국인들이 수십 개씩 머리에 이고 팔러 다니는, 목이 이리저리 흔들리는 고양이 석고상과 같았다. 제복에는 언제나 무엇인가를 묻히고 다녔다. 지푸라기나 어떤 실밥 같은 것이 붙어 있었다. 게다가 무슨 재주인지 쓰레기를 버리는 바로 그 순간에 창문 아래로 지나가기 때문에 그의 모자에는 항상 수박이나 꿀참외 껍질과 같은 잡동사니들이 얹혀 있었다. 그는 날마다 거리에서 일어나는 일에 전혀 신경을 쓰지 않았다. 알다시피, 그의 젊은 동료 관리였다면 기민하고 예리한 눈길로 길 건너에서 걸어가는 누군가의 바짓단이 터진 것을 알아채고는 얼굴에 교활한 웃음을 흘렸을 것이다.

그러나 아카키 아카키예비치는 어딘가에 눈길을 돌렸을 때도 가지런한 자신의 필체로 정서한 글씨들만이 온통 아른거릴 뿐이었으며, 자신이 지금 어디에 있는지조차 모르다가, 어디선가 갑자기 튀어나온 말 대가리가 그의 어깨 너머로 불어넣은 콧김이 볼에 와닿았을 때에서야 비로소 정신을 차리는 것이었다. 그러면 자신이 지금 정서 작업을 하고 있는 것이 아니라 길 한복판에 있음을 깨닫곤 했다. 집에 돌아오면 정확히 같은 시간에 식탁에 앉아 수프와 양파를 곁들인 쇠고기를 무슨 맛인지도 모르는 채, 음식에 파리가 붙었든지 무슨 이상한 것이 잘못 빠져 있든지 전혀 신경 쓰지 않고 먹어 치웠다. 뱃속이 어느 정도 채워졌다 싶으면, 식탁에서 일어나 잉크병을 꺼내어 집에 가지고 온 서류를 정서하기 시작했다. 그런 일이 없을 때면 취미 삼아 보관해 둘 요량으로 서류를 베껴 두었다.

그런 서류가 특히 근사할 경우에, 즉 서류의 문구가 멋있다는 말이 아니라 수신인이 새로운 유력 인사인 경우에 그랬다.

페테르부르크의 잿빛 하늘이 완전히 어둠에 잠기고, 모든 관리들이 각자의 봉급 수준과 취향에 맞추어 배불리 식사를 마친 뒤, 펜 놀리는 소리와 분주함, 자신과 다른 사람들의 불가피한 일들, 일에 미친 사람들이 자진해서 때로는 필요 이상으로 떠맡았던 업무들을 끝내고 모두들 휴식에 들어갈 무렵, 나머지 저녁 시간을 즐기고자 마음먹은 관리들은 극장으로, 화사한 옷차림의 여인들이 있는 거리로, 또 크지 않은 관리 사회의 새 우상으로 떠오른 어느 용모가 아름다운 아가씨에게 너도 나도 달콤한 말을 속삭이는 연회장으로 달려간다. 이도 저도 아닌 대부분의 사람들은 그저 4층이나 3층에서 작은 방 두 칸에 현관이나 부엌이 딸린 집을, 몇 끼의 식사와 노는 것을 포기하고 사 모은 램프나 이것저것 유행에 따른 물건들로 장식해 놓고 사는 동료를 찾아간다. 그러니까 모든 관료들이 친구들의 작은 아파트를 찾아 카드놀이를 즐기고 건빵과 차를 나누고 기다란 담뱃대의 연기를 빨아들이다가 카드를 돌리는 막간을 이용해 러시아인이라면 누구나 거절할 수 없는 상류 사회에서 흘러나온 이런저런 유언비어를 떠들어 대거나 정 할 말이 없으면 팔코네 동상[4]의 말 꼬리가 잘렸다는

4) 에티엔 모리스 팔코네(Étienne Maurice Falconet, 1716~1791)는 프랑스 고전주의 조각가로서 페테르부르크의 네바강 언덕에 표트르 대제의 기마상을 만들었다. 이 청동 기마상은 말의 뒷다리들과 꼬리로 몸통을 지탱하고 있다.

신고를 받았다는 어느 사령관에 대한 오래된 일화를 다시 되풀이하는, 한마디로 다들 기분 전환이나 하려고 애쓰는 바로 그 시간에도 아카키 아카키예비치는 즐거움과는 거리가 먼 시간을 보냈다. 어떤 모임에서도 그를 보았다는 사람은 아무도 없었다. 쓸 만큼 다 쓰고 나면 '내일은 또 무엇을 정서해야 하나?' 하고 미리 내일을 상상해 보며 그는 미소 띤 얼굴로 잠자리에 드는 것이었다. 400루블의 급료로 자신의 운명에 만족하며 살아가던 한 인간의 평화로운 삶은 그렇게 흘러가고 있었고 아마 또 그렇게 순조롭게 말년을 맞이할 수도 있었을 것이다. 9등관이든, 3등관이든, 7등관이든, 또 어떤 공직자이든, 관청 근처에도 안 가 본 사람이든 인간이라면 누구에게나 닥치는 삶의 길에 뿌려진 갖가지 큰 불행이 없었다면 말이다.

페테르부르크에서 연봉 400루블 정도의 급료로 생계를 꾸려 가는 사람들에게는 강적이 있다. 그 강적이란 북방의 혹한이다. 하기야 혹한이 건강에 좋다는 말들도 한다. 아침 9시, 거리가 온통 관청으로 출근하는 사람들로 꽉 메워지는 시각에 코끝을 에는 바람의 세찬 일격이 무차별적으로 가해지면 불쌍한 관리들은 코를 어디에 감추어야 할지 어찌할 바를 모른다. 높은 직책의 나리들도 혹한에 이마가 아파지고 눈에서 눈물이 찔끔 쏟아지는 이 순간에 가난한 9등관들은 항상 속수무책이다. 유일한 해결책은 얇은 외투 자락에 몸을 숨기고 대여섯 개 거리를 가능한 한 재빨리 지나 길에서 꽁꽁 얼어붙은 몸이 녹아 일을 시작할 수 있을 때까지 경비실에서 발을 동동 구르는 것이다. 아카키 아카키예비치는 있는 힘을 다해 똑같은 지역을 달려가는데도 얼마 전부터 등과 어깨가 유난히 시린 듯한 느낌을 받았다. 마침내 그는 외투에 무슨 홈이 생겼을지도 모른다는 생각이 들었다. 집에 와서 외투를 자세히 살펴보니 등과 어깨 부분에 두세 군데 구멍이 뚫려 그 안이 들여다보일 정도였다. 천이 닳을 대로 닳아 거의 속이 비칠 정도였으며, 안감도 낡아 누더기가 되어 있었다. 아카키 아카키예비치는 외투 역시 동료들의 놀림감이었다는 것을 알아 둘 필요가 있다. 심지어는 외투라는 점잖은 이름 대신에 실내복이라고 불렸다. 사실 모양이 좀 이상하기도 했다. 외투의 다른 약한 부분에 덧대기 위해 옷깃을 조금씩 떼어 쓴 바람에 외투깃이 해마다 줄어든 것이다. 재봉사의 솜씨가 그다지 좋지 않았던지 덧댄 부분은 헐렁하여 보기가 흉했다. 사태를 파악한 아카키 아카키예비치는 외투를 페트로비치에게 가져가기로 했다. 페트로비치는 뒷계단을 따라 올라가는 4층 어딘가에 살고 있는 재봉사로 애꾸에다 얼굴은 반점으로 온통 얼룩덜룩했지만 관리 제복이며 다른 바지며 예복을 고치는 솜씨는 꽤 괜찮았다. 물론 술이 취하지 않은 상태에서 머릿속에 딴 궁리를 하고 있지 않을 때에는 그러했다. 이 재봉사에 대해서 많은 것을 이야기할 필요가 있을까 싶기도 하다. 하지만 소설이라는 것이 원래 등장인물들의 성격을 분명히 해 두어야 한다니, 뭐 할 수 없이 여기서 페트로비치에 대해 잠시 살펴보겠다. 그는 어느 지주 댁의 농노 출신으로 처음에는 그냥 그리고리라고 불렸다. 농노 해방이 되자 모든 축일마다 술을 퍼마시면서 페트로비치라고 불리게 되었다. 처음에는 큰 축일에만 술을 마시던 것이 차츰 달력에 십자 표시가 있는 날만 되면 가리지 않고 술을 마셔댔다. 이런 면에서 본다면 그는 옛 관습에 충실한 사람이었으며, 아내와 말다툼을 할 때면 아내를 속물이니 독일 여편네니 하고 불렀다. 아내 이야기도 나왔으니 그녀에 대해서 한두 마디 하고 넘어갈 필요가 있겠다. 그러나 유감스럽게도 그녀에 대해 알려진 것은 별로 없으며 단지 페트로비치에게 아내가 있다는 사실만이 잘 알려져 있었다. 그녀는 숄을 두르는 대신 모자를 머리에 쓰고 다녔다. 인물은 자만할 정도는 아닌 것 같았다. 그래도 근위대 병사들만은 그녀를 만날 때 그녀의 모자 아래를 흘낏 보고 윙크를 하며 괴상한 소리를 질러 댔다.

구정물로 흥건한 페테르부르크 집들의 뒷계단이면 어디서나 맡을 수 있는 잘 알려진 술 냄새로 찌든 계단을 따라 페트로비치의 방으로 가면서, 아카키 아카키예비치는 벌써부터 페트로비치가 가격을 얼마나 부를까 생각해 보았다. 2루블 이상은 절대로 안 된다고 마음속으로 다짐했다. 문이 열려 있었다. 안주인이 무슨 생선 요리를 하는지 부엌에 연기가 자욱했으므로 바퀴벌레 한 마리도 볼 수 없었다. 아카키 아카키예비치는 안주인도 눈치채지 못하게 부엌을 지나, 색칠하지 않은 넓은 나무 탁자 앞에 페트로비치가 터키 총독처럼 양반다리를 하고 앉아 있는 방으로 들어섰다. 작업 중인 재봉사들이 늘 그렇듯이 그도 맨발이었다. 이미 아카키 아카키예비치의 눈에 익은 커다란 그의 발가락과 거북이 등껍질처럼 두껍고 딱딱한 발톱이 제일 먼저 시야에 들어왔다. 페트로비치의 목에는 실타래가 걸려 있고 무릎에는 헌 옷이 놓여 있었다. 그는 벌써 삼 분 동안이나 애썼지만 바늘에 실이 꿰어지지 않아 몹시 화가 나 있었으며, 방이 어둡다느니 실이 못 쓰겠다느니 하며 소리 내어 투덜거리고 있었다. "이런 망할 것, 왜 안 들어가는 거야. 정말 애먹이는군, 천하의 못된 것 같으니!" 아카키 아카키예비치는 하필 페트로비치가 화를 내고 있는 순간에 찾아와 기분이 좋지 않았다. 사실 그는 페트로비치가 약간 허세를 부리거나, "술에 푹 절었네, 이 애꾸눈 망나니야."라고 그의 아내가 바가지를 긁고 있을 때 찾아가 주문하는 걸 좋아했다. 그런 상황이면 페트로비치는 기꺼이 고집을 꺾고 손님이 부르는 가격에 응해 주었으며 절을 하고 고맙다는 인사까지 했던 것이다. 그러고 나면 아내가 찾아와, 사실 남편이라는 작자가 술에 취해 싼값에 일을 맡았다고 징징거리며 하소연했다. 그러나 10코페이카짜리 하나만 쥐여 주면 그만이었다. 지금의 페트로비치는 취하지 않은 상태인 것 같았다. 깐깐한 성격에 고집쟁이라 얼마를 부를지 도무지 알 수가 없었다. 아카키 아카키예비치는 이것을 다 없었던 일로 하고 싶어졌지만, 이미 주사위가 던져졌다는 것을 알고 있었다. 페트로비치가 애꾸눈을 가늘게 뜨고 뚫어지게 바라보자, 아카키 아카키예비치는 마지못해 말문을 열었다.

"페트로비치, 잘 있었나!"

"나리도 안녕하시지요?"

페트로비치는 이번엔 어떤 먹이를 가져왔나 살피는 듯 아카키 아카키예비치의 손을 곁눈질해 가면서 대답했다.

"페트로비치, 여기 자네에게 맡길 것이 있네, 그게……."

아카키 아카키예비치는 말을 할 때 전치사, 부사에 그, 저, 그러니까…… 뭐 이런 아무 의미 없는 말들인 소사(小詞)나 조사(助詞)를 너무 많이 사용하는 경향이 있었다. 게다가 아주 곤란한 일을 당하면, 문장을 끝낼 줄 모르는 습관이 있었다. 그래서 종종 '이건, 사실, 진짜로 말하면……'과 같은 단어들로 말을 꺼내고 나서는 진짜 내용에 대해서는 아무 말도 못하고 그랬다는 것도 잊고서 할 말을 다 했다고 생각하곤 했다.

"뭔데요?"

동시에 페트로비치는 애꾸눈으로 제복을 옷깃에서부터 소매, 등, 팔 안쪽, 단춧구멍까지 구석구석 훑어보면서 물었다. 사실 이 모든 것은 원래 그의 일이기 때문에 그에겐 아주 익숙한 일이었다. 그런 일은 재봉사들의 습관이다.

"저, 내가 말이지, 페트로비치……, 외투가 말이야, 양복지가……, 자 여길 봐, 다른 데는 전부, 멀쩡한데, 좀 먼지가 앉긴 했어도 말이야, 하긴 좀 낡아 보이지만, 그래도 새것 같아. 자, 여기 한 군데가 좀…… 그러니까 등 쪽이, 아, 그리고 한쪽 어깨가 닳아서 구멍이 났네. 그리고 이쪽 어깨도 조금…… 봐, 이게 전부야. 간단한 일이지 뭐……."

페트로비치는 그 실내복 같은 외투를 집어 들어 탁자 위에 펴놓고 한참 동안 살펴보다가 머리를 흔들었다. 그는 어떤 장군의 초상화가 그려진 담뱃갑을 집으려고 창 쪽으로 손을 뻗었다. 그 담뱃갑에 그려진 초상화는 손가락으로 뚫린 얼굴 부분의 구멍을 종잇조각으로 떼워 놓아서 어느 장군인지는 알 수가 없었다. 코담배 냄새를 맡고 난 후, 페트로비치는 양팔로 그 실내복을 대충 펼쳐 들더니 불빛에 한 번 비춰 보고 또다시 머리를 저었다. 그런 다음 안감 쪽으로 뒤집더니 또 한 번 머리를 젓고 담뱃갑의 뚜껑을 열어 담배를 코에 갖다 대고는 그 뚜껑을 닫아 뒤로 감추더니 마침내 입을 열었다.

"안 되겠는데요, 못 고치겠어요. 옷이 완전히 망가졌네요!"

아카키 아카키예비치는 그 한마디에 가슴이 철렁했다.

"왜 안 된다는 거야, 페트로비치?" 그의 목소리는 거의 떼쓰는 어린아이 같았다. "겨우 어깨가 좀 닳은 것뿐인데, 덧댈 만한 천이 있지 않나……?"

"그래요, 천 같은 거야 뭐, 얼마든지 있지요. 하지만 꿰맬 수가 없어요. 너무 심하게 삭아서 바늘을 갖다 대면 찢어질걸요."

"찢어지면 어때, 또 즉시 기우면 되지."

"덧댈 수가 없어요. 받쳐 주는 게 아니라 닳아 버린 옷감을 더 잡아당길 테니까요. 말이 양복지지 바람만 불어 보세요, 금방 갈가리 찢어질 텐데요."

"그래도, 어떻게 해보게. 정말, 이럴 수가 있나, 내 참……!"

페트로비치가 단호하게 말했다.

"안 돼요! 손댈 수가 없어요. 완전히 엉망이에요. 이제 겨울 추위도 다가오고 할 테니 잘라서 각반이나 만들어 쓰는 게 나아요. 추울 땐 양말만으론 부족할 테니까. 사실 이것도 독일 놈들이 돈을 더 많이 넣고 다니려고 개발한 것이죠. (페트로비치는 기회 있을 때마다 독일인들에 대해 빈정대기를 좋아했다.) 외투는 새로 하나 맞추셔야 하겠네요."

'새로'라는 말에 아카키 아카키예비치는 눈앞이 캄캄해지고 방 안에 있는 물건들이 뒤죽박죽되어 버리는 것 같았다. 얼굴에 종이를 갖다 붙인 담뱃갑 뚜껑 위의 장군만 제대로 보였다.

"어떻게 새 외투를?" 여전히 꿈속을 헤매는 듯한 기분으로 그가 말했다. "사실 그럴 돈이 없는데."

"그래요, 새로 하세요." 페트로비치는 잔인할 정도로 태연하게 말했다.

"그래, 만일 새것으로 맞춘다면, 그게 저, 어떻게 저리……."

"그러니까 얼마냐는 거죠?"

"그래."

"50루블짜리 석 장에 조금 더 얹어 주셔야죠." 이때 페트로비치는 지나칠 정도로 입술에 힘을 꽉 주며 말했다. 그는 자신의 말에 강력한 효과를 실어, 상대방을 느닷없이 곤란하게 만들기를 좋아했다. 그다음, 그 말을 한 후에 상대방의 표정이 어떤 변화를 나타내는지 곁눈질로 지켜보기를 아주 즐겼다.

"외투 하나에 150루블이라고!" 가엾은 아카키 아카키예비치가 소리를 질렀다. 항상 조용조용히 말하던 그였기 때문에 아마도 태어나서 처음으로 그렇게 큰 소리를 질렀을 것이다.

페트로비치가 말했다. "그래요. 외투를 어떻게 만드느냐에 따라 더 붙기도 하지요. 옷깃에 담비 모피를 달고 모자에 비단 안감을 달면, 200루블까지도 갈 수 있어요."

"페트로비치, 제발……." 페트로비치의 말은 들리지 않는지, 아니면 들려도 안 들으려고 애쓰는지 아카키 아카키예비치는 애원하는 목소리로, "어떻게든 고쳐서 조금이라도 더 입게 해 주게나."

"절대로 안 돼요. 그랬다가는 일은 일대로 망치고 헛돈만
날려요."

단호한 페트로비치의 말을 뒤로하고 아카키 아카키예비치
는 완전히 주눅이 들어 그곳을 나왔다.

그가 떠난 후에도 페트로비치는 입술에 힘을 꽉 주어 입을
다문 채 자존심도 죽이지 않고 재봉사로서의 체면도 세웠다는
점에 혼자 만족해하면서 일도 하지 않고 오랫동안 서 있었다.

거리로 나온 아카키 아카키예비치는 꿈꾸는 기분이었다.
"결국 일이 그렇군." 그는 혼자 중얼거렸다. "정말이지, 난 일
이 이렇게 될 줄, 생각도 못 했어……" 한참 동안 아무 말이
없던 그가 다시 덧붙였다. "어떻게 이럴 수가! 결국 이렇게 되
고 말았잖아. 그런데 일이 이렇게 되리라고 전혀 예상도 못 했
다니." 그런 다음 다시 오랜 침묵이 계속된 후 그는 입을 열었
다. "그렇게 되고 말았어! 예상치도 못한 일인데…… 이런 일
이 어떻게…… 일이 이렇게 되다니!" 이 말을 한 후 그는 집으
로 가지 않고 완전히 반대쪽으로 아무 생각 없이 가고 있었다.
도중에 굴뚝 청소부가 더러운 몸으로 밀치는 바람에 한쪽 어
깨에 온통 검댕이 묻고, 공사 중인 건물에서 석회가루가 머리
위로 쏟아졌다. 하지만 그는 그런 것을 전혀 느끼지 못했고 결
국 정신을 차린 것은, 경찰봉을 옆에 세워 두고 굳은살이 박
힌 주먹 위에 뿔로 만든 담배 상자를 놓고서 코담배를 조금
덜어내고 있던 경찰과 부딪치고 난 뒤였다. 경찰은, "어쩌자고
남의 코앞에 불쑥 나타나는 거야, 길이 안 보여?"라고 외쳤다.

이로 인해 주위를 둘러보게 된 그는 발길을 돌려 집으로 향했다. 그제서야 그는 마음을 가다듬고 현재 자신이 처한 상황을 분명히 바라보게 되었다. 이제는 두서없이 중얼거리는 것이 아니라, 냉정하고 솔직하게 마치 속마음이나 은밀한 이야기까지 털어놓을 수 있는 사려 깊은 친구와 대화하듯이 자신과 이야기를 나누기 시작했다. "그래, 아무튼 안 되겠어." 아카키 아카키예비치가 말했다. "지금은 페트로비치와 부딪칠 필요가 없어. 그는 지금 그러니까…… 보아하니 마누라한테 맞은 듯해. 일요일 아침에 찾아가는 것이 더 낫겠어. 전날이 토요일이니 눈도 제대로 못 뜰 정도로 숙취에 시달릴 테고 해장술을 마시고 싶어도 마누라가 돈을 줄 리 만무하거든. 바로 그때 내가 가서 10코페이카 은화 하나를 손에 쥐어 주면 금방 싹싹해질 테고 그러면 외투를 그저……." 혼자서 그렇게 머리를 굴리던 아카키 아카키예비치는 돌아오는 첫 일요일까지 기다렸다가 멀리서 페트로비치의 아내가 외출하는 것을 확인하고 곧장 그에게로 갔다. 재봉사는 예상대로 토요일 밤을 술로 보내고 난 뒤 눈의 초점이 흐려져 있었고 머리를 바닥에 처박은 채 비몽사몽이었다. 그런 와중에도 상황을 파악하고는 마치 귀신에 씐 것처럼 말하는 것이었다.

"안 돼요, 새 외투를 맞추도록 하쇼."

아카키 아카키예비치는 10코페이카 은화를 한 닢 쥐어 주었다.

"나리, 감사합니다. 나리의 건강을 기원하며 한 잔 마시겠습니다." 하고 말한 페트로비치는, "외투 일은 걱정 마세요. 근사

하게 새 외투로 지어 드릴 테니, 이쯤에서 얘기를 마무리지어
야겠습니다."

아카키 아카키예비치는 수선에 대해 몇 마디 하려 했지만,
페트로비치는 다 듣지도 않고 말했다.

"제가 새것으로 하나 반드시 해 드릴 테니 저만 믿으세요.
최선을 다해 보지요. 유행에 맞게 옷깃을 은도금한 단추로 채
우도록 해 드릴 수도 있어요."

이제는 아카키 아카키예비치도 새 외투를 맞출 수밖에 없
다는 것을 알고 한풀 꺾이고 말았다. 이제 사실 무슨 돈으로
어떻게 외투를 맞춘단 말인가? 물론 일부는 명절 보너스를 미
리 가불해 쓰는 방법도 생각해 볼 수 있다. 그러나 그 돈도 다
쓸 곳을 따로 정해 놓았다. 새 바지도 구해야 하고 헌 장화에
새 가죽을 덧대느라 구두 수선공에게 빚진 것도 갚아야 했다.
셔츠 세 벌과, 이런 데서 말하긴 민망하지만, 속옷도 두 벌 여
자 재봉사에게 주문해야 했다. 한마디로 여기저기 돈 나갈 곳
투성이였다. 국장이 아주 관대하여 선심으로 40루블이 아니
라 45루블이나 50루블을 보너스로 준다 해도, 다 쓰고 나면
남는 돈이라야 외투를 맞추기에는 새 발의 피일 정도로 시시
한 푼돈이 될 것이다. 그는 페트로비치가 변덕이 심한 사람이
라 가끔 터무니없는 값을 불러 그의 아내조차도 참다못해 이
렇게 소리를 질러 대는 것을 알고 있었다.

"이런 바보, 정신이 나갔어! 언제는 형편없는 값에 일을 맡
더니, 이젠 또 뭔 귀신이 들렸나, 주제넘게 그런 값을 부르고
그래!"

물론 페트로비치가 80루블을 받고도 일을 할 사람이라는 것도 모르는 바는 아니다. 그렇다 해도 그 80루블은 대체 어디서 가져온단 말인가? 절반 정도라면 또 모르지, 그 정도는 어떻게 구해 볼 수 있을 것도 같은데, 아니 어쩌면 반 이상도 가능할지 모르지만, 그러면 나머지 반은 어디서? ……그러니 무엇보다도 먼저 독자들도 잠깐 아카키 아카키예비치가 비용의 절반을 대체 어디서 구할 수 있는지 알 필요가 있다. 아카키 아카키예비치는 조그만 상자를 열쇠로 잠가 두고 돈을 쓸 때마다 거기서 조금씩 떼어 내어 그 상자 뚜껑에 난 틈새를 통해 넣어 두곤 했다. 그리고 반년에 한 번씩 모인 동전을 세어 보고 은전으로 바꾸어 두었다. 이미 오래전부터 해 온 일이니 몇 년이 흐르는 사이에 모인 돈이 40루블은 넘을 것이다. 그러니 절반은 이미 수중에 있으나, 나머지 반을 어떻게 충당할 것인가? 40루블이나 되는 돈을 어디서 구한단 말인가? 생각하고 또 생각한 끝에 아카키 아카키예비치는 적어도 1년간만이라도 생활비를 줄이기로 결심했다. 저녁마다 마시던 차도 끊고, 저녁에 촛불도 켜지 않고 꼭 필요할 때는 주인 여자 방에 있는 촛불을 사용하면 된다. 길에서는 되도록 살살 걸어 다니고, 돌과 석판을 밟을 때는 조심조심 발끝으로 걷다시피 하여 밑창이 빨리 닳지 않도록 주의하고, 속옷이 빨리 해지지 않도록 세탁부에게 맡기는 횟수를 줄이고, 집에 돌아와서는 속옷 대신 오래됐지만 아직 쓸 만한 목면 가운만 걸치고 살기로 했다. 솔직히 말해 처음엔 그런 내핍 생활에 적응하기 어려웠다. 그러나 차츰 익숙해지더니 어느덧 순조롭게 되었다.

나중엔 저녁을 굶는 것이 완전히 습관처럼 되어 버렸다. 그 대신에 미래의 외투에 대한 끝없는 이상을 머릿속에 그려 보며 정신적인 포만감을 얻을 수 있었다. 이때부터 그 자신의 존재는 보다 완전해진 것 같았고, 마치 결혼한 것 같기도 하였고, 다른 사람과 함께 있는 것 같았으며, 혼자가 아니라 일생을 함께하기로 한 마음에 맞는 유쾌한 삶의 동반자를 만난 것 같았다. 그 동반자란 다름이 아니라 두꺼운 솜과 해지지 않는 튼튼한 안감을 댄 외투였던 것이다. 그는 웬일인지 생기가 돌았고 이제 스스로 목표를 정한 사람처럼 성격이 보다 강인해졌다. 그의 얼굴과 행동에서 보이던 불안과 우유부단함, 언제나 망설이기만 하던 불확실한 특징이 이제 사라졌다. 때때로 눈에서 불꽃이 보였고, 머릿속으로는 아주 뻔뻔스럽고 대담한 생각까지 하게 되었다. 그래, 옷깃에다가 담비 가죽을 달아 보는 것은 어떨까? 이런 생각을 하게 되면서 그는 점점 산만해졌다. 언젠가 한번은 서류를 정리하면서 간신히 실수를 모면하고, 거의 다 들릴 정도로 '이크' 하는 외마디 소리를 지르고 성호를 그었다. 그는 매달 한 번은 페트로비치에게 들러서 양복지는 어디서 사는 것이 낫고, 무슨 색으로 할 거며, 얼마나 주고 살 것인가 등등 외투에 관한 이야기를 나누었다. 약간 우려는 했으나 항상 만족한 기분으로 귀가했다. 돌아올 때 머릿속은 언젠가는 모든 것이 마련되고, 마침내 외투가 완성되는 날이 올 것이라는 생각으로 가득했다. 일은 예상보다 빨리 진행되었다. 40루블이나 45루블일 것이라던 비관적인 예상과는 달리 보너스로 국장이 아카키 아카키예비치에게 60루블이나 주었다.

아카키 아카키예비치에게 외투가 필요한 것을 느낀 것인지 우연인지는 모르나 생각지도 않은 20루블이 거저 생긴 것이었다. 그런 사정 때문에 일의 속도가 더 빨라졌다. 두세 달 더 굶주린 끝에 아카키 아카키예비치는 80루블 정도의 돈을 모았다. 언제나 평온하기만 하던 그의 심장이 고동치기 시작했다. 돈이 모인 바로 그 첫날 그는 페트로비치와 함께 상점에 갔다. 아주 훌륭한 양복지를 골라서 샀다. 이미 오래전부터 생각해 온 일인 데다 지난 6개월간 한 달이 멀다 하고 상점을 들락거리며 값을 흥정해 왔기에 가능한 일이었다. 페트로비치도 직접 이보다 더 좋은 옷감은 없을 거라며 거들었다. 안감용으로는 질 좋고 튼튼한 옥양목을 골랐다. 페트로비치의 말에 의하면 질긴 걸로 보나 촘촘한 걸로 보나 그만한 옷감은 비단 중에서도 찾기 힘들 뿐만 아니라 윤이 반지르르한 것이 보기에도 좋다고 했다. 담비 가죽은 너무 비싸서 안 사기로 했다. 그 대신에 가게에 막 들어온 질 좋은 고양이 가죽을 샀는데, 멀리서 보면 담비 가죽으로 보일 수 있을 것 같았다. 페트로비치는 다 해서 2주 만에 외투를 완성했다. 그나마 솜 넣는 일만 아니었다면, 더 빨리 끝냈을 것이다. 그 일로 그가 받은 돈은 12루블이었다. 더 이상 깎는 것이 불가능했다. 명주실로 야무지게 바느질한 데다 이음새 부분은 이중으로 박음질하고 바느질한 후에는 전부 자신의 이빨로 모양을 잡았기 때문이다.

정확히 어느 날이었다고 말하기는 어렵지만, 페트로비치가 마침내 외투를 들고 온 그날이 아카키 아카키예비치의 생애에서는 가장 장엄한 날이었을 것이다. 페트로비치는 아카키 아카키예비치가 출근하기 바로 직전에 외투를 가져왔다. 마침 강추위가 시작된 데다 날씨가 점점 더 추워지고 있었기 때문에 외투를 입기에는 더없이 안성맞춤이었다. 페트로비치는 훌륭한 재봉사의 예를 갖추어 외투를 들고 나타났다. 그는 아카키 아카키예비치가 지금까지 한 번도 본 적이 없는 엄숙한 표정을 지었다. 그는 자신이 뭔가 대단한 일을 해냈음을 마음속 깊이 느꼈다. 단순히 안감이나 대고 수선이나 하는 바느질쟁이와 새로 옷을 짓는 재봉사 사이에는 심연이 있음을 보여 주는 것 같았다. 그는 보자기에서 외투를 꺼내어 내밀었다. 그 보자기 수건은 세탁부가 막 배달해 온 것으로, 접어서 나중에 쓸 생각으로 주머니에 집어넣었다. 외투를 들어 아주 자랑스럽게 한 번 살펴보고는 양손으로 아카키 아카키예비치의 어깨에 꼭 맞게 얹은 다음, 뒤쪽을 잘 당겨서 손으로 아래쪽까지 한 번 훑어본 뒤 단추를 열어 놓은 채 앞을 여며 주었다. 아카키 아카키예비치는 나이 든 사람답게 팔을 끼워 보고 싶어 했다. 페트로비치가 도와주었는데 입고 보니 소매도 아주 잘 맞았다. 한마디로 말해 외투가 아주 잘 맞게 만들어진 것이었다. 그는 간판 없이 조그만 동네에서 장사를 하는 데다 서로 안면이 있고 하니 그렇게 싸게 해 준 것이라는 말을 잊지 않았다. 페트로비치는 넵스키 거리에서 장사를 했다면 한 번 수공(手工)에 75루블은 받았을 것이라는 말도 잊지 않았다. 아카키 아카키예비치는 그 문제에 대해서 더 이상 페트로비치와 다투고 싶지 않았고, 게다가 페트로비치가 또 아무렇지도 않게 엄청난 값을 부를까 봐 조마조마했다. 그는 돈을 지불하고 감사의 말을 한 후 그 자리에서 새 외투를 입고 출근길에 나섰다. 페트로비치도 따라나와 길에 서서 멀리 사라져 가는 외투를 한참 동안 바라보다가 일부러 샛길로 들어가 골목을 돌아 앞질러 가서는 이번에는 정면에서 자신이 만든 외투를 살펴보았다. 그러는 동안 아카키 아카키예비치는 축제를 즐기는 기분으로 걸어가고 있었다. 그는 어깨 위에 외투가 있다는 것을 매순간 느꼈고, 몇 번씩 혼자 좋아서 싱긋 웃기도 했다. 사실 새 외투가 좋은 이유가 두 가지 있다. 하나는 따뜻하다는 것이고, 다른 하나는 기분이 좋다는 것이다. 어떻게 출근을 했는지 알지도 못하는 사이에 어느새 관청에 도착했다. 그는 경비실에서 외투를 벗어 들고 이리저리 살펴본 다음 귀중품 보관 창구에 맡겼다. 다들 어떻게 알았는지 모르지만 아카키 아카키예비치가 새 외투를 맞추어 입어 더 이상 해진 옷을 입고 있지 않다는 소문이 온 관청 내에 퍼졌다. 그러자 모두 아카키 아카키예비치의 새 외투를 구경하러 경비실로 모여들었다. 축하와 환영의 인사가 쏟아졌다. 처음에 그는 그저 웃고만 있었으나 그다음에는 좀 쑥스러워지기까지 했다. 모두들 한꺼번에 몰려와서 새 외투를 위해 기념 축배를 들든지, 하다못해 파티라도 열어야 한다고 떠들어 대자, 아카키 아카키예비치는 어떻게 대답을 하여 그럴듯하게 이 상황을 모면할 수 있을지 당황하여 몸둘 바를 몰랐다. 몇 분이 지나자 그는 완전히 얼굴이 붉어지더니 아주 순진하게 둘러대기 시작했다. 이것은 완전히 새 외투가 아니라, 이런저런 이유에서 헌 외투라고 말하기 시작했다. 마침내 관리 중 하나인 계장 대리인가 하는 이가 자신은 아랫사람과도 격의 없이 지내는 겸손한 사람이라는 것을 과시하고 싶어서인 듯, 다음과 같이 말했다. "자, 그럼 아카키 아카키예비치를 대신해 제가 오늘 파티를 열어 드릴 테니, 모두 저희 집에 와서 차나 함께 드시지요. 마침 오늘이 제 명명일5)입니다." 관리들은 자연스럽게 그 계장 대리에게 축하 인사를 하고, 모두 기꺼이 초대에 응했다. 처음에 아카키 아카키예비치는 거절했다. 모두들 무례한 짓이라느니 부끄럽고 창피한 일이라느니 하는 말들을 해 대자 더 이상 거절할 수가 없었다. 그러나 곧이어 저녁 무렵까지 새 외투를 입고 다닐 일이 생겼다는 생각이 들자 다시 즐거워졌다. 이날은 아카키 아카키예비치의 생애에 있어서 최고의 날이었다. 그는 집에 돌아와서도 여전히 기쁜 마음으로 외투를 벗어 조심스럽게 벽에 걸고 겉감과 안감을 다시 한번 감상한 다음, 일부러 다 떨어진 헌 외투를 다시 꺼내 비교해 보았다. 그것을 보자 그 자신도 웃음이 나왔다. 어쩌면 이렇게 차이가 날까! 그러고 나서 한참 후 식사하는 동안에도 헌 옛날 외투의 모습만 생각하면 입가에 미소를 띠지 않을 수 없었다. 즐거운 기분으로 식사를 마친 후에도 늘 하던 정서 작업은 할 생각도 않고 어두워질 때까지 침대 위에서 빈둥거렸다. 그다음 그는 서둘

---

5) 러시아에서 신생아는 정교회 풍습에 따라 명명일(命名日)을 갖게 된다. 부모는 아이가 태어난 후 8일이 지나면 성인 달력(정교회 달력)에서 아기의 이름을 선택하게 되어 있다. 일반적으로 아기의 탄생일과 가까운 성인의 날에서 가장 마음에 드는 성인의 이름을 취하여 아이의 이름으로 정한다. 이날이 바로 이름이 주어진 명명일이다. 그리하여 명명일은 생일보다 중시된다.

러 옷을 챙겨 입고 어깨에 외투를 걸치고 밖으로 나왔다. 유
감스럽게도 초대한 관리가 어디에 사는지 밝히기가 어려운 것
이, 우리의 기억이 이제 예전 같지 않은 데다 페테르부르크 시
내의 거리며 건물이며 모든 것이 머릿속에서 너무 뒤엉켜 있
어 뭔가 제대로 가는 길을 떠올린다는 것이 몹시 힘들게 되었
기 때문이다. 어찌 되었든 적어도 한 가지 확실한 것이 있다
면, 그 관리는 시내에서도 비교적 잘사는 지역에서 살았으므
로 아카키 아카키예비치의 집과는 가깝지가 않았다. 아카키
아카키예비치는 먼저 희미한 불빛이 비치는 어떤 인적 드문
거리를 지나야 했지만 초대한 관리의 집에 가까워질수록 거리
는 점점 활기를 띠게 되어 사람도 많아졌고 훨씬 밝아졌다. 행
인들의 발길도 잦아진 데다 예쁘게 차려입은 여자들과 비버
털을 옷깃에 두른 남자들도 돌아다니기 시작했다. 도금된 못
을 박은 격자 모양의 썰매를 혼자 끌고 가는 사람은 별로 눈
에 띄지 않았고, 대신 어딜 보나 검붉은 벨벳 모자를 쓴 마부,
니스 칠이 된 썰매, 곰의 털로 된 모포로 깨끗하게 정돈된 마
부석이 달린 사륜마차들이 눈 위에서 미끄러지는 바퀴 소리
를 내며 거리를 질주했다. 아카키 아카키예비치는 이 모든 것
을 처음 보는 것인 양 바라보았다. 벌써 몇 년 동안 저녁 시간
에 거리에 나가 본 적이 없었다. 그는 환하게 불이 켜진 가게
진열장 앞에 멈춰 서서 장화를 벗어 들고 잘 빠진 한쪽 다리
를 다 드러낸 아름다운 여자가 그려진 그림을 신기한 듯 바라
보았다. 그림 속 여자의 등뒤로 난 다른 방 문을 통해 구레나
룻과 멋진 턱수염을 기른 남자가 머리를 내밀고 있었다. 아카

키 아카키예비치는 머리를 설레설레 저으며 미소를 짓고는 가던 길을 재촉했다. 왜 그가 미소를 지었던 것인지, 처음 보기는 하지만 누구나 직감으로 감지하는 그런 것 때문인지, 아니면 다른 관리들처럼, '이런, 프랑스 것들이란! 그저 나오는 대로 숨길 줄을 모르니……'라는 생각을 했기 때문인지 알 수 없다. 아마 그런 생각조차 안 했을지도 모른다. 사람의 정신을 들여다보고, 그가 무슨 생각을 하는지 전부 알아낼 수는 없기 때문이다. 마침내 계장 대리가 살고 있는 집에 도착했다. 계장 대리는 호화롭게 살았다. 그 집은 2층에 있었고, 계단에 등이 켜져 있었다. 현관에 들어선 아카키 아카키예비치는 바닥에 죽 늘어선 덧신들을 보았다. 그사이 방 한가운데에서는 사모바르[6]가 부연 김을 뿜으며 끓는 소리를 내고 있었다. 벽에는 온통 외투와 망토들이 걸려 있었는데, 그중에는 비버 털이 달리거나 옷깃에 벨벳을 댄 것도 있었다. 벽 너머로 떠들썩한 소리가 들렸고, 그 소리가 갑자기 크고 분명해졌다. 그 순간 문이 열리며 하인이 쟁반에 빈 유리잔, 크림 그릇, 과자 바구니를 얹어 가지고 나왔다. 모인 지가 벌써 오래되어 차 한 잔씩을 마신 모양이었다. 아카키 아카키예비치가 외투를 벗어 팔에 걸고 방에 들어서자, 그 앞에 있는 촛불, 사람들, 파이프, 카드용 탁자 등이 한순간에 눈에 들어오면서 사방에서 떠들어 대는 소리와 의자 움직이는 소리에 귀가 먹먹해졌다. 그는

---

6) '사모바르(samovar)'는 러시아 전래의 특유한 주전자다. 구리나 은으로 만든 둥근 그릇 중앙에 세로로 관을 장치하고 그 속에 숯불을 넣어서 물을 끓인다.

어찌할 바를 모르고 어정쩡하게 방 한가운데 서 있었다. 하지만 이내 그를 알아본 사람들이 소리를 지르며 환호했고 그의 외투를 다시 한번 보기 위해 다들 일어나 현관으로 갔다. 아카키 아카키예비치는 약간 당황하긴 했어도 본시 순진한 사람인지라 다들 한마디씩 외투를 칭찬하자 기쁨을 감추지 못했다. 물론 그런 다음 모두 아카키 아카키예비치와 외투는 팽개친 채 아무 일도 없었다는 듯 다시 카드용 탁자로 향했다. 소음, 떠들썩함 그리고 사람들이 전부였다. 이 모든 것이 아카키 아카키예비치에게는 낯설기만 했다. 손은 어디에 두고 다리는 어디에 두어야 할지, 자신의 몸 전체를 어떻게 해야 할지 몰랐다. 결국 그는 카드놀이를 하는 사람들 곁에 앉아 카드를 들여다보기도 하고, 이 사람 저 사람의 얼굴을 바라보기도 했지만, 얼마 지나지 않아 하품이 나고 지루해지기 시작했을 뿐 아니라 평소 잠자리에 들던 시간이 훨씬 지났음을 알게 되었다. 그는 주인에게 인사를 하고 나오고 싶었지만, 주인은 새 옷을 기념해 샴페인을 마셔야 한다며 놓아주지 않았다. 한 시간 후에 샐러드, 차게 먹는 송아지 요리, 고기 파이, 만두에 샴페인을 곁들인 식사가 나왔다. 억지로 두 잔이나 마신 아카키 아카키예비치는 방 안 분위기가 더 흥겹게 느껴졌지만, 벌써 12시가 되었고 집에 갈 시간이 훨씬 지났다는 사실만은 결코 잊을 수가 없었다. 주인이 잡을까 봐 조용히 방을 빠져나온 그는 현관에서 자신의 옷을 찾다가 가슴 아프게도 바닥에 떨어져 있는 외투를 발견하고 먼지를 잘 털어 낸 다음 어깨에 걸치고 계단을 내려와 거리로 나섰다. 거리는 여전히 환했다. 하인들을 비롯해 온갖 인간이 다 모이는 작은 선술집은 아직 열려 있었다. 문틈으로 기다란 불빛이 한 줄기 새어 나오는 것으로 보아 아직 가지 않은 손님들이 있는 것이 분명했다. 그 술집에서는 부잣집 하인과 하녀 들은 주인들이 모르고 있는 사이 이곳에 모여 수다를 떨고 있었다. 아카키 아카키예비치는 즐거운 마음으로 길을 걷다가 번개처럼 휙 지나가는 모르는 여자를 아무 이유 없이 갑자기 쫓아가기도 했다. 그의 몸 전체가 특별하게 움직였다. 하지만 그러다가도 대체 어디서 그런 민첩함이 나왔는지 스스로도 놀라 멈춰 서곤 하는 것이었다. 곧 아까 본 그 황량한 거리가 다시 눈앞에 펼쳐졌는데, 낮에도 적막한 거리였지만 밤에는 더 했다. 지금 거리는 한층 황량하고 한적했다. 가로등도 기름이 적은지 간간이 깜빡거렸다. 울타리가 쳐진 목재 건물들을 지나치며 본 것이라곤, 길가에 반짝이는 눈과 야트막한 가건물의 시커먼 덧창 외에는 아무것도 없었다. 그는 길을 건너 마침내 끝없이 넓어 보이는 광장에 다다랐고, 그 광장 너머로 멀리 집들이 보였다. 어쩐지 그 광장이 섬뜩하리만큼 삭막해 보였다.

어딘지 모르지만, 멀리 어디선가에서 반짝반짝 빛을 발하고 있는 초소가 마치 이 세상 끝에 있는 것처럼 느껴졌다. 여기선 아카키 아카키예비치의 기쁨이 왠지 시들었다. 그는 광장에 들어서면서 마치 뭔가 기분 나쁜 일이라도 예감한 듯 걷잡을 수 없는 두려움에 사로잡혔다. 그는 뒤를 한 번 돌아보고, 사방을 둘러보았다. 주변은 그대로 어둠의 바다뿐이었다. '안 보는 게 낫겠다.'는 생각에 눈을 감고 걷던 그가 광장 끝에

다 왔는지 어떤지 알기 위해 눈을 떴을 때, 그의 앞에, 그것도 바로 코앞에 콧수염이 난 사람들이 불쑥 나타났다. 이들이 어떤 인물들인지 전혀 구분이 되지 않았다. 눈앞이 캄캄해지고 가슴이 뛰었다. "외투는 내 거야!" 그중 한 사람이 아카키 아카키예비치의 덜미를 잡으며 위협하는 소리로 말했다. 아카키 아카키예비치가 '사람 살려!'라고 외치려고 할 때, 이번에는 다른 사람이 그의 머리통만 한 주먹을 들이대며 "소리만 질러봐라!"라고 위협했다. 아카키 아카키예비치는 외투가 벗겨지고 무릎에 발길질을 당해 그만 눈 위에 벌렁 나자빠져 정신을 잃고 말았다. 몇 분 후에 그가 정신을 차리고 일어섰을 때, 주위에는 이미 아무도 없었다. 한기를 느낀 그는 외투가 없어졌다는 것을 깨닫고 소리를 지르기 시작했지만 광장 끝까지 들릴 거라고는 생각할 수 없었다. 쉬지 않고 외쳐 대며 미친 듯이 광장을 가로질러 달린 그는 초소에 도달했다. 초소 옆에 창을 받치고 서 있던 보초는 대체 어떤 인간이 멀리서 소리를 지르며 달려오나 알고 싶은 듯 호기심을 갖고 그를 바라보았다. 보초에게 다가간 아카키 아카키예비치는 숨을 헐떡이며 강도를 당했는데 그것도 안 보고 뭐했느냐, 조느라고 못 본 것 아니냐며 큰 소리로 외쳤다. 보초는 아무것도 보지 못했고, 어떤 두 사람이 그를 광장 한가운데 멈춰 세우는 것을 보고 친구들인가 하고 생각했다, 그렇게 소리만 질러 댈 것이 아니라 내일 파출소장을 찾아가 누가 외투를 가져갔는지 찾아 달라고 하는 게 낫다고 말해 주었다. 아카키 아카키예비치는 완전히 정신 나간 사람처럼 집에 돌아왔다. 별로 많지도 않은 머리털은 관자놀이와 뒤통수에 제멋대로 헝클어져 붙어 있었다. 옆구리, 가슴, 바지 할 것 없이 온통 눈투성이였다. 집주인 노파는 문을 무섭게 두드리는 소리를 듣고 서둘러 일어나 한쪽 발에만 신발을 신고 달려나와 두려움에 가슴을 움켜쥐고서 살며시 문을 열었다. 그러나 문 앞에 서 있는 아카키 아카키예비치의 모습을 보자 뒤로 한 걸음 물러섰다. 그가 사정을 다 말했을 때, 노파는 흥분하여 손을 치며 파출소장 따위에게 가봐야 찾아 주겠노라고 약속만 하고 늑장을 부리기가 일쑤이니 경찰서장을 직접 찾아가 보라고 말했다. 노파 자신도 경찰서장을 알고 있다고 했는데, 사실 전에 자기 집에서 부엌일을 하던 핀란드 여자인 안나가 요즘은 서장의 집에서 아이 봐주는 일을 하고 있어 서장이 집 앞을 지나갈 때 직접 보기도 했다는 것이었다. 일요일마다 교회에 기도하러 가서 때때로 사람들을 흐뭇하게 둘러보는 것이 어느 모로 보나 좋은 사람임이 분명하다는 것이었다. 다 듣고 난 아카키 아카키예비치는 우울하게 방 안을 걸어 다녔다. 그날 밤 그가 어떻게 지냈는지는 다른 사람의 입장에 서서 생각할 줄 아는 사람이라면 누구나 짐작할 수 있을 것이다. 아침 일찍 그는 경찰서장을 찾아갔다. 그러나 서장은 아직 자고 있다고 했다. 10시에 다시 갔더니 역시 아직 잔다고 했다가 11시에 찾아갔더니 서장이 집에 없다고 했다. 점심시간에 갔더니 현관에 있던 서기들이 무슨 일로 왔으며 원하는 것이 무엇이고 무슨 일이 있었는지 밝혀야 한다며 들여보내지 않았다. 마침내 아카키 아카키예비치도 난생처음 성깔을 내며, 서장을 직접 만나 말씀드려야 하는데 감히 들여보내지 않는 것은 있을 수 없는 일로서 자신은 관청에서 공무로 왔고 모두 고발해 버릴 테니 두고 보자고 단호히 말했다. 이에 반해서 서기들은 아무 말도 못했고 그중 하나가 서장을 부르러 갔다. 서장은 웬일인지 외투 강도 사건에 대해 아주 이상한 반응을 보였다. 중요한 문제에는 관심을 두지 않고, 그는 아카키 아카키예비치를 심문하기 시작했다. 왜 그렇게 늦게 귀가했으며, 점잖지 못한 집에 간 것은 아닌지 물었다. 완전히 머릿속이 어지러워진 아카키 아카키예비치는 외투 사건이 소정의 절차를 밟게 될 것인지 어떤지조차 확실히 알지 못한 채 그곳을 나오고 말았다. 그날 하루 종일 그는 관청에 나타나지 않았다.(생전 처음 있는 일이었다.) 다음 날 그는 창백해진 모습으로 더더욱 초라해 보이는 헌 외투를 입고 출근했다. 외투 강도 이야기에 기회를 놓칠세라 아카키 아카키예비치를 비웃는 사람들도 있었지만 많은 사람들은 그를 동정했다. 그를 위해 모금을 하자는 의견이 있었다. 그러나 국장의 초상화를 주문하고 부장이 아는 사람이 썼다는 무슨 책인가를 구입해야 했다. 그런 일에 주머니가 가벼워지는 관리들인지라 모은 돈은 푼돈에 불과했다. 그중 누군가가 동정심에 이끌려 적어도 그를 도울 수 있는 충고라도 한마디 하겠다며, 경찰서장에게는 가지 않는 것이 좋다, 경찰서장은 상부에 실적을 올리려고 어떻게 해서든 외투는 찾아내겠지만 만약 필요한 법적 서류들을 갖추지 못한다면 외투는 찾지도 못하고 경찰서에 그대로 방치될 수도 있다, 그러니 차라리 누군가 고위층 인사를 찾아가서 급히 손을 쓰도록 하면 일이 잘 해결될 거라고 권했다. 할 수 없이 아카키 아카키예비치는 고위층 인사를 찾아가 보기로 했다. 이 고위층 인사가 어떤 직책의 무슨 일을 하는 사람인지는 아직까지 밝혀지지 않았다. 얼마 전까지만 해도 그냥 별 볼일 없는 자리에 있다가 바로 최근에 중요 인사가 되었다는 것만은 알 필요가 있다. 아울러 지금 그의 지위 역시 다른 중요한 자리에 비하면 덜 중요한 지위라고 할 수 있었다. 하지만 언제나 다른 사람들이 보기에는 별 볼일 없는 자리를 대단히 중요한 것처럼 생각하는 사람들도 있기 마련이다. 어쨌든 그는 자신의 중요성을 강화하기 위해 여러 가지 수단을 다 동원했다. 예를 들자면, 부하 관리들로 하여금 자신이 출근할 때 층계까지 나와서 맞도록 한다든지, 자신을 만나러 오는 사람들은 아무도 직접 방으로 들어오지 못하게 하고 반드시 경비원을 통하도록 한다든지, 14등관은 12등관에게, 12등관은 9등관이나 아니면 다른 등관에게 각각 보고를 하여 그 끝에 자신에게 보고가 들어오도록 하는 것이었다. 그런 식으로 신성한 러시아 땅에서 이미 무엇이든 모방하는 병이 만연하다 보니, 모두들 자신의 상관의 본을 받아 눈살을 찌푸리게 되었다. 심지어 어떤 9등관은 조그만 부서의 책임을 맡게 되자, 칸막이로 된 자신의 방을 만들어 '집무실'이라고 이름을 짓더니 문 앞에는 붉은 깃에 넥타이를 매고 방문객에게 문을 여닫아 주는 안내원까지 세워 둔 일이 있었다는데, 그 '집무실'이라는 것도 보통 크기의 책상이 겨우 들어갈 만한 넓이였다고 한다. 이 고위층 인사의 행동 양식과 습관은 빈틈없고 위풍당당했으나 복잡하지는 않았다. 그가 가장 중요시하는 체계는 엄격함이었다. "엄격, 엄격, 또 엄격." 이렇게 그는 보통때도 외우고 다녔고 특히 마지막 단어를 발음할 때는 상대방의 얼굴을 아주 의미심장하게 바라보았다. 사실 그것은 아무 명분 없는 행동이었는데도 열 명 남짓한 부서의 관리들은 안 그래도 으레 공포에 질려 있는 사람들이라 멀리서 그를 보기만 해도 하던 일을 멈추고 부동자세로 서서 상관이 방을 다 지나갈 때까지 기다렸다. 아랫사람들과의 일상적인 대화에서도 역시 엄격함이 드러나 거의 세 마디 이상 이어지지 않았다. "어떻게 감히 이럴 수가 있나? 누구와 이야기하고 있는지 알고나 있나? 누구 앞인지 아느냔 말일세?" 하지만 그도 마음은 선량하여 동료들에게는 친절하고 좋은 사람이었는데, 장관이라는 직위가 그를 완전히 바꿔 버렸다. 장관직을 얻게 된 다음부터 그는 혼란에 빠져 갈팡질팡하더니 어떻게 처신해야 할지 완전히 알지 못했다. 비슷한 지위의 사람들 사이에서는 여전히 점잖고 예의 바르게 행동했으며, 대부분의 경우 현명하게 처신했다. 하지만 한 직급이라도 자신보다 아래인 사람들과 함께한 자리에서는 아주 졸렬할 정도로 단순해졌다. 입을 꼭 다물어 버려 남들 보기에도 딱했을 뿐 아니라 그 자신도 이를 깨닫고 훨씬 더 재미있는 시간을 보낼 수도 있었을 텐데라고 아쉬워할 정도였다. 종종 그의 눈에서 재미있는 대화나 무리에 끼고자 하는 간절한 소망을 읽을 수 있었지만 그의 생각은 정체되어 있었다. 너무 넘치게 베푸는 것은 아닐까, 너무 격이 없어지지 않을까, 그러다가 품위가 손상되지 않을까? 이런 사고방식 탓에 그는 언제나 한결같이 침묵을 지켰고, 가끔 짤막하게 한마디씩 내뱉는 것이 전부였으므로 결국에는 따분한 인간이라는 오명을 얻게 되었다. 바로 이런 사람을 우리의 아카키 아카키예비치가 찾아간 것이다. 그것도 가장 안 좋은 시간에 찾아갔으니, 이 고위층 인사에게는 마침 적시에 나타나 준 것이지만, 그 자신에게는 사실 최악의 순간이었던 것이다. 고위층 인사는 자신의 사무실에서 오랫동안 못 만나다가 바로 얼마 전에 찾아온 어린 시절의 오랜 지기와 더없이 유쾌한 대화를 나누고 있었다. 이때 바시마치킨이라는 사람이 찾아왔다는 보고가 들어왔다. 그는 짤막하게 물었다. "누구야?" 그러자 "무슨 관리랍니다."라는 대답이었다. "아, 그래! 기다려야겠는데, 지금은 바쁘니까." 고위층 인사가 말했다. 여기서 이 인사의 말이 거짓말임을 밝히지 않을 수 없다. 그는 이미 친구와 장시간 여러 가지 이야기를 나누었고, 이미 한참을 아무 말 없이 있다가 그저 서로의 넓적다리를 툭툭 치며, "그렇게 됐군, 이반 아브라모비치!" "그러게, 스체판 바를라모비치."라고 입을 떼는 것이 고작이었다. 하지만 그럼에도 찾아온 관리를 기다리게 함으로써, 관직을 떠나 오랫동안 시골에 묻혀 있던 친구에게 자신을 만나러 온 관리를 얼마나 오래 현관에 세워 둘 수 있는가를 과시하고 싶었던 것이다. 마침내 잡담을 실컷 하고 흡족한 기분으로 한참 입을 다물고 있다가 등이 젖혀지는 안락한 의자에서 담배까지 피운 다음에야, 그는 마치 갑자기 생각나기라도 한 듯 문가에 보고서를 들고 서 있는 비서에게 말했다. "그래, 거기 관리 하나가 기다리는 것 같은데, 들어와도 좋다고 하게." 아카키 아카키예비치의 겸손해 보이는 외모와 낡은 제복을 발견한 고위층 인사는 느닷없이 그를 향해 고개를 돌리며 말했다. "무슨 일인가?" 현 직위와 장관직을 얻기 일주일 전부터 방에서 혼자 거울을 보고 일부러 연습해 익혀 놓은 딱딱 끊어지는 정확한 음성이었다. 아카키 아카키예비치는 미리 어느 정도 겁을 먹고 최선을 다해 언변이 닿는 대로 평소보다 더 자주 '저……'를 섞어 가며 완전히 새것인 외투를 무지막지하게 강탈당하게 된 경위를 설명했다. 총감이나 다른 누군가가 외투를 찾아 주도록 청원을 좀 해 주십사 찾아왔다고 말했다. 장관은 왠지 모르게 그 같은 친숙한 태도가 버르장머리 없게 느껴졌다.

"귀관, 도대체 뭐하는 사람이오?" 그는 띄엄띄엄 말을 이었다. "절차도 모르나? 어디에 들른 거요? 일을 어떻게 처리해야 하는지도 몰라? 그런 일이라면 먼저 관공서에 문서로 제출했어야지. 그러면 관공서에서 계장과 부장을 거쳐 비서에게 전달될 테고, 그다음 비서가 내게 보고할 텐데……."

"하지만 각하……." 아카키 아카키예비치는 겨우 그나마 얼마 되지도 않은 정신을 수습하려고 애쓰며 말했다. 그때에 땀이 무섭게 흐르는 것을 느꼈다. "각하께 감히 폐를 끼치고자 결심한 것은 사실 그 비서라는 사람들은 좀처럼 믿을 수가 없어서……."

"뭣이 어쩌고 어째?" 고위층 인사가 말했다. "어디서 그런 정신 상태를 갖게 됐나? 그런 생각은 대체 어디서 나온 거야? 젊은이들이 상관이나 윗사람 앞에서 이렇게 난폭하게 굴다니!" 아마 이 고위층 인사는 아카키 아카키예비치가 이미 오십 줄에 들어섰다는 사실을 눈치채지 못한 것 같았다. 그러니까 만일 상대적으로 젊은이라고 불릴 수 있다 해도, 그것은 그가 일흔 살 먹은 노인과 비교될 때뿐이었던 것이다.

"지금 얘기하는 사람이 누구인지 아나? 누구 앞인지 아느냐고? 도대체 알기나 해, 알기나 하난 말일세? 대답해 봐."

이 순간 그는 발을 구르며 아카키 아카키예비치가 아닌 다른 사람이라도 무서워할 정도로 언성을 높였다. 아카키 아카키예비치는 넋이 나간 사람처럼 비틀거렸고 몸이 떨려 제대로 서 있을 수조차 없었다. 만일 경비원이 달려와 그를 부축하지 않았더라면, 아마 그 자리에서 쓰러졌을 것이다. 그는 거의 움직이지 못하는 지경이 되어 실려 나갔다. 기대 이상의 효과에 만족한 고위층 인사는 자신의 말 한마디로 사람의 정신까지 빼놓을 수 있다는 생각에 완전히 도취되어 곁눈질로 친구의 반응을 살폈다. 자신의 친구조차 어쩔 줄 모르고 공포감마저 느끼기 시작하는 것을 보고 그는 또 한 번 만족했다.

어떻게 계단을 내려와 밖으로 나왔는지 아카키 아카키예비치는 하나도 기억할 수 없었다. 그는 아무 소리도 듣지 못했다. 장관에게, 그것도 다른 관청에 있는 사람에게 그렇게 호되게 혼난 것은 평생 처음이었다. 그는 입을 벌린 채 거리에 쌩쌩 몰아치는 눈보라 속을 걸었다. 페테르부르크에 흔한 바람은 골목마다 온통 사방에서 불어왔다. 순식간에 그의 목에 후두염이 생겼다. 집에 돌아왔을 때는 말 한마디 할 힘도 없었다. 온몸이 퉁퉁 부어오른 채로 침대에 쓰러졌다. 당연한 질책이 때로는 얼마나 엄청난 위력을 발휘하기도 하는지! 그다음 날 그는 심한 고열에 시달렸다. 페테르부르크의 가혹한 날씨 때문인지 병은 예상보다 빠르게 진행되었다. 의사를 불러 맥을 짚었을 때는 이미 손을 써 볼 수도 없게 악화된 상태였다. 의사는 환자가 의료 혜택도 받아 보지 못하고 방치되어서는 안 되겠다는 생각에서 찜질을 처방했을 뿐이었다. 그나마 하루 반이 지나자 피할 수 없는 최후의 순간이 왔다. 그러자 의사가 주인집 노파에게 말했다. "이봐요, 할멈, 그렇게 멍하니 시간만 보내지 말고 지금 소나무 관이라도 주문해 주시오. 이 사람 형편에 참나무 관은 너무 비쌀 테니." 아카키 아카키예비치 본인이 너무나 치명적인 그 말을 들었는지, 들었다면 얼마나 큰 충격으로 작용했는지, 아니면 자신의 서글픈 팔자를 가엾게 느꼈는지는 알 수 없다. 왜냐하면 그 환자는 열에 들떠 내내 헛소리만 해 댔기 때문이다. 그는 계속해서 헛것을 보았다. 그는 페트로비치를 보고 그에게 도둑 잡는 덫이 달린 외투를 만들어 달라고 주문했다. 침대 밑에 숨어 있는 도둑들의 기척을 계속 느끼면서 매번 주인 노파를 불러 모포 밑에 숨어 있는 도둑을 끌어내라고 하는가 하면, 왜 새 외투가 있는데 헌 외투를 눈앞에 걸어 두었는지 묻기도 하고, 판에 박힌 꾸지람을 들으며 장관 앞에 서 있는 듯 "각하, 죄송합니다."를 반복했다. 마침내 입에 담기 어려운 말을 지껄이며 그는 발광했다. 살아생전 그런 말을 들어 본 적이 없는 노파는 성호를 긋기까지 했다. 그다음엔 반드시 '각하'라는 호칭을 붙였다. 이후 그의 입에서 나오는 소리들은 전혀 말이 되지 않는 것들뿐이어서 도무지 이해할 수가 없었다. 단지 정신없이 튀어나오는 말이나 생각들이 전부 하나같이 외투와 관련되어 맴돌고 있다는 것을 알 수 있을 뿐이었다. 마침내 불쌍한 아카키 아카키예비치는 숨을 거두고 말았다. 그의 방도, 다른 물건들도 봉인하지 않았다. 첫째로 상속인이 없고, 둘째로 유품도 얼마 되지 않았다. 유품이라고 해 봐야 거위 깃털 펜 한 다발, 관공서 서식 용지 한 묶음, 양말 세 켤레, 바지에서 떨어진 단추 두세 개, 그리고 이미 독자들이 잘 알고 있는 실내복 같은 헌 외투가 전부였기 때문이다. 이것들이 다 누구 손에 들어갔는지는 알 수 없다. 이야기를 하는 사람으로서도 그다지 알고 싶지 않은 일이다. 아카키 아카키예비치의 시신은 어디론가로 옮겨져 매장되었다. 그리고 더 이상 페테르부르크에 아카키 아카키예비치라는 사람은 없었다. 그런 사람은 처음부터 존재하지도 않았던 것 같았다. 누구의 보호나 사랑도 받지 못하고, 흔한 파리 한 마리도 놓치지 않고 핀으로 꽂아 현미경을 들이대는 자연 관측자의 관심조차 끌지 못했던 존재가 사라졌다. 동료 관리들의 조롱을 아무런 저항 없이 참아 내다가 무덤에 들어가는 순간도 그저 평범하기만 했던 한 존재가 이제는 자취를 감추고 사라져 버렸다. 비록 생을 마감하기 바로 직전이긴 했지만 그에게도 외투의 모습을 빌려 인생의 소중한 순간이 찾아와 짧은 시간 동안 그의 고달픈 삶을 비춰 주기도 했고, 견딜 수 없는 불행이 엄습하기도 했다. 그 같은 불행이 닥칠 때면 황제도, 세상을 호령하는 통치자도 결코 피해갈 수 없는 법이다. 그가 죽은 지 며칠 후 즉각 출두하라는 국장의 명령을 전하러 관청에서 사람이 왔지만 그는 아무런 소득 없이 돌아가 더 이상 출근할 수 없다고 보고해야 했다. "어째서?"라는 질문에 대해 그는 "그것이, 이미 죽었고 매장한 지 나흘째랍니다."라고 대답했다고 한다. 이렇게 하여 관청에서도 아카키 아카키예비치의 죽음을 알게 되었고, 벌써 그다음 날부터 훨씬 키가 큰 다른 관리가 그의 자리를 차지하고 앉았다. 아카키 아카키예비치와 같은 가지런한 필체가 아니라 옆으로 심하게 기울어져 비스듬한 필체로 그는 일을 시작했다.

그러나 아카키 아카키예비치에 관한 이야기가 결코 여기서 모두 끝나지 않는다는 사실을 누가 상상이나 했을까. 생전에 아무런 주의도 끌지 못했던 것을 보상이라도 하듯이 그가 죽은 후 며칠 동안 혼란스런 삶이 기다리고 있었다는 사실을 누가 상상이나 했겠는가. 하지만 일은 그렇게 일어났고 우리의 보잘것없는 이야기는 생각지도 못했던 환상적인 결말을 맞게 되었다. 페테르부르크 전역에 갑자기 퍼진 소문에 의하면, 칼린킨 다리에서부터 아주 멀리 떨어진 곳까지 밤마다 관리의 모습을 한 유령이 나타나 도둑맞은 외투를 찾아다니다가 외투를 입고 있는 사람만 보면 관등이고 계급이고 가리지 않고 자신이 잃어버린 그 외투라고 우겨 죄다 빼앗아 간다는 것이었다. 고양이 털, 비버 털, 솜, 너구리, 여우, 곰 할 것 없이 몸에 두르도록 만들어진 것이면 털이든 가죽이든 죄다 벗겨가 버린다는 것이었다. 관청에서 근무하는 관리 하나는 자기 눈으로 직접 유령을 목격했고, 그자리에서 아카키 아카키예비치를 대번에 알아보았다. 그러나 너무나 겁이 나서 줄행랑을 치는 바람에 자세히 보지는 못했고 그저 멀리서 손가락을 흔들며 자신을 위협하는 모습만을 기억했다. 사방에서 9등관뿐만 아니라 3등관까지도 관등의 고하를 막론하고 신종 외투 강도로 등과 어깨가 감기에 걸릴 정도로 꽁꽁 얼 지경이라는 불평이 계속해서 들어왔다. 경찰에는 유령을 산 채로든 죽여서든 잡아들여 본보기가 되도록 최고 중형에 처하라는 지시가 내려졌고, 거의 성공할 뻔했다. 어느 구역의 초소 경찰이 키류시킨가의 골목에서 플루트를 불고 있는 퇴직한 악사의 값싼 모직 외투를 빼앗으려고 간악한 음모를 꾸미는 유령을 현장에서 붙잡은 것이다. 유령의 옷깃을 단단히 잡고 있던 초소 경찰은 큰 소리로 동료 둘을 불러 그들에게 유령을 넘기고 자신은 구두 속에 넣어 둔 담배를 꺼내 피우면서 그동안 여섯 번이나 얼어붙은 코에 잠시 바람이나 넣어야겠다는 생각에 잠시 몸을 굽혔다. 그러나 그 담배란 것이 죽은 사람조차도 결코 견딜 수 없을 지독한 것이었다. 초소 경찰이 손가락으로 오른쪽 콧구멍을 막고, 왼쪽 콧구멍으로 코담배 반쯤을 들이마시려고 하는 찰나, 유령이 재채기를 너무 세게 하는 바람에 담뱃가루가 세 명의 경찰 눈에 들어가 버렸다. 잠시 동안 주먹으로 눈을 비비는 사이 유령은 흔적도 없이 사라져 버렸다. 나중에는 유령이 정말 그들의 손에 잡혔었는지조차 알 수 없게 되었다. 이때부터 초소 경찰들은 유령이라면 다들 공포에 떨었다. 산 채로 잡는 것조차 두려워 멀리서만 그저, "어이, 이봐, 어서 저승으로 꺼져 버리지 못하겠어!"라고 외칠 뿐이었다. 유령 관리는 어느새 칼린킨 다리 너머 겁 많은 모든 사람들에게 공포를 안겨 주었다. 그런데 이 완벽한 실화가 환상적인 이야기로 발전해 나가는 데 사실상의 원인이 된 그 고위층 인사를 그동안 우리가 너무 무심하게 방치했다. 무엇보다도 먼저, 사실 말이 나왔으니 하는 이야기지만, 불쌍한 아카키 아카키예비치가 지나치게 책망을 당하고 사무실을 떠난 후, 그도 뭔가 연민의 정 비슷한 것을 느꼈다. 그도 동정심을 느낄 줄 아는 사람이었다. 항상 관등이 걸려 표현을 못 할 뿐이지 여러 가지 좋은 행동을 하는 마음씨를 가졌던 것이다. 방문한 친구가 사무실에서 나가자마자 그는 불쌍한 아카키 아카키예비치에 대해 깊은 생각에 잠기기까지 했다. 이때부터 거의 매일 업무상의 질책을 견뎌 내지 못하고 하얗게 질려 버린 아카키 아카키예비치의 모습이 눈앞에 떠올랐다. 그에 대한 생각으로 너무 지나치게 괴로워한 나머지 그 일주일 후에는 관리를 보내어 아카키 아카키예비치가 어떻게 지내는지, 뭔가 도울 방법은 없는지 알아보도록 했다. 그런데 열병으로 갑자기 죽었다는 보고를 듣게 되자 충격과 양심의 가책으로 온종일 제정신이 아니었다. 어떻게든 기분 전환으로 나쁜 인상은 빨리 잊고 싶어서 친구 집에서 하는 저녁 모임에 참석했다. 그곳에 모인 사람들은 다들 점잖았고 무엇보다도 모두 그와 같은 관등의 사람들이었으므로 아무런 거리낌이 없었다. 덕분에 그의 정신 상태는 놀라울 정도로 달라졌다. 기분이 좀 풀어지자 사람들과 즐겁게 어울려 대화를 나누고 다른 사람들에게 친절을 베풀며, 한마디로 저녁 시간을 아주 유쾌하게 보냈다. 저녁 식사 후에 그는 샴페인을 두 잔이나 마셨다. 알다시피 기분 전환에는 샴페인이 최고다. 샴페인으로 취기가 돌자 그는 여러 가지 특별한 것이 하고 싶어졌다. 예컨대 그는 집에 가는 것이 아니라 평소 알고 지내는 여자인 카롤리나 이바노브나의 집에 들르기로 했다. 그는 독일 태생인 듯한 이 여자에게 대단한 친근감을 느꼈다. 미리 말해 두지만, 이 고위층 인사는 이미 젊지 않은 나이에 훌륭한 남편이요, 존경받는 아버지였다. 아들이 둘 있었는데 하나는 이미 관청에서 근무를 시작했고, 몸이 좀 구부정하긴 해도 코가 매력적인 열여섯 살 난 사랑스러운 딸아이가 날마다 그의 손에 입을 맞추며 "봉주르, 파파.(안녕, 아빠.)"라고 인사를 했다. 그의 아내도 아직 생기 있고 미운 데가 없는 아름다운 여자였다. 그녀는 남편이 먼저 입맞추도록 자기 손을 내밀었다. 그다음 자기 손을 내린 후 그의 손에 입을 맞추었다. 하지만 이 고위층 인사는 가정 생활의 안락함에 완전히 만족하고 있으면서도, 시내의 반대 지역에 여자 친구를 두고 친하게 지내는 것을 아주 고상한 행동이라고 생각했다. 이 여자 친구는 아내보다 예쁘지도 젊지도 않았다. 하지만 그런 것쯤이야 세상에 흔히 있는 일이기에 우리가 상관할 바는 아니다. 그래서 고위 인사는 계단을 내려와 썰매에 올라 마부에게 "카롤리나 이바노브나의 집으로."라고 말했다. 그는 따뜻한 외투로 몸을 완전히 휘감은 채 즐거운 기분에 도취되어 있었다. 러시아인으로서 더 좋은 것이 생각나지 않을 정도였다. 그 기분이란 바로 아무 생각 없이 앉아 있는데도 머릿속으로 즐거운 생각들이 저절로 꼬리를 물고 이어져 굳이 뭔가를 생각해 내려고 애쓸 필요가 전혀 없는 상태를 말한다. 만족감에 도취된 그는 즐겁게 보낸 저녁 파티를 떠올리며, 많지 않았던 좌중을 웃겼던 말들을 모두 기억해 냈다. 이야기 가운데 대부분이 큰 소리로 다시 반복해 보아도 여전히 우스운 것들이어서 정신없이 웃었다고 해서 지나쳤다는 생각은 들지 않았다. 그러나 가끔 어디선가 갑자기 생겨난 돌풍이 불어와, 눈을 퍼부으며 그의 얼굴을 세차게 때리고 외투 깃을 돛단배처럼 펄럭이게 하거나 불가사의한 힘으로 돌연 머리털을 덮치기도 하였다. 그리하여 돌풍에서 빠져나오려고 안간힘을 쓰기도 했다. 갑자기 그 고위층 인사는 누군가 자신의 옷깃을 엄청난 힘으로 잡아채는 것을 느꼈다. 고개를 돌리니 작은 키에 낡아 빠진 제복을 입은 사람이 보였다. 그가 아카키 아카키예비치임을 알아챈 고위층 관리는 기겁을 하였다. 그 관리의 얼굴은 눈처럼 창백했고, 완전히 죽은 사람의 모습이었다. 그러나 고위층 인사의 공포가 극에 달한 것은 죽은 사람의 입술이 일그러지면서 무덤 냄새를 풍기며 다음과 같이 말했기 때문이다. "아! 바로 네놈이로구나! 이제야 네놈을, 그러니까 저, 옷깃을 잡았구나! 난 네놈의 외투가 필요해! 내 사정을 좀 봐주지는 못할망정 그렇게 야단을 치다니, 자, 이젠 옷을 내놔!" 가련한 고위층 관리는 거의 숨이 넘어갈 지경이었다. 그는 관청에서, 특히 아랫사람들 앞에서 어찌나 성질을 내는지 표정이나 몸가짐이 강직해 누구나 한 번만 보면 "거 성질 한번 대단하네!" 하고 말할 정도였다. 여기서도 그는 겉으로 보기엔 영웅호걸의 모습을 하고 있었는데, 사실은 극도의 공포에 사로잡혀 있었다. 그러나 원인이 없는 것은 아니지만 이러다가 무슨 발작이라도 일으키지 않을까 걱정될 정도였다. 그는 얼른 외투를 벗어 던지고 마부에게 여느 때와는 아주 다른 목소리로 외쳤다. "전속력으로 달려! 집으로 가자!" 그것이 일반적으로 중요한 순간이거나 실제로 아주 다급한 일이 벌어진 경우에나 나오는 목소리라는 걸 알아챈 마부는 모든 경우에 대비해 어깨 사이로 머리를 움츠린 채 채찍을 치켜들고 쏜살같이 달렸다. 약 육 분 정도 지나자 고위층 인사는 이미 자기 집 현관 앞에 와 있었다. 하얗게 질린 얼굴에 외투도 없이 마구 헝클어진 모습으로 카롤리나 이바노브나에게 가는 대신 집으로 돌아온 그는 겨우 자기 방까지 기어가 혼미한 상태로 밤을 지냈다. 다음 날 아침 차를 마시던 딸이 직접 말했다. "아빠, 얼굴이 창백하시네요." 그러나 그는 입을 꼭 다문 채 무슨 일이 있었는지, 어디에 갔었는지, 어디에 가려고 했었는지 아무에게도 말하지 않았다. 그 사건은 그에게 큰 영향을 주었다. 부하 직원들에게 "어떻게 감히, 내가 누군지 알기나 해?"라고 말하는 일도 예전보다 훨씬 적어졌다. 예전과는 달리 무슨 사정인지를 처음부터 다 들어 본 다음에야 비로소 호통을 쳤다. 하지만 더 주목할 만한 일은 장관의 외투가 유령의 몸에 꼭 맞았다는 게 분명하다는 것이다. 이후로 관리 유령의 출몰이 현저히 준 것이 사실이다. 이제 더 이상 외투를 빼앗긴 사람이 있다는 이야기를 들어 보지 못했다. 한편 활동적이고 꼼꼼한 사람들은 결코 마음을 놓으려 하지 않았고, 시내에서 좀 먼 지역에서는 여전히 관리 유령이 나타난다는 말들을 했다. 더 자세히 말하면 어느 키 큰 감시 초소의 경찰이 어느 건물에서 나오는 유령을 자기 눈으로 직접 봤다고 했다. 그러나 이 사람은 태어날 때부터 몸이 약해서 한번은 어느 집에서 뛰쳐나온 돼지 새끼 한 마리에 걸려 넘어지기도 했다. 그 바람에 주위에 있던 마부들이 박장대소하자 그들에게서 자신을 조롱한 대가로 담배 한 갑씩을 빼앗은 적이 있었다. 그리하여 힘없는 그가 유령을 보고 잡을 엄두도 못 낸 채 어두운 데서 그 뒤를 졸졸 따라갔다. 마침내 유령이 뒤를 홱 돌아보며 우뚝 서서, "넌 뭐야?"라고 물으며 살아 있는 사람으로서는 상상도 할 수 없는 어마어마한 주먹을 내밀었다. 초소 경찰은 "아무것도 아니에요."라고 말하면서 뒤돌아섰다. 그런데 유령은 전보다 키도 훨씬 큰 데다 위엄 있어 보이는 콧수염까지 기르고 있었다. 오부호프 다리 쪽으로 발길을 돌리는가 싶더니 그는 밤의 어둠 속으로 완전히 사라져 버렸다.

광인 일기

10월 3일

오늘 이상한 일이 일어났다. 아침에 상당히 늦게 일어났다. 마브라가 깨끗하게 닦은 장화를 들고 왔을 때, 몇 시냐고 물었다. 이미 10시가 지난 지 오래라는 말을 듣고 나서 더 빨리 옷을 입으려고 서둘렀다. 솔직히 말해, 관청엔 조금도 가고 싶지 않았다. 이미 아는 일이지만, 가 봐야 과장이 얼굴을 잔뜩 찌푸리고 앉아 있을 테니 말이다. 그자는 이미 오래전부터 내게 말해 왔다. "이봐, 자넨 도대체 왜 그래? 머리가 어떻게 된 것 아냐? 어떤 땐 미친놈처럼 날뛰면서 종종 서류 제목에 소문자를 쓰기도 하고, 날짜나 번호를 써 넣지 않아 뭐가 뭔지 알 수 없을 정도로 일을 망쳐 버린단 말이야."

제기랄, 왜가리 같은 놈! 내가 국장의 집 서재에서 각하의 거위 털 펜을 깎고 있는 것을 시기하는 것이 분명하다. 다시 말해, 구두쇠 경리한테 애걸해서 다행히 몇 푼 선불을 타 낼 수 있으니 망정이지, 그렇지 않으면 난 관청과 발을 끊었을 것이다. 그 경리 녀석도 보통내기가 아니다. 아, 하느님, 그 녀석이 한 달치라도 선불해 주기를 바라느니 차라리 최후의 심판을 기다리는 편이 낫다. 아무리 애걸해도, 또 아무리 어려운 처지라도, 그 백발 악마는 선불해 주지 않으니까. 그러면서도 자기 집 하녀한테는 뺨을 얻어맞는단 말이야. 온 세상이 다 아는 일이지. 관청에 근무한다고 해서 이로운 게 뭔지 모르겠다. 어떤 재원이 나오느냐에 따라 다르겠지. 현청이나 구청, 또는 세무감사원 같은 데서는 사정이 전혀 다르다. 저기 한구석에 몸을 움츠리고 펜대를 긁적거리고 있는 자를 보라. 더러운 연미복을 걸치고 있는 그의 낯짝에 침이라도 뱉어 주고 싶을 정도다. 그런데 여러분도 아시다시피 그가 어떤 별장을 빌려 사용하는지 보라! 그런 녀석에게 도금한 도자기 찻잔 같은 건 가져가지 마라. '이건 의사한테나 갖다줄 선물이군.' 하고 말할 거다. 보내려면 경마용 말 두 필쯤, 아니면 경사륜마차[1] 한 대나 300루블 정도 하는 해리 모피를 보내라. 겉으로 보기에 그는 아주 조용하고 우아하게 말한다. "펜대 깎는 칼을 좀 빌려 주시겠습니까?" 청원자한테는 루바시카만 남겨 두고 모조리 털어 낸다. 사실 우리 관청에서 그의 근무 태도는 만사에 청렴하고 정직하다. 현청에서는 결코 찾아볼 수 없을 정도의 태도다. 마호가니 책상에 앉아 일하는 상관들도 모두 다 당신이라

---

1) 원문의 '드로지카(drozhki)'는 러시아의 경(輕)사륜마차를 가리킨다.

고 점잖게 부른다……. 사실대로 말해 근무하는 데 그런 고상함이 없었던들 나는 오래전에 관청을 떠났을 것이다.

비가 억수로 쏟아져 내렸기 때문에, 낡은 외투를 걸치고 우산을 들고 나갔다. 거리에는 사람들이 거의 없었다. 옷자락을 뒤집어쓴 여자나, 우산을 든 러시아 장사꾼, 문서 전령이 눈에 뜨일 뿐이었다. 점잖은 사람들 가운데 우리의 형제인 관리만 눈에 띄었다. 그를 네거리에서 만났다. 그를 보자마자, 나는 즉시 혼자 중얼거렸다. "아이구! 아니야, 저 녀석, 관청으로 가는 게 아니라 실은 앞에서 달려가는 여자의 다리를 보겠다고 서두르는 거야." 우리네 관리들은 왜 이처럼 교활한 인간들일까! 관리들은 장교 못지않다. 모자를 쓴 여자가 지나가면 으레 창피를 주거든. 이런 생각을 하고 있을 때, 옆을 지나가던 마차가 가게 앞에 멈춰 선 것을 보았다. 나는 곧 그 마차를 알아보았다. 그건 우리 국장의 마차였다. 생각해 보았다. '그런데 국장이 상점에 올 이유가 없으니 딸이 분명해.' 나는 벽에 몸을 바짝 기대섰다. 하인이 마차 문을 열자, 국장 딸이 새처럼 마차에서 사뿐 내려섰다. 그녀가 잠시 좌우를 살펴볼 때마다 눈썹과 눈동자가 반짝거렸다.

하느님! 아, 맙소사, 완전히 망했다. 그런데 이렇게 비가 퍼붓는데 무엇 때문에 외출했을까! 이제 여자들이 이 모든 천 조각에 욕심이 없다고 누가 그럴 수 있을까. 그녀는 날 알아보지 못했고, 게다가 나는 일부러 몸을 가능한 한 외투에 감쌌다. 내 외투가 몹시 더러운 데다가 구식이었기 때문이다. 지금은 외투 깃이 긴 것이 유행인데, 내 외투는 깃이 짧고 이중으로 되어 있다. 게다가 옷감도 증기 다리미로 다리지 않았다.

미처 가게 문 안으로 들어가지 못한 아가씨의 강아지가 거리에 남아 있었다. 나는 그 강아지를 잘 알고 있다. 강아지의 이름은 멘지다. 일 분도 안 되어 나는 갑자기 작은 소리를 듣게 되었다.

"멘지, 안녕!"

이런! 누구의 목소리지? 주위를 둘러보니 양산을 쓰고 걸어가는 부인 두 명이 보였다. 하나는 노파이고, 하나는 젊은 여자였다.

그러나 그들은 이미 지나가 버렸는데, 내 곁에서 소리가 다시 들려왔다.

"멘지, 너무해!"

모르겠다! 멘지가 두 부인들을 따라온 강아지와 서로 코로 냄새를 맡아 보는 것이 보였다.

나는 속으로 중얼거렸다.

'어! 어! 내가 술에 취한 게 아닐까? 아마 이런 일만은 보기 드물 거다.'

"아니에요, 피델, 그렇지 않아요."

멘지가 이렇게 말하는 것을 내 눈으로 직접 보았다.

"난 말이에요, 쿵, 쿵, 난 말이에요, 쿵, 쿵, 대단히 아팠어요."

아니, 네놈은 갠데! 솔직히 말해 개가 사람처럼 말하는 소리를 듣고 깜짝 놀랐다. 그러나 나중에 이 모든 것을 잘 생각해 보니, 별로 놀랄 것까지는 없었다. 실제로 이와 비슷한 일들이 세상엔 얼마든지 일어난다. 영국에서도 물고기 한 마리가 물 위에 떠올라 괴상한 말로 두어 마디 지껄여 댔다고 한다. 학자들이 이미 3년 동안이나 열심히 연구하고 있지만, 아직까지 아무것도 밝혀내지 못했다지. 또 두 마리의 소가 가게에 와서 차를 1푼트 달라고 했다는 기사를 신문에서 읽은 적이 있다. 그런데 솔직히 말해 멘지가 다음과 같이 말했을 때, 더욱 놀랐다.

"피델, 당신에게 편지를 써 보냈잖아요. 그럼 폴칸이 내 편지를 전하지 않은 게 분명하군요!"

참으로 놀라운 일이다. 개가 편지를 쓸 수 있다는 말은 평생 들은 적이 없다. 글을 정확하게 쓸 수 있는 것은 귀족뿐이다. 물론 상점의 경리나 어떤 농노들은 종종 글을 쓸 줄 안다. 그러나 그들의 글은 대체로 기계적이다. 쉼표도 마침표도 없으며 문체도 엉망이다.

이건 정말 놀라운 일이다. 실은 최근에 가끔 아무도 들을 수 없거나 볼 수 없는 것들이 잘 들리고 보이기 시작했다.

'좋아……'

나는 속으로 중얼거렸다.

'저놈의 강아지를 따라가서, 그들이 어떤 놈들인지, 무엇을 생각하고 있는지 알아내자.'

우산을 받쳐 들고 두 여자를 뒤따라갔다. 두 여자는 고로호바야 거리를 지나 메샨스카야 거리를 돌아, 다시 거기서 스톨야르나야 거리로 빠져 드디어 코쿠시킨 다리로 가 큰 집 앞에서 멈추어 섰다.

"이 집은 내가 잘 아는 집이야." 나는 혼자 중얼거렸다. "즈베르코프의 건물[2]이지."

참으로 훌륭한 집이다! 이 집에는 어떤 사람들이 살고 있을까? 하녀나 시골서 올라온 사람들이 얼마나 많을지! 관리들도 개떼처럼 어울려 산다. 여기에 나팔을 잘 부는 친구가 하나 살고 있다. 그 여자들은 5층으로 올라갔다. '좋아! 지금은 집에 들어갈 필요가 없고 장소만 알아 두면 돼. 기회가 될 때 이용할 거다.'라고 나는 생각했다.

10월 4일

오늘은 수요일, 국장의 서재로 갔다. 일부러 일찍 가서 자리에 앉은 다음 펜을 몽땅 깎아 버렸다.

우리 국장은 매우 영리한 사람이다. 서재에는 책으로 가득 채워진 책장이 빽빽이 놓여 있다. 책 제목을 몇 개 읽어 보았으나, 다 학술적인 것들뿐이었다. 너무 학술적이어서 우리 형제들이 가까이할 수 없는 것들이다. 모든 책들이 프랑스나 독일어로 되어 있다. 그의 얼굴을 보기만 해도, 눈에 위엄과 거만함이 깔려 있다! 국장이 쓸데없는 소리를 하는 것을 들어 본 적이 없다. 서류를 제출할 때면 물어볼 뿐이다.

"바깥 날씨는 어떤가?"

---

2) 상트페테르부르크에 세워진 최초의 5층 건물. 여기서 고골은 1829년 말부터 1831년 5월까지 살았다.

"각하! 습한 날씨입니다."

그래, 우리들과는 너무 차이가 난다. 국가적인 인물이다. 그런데 그는 나에게 특별히 호감을 갖고 있다. 만일 따님도······ 아, 제기랄!······ 아니, 아무것도 아니다. 말하지 말아야지! 《북방의 꿀벌》을 읽었다. 프랑스 국민들은 참으로 바보다! 그래, 대관절 그들은 무엇을 원하는 걸까? 에이, 모두 한데 묶어서 회초리로 후려갈겨야 해! 그 잡지에서 쿠르스크야현(縣)의 지주가 쓴 무도회에 대한 매우 재미있는 이야기를 읽었다. 그 고장 지주들은 글을 잘 쓴다. 벌써 12시 반이 되었는데도 우리의 각하는 아직 침실에서 나오지 않았다. 그런데 1시 반쯤 해서 펜으로는 도저히 다 쓸 수 없는 사건이 일어났다. 문이 열렸기에 난 국장이 일어난 줄 알고 서류를 들고 의자에서 벌떡 일어났다. 그러나 그건 바로 그녀, 국장 따님이었다! 성자여, 그녀가 어떻게 옷을 입고 있었겠는가! 그녀의 옷은 백조처럼 하얬다. 아, 참으로 화사하다! 그녀가 이쪽을 흘낏 바라봤을 때, 아, 태양, 오, 신이시여, 태양처럼 빛났다. 그녀는 고개를 까닥거려 인사하며 말했다.

"아빠 거기 안 계신가요?"

아아! 어떤 목소리인가! 카나리아다! 진짜 카나리아의 목소리다! '각하!' 하고 나는 말하고 싶었다. '제발 날 괴롭히지 말아요. 괴롭히고 싶으시면, 각하의 그 손으로 괴롭혀 주세요.' 제기랄, 혀가 헛도네. 나는 이렇게 말했을 뿐이다. "아니, 안 계십니다."

그녀는 내 얼굴과 책을 흘낏 쳐다보다가 그만 손수건을 떨어뜨렸다. 나는 당황한 나머지 미끄러지면서 뛰어들다가 쪽나무 마루에 미끄러져, 하마터면 코방아를 찧을 뻔했다. 그러나 겨우 몸을 가누어 그 손수건을 집어 들었다. 아, 어떤 수건이었겠는가! 얄팍한 무명천이 호박 색깔 같았다! 완전히 호박색이었다! 그리고 각하의 지위답게 고상한 향기도 났다. 그녀는 고맙다고 인사하더니, 방긋 웃으며 감미로운 입술을 살짝 움직였다. 그러고는 그대로 가 버렸다.

나는 다시 한 시간쯤 앉아 있었는데, 하인이 갑자기 들어와 말했다.

"악센티 이바노비치, 그만 돌아가시죠. 나리께서는 벌써 나가셨소."

나는 이런 무례한 하인을 참을 수 없다. 언제나 현관에 버티고 앉아서, 공손하게 머리라도 한 번 끄덕여 주면 좋으련만 인사 한번 제대로 하지 않는다. 이 정도는 아무것도 아니다. 언젠가 한번은 그 교활한 놈들 가운데 하나가 자리에서 일어나지도 않은 채 담배를 권한 적이 있다. 아무리 어리석은 농노라고 하지만 내가 관리이고 귀족 출신이라는 것은 알 거 아닌가. 이래 봬도 의젓한 관리인데. 그러나 나는 모자를 들고 외투도 손수 입고 밖으로 나왔다. 이자들은 한 번도 외투를 입혀 준 적이 없다. 집에서는 하루 종일 침대 위에서 뒹굴다가 아름다운 시 한 편을 베껴 썼다.

나는 중얼거렸다.

"사랑하는 님이여, 한 시간 동안 보지 못하니, 1년이 흐른 것 같아요. 삶을 저주하며 살아야 하는 건가요?"[3]

아마도 이건 푸시킨 작품이 분명하다. 저녁에 외투를 걸치고 국장의 저택 현관 앞까지 가 보았다. 혹시 따님이 마차를 타기 위해 나와 있지 않을까, 그 모습을 한 번만이라도 볼 수 없을까 해서 오랫동안 기다렸으나 그녀는 나타나지 않았다.

11월 6일

과장이 몹시 화를 냈다. 관청에 나갔더니, 나를 자기 옆에 불러다 놓고 떠들어 대기 시작했다.

"자넨 도대체 무슨 짓을 하는 거야? 말해 봐."

"뭐가 어쨌다는 건가요? 아무것도 한 일이 없는데요."

나는 대답했다.

"잘 생각해 봐! 자넨 이미 마흔이 넘었는데 지혜가 있어야지. 지금 무슨 생각을 하나? 자넨, 내가 자네의 못된 장난을 전혀 모르는 줄 아나? 자네가 국장 따님에게 지분거리고 있지 않느냐 말이야! 자기 주제를 알아야지. 자네가 누군가 생각해 봐. 자넨 빵점이야, 아무것도 아니란 말일세. 사실 자넨 땡전 한 푼 없잖나⋯⋯. 거울에 얼굴이나 한번 비춰 보게. 감히 그런 생각을 하다니⋯⋯!"

제기랄, 얼굴이라고는 꼭 약병처럼 생겨 가지고, 한 줌밖에

---

3) 이 시행은 사실 시인이며 극작가인 니콜라이 페트로비치 니콜레프(Nikolai Petrovich Nikolev, 1758~1815)의 작품에서 나온 것이다.

안 되는 곱슬머리 털을 머리에 얹고 기름을 처발라 소(小)러시아풍으로 빗어 올리기만 하면, 모든 것을 할 수 있는 인간이라도 되는 것처럼 생각하고 있군. 그자가 왜 화를 내는지 난 잘 알고 있다. 그는 질투하고 있다. 아마도 내가 국장 따님의 특별한 호의를 받고 있는 걸 본 모양이지. 그래, 녀석에게 침이라도 뱉어 주고 싶다. 그까짓 7등관이 얼마나 대단하단 말인가! 금시곗줄을 늘어뜨리고, 30루블씩이나 하는 장화를 주문했다고 그게 어쨌다는 건가! 난 잡계급 지식인 출신이나 재봉사 출신이나 하사관의 자식이 아니란 말이다! 난 귀족이다. 나도 이젠 출세를 해야지. 나이도 아직 마흔둘이니, 근무는 이제부터 막 시작할 때다! 이 인간아, 두고 보자! 나도 대령급은 되어야지. 아마도 운만 좋으면 더 훌륭하게 될지도 모른다. 그렇게 되면 네놈보다 훨씬 평판이 좋아진단 말이다. 자기 외엔 훌륭한 사람이 없다고 생각하는 게 아닌가? 나도 루치의 양복점[4]에서 맞춘 최신 유행의 연미복을 입고, 너처럼 넥타이라도 매봐라. 네놈은 내 발밑에도 못 와! 재산이 없다, 그게 내 불행이다.

11월 8일

극장에 갔었다. 러시아의 「바보 필라트카」[5]를 보고 많이 웃

---

4) 원문의 '루치의 연미복(Ruchevskij frak)'은 양복점 이름이다. '루치'는 그 당시 모스크바의 유명한 재단사였다.

었다. 그리고 짧은 보드빌 같은 것을 하나 더 보았다. 재판소 감독관에 관한 우스운 풍자시가 있고, 특히 14등관 관리를 풍자한 노래가 자유롭게 불리었다. 저런 것이 어떻게 검열에 통과되었는지 놀라웠다. 상인은 다 사기꾼이고, 그 자식들은 난폭한 행동에 추태를 일삼고 귀족을 괴롭힌다고 노골적으로 떠들어 댄다. 신문장이들에 대해서도 역시 매우 재미있는 풍자시를 낭송했다. 그들은 욕설만 퍼붓고 있으며, 작가는 독자에게 자기를 보호해 달라고 한다는 것이다. 요즘 작가는 꽤 재미있는 희곡을 쓴다. 나는 극장에 가기를 좋아한다. 호주머니 속에 푼돈이 들어 있기만 하면 으레 간다. 그런데 우리네 관리들 중에는 돼지 같은 놈들이 있다. 농사꾼들은 극장에 가지 않는다. 선물로 표가 생기면 그렇지 않지만. 한 여배우가 노래를 잘 불렀다. 나는 국장 따님을 생각했고…… 아, 제기랄! ……아니야, 아무것도 아니다……. 침묵.

---

5) 「바보 필라트카(Durak Filatka)」는 P. 그리고리예프 2세의 보드빌 「필라트카와 미로시카——경쟁자들 혹은 네 명의 신랑과 한 명의 신부(Filatka i Miroshka——soperniki, ili Chetyre zhenikha i odna nevesta)」를 말한다. 이 보드빌은 1831년 11월 알렉산드르 극장에서 처음으로 공연되어 큰 성공을 거두었다. 그러나 궁정 비평가들은 이 보드빌이 너무 평민적인 삶을 다루었다는 이유로 부정적 평가를 주었다.

11월 9일

8시에 관청에 나갔다. 과장은 내가 출근한 걸 모른 척했다. 내 쪽에서도 역시 아무 상관하지 않는다는 표정을 보여 주었다. 서류를 조사하거나 대조했다. 4시에 퇴근했다. 국장의 집 근처를 지나갔으나, 아무도 보이지 않았다. 식사 후에는 대부분의 시간을 침대에 누워 보냈다.

11월 11일

국장의 집에 가서 서재에 있는 펜을 깎아 드렸다. 각하의 것은 스물세 자루, 그리고 또 그녀의 것은…… 아, 아! ……아가씨 각하의 것도 네 자루나 깎아 드렸다. 각하는 펜이 많은 걸 아주 좋아하신다. 어쨌든! 뛰어난 분임에 틀림없다! 언제나 말이 없지만, 머리로는 모든 일을 생각하고 있을 거다. 주로 뭘 생각하시는지 알고 싶다. 그분의 머릿속에서 무슨 일이 일어나고 있는지 알고 싶다. 이런 분들의 사생활, 애매한 말씨, 궁중의 농담을 가까이에서 관찰하고 싶다. 그분들이 사교계에서는 무엇을 하며 어떻게 행동하는지 알고 싶다. 이런 것들이 내가 알고 싶은 것들이다! 각하와 여러 번 대화를 하고 싶었지만, 제기랄, 혀가 전혀 말을 듣지 않는다. 날씨가 춥습니다, 따뜻합니다는 얼마든지 할 수 있어도, 다른 말은 절대 못한다. 응접실을 들여다보고 싶으나, 가끔 열린 문만 보일 뿐이다. 응접실 저쪽에도 방이 하나 더 있나 보다. 아! 장식들이 참으로 화려하다! 거울이며 도자기는 또 어떤지! 각하의 따님이 있는 그 안쪽 방을 들여다보고 싶다. 내가 보고 싶은 것은 바로 그쪽이다. 따님 방에는 여러 가지 자질구레한 병이며 유리그릇이 놓여 있을 것이고, 입김을 불기조차 두려운 생각이 드는 꽃들이 있을 것이다. 그 방에는 그녀가 벗어 놓은 옷들도 놓여 있겠지. 옷이라기보다는 공기와 거의 비슷할 테지. 나는 침실도 들여다보고 싶다! …… 생각건대 거기에는 기적과 같은 이상한 나라, 아니 천국에도 없는 어떤 낙원이 있을 것이다. 그분이 침대에서 일어나 어떻게 귀여운 발을 걸상에 얹어 놓고 눈처럼 흰 양말을 신는지 보고 싶다…… 아! 아! 아! 안돼…… 침묵.

그러나 오늘 내게 빛처럼 번쩍 빛나는 것이 있었다. 오늘 그 넵스키 거리에서 들은, 강아지 두 마리에 대한 대화가 생각났기 때문이다.

나는 생각했다.

'좋아! 이제는 모든 것을 다 알겠다. 그놈의 하찮은 개들이 서로 보여 준다는 편지를 압수할 필요가 있다. 그 편지만 보면 분명히 어떤 단서를 잡을 수 있을 것이다.'

솔직히 말해 나는 멘지를 다시 한번 직접 불러 말하려고 했다.

"이봐, 멘지, 지금 우리 둘만 있지. 원한다면 문을 닫아도 좋아. 그러면 아무도 보지 않을 테니까. 자, 국장 따님에 대해 네가 알고 있는 모든 걸 말해 봐……. 그 따님은 무엇을 하고 어떻게 지내는지? 하느님께 맹세하지만, 아무에게도 말하지 않겠다."

그러나 그 교활한 강아지는 꽁무니를 빼더니 몸을 움츠린 채, 아무것도 들리지 않는다는 듯이 방에서 조용히 나가 버렸다. 나는 오래전부터 개는 사람보다도 더 영리하다고 생각했다. 개가 말을 할 수 있으면서도 일종의 고집 때문에 입을 다물고 있음을 확신했다. 개는 엄청난 책략가로 모든 걸 알아차린다. 인간의 행동 방식을 모를 리가 없다. 아니, 내일은 만사를 제쳐 놓고 즈베르코프의 집에 가서 피델에게 캐묻고, 일이 잘되면 멘지가 쓴 편지를 모조리 빼앗아 와야겠다.

11월 12일

오후 두시에 피델을 만나 캐묻기 위해 집을 나섰다. 나는 지금 양배추가 싫은데 메샨스카야 거리의 작은 상점들마다 그 냄새가 난다. 그리고 집집마다 문틈에서 그 지옥 같은 냄새가 새어 나오므로, 코를 막고 전속력으로 뛰어갔다. 천한 노동자들이 일터에서 매연과 연기를 마구 뿜어내기 때문에, 점잖은 신사는 그곳을 지나 산책할 수 없다.

6층으로 올라가 초인종을 울리자 얼굴에 주근깨가 조금 있으나 별로 나쁜 인상을 주지 않는 계집애가 나왔다. 난 그 애를 알고 있다. 언젠가 할머니와 함께 길을 가던 그 아이였다.

그 애는 약간 얼굴을 붉혔고, 나도 그 자리에서 알아차렸다. 귀여운 애 같으니, 구혼자를 찾는군.

"웬일이세요?"

그녀가 물었다.

"실은 댁의 강아지와 할 말이 있는데요."

계집애는 우둔했다! 계집애를 보자마자 그녀가 바보라는 것을 알아차렸다. 그때 강아지가 멍멍 짖으며 뛰어나왔다. 그 강아지를 잡으려고 했으나, 오히려 하마터면 그놈의 강아지가 내 코를 물 뻔했다. 그런데 나는 구석에서 궤짝으로 된 강아지 집을 보았다. 아, 나한테 필요한 건 이거다! 얼른 다가가서 나무궤짝에 깔린 짚을 뒤져 보았다. 다행히 작은 종이 뭉치를 꺼낼 수 있었다. 추악한 강아지는 그걸 보자 처음에는 내 아랫도리를 물었으나, 내가 종이 뭉치를 꺼낸 것을 보고는 구슬프게 소리를 지르기도 하고 아양도 떨었다. 그러나 나는 말했다.

"안 돼, 이놈아, 그럼 안녕!"

나는 얼른 뛰어나왔다. 그 계집아이는 너무 놀라서 나를 미친 사람으로 알았을 것이다. 촛불로는 글씨를 볼 수 없었기 때문에, 난 집에 돌아와 즉시 그 편지를 펴 보려고 했다. 그러나 마브라가 마루를 닦기 시작했다. 이 바보 같은 핀란드 여자는 항상 어울리지 않게 깨끗한 것을 좋아했다. 그리하여 난 할 수 없이 산책이라도 하면서 이 사건에 대해 좀 생각해 보려고 밖으로 나왔다. 이번에는 마침내 모든 사정과 의향과 그 원인들을 알게 되고, 모조리 밝혀낼 것 같았다. 그 편지가 모든 것을 분명하게 밝혀 줄 것이다. 개는 매우 영리한 동물이라, 정치에 관련된 모든 일도 알고 있을 것이다. 분명히 그 편지에는 모든 것이 있을 것이다. 그 편지에는 우리 국장에 관한 모든 일과 인물이 자세히 묘사되어 있을 것이다. 그리고 그 따님의 이야기든 무엇이든 좀 있을 것이다……. 안 돼, 침묵! 저녁때 집으로 왔다. 대부분의 시간을 침대에 누워서 보냈다.

11월 13일

자, 어디 좀 보자! 편지는 읽기가 꽤 쉬웠다. 그러나 필적은 역시 모든 게 개다운 것 같았다. 어디 읽어 보자.

그리운 피델, 당신의 촌스런 소시민적인 이름이 익숙해지지 않는군요. 좀 더 좋은 이름으로 지을 수 없을까요? 피델, 로자라고 부르는 것은 어때요! 그런데 그건 그렇고 우리가 갑자기 서로 이런 편지를 쓸 생각을 하다니 매우 기뻐요.

이 편지는 아주 정확하게 쓰여 있었다. 구두법이나 철자가 모든 곳에서 정확했다. 우리 과장은 모 대학 출신이라고 큰소리를 치지만, 이 정도로 쓰지는 못한다. 더 보자.

누구든 자기의 생각이나 감정이나 인상을 서로 주고받는다는 것은 이 세상에서 가장 행복한 일의 하나라고 생각해요.

흠! 독일에서 번역한 어떤 작품[6])에서 인용한 것인데, 제목이 잘 생각나지 않는다.

세상이라야, 집의 문밖보다 더 멀리 나가 본 적이 없지만, 이건 경험에서 하는 말이에요. 내 생활은 만족스럽다고 말할 수 있겠죠. 아빠가 소피라고 부르는 우리 집 아가씨가 나를 무척이나 귀여워해 줘요.

아, 아! ……아니, 아무것도 아니다. 침묵!

아빠 역시 자주 머리를 쓰다듬어 주시며 귀여워해 주세요. 난 홍차나 커피에 크림을 넣어서 마셔요. 아, 마 셰르[7)]! 뜯어먹다 남은 큰 뼈다귀 같은 건 전혀 먹기 싫은데, 우리 집 폴칸은 언제나 부엌에서 깨물어 먹고 있어요. 뼈가 맛있는 것은 들새뿐이지요. 그것도 골수를 빨아 먹지 않은 거야 해요. 몇 가지 소스를 잘 섞어서 먹으면 아주 맛있어요. 하지만 카페르스[8)]와 야채만은 넣지 마세요. 그러나 빵 덩어리를 개에게 던져 주는 건 나쁜 습성이지요. 신사도 식탁에 앉아 온갖 더러운 것을 다 만지면서 나를 옆에 불러 놓고, 그 손으로 빵을 주물러서 그 둥

---

6) 첫 판본에서 고골은 "라브진이 독일어에서 번역한 것"이라고 썼다. A. F. 라브진(1766~1825)은 신비주의자이며 작가였다.
7) 원문은 프랑스어 'ma chère'로서 '사랑하는 당신' '보고 싶은 친구야'라는 뜻으로 번역할 수 있다. 친한 사람들끼리 사용한다.
8) 카페르스(Kàpers)는 연어랑 같이 먹는 케이퍼를 말한다.

근 걸 입에 마구 밀어 넣어요. 나는 거절하는 것도 예의가 아닐 것 같아 그냥 먹습니다. 혐오스럽지만 먹는 거예요…….

이게 뭔지 누가 알게 뭐야! 엉터리다! 좀 더 재미있는 걸 쓸 수도 있을 텐데. 다른 쪽을 읽어 보자. 가장 중요한 것이 있지 않을까.

우리 집에서 생긴 일들을 기꺼이 알려 줄 준비가 되어 있어요. 소피 아가씨가 파파라고 부르는 중요 인물에 대해서는 이미 무슨 말인가를 했지요. 아주 이상한 분…….

아! 드디어 이야기가 나오는구나! 그래, 그놈들은 모든 걸 정치적으로 관찰하지. 그건 내가 잘 알아. 그 파파가 어쨌는지 보자.

아주 이상한 분이에요. 입을 다물고 있을 때가 많아요. 거의 말을 하지 않지만, 일주일 전부터 계속해서 "나도 받을 수 있을 까, 없을까?" 하고 혼잣말을 해요. 한 손에는 무슨 서류를 들고 다른 한 손은 그냥 꼭 쥐고서 말이에요. 언젠가 한번은 날 붙잡고 물어보지 않겠어요. "이봐, 멘지, 넌 어떻게 생각하냐? 나도 받을 수 있을까 없을까?" 나는 전혀 영문을 몰라, 나리의 장화 냄새를 잠깐 맡아 보고 그냥 떠났어요. 마 셰르! 한 주일쯤 지나서 파파는 매우 즐거운 기분으로 집으로 돌아왔어요. 그리고 아침 내내 제복을 입은 사람들이 계속 찾아와서 뭔가 축하의 말을 하는 것 같았어요. 식사 때에는 여러 가지 일화를 이야기 하면서 어쩌나 즐거워하는지 나는 처음 보는 일이었어요. 식사 를 마치고 나서 나를 자기의 뺨 위까지 올려 껴안고 말했어요. "멘지, 이것 봐. 이게 무얼까?" 하지 뭐예요. 나는 리본 같은 걸 보았어요. 냄새를 맡아 보았지만 결코 향기롭지는 않았어요. 결국 살짝 핥아 보았더니, 약간 찝찔했어요.

흠! 이놈의 강아지가 좀 지나친 것 같군⋯⋯. 회초리로 맞지 않은 게 다행이야! 아! 그런데 그 국장은 야심가다. 이 점에 대해서는 잘 알아 둬야지.

안녕. 사랑하는 당신! 그냥 뛰어갔다 올게요. 기타 등등⋯⋯. 내일 편지를 마칠게요, 자, 안녕! 나는 지금 편지를 다시 시작하겠어요. 오늘 우리 소피 아가씨는⋯⋯.

아! 소피 아가씨가 어쨌다는 건지 보자. 에흐, 빌어먹을 녀석! ⋯⋯아무것도 아니야, 아무것도⋯⋯. 더 읽어 보자.

⋯⋯ 우리 소피 아가씨는 상당히 바빴어요. 무도회에 갔었지요. 그런데 나는 아가씨가 없는 사이에 편지를 쓸 수 있어서 기뻤어요. 소피 아가씨는 옷을 갈아입을 때면 매번 화를 내지만, 무도회 가는 것은 정말 좋아해요. 마 셰르! 무도회 가는 게 뭐가 좋은지 난 잘 모르겠어. 소피 아가씨는 아침 6시가 되어서야 무도회에서 돌아오세요. 그때마다 대체로 창백한 얼굴에 녹초가

되어 있지요. 그걸 보면 가엾게도 무도회에서는 아무것도 먹지 못했나 봐요. 솔직히 말해, 난 도저히 그렇게 살 수 없어요. 소스를 잘 바른 꿩고기나 잘 익힌 닭 날개를 나에게 주지 않으면, 난…… 내가 어떻게 할지 나도 잘 모르겠어요. 죽에 소스를 쳐서 먹어도 역시 맛있어요. 그렇지만 당근이나 무나 엉겅퀴 같은 것은 별로 안 좋아해요…….

아주 고르지 못한 글이다. 한눈에 사람이 쓴 글이 아니라는 것이 드러난다. 처음엔 그런대로 따라가겠지만, 결국 개같이 끝난다. 어디 또 다른 편지를 읽어 보자. 이건 좀 길군. 흠! 날짜가 없네.

아, 사랑하는 사람이여! 제법 봄이 온 것을 느낄 수 있어요. 내 가슴은 마치 무엇인가를 기다리는 듯이 뛰어요. 귀에서 항상 시끄러운 소리가 들려와요. 그래서 난 멈춰 서서 문밖에서 들려오는 소리에 한동안 귀를 기울이곤 해요. 고백하지만, 내겐 많은 수캐들이 있어요. 때때로 난 창문 위에 앉아 그들을 살펴보지요. 아, 개들 중에는 정말 못생긴 것들도 있어요. 하나는 무척 못생긴 집 지키는 개인데, 바보라는 게 낯짝에 쓰여 있는데도 거드름을 피우며 거리를 돌아다녀요. 자신을 훌륭한 위인이라 자처하고, 모두가 자기를 바라보는 줄 알아요. 천만의 말씀이지요! 난 거들떠보지도 않아요. 그리고 때때로 창문 앞에 사나운 불독이 나타나지 뭐예요! 만일 뒷다리로 일어선다면, 뭐 그런 짓은 하지 않겠지만, 소피 아가씨의 아버지보다 머리만큼

126

은 더 클 거예요. 그녀의 아버지도 키가 무척 크고 뚱뚱하죠. 이 바보는 무진장한 철면피지요. 내가 으르렁거려도 안중에 없다는 듯이 얼굴을 찡그리지도 않아요! 혀를 길게 내밀고 커다란 귀를 늘어뜨리고 창문으로 흘끔흘끔 들여다보는 꼴이, 영락없이 시골뜨기 같아요! 그러나 마 셰르! 이 모든 구애자들에게 내 심장이 태연한 줄 아세요? 아, 아녜요……. 이웃집 울타리를 뛰어넘어 찾아오는 어떤 기사를 당신이 한번 볼 수 있다면 좋을 텐데. 이름은 트레조르라고 불리지요. 아! 마 셰르! 그분은 얼마나 귀엽고 멋지다고요!

에잇, 제기랄! …… 망할 것! 어떻게 이런 시시한 이야기를 편지에 잔뜩 써 놓을 수가 있담! 인간이란 무엇인지 알게 해 줘! 난 인간을 알고 싶다고. 나한테는 마음의 양식이 필요해. 영혼을 기르고 위로해 줘. 이따위 부질없는 것 대신에……. 좀 더 훌륭한 것이 없을까? 한 장 더 넘겨 보자.

…… 소피 아가씨는 작은 테이블에 마주 앉아서 무슨 뜨개질을 하고 있었어요. 나는 행인을 바라보기 좋아해 창밖을 내다보는데, 갑자기 하인이 들어와서 "테플로프 씨께서 오셨어요!" 하지 않겠어요. "들여보내세요." 하고 소피 아가씨가 큰 소리로 말하고, 급히 날 껴안는 거예요. "아, 멘지! 멘지! 지금 그분이 누군지 네가 알기라도 한다면…… 갈색 머리털의 시종무관이야. 눈은 어떤데! 그 검은 눈은 마치 불같이 빛나고 밝아!" 소피 아가씨는 방으로 얼른 들어갔어요. 얼마 후에 젊은 시종

무관이 뒤따라 들어섰지요. 그는 검은 구레나룻을 기르고 있었는데, 거울 앞으로 다가가서 머리를 좀 매만지고 나서 방 안을 돌아보았어요.

한동안 짖어 댄 후 난 제자리에 가 앉았어요. 곧 소피 아가씨가 나오셔서 매우 반가운 듯이 거드름을 피우는 사람에게 공손히 인사하는 거예요.

아무것도 모르는 체하며 난 줄곧 창밖을 내다보고 있었죠. 그러다 고개를 좀 숙이고 무슨 얘기를 하나 들으려고 했어요. 아, 사랑하는 당신! 그들이 얼마나 시시한 얘기만 하는지! 무도회에서 어떤 부인이 스텝을 잘못 밟았다느니, 보보프라는 사내의 목 부분 레이스 장식이 꼭 황새처럼 생겼는데, 그 옷을 입은 그가 넘어질 뻔했다느니, 리지나라는 여자는 초록빛 눈을 하고도 자기 딴에는 푸른 눈이라고 생각한다느니 등등 쓸데없는 이야기들만 늘어놓는 거예요. 나는 속으로 생각했어요. 시종무관을 트레조르와 비교해 보면 어떨까! 정말이지, 하늘과 땅의 차이란 말야! 우선 이 시종무관은 얼굴이 완전히 번지르르하고 넓적하며 그 주위에 마치 검은 손수건이라도 두른 듯한 구레나룻을 기르고 있지만, 트레조르의 얼굴은 길쭉하고 이마 복판에 털이 빠져 흰 자국이 보여요. 그리고 트레조르의 허리 둘레는 시종무관과 비교가 되지 않아요. 눈매도, 남을 대하는 태도나 기교로 봐도 딴판이에요. 아, 얼마나 큰 차이가 나는지! 사랑하는 당신! 나는 테플로프의 어디가 좋은지 모르겠어요. 아가씨는 무엇 때문에 그런 사람에게 반할까요?

하긴 나도 여기에서 무언가 좀 이상하다고 느껴진다. 그녀가 시종무관에게 빠지다니 있을 수 없는 일이다. 더 보자.

내 생각에 이따위 시종무관이 마음에 든다니, 차라리 아버지 서재에 앉아 있는 그 관리가 더 나을 것 같아요. 아, 사랑하는 당신! 아시다시피, 그 관리는 추하게 생겼지요. 자루를 뒤집어쓴 거북이 같아서…….

이 관리란 대체 누굴까?

이름도 아주 이상해요. 언제나 서재에 앉아서 펜대만 깎고 있거든요. 머리털은 흡사 건초 같아요. 아빠는 하인 대신에 항상 그를 보내지요.

이 불쾌한 개가 아마도 날 노리는 모양이다. 내 머리칼 어디가 건초 같다는 걸까?

소피 아가씨는 그 사람의 얼굴을 보면, 웃음을 참지 못해요.

거짓말하는 것 좀 봐. 저주받을 강아지 같으니! 이럴 때 비위에 거슬리는 말을 하다니! 내가 이것이 누구의 장난질인지 모르는 줄 아는 모양이지. 이것도 우리 부서 감독관의 장난이야. 사실 그 인간은 타협하기 어려운 질투를 하고 있거든. 그러니 사사건건 해치고 괴롭히는 거야. 그건 그렇고, 남은 편지

한 통이나 보자. 아마도 거기에선 내막이 좀 더 드러나겠지.

  사랑하는 피델, 오랫동안 소식을 전하지 못해 미안해요. 나는 요즘 기뻐서 정신을 못 차릴 정도예요. 어느 작가가 "사랑은 제2의 인생."이라고 옳게 말했어요. 게다가 우리 집안은 지금 큰 변화가 있어요. 요새 그 시종무관이 날마다 우리 집에 와요. 소피 아가씨는 그에게 홀딱 반했거든요. 아버지도 여간 기뻐하지 않아요. 항상 혼자 중얼거리며 마룻바닥을 청소하는 하인 그리고리가 그러는데, 곧 결혼식이 있을 거래. 그건 아버지가 기어코 소피 아가씨를 장군이나 시종무관이나 아니면 대령과 결혼시키려고 하시기 때문이지요…….

  제기랄! 더 읽을 수 없다……. 걸핏하면 시종무관 아니면 장군이라니, 이 세상은 더 나을 것이 없다. 시종무관이 아니면 장군이 모든 것을 차지하게 된다. 내가 어떤 초라한 재물이라도 찾아내어 손에 넣으려고 하면, 으레 시종무관이나 장군이 가로챈다. 제기랄! 나도 장군이 되고 싶다. 청혼을 받기 위해서가 아니다. 내가 장군이 되면, 그들이 어떻게 착 달라붙어서 모호한 말과 예절을 다해 행동할지 보고 싶어서다. 그 다음에 그자들한테 침이라도 뱉어 주고 싶다. 제기랄, 화가 치민다! 난 이 멍청한 개 새끼의 편지를 좍좍 찢어 버렸다.

12월 3일

있을 수 없는 일이다. 거짓말이다. 결혼이라니, 있을 수 없는 일이다! 시종무관 따위가 뭐냔 말이다. 사실 이건 관직에 불과할 뿐, 아무것도 아니다. 손으로 잡고 감촉을 느낄 수 있는 어떤 물건도 아니다. 사실 시종무관이라고 해서 이마에 눈알이 하나 더 박힌 것도 아니다. 또 코가 금으로 된 것도 아니고, 내 코도 모든 사람의 코와 같다. 시종무관도 코로 냄새는 맡을 테지만, 먹거나 재채기는 하지 않을 것이다. 지금까지 나는 왜 이 모든 차이와 다양성이 있는지 여러 번 파악하고 싶었다. 나는 9등관이다. 왜 9등관이 되었을까? 어쩌면 나는 백작이나 장군인데, 다만 9등관처럼 보이는 건 아닐까? 아마 나 자신도 내가 어떤 인간인지 모르고 있을 거다. 사실 역사에도 그런 예가 얼마든지 있다. 어떤 평민이 귀족이 되는 경우가 아니라 해도 그럴 수 있다. 어떤 평민이나 농부가 어쩌다가 그 신분이 드러나 갑자기 어떤 귀족이나 황제라는 것이 밝혀지는 경우가 종종 있다……. 농부까지도 종종 그럴 수 있는데, 귀족인 나에게 무슨 일이 생길지는 알 수 없는 것 아닌가? 가령 내가 갑자기 장군의 예복이라도 걸치고 그 저택을 찾아갔다고 가정하자. 내 양쪽 어깨에 견장을 달고, 하늘색 리본을 어깨에 비스듬히 건다면 어떨까? 그때 그 미인은 어떻게 말하기 시작할까? 그리고 그녀의 아버지인 우리 국장은 무슨 소리를 할까? 오, 그는 대단한 야심가 아닌가! 그는 자유 석공 조합원[9]이다. 분명히 자유 석공 조합원이다. 이러저러하게 시치미를 떼고 있지만, 그가 조합원이라는 것을 난 첫눈에 알아봤다. 나도 당장에 총독에 임명되거나 경리 국장이나 그 밖의 어떤 관직을 받지 않을까? 내가 왜 9등관인지 알고 싶지 않을까? 다시 말해 내가 9등관인 이유가 뭘까?

12월 5일

오늘 오전 내내 줄곧 신문만 보았다. 스페인에서 이상한 일이 일어났다. 도저히 이해할 수 없다. 왕이 없어져 신하들이 왕위 계승자를 찾는 데 난관에 빠졌다는 것이다. 이 때문에 반란이 일어났다는 기사[10]였다. 이건 참으로 이상한 이야기 같다. 어떻게 왕이 없어질 수 있단 말인가! 어느 귀부인이 왕위를 계승해야 한다고 한다.[11] 여자가 어떻게 왕위에 오를 수 있겠는가. 그럴 수는 없다. 역시 남자가 왕위에 올라야 된다. 그런데 어째서 과거에 왕이 없었다고 현재 왕이 없고, 또 왕이

---

9) 원문의 러시아어 '마손(Mason)'은 18세기 영국에서 생겨난 도덕적 종교적 성격의 비밀 결사로서 우리나라 말로 '비밀 공제 조합원'이라 번역된다. 귀족 계급과 연관되어 있지만 부르주아 생활 양식을 거부하는 것이 특징이다.

10) 1833년에 페르디난트 7세가 죽은 후 왕위 계승을 둘러싸고 스페인에서 일어난 폭동을 말한다.

11) 1833년 페르디난트 7세가 죽은 후 스페인에는 왕위 계승 문제가 생겼다. 왕의 형제인 돈 카를로스(Don Carlos)가 왕위 찬탈을 시도했음에도 불구하고, 페르디난트 7세의 세 살 먹은 딸 이사벨라 2세가 왕위를 승계해 35년 동안 통치하였다.

될 사람이 없다는 것인가? 왕이 없는 국가는 있을 수 없다. 한 나라에 왕이 없다는 것은 있을 수 없다. 왕은 있는데, 어딘가에 몰래 숨어 있을 것이다. 아마도 왕은 거기에 있으나 집안에 무슨 이유가 있을 것이다. 아니면 이웃 강대국, 예컨대 프랑스나 그 밖의 다른 나라가 두려워 부득이 몸을 감추고 있을 것이다. 그렇지 않으면 어떤 다른 이유가 있을 것이다.

12월 8일

관청에 나가고 싶은 생각이 간절했으나, 여러 가지 이유와 생각 때문에 나가지 않았다. 스페인에서 일어난 일이 아무래도 내 머리에서 지워지지 않았다. 여자가 왕이 되다니 어떻게 그럴 수가 있나? 그건 절대로 안 된다. 우선, 영국이 허락하지 않을 것이다. 게다가 그것은 유럽 전체와 관련 있는 정치적 문제이다. 솔직히 말해서 오스트리아 황제나 우리 황제도 이 일이 마음에 걸렸다. 나는 하루 종일 일이 손에 잡히지 않았다. 내가 식사를 하면서도 멍한 얼굴을 하고 있더라고 마브라가 말해 주었다. 아닌 게 아니라, 마루 위에 접시를 두 개나 떨어뜨려 산산조각 내 버렸다. 식사를 마치고 산에 가 보았다. 교훈이 될 만한 것이 아무것도 없었다. 대부분의 시간을 침대에 누워 스페인 문제에 대하여 곰곰이 생각하며 보냈다.

2000년 4월 43일

오늘은 위대한 경사가 있는 날이다. 스페인에 왕이 살아 있었다. 그가 발견되었다. 그 왕이 바로 나다. 오늘에야 비로소 이 사실을 알았다. 솔직히 말해 번개처럼 갑자기 그런 생각이 들었다. 어찌하여 나는 나 자신을 지금까지 9등관이라고 생각하고 상상할 수 있었는지 도무지 이해가 되지 않는다. 난 어떻게 그런 어리석은 공상을 하게 되었을까? 아무도 나를 아직 정신병원에 보내려고 하지 않아서 다행이다. 이제 모든 일이 다 밝혀졌다. 이제 모든 것이 마치 손바닥 들여다보듯이 다 보인다. 그런데 무엇보다도 모든 일이 눈앞에서 어떤 안개 속에 싸인 것처럼 이해가 안 되었다. 내 생각에, 인간의 두뇌가 머릿속에 있다고 사람들이 생각하기 때문에 이 모든 일이 일어난다. 이건 천만의 말씀이다. 인간의 두뇌는 저 카스피해 쪽에서 바람을 타고 들어오는 것이다. 우선 마브라에게 내가 누구인지 설명해 주었다. 그녀 앞에 스페인왕이 있다는 말을 듣자 그녀는 두 손을 탁 치며 두려워 거의 죽을 지경이 되었다. 바보 같은 마브라는 스페인왕을 아직 한 번도 본 적이 없었기 때문이다. 어쨌든 그녀를 진정시키기 위해 나는 관대한 말로 호의를 보여 주었고, 가끔씩 내 장화를 제대로 닦지 않아도 화내지 않겠다고 말했다. 사실 그녀는 무지한 백성일 뿐이다. 고상한 말을 할 필요는 없다. 마브라는 스페인왕이라면 모두가 펠리페 2세[12] 같은 줄 알고 있기 때문에 그처럼 놀란 것이다. 그러나 나는 필리페와는 전혀 다르다. 어진 카프친[13]의 탁발 수도사는 한 사람도 가까이하지 않을 거라고 설명해 주었다. 관청에는 나가지 않았다…… . 그까짓 관청 같은 건 아무래도 괜찮다! 아니오, 여러분, 이젠 나를 속이지 마시오. 그 더러운 서류를 청소하지 않을 것이다.

마르토브랴 월 86일. 낮과 밤 사이

오늘 회계 감사원이 찾아와 나보고 관청에 나와달라고 했다. 나는 이미 삼 주일 넘게 관청에 나가지 않고 있었다.

장난 삼아 잠시 관청에 나갔다. 과장은 내가 굽실거리며 사과라도 할 줄 생각했겠지만, 나는 지나치게 화를 내거나 지나치게 호의를 보이지 않고 무관심하게 그를 대했다. 아무도 안중에 없다는 듯한 태도로 내 자리에 가서 앉았다. 하찮은 관리들을 둘러보고 이렇게 생각했다.

'너희들 사이에 누가 앉아 있는지 안다면…… . 아! 어떻게 될까! 소동이 일어날 거다. 과장도 직접 지금 국장 앞에서 하듯이 코가 땅에 닿도록 나한테 절을 할 거다.'

나보고 요약해 달라고 어떤 서류를 내 앞에 내놓았다. 그러

---

12) 펠리페 2세(Felipe II de Habsburgo, 1527~1598)는 스페인의 왕으로 엄격하고 열렬한 가톨릭 신자였다. 폭군이어서 재위 당시 종교재판이 최고의 정점에 올랐다.
13) '카프친(Capchins)'은 로마 가톨릭 계통의 한 종파로서 1528년에 설립된 새로운 법령의 프란체스코 탁발 수도사회를 말한다.

나 나는 손가락 하나 까딱하지 않았다.

몇 분 뒤에 모두들 바쁘게 돌아다니며 웅성거렸다. 국장님이 오신다는 것이다. 관리들은 국장에게 잘 보이려고 앞다투어 뛰어나갔다. 그러나 나는 그 자리에서 꼼짝도 하지 않았다. 국장이 우리 사무실을 지나갈 때, 동료들은 모두 옷 단추를 잠그느라 정신이 없었지만 나는 아무것도 하지 않았다. 국장쯤이야! 그따위 놈 앞에 내가 일어서다니 될 말인가! 그따위가 어떻게 국장인가? 그 녀석은 국장이 아니라 코르크 마개다. 보통 코르크 마개, 단순한 코르크 병마개지, 아무것도 아니다!

무엇보다도 재미있었던 일은 서명하라고 나한테 서류를 내밀었을 때이다. 녀석들은 내가 판에 박힌 듯이 주임 아무개라고 쓸 거라고 생각했겠지. 그럴 리가 있나! 나는 국장이 언제나 서명하게 되어 있는 자리에 '페르디난트 8세'라고 서명했다. 주위가 얼마나 존경 어린 침묵에 싸이는지 볼 만했다. 그래서 손을 들어 끄덕이며 나는 말했다.

"조금도 송구스러워할 필요가 없네!"

그 길로 밖으로 나왔다.

거기서 곧장 국장 집으로 갔다.

국장은 집에 없었다. 하인은 나를 집에 들여보내려 하지 않았으나, 내가 한마디 하자 그는 낙담했다. 곧바로 휴게실로 뛰어갔다. 국장 따님이 거울 앞에 앉아 있다가 벌떡 일어나 뒤로 물러섰다. 그러나 내가 바로 스페인 왕이라는 것을 밝히지 않았다.

상상조차 할 수 없는 행복이 그녀를 기다릴 거라고만 말했다. 그리고 적들의 간계에도 불구하고 우리는 부부가 될 거라고 말했다.

나는 더 이상 말하고 싶지 않아 밖으로 나왔다.

아, 여자란 얼마나 교활한가! 이제야 여자가 무엇인지를 알
게 되었다. 지금까지는 여자가 누구한테 홀딱 반하는지 아무
도 몰랐으니까. 난 처음으로 이것을 깨달았다. 여자가 홀딱 반
하는 건 바로 악마다. 그러나 이건 농담이 아니다. 물리학자는
이런저런 쓸데없는 것들을 쓰고 있지만, 여자는 악마만을 사
랑한다. 저것 좀 봐라. 첫째 줄 특별석에 있는 한 여자가 쌍안
경을 들이대고 있지 않은가. 여러분은 그녀가 아마도 훈장을
단 뚱보를 바라보고 있다고 생각하겠지. 천만에, 그녀는 뚱보
뒤에 숨어 있는 악마를 바라보고 있는 거다. 보라! 악마는 그
남자의 연미복 속에 숨어 있다. 거기서 그놈은 손가락으로 그
녀를 부르고 있지 않은가! 그리하여 그녀는 악마의 아내가 되
어 버리는 것이다. 시집을 가는 것이다.

그런데 신분이 높은 그들의 부친들은 저마다 팔방미인으
로, 궁중에 수시로 드나드는 패거리들이다. 각자 자기들만이
애국자인 것처럼 떠들고 다니면서 봉급이나 받아 챙긴다. 돈
때문에 아비, 어미 심지어 신까지 팔아넘기는 야심가요, 유다
같은 배신자들이다!

이것은 모두 야심이요, 그 야심은 혀끝에 조그마한 물집을
만든다. 그 물집 속에 좁쌀만 한 벌레가 도사리고 있기 때문
에 야심이 생겨난다. 그리고 고로호바야 거리에 살고 있는 어
느 이발사가 이 모든 것을 만든 것이다. 그의 이름이 기억나지
않는다. 그가 어느 산파와 짜고 마호메트교를 전 세계에 전파

시키려고 한다는 것은 너무 잘 알려져 있다. 프랑스인 대부분은 이미 마호메트교를 인정했다는 정보도 믿을 만하다.

어느 것도 아닌 날. 날짜가 없는 날

넵스키 거리를 몰래 걸어가는데 황제가 지나갔다. 시민들 모두가 모자를 벗었으므로, 나도 벗었다. 그러나 나는 내가 스페인왕이라는 걸 조금도 드러내지 않았다. 궁중에 들어가기도 전에 이 사람들 앞에서 내 신분을 드러내는 것은 예의가 아니라고 생각했다. 아직까지 왕의 망토를 장만하지 못했기 때문에 주저했다. 기다란 망토 같은 것이라도 손에 넣을 수 있다면. 재봉사에게 주문하고 싶었지만, 모두가 완전히 바보들이다. 게다가 자기 일에 전혀 열의가 없다. 투기에나 빠져 많은 사람들이 길거리에서 빈둥거리고 있다. 그래서 나는 두 번밖에 입어 보지 않은 새 예복으로 긴 망토를 만들기로 했다. 그러나 그 악당들이 망치지 못하게 아무도 모르게 문을 꼭 닫아걸고 내가 손수 만들기로 했다. 재단법이 전혀 다르므로, 나는 그 모든 것을 가위로 토막토막 잘라 냈다.

날짜가 기억나지 않음. 월도 없음. 아무도 모름.

긴 망토를 완벽하게 바느질해 준비했다. 그것을 몸에 걸치자, 마브라는 소리를 질렀다. 그러나 나는 아직 궁중에 들어가기를 망설이고 있다. 아직까지 스페인에서 사절이 오지 않았다. 사절단 없이 간다는 것은 예의가 아니다. 그래서는 내 신분의 위신이 안 선다. 나는 사절을 손꼽아 기다리고 있다.

1일

사절단의 도착이 너무 늦어 나는 어안이 벙벙했다. 무엇 때문에 이렇게 늦어진단 말인가. 프랑스 때문일 거다. 프랑스는 사이가 가장 나쁜 국가다. 우체국에 가서 스페인 사절단이 도착했는지 어떤지 물어보았다. 그러나 우체국장은 너무 멍청해 아무것도 모르고 있다. 없어요. 스페인 사절단 같은 건 없어요. 그러나 편지를 쓰고 싶다면, 규정 요금으로 보내 드리지요. 제기랄! 편지가 다 뭐야! 편지는 모두 시시하다. 약제사들이나 편지를 쓴다…….

마드리드, 2월 30일째.

마침내 나는 스페인에 와 있다. 이 일이 너무 빠르게 일어났기 때문에, 거의 정신을 차릴 수 없었다. 오늘 아침에 스페인 사절단이 도착했고 함께 마차를 탔다. 속력이 너무 빨라 이상한 생각이 들었다. 우리는 너무나 빠르게 질주하여 반 시간이

지나 스페인 국경에 도달했다. 하긴 요즘은 유럽 모든 나라에 철길이 놓여 있고, 기선들도 굉장히 빨리 달린다. 스페인은 이상한 나라다. 우리가 첫째 방에 들어섰을 때, 나는 머리를 빡빡 깎은 자들을 보았다. 그러나 나는 이들이 스페인 최고 귀족이나 병사라고 추측했다.[14] 왜냐하면 그들은 머리를 빡빡 깎았기 때문이다.

내 손을 잡고 길을 안내한 수상의 태도가 매우 이상했다. 그는 나를 작은 방에 밀어 넣으며 말했다.

"자, 저기 앉아 있어. 다시 페르디난트왕이라는 말을 하면, 정신이 나게 두들겨 패 주겠다."

그러나 이것은 유혹일 뿐 아무것도 아니라는 것을 알기에, 나는 그 녀석의 말을 거역했다.

그러자 수상은 몽둥이를 들고 내 등을 두 번이나 후려갈겼고, 나는 어찌나 아픈지 소리를 지를 뻔했다. 그러나 나는 스페인이라는 나라에는 아직 기사도가 없으므로, 이것은 최고의 지위에 오를 때 반드시 받게 마련인 기사의 예법일 거라는 생각에서 참기로 했다. 혼자 남아 국가 정무를 수행하기로 했다.

중국과 스페인은 완전히 한 나라 땅인데도 불구하고, 모두들 무식하여 다른 나라로 간주할 뿐이다. 종이에 스페인이라고 써 보면, 그것이 어느새 중국어가 돼 버린다. 그러나 그것보다는 내일 있을 큰 사건이 골치다. 내일 7시에 이상한 현상이 일어나게 되어 있다. 지구가 달 위에 앉는 것이다. 이미 영국

---

14) 여기서 머리를 빡빡 깎은 사람들은 '프란체스코 탁발 수도사'를 말한다.

의 유명한 화학자 웰링턴도 이것에 대해 쓰고 있다. 솔직히 말해 달이 몹시 약하고 어리다는 것을 생각하니 마음이 불안하기 짝이 없다. 달은 대체로 함부르크에서 만들어지는데 잘 만들어지지는 않는다. 영국이 여기에 관심을 두지 않는다는 것이 놀랍다. 절름발이 통장수가 달을 만들고 있다. 그는 멍청이라 달에 대하여 아무것도 모르는 것 같다. 타르를 밧줄로 쓰고, 나무 기름도 종종 섞는다. 코를 막아야 할 정도로 지구 곳곳에 고약한 냄새가 떠돈다. 그래서 그 달은 너무 약하여 사람이 살 수 없다. 거기에는 지금 코들만이 살고 있다. 그래서 우리는 자기 코를 볼 수가 없다. 코가 달나라에 가 있기 때문이다. 지구는 무거운 물체이기 때문에 이것이 달 위에 올라앉으면 우리들 코는 금세 가루가 될 것이다. 불안한 마음에 나는 안절부절못하고 양말과 덧신을 신은 채 서둘러 의사당으로 뛰어갔다. 경찰에 지시하여, 지구가 달에 올라앉지 못하도록 할 생각이었다. 의사당에는 스페인 최고 귀족인 승려들이 가득 들어차 있었다. 이들은 아주 현명한 사람들이다. 내가 "여러분, 지구가 달 위에 올라가려 하니, 달을 구합시다!" 하고 말하자, 모두가 동시에 자기 군주의 소망을 수행하기 위하여 모여들었다. 그리하여 달을 잡기 위해 많은 사람들이 벽에 기어 올라갔다. 그러나 이때 수상이 들어왔다. 그를 본 모든 사람들이 사방으로 도망쳐 버렸다. 나는 왕이라 혼자 남아 있었다. 그러나 수상은 놀랍게도 나를 몽둥이로 후려갈기면서 내 방으로 몰아넣었다. 이처럼 스페인에서 국민의 풍속은 큰 힘을 갖는다.

2월 이후에 일어난, 같은 해의 1월

지금까지 나는 스페인이라는 나라가 어떤 나라인지 정체를 알 수 없었다. 국민의 습성이나 궁중 예법도 전혀 달랐다. 난 이해가 안 됐고, 현재도 이해가 안 된다. 실제로 아무것도 이해가 안 된다.

오늘도 나는 수도사가 되기 싫어 안간힘을 쓰면서 외쳐 댔지만, 내 머리는 깎이고 말았다. 그리고 찬물을 머리에 뒤집어썼을 때의 기분은 전혀 기억할 수 없을 지경이다. 그런 지옥 같은 고통을 느껴 본 적이 없다. 나는 미쳐서 날뛰다가 많은 사람들에게 붙잡혀 버렸다. 이런 이상한 관습의 의미를 전혀 이해할 수 없다. 실로 어리석고 의미 없는 관습이다! 지금까지 이런 악습을 폐지하지 않은 역대 왕들의 경솔한 태도를 이해하기 힘들다. 잘 생각해 보니 십중팔구 추측이 된다. 어쩌면 내가 종교 재판에 회부되었는지도 모른다. 그렇다면 내가 수상이라고 생각하는 자는 종교 재판장(대심문관)임에 틀림없다. 왕이 종교 재판을 받는다니 전혀 이해할 수 없는 일이다. 사실 그것은 프랑스 측에서, 특히 폴리냐크[15]가 조종하는 것일 수 있다. 폴리냐크는 교활한 인간이다! 그는 죽을 때까지 나를 괴롭히기로 맹세했다. 괴롭히고 또 괴롭힌다. 그러나 여러

---

15) 오귀스트 쥘 아르망 마리 폴리냐크 (Auguste Jules Armand Marie Polignac, 1780~1847)는 프랑스 정치가로서 반(反) 나폴레옹 음모에 참여했다가 망명하기도 했다. 자유주의에 대한 완고한 반대자로 앙시앙 레짐(구체제)으로 복귀할 것을 주장한 왕당파다.

분! 영국 사람이 여러분을 인도한다는 것을 난 알고 있다. 영국인 놈은 대정치가다. 그들은 어디서나 침착하지 못하다. 영국이 담배 냄새를 맡으면, 프랑스가 재채기를 한다는 것은 이미 세상이 다 안다.

25일

오늘 종교 재판장이 내 방에 들어왔다. 그러나 나는 멀리서 그의 발걸음 소리를 듣고, 의자 밑에 숨어 버렸다. 그놈은 내가 보이지 않으니까 부르기 시작했다. 처음엔 "포프리신!" 하고 불렀다. 대답하지 않았다. 이번에는 "악센티 이바노프! 9등관! 귀족!"이라고 불렀다. 여전히 잠자코 있었다. 그러자 "페르디난트 8세 스페인왕!" 하고 불렀다. 목을 내밀고 싶었으나 잠시 생각했다. '안 돼. 속지 마! 내 머리통에 차가운 물을 다시 끼얹겠다는 말이야. 다 알고 있어.' 그러나 그놈은 의자 밑에 있는 나를 보자 몽둥이로 밖으로 몰아내었다. 그는 저주스러운 그 몽둥이로 사정없이 나를 후려갈겼다. 그러나 오늘의 발견은 이 모든 고통을 보상해 주었다. 모든 수탉의 깃털 밑에 스페인이 숨어 있다는 사실을 알아낸 것이다. 그러나 종교재판장은 노발대발하더니 나에게 형벌을 가하겠다고 위협하고 나서 나가 버렸다. 하지만 그자가 영국인의 도구로서 마치 기계처럼 움직이고 있다는 것을 알고 있으므로, 나는 그의 악의가 나쁜 의도가 없는 것 같아 완전히 무시했다.

이건 아니다. 이제 더 이상 참을 수 없다. 아, 하느님! 놈들이 나한테 무슨 짓을 하는 건가요! 내 머리통에 찬물을 퍼붓다니! 놈들은 내 말에 귀를 기울이지 않고 보지도 않고 내 말을 숫제 들으려고도 하지 않습니다. 내가 놈들에게 무엇을 했단 말인가요? 왜 나를 괴롭히는 건가요? 나 같은 가난뱅이한테서 무엇을 원하는 것일까요? 내가 무엇을 줄 수 있단 말인가요? 나는 가진 것이 하나도 없다. 나는 그만 지쳐 버렸고, 이 모든 고통을 참을 수 없다. 머리통이 불타 오르는 것만 같고, 눈앞이 빙빙 돈다. 살려 줘요! 살려 줘요! 바람처럼 질주하는 트로이카를 주세요. 자, 마부도 올라타라. 말 방울을 울려라. 말도 힘차게 달려라. 나를 세상 끝까지 데려가 다오! 아무것도, 아무것도 눈에 보이지 않을 때까지 멀리멀리 달려라. 눈앞에서 하늘이 날아오른다. 멀리서 별이 반짝인다. 숲이 검은 나무와 달과 함께 달려간다. 발밑에는 푸른 안개가 자욱하다. 안개 속에서는 현 소리가 울려 퍼진다. 한쪽에는 바다가 있고 저 다른 쪽에는 이탈리아가 있다. 그리고 저쪽에는 러시아의 농가가 보인다. 저기 푸르게 보이는 것은 우리 집이 아닌가? 창가에 앉아 계신 분 어머니 아닌가요? 엄마, 불쌍한 이 자식을 구해 주세요! 이 아픈 머리통에 눈물이라도 한 방울 떨어뜨려 주세요! 그놈들이 당신의 아들을 어떻게 괴롭히는지 보세요! 고아처럼 불쌍한 이 자식을 꼭 껴안아 주세요! 세상에 기댈 곳이 없어요! 사람들이 괴롭혀요! 엄마! 이 병든 아들을 가엾게 여겨 주세요! ……

알제리 총독[16]의 코 밑에 혹이 있는 것을 아세요?

---

16) 1830년 프랑스에서 폐위된 마지막 알제리 데이인 후세인 파샤를 암시한
다. 데이는 당시 알제리 최고 통치자의 직위다.

초상화

제1부

시추킨 시장[1] 안에 있는 그림 가게 앞에는 많은 사람들이
걸음을 멈추어 서곤 한다. 이 가게는 정확하게 말해 온갖 이
상한 것들을 다 모아다 놓았다. 그림들은 대부분 유화인데 검
푸른 니스가 칠해져 거무스름한 금빛으로 빛나는 액자에 끼
워져 있었다. 대개 하얀 나무의 겨울 경치, 화재가 났을 때의
불빛처럼 완전히 붉게 물든 저녁, 한쪽 팔로 턱을 괴고 파이프
를 물고 있는, 인간이라기보다는 오히려 커프스를 단 칠면조
비슷한 플랑드르[2]의 농부들이 이 가게 그림의 일상적인 소재

---

1) '시추킨 시장(Shchukin dvor)'는 옛날 페테르부르크에 있던 시장 가운데
하나다.
2) '플랑드르(Flamandtsy)'는 프랑스와 벨기에, 네덜란드의 영토에 함께 걸
쳐 한 지방에서 살고 있는 게르만 계통의 민족을 일컫는다.

였다. 여기에 몇 장의 동판화가 더 있다. 양피 모자를 쓴 호즈레브 미르자[3]의 초상화라든지, 삼각모를 쓰고 코가 삐뚤어진 어느 장군의 초상화 따위다. 그 외에 러시아인의 타고난 재능을 증명해 주는 커다란 종이에 찍어 놓은 싸구려 목판화[4] 작품들이 끈으로 한꺼번에 꿰어져 있었다. 이런 가게의 문에는 밀리크트리사 키르비티예브나 공주[5]의 초상화나 예루살렘 거리를 그린 것들이 주렁주렁 매달려 있었다. 거리에 늘어선 집이나 교회는 붉은 물감으로 마구 칠해졌기 때문에 땅의 일부나, 벙어리장갑을 끼고 기도하는 두 러시아 농부까지도 그 붉은빛으로 물들어 있었다. 이런 작품을 사는 사람은 적은 편이나, 그에 반해 구경꾼은 많다. 벌써 어느 놀기 좋아하는 하인이 싸구려 음식점에서 산 주인의 도시락통을 들고, 그림 앞에 서서 멍청히 바라보고 있는 것을 보면, 그의 주인은 틀림없이 거의 다 식은 수프를 먹게 될 것이다. 아까부터 그 하인 앞에 외투를 입고 서 있는 군인은 두 자루의 펜촉 깎는 칼을 팔러 가는 중고풍 시장의 기사(騎士)다. 그림 앞에는 구두가 가득 든 상자를 들고 있는 오흐타[6]의 여자 장사꾼도 서 있다.

---

3) 원문의 '호즈레브 미르자(Xozrev-Mirza)'는 페르시아의 왕자를 말한다.
4) '루복(lubok)'은 민중들을 나무판이나 나무껍질에 그린 러시아의 그림을 말한다. 주로 민속적인 주제가 주를 이룬다. 예컨대 민중의 영웅적인 전사, 전투 장면, 우스운 인물, 전설적인 아름다운 공주 등이 그려진다. 이러한 목판화(lubok)에 대비되는 성상(ikon)은 상당히 좋은 나무에 그려진다.
5) '밀리크트리사 키르비티예브나(Miliktrisa Kirbit′evna)'는 러시아의 옛날 민담에 나오는 아름다운 공주로, 보바 코롤레비치(Bova-Korolevich) 왕자와 짝을 이루어 등장하기도 한다.

누구나 제 나름대로 매혹되어 있었다. 일반적으로 농부들은 손가락으로 가리키고, 멋쟁이들은 심각하게 들여다본다. 사환과 소년공들은 눈앞의 풍자화를 보고 서로 조소하거나 놀린다. 값싼 털외투를 입은 늙은 하인들은 언제나 곧 하품을 할 것 같은 표정으로 바라본다. 여자 장사꾼이나 러시아의 젊은 여자들은 남들이 뭘 지껄이는지 듣고 싶어 하는 본능 때문에 급히 와서 남들이 보는 것을 바라본다.

바로 그때, 옆을 지나가던 젊은 화가 차르트코프가 가게 앞에서 무심결에 멈추어 섰다. 낡은 외투에 허름한 옷을 입고 있는 것으로 보아 그는 자기 일에 빠져 헌신적으로 일하는 사람이었다. 불가사의한 청춘의 매력인 의상에는 신경 쓸 시간이 없는 사람이 늘 그러하듯이 말이다. 가게 앞에서 걸음을 멈추고, 처음엔 이 괴상한 그림들을 보고 속으로 웃어 버렸다. 이때 예기치 못한 생각에 사로잡혔다. 누가 이런 작품을 필요로 하는 걸까? 러시아 민중들이 예루슬란 라자레비치[7]나 대식가와 대주가 또는 포마와 예레마[8]를 구경하는 일은 별로 놀랄 만한 것이 아니다. 그림에 그려져 있는 대상은 다 민중이 가까이하기 쉽고 이해하기 쉽기 때문이다. 그러나 저 더럽고 얼룩덜룩한 유화를 누가 살까? 플랑드르 농부 그림이나 붉고 푸

_____

6) '오흐타(Oxta)'는 페테르부르크의 동쪽에 있는 변두리를 가리킨다.
7) '예루슬란 라자레비치(Eruslan Lazarevich)'는 러시아의 영웅호걸에 대한 옛이야기(bylina)에 나오는 주인공의 이름이다.
8) '포마(Foma)'와 '예레마(Erema)'는 둘 다 러시아 민담에 나오는 얼간이 시골뜨기를 말한다. 종종 목판화의 주제가 되는 우스운 인물들이다.

초상화   151

른 풍경화는 어느 정도 고상한 예술 작품답게 만들려고 한 욕심 같은 것이 엿보인다. 그러나 예술의 가치를 몹시 떨어뜨리는 그런 그림이 누구에게 필요할까? 아무래도 혼자서 그림 공부를 한 어린이의 작품 같지는 않다. 그림 전체에 무감각한 캐리커처 같은 느낌이 나타나 있기는 하다. 그렇더라도 감정의 격렬한 폭발이 표현되어 있다면 좋았을 텐데. 그러나 이 그림들에선 어리석음과 무능만 보였다. 제멋대로 예술이라는 대열에 끼어든 그림이지만, 그 그림의 원래 자리는 하위 직공의 일이다. 그런데 이 무능이란 예술 그 자체에 수공 기술을 도입해 자기 소임을 다하는 것이다. 같은 색채, 같은 양식, 판에 박힌 익숙한 솜씨는 인간의 손에 의해 이루어진 것이라기보다는 기계에 의해 조잡하게 만들어졌다고 하는 편이 훨씬 나을 것이다! …… 차르트코프는 한참 동안 이 너절한 그림들 앞에 서 있었다. 마침내 그림에 대한 생각이 머릿속에서 완전히 사라졌다. 그때 허름한 외투를 입고 지난 일요일 이후 한 번도 면도를 하지 않아 수염이 텁수룩한 회색 얼굴의 키가 작은 가게 주인은 한참 동안 화가에게 이것저것 설명해 주었다. 마음에 드는지 필요해하는지도 모르면서 제멋대로 값을 매겨 놓고 팔고 있는 것이었다.

"자, 이 농부의 그림과 풍경화는 합쳐서 25루블[9]입니다. 얼마나 좋은 그림입니까! 눈길을 끄는 것이죠. 거래소에서 막 가

---

9). 원문의 '벨렌카야(Belen′kaja)'는 1789년에서 1843년 사이에 통용되던 25루블짜리 러시아 지폐를 말한다.

져와 아직 칠이 마르지 않았습니다. 아니면 여기 겨울 경치는 어떨까요? 겨울 경치를 사세요! 15루블입니다요! 액자만 해도 그만한 가치가 있습니다. 얼마나 멋있는 겨울 경치입니까!"

여기서 상인은 캔버스를 손가락으로 가볍게 튕겨 보았다. 아마 겨울 경치 그림이 양질이라는 것을 보여 주려는 속셈에서였을 것이다.

"어떻습니까, 아까 것과 함께 싸서 갖다 드릴까요? 어디 사시죠? 애, 꼬마야, 끈 좀 가져와라."

"잠깐만, 그렇게 서두르지 마시고……."

제정신으로 돌아온 화가는 재빠른 주인이 벌써 그림을 함께 포장하는 것을 보고 농담이 아님을 알았다. 그는 가게 안에 너무 오래 서 있었다. 그러면서 아무것도 사지 않는다는 것이 좀 미안해 이렇게 말했다.

"아니, 잠깐만, 내게 필요한 것이 여기 있는지 없는지 보고 나서."

그는 허리를 굽히고는 마룻바닥에 아무렇게나 쌓여 있는, 닳아빠지고, 분명 누구에게도 존경받지 못한 채 먼지로 뒤덮여 있는 싸구려 그림을 꺼내 보기 시작했다. 거기에 있는 그림들은 옛날 어느 가족의 초상화였다. 아마 그 자손들조차 이 세상에서 찾아낼 수 없을 정도로 캔버스가 찢어져 무엇을 그렸는지 전혀 알아볼 수 없는 그림들, 황금빛 칠이 벗겨진 액자, 한마디로 어느 것이나 다 낡아 버린 것들이었다. 그러나 화가는 '혹시 무엇인가를 발견할 수 있을지도 몰라.'라고 속으로 생각하면서 눈여겨보기 시작했다. 싸구려 그림을 파는 가게에서 이따금 대가의 그림이 발견된다는 말을 몇 번 들은 적이 있었다.

주인은 어떤 남자가 가게 안으로 발을 들여놓은 것을 보자, 안달이 나서 서성대던 것을 멈추고 여느 때처럼 적당한 위엄을 갖추고 다시 출입문 옆에 자리 잡고 앉았다. 지나가는 사람들을 불러들이려고 한 손으로 가게를 가리키면서 말했다.

"여러분, 이리 오세요. 그림 있어요! 들어와 보세요. 거래소에서 막 가져온 것입니다."

그러나 아무리 소리를 높여도 대부분은 허사였기 때문에, 정반대 쪽으로 자리를 옮겨 자기 가게의 출입문 옆에 서 있는 고물상 점원과 실컷 지껄이다가 가게에 손님이 와 있는 것을 떠올리고는 등을 돌려 가게 안으로 들어갔다.

"어떻습니까? 뭘 고르셨습니까?"

그런데 화가는 언젠가 아주 훌륭했을 것으로 보이나 이제는 그 흔적만 약간 빛나고 있는 커다란 액자에 끼워져 있는 초상화 앞에 꽤 오랫동안 꼼짝 않고 서 있었다.

그것은 광대뼈가 나오고 여위었으며 구릿빛 얼굴을 한 노인의 초상화였다. 얼굴 생김새는 경련을 일으킨 순간에 포착된 것 같았으며, 북방인들에게서 볼 수 없는 힘이 넘쳤다. 한낮의 타오르는 듯한 정오의 인상이 나타나 있었다. 노인은 아시아식의 넓은 주름이 잡힌 옷을 입고 있었다. 심하게 파손된 먼지투성이 초상화였지만, 얼굴 부분의 먼지를 잘 털어 내니까 우수한 화가의 작품 같은 흔적이 나타났다. 초상화는 미완성품인 것 같았으나 붓의 힘은 놀라웠다. 무엇보다 뛰어난 곳은 눈이었다. 이 그림을 그린 화가는 화필의 모든 힘을 다하여 눈을 그린 것 같았다. 초상화 속의 두 눈은 앞을 바라보고 있었으나, 이상한 생기를 내뿜고 있어 마치 조화를 깨뜨리는 것처럼 보였다. 초상화를 출입문 쪽으로 옮겨서 보니까, 그 눈은 더욱 강렬하게 빛났다. 모여 있던 사람들에게도 그러한 인상을 준 것 같았다. 화가의 뒤에 서 있던 여자는 "노려본다, 노려본다."라고 외치며 뒷걸음질했다. 화가는 자신도 모르는 어떤 불쾌한 감정을 느끼고 초상화를 땅에 내려놓았다.

"자, 어떻습니까. 그 초상화를 가져가시겠습니까?"

주인이 말했다.

"그런데 얼마요?"

화가가 물었다.

"그게 뭐 비싸겠습니까? 75코페이카 주십시오!"

"안 되겠는데."

"그러면 얼마 주시겠습니까?"

"20코페이카."

화가는 나가는 척하면서 말했다.

"원, 포장값도 안 나옵니다! 20코페이카는 액자값도 안 돼요. 내일 사러 오시는 게 어떻겠습니까? 여보세요, 여보세요, 이리 오십쇼! 10코페이카만 더 쓰세요. 좋습니다. 가져가세요, 20코페이카 주세요. 정말 개시입니다. 첫 손님이니까요."

그러고 나서 주인은 마치 '할 수 없지 뭐. 그림을 팔아 치워야지!'라고 말하듯이 손짓을 했다.

이렇게 해서 차르트코프는 아주 뜻밖에 낡은 초상화를 한

점 사게 되었다. 그와 동시에 '내가 왜 이것을 샀지? 내게 무슨 소용이 있다고?'라고 생각했다. 그러나 어찌할 수가 없었다. 그는 호주머니에서 20코페이카를 끄집어내어 주인에게 건네주고, 초상화를 겨드랑이 밑에 끼고 걸어갔다. 길 가던 도중에 생각났는데 그가 그림값으로 치른 20코페이카는 가지고 있던 마지막 돈이었다. 그것을 생각하자 금방 우울해졌다. 동시에 억울함과 냉담한 허무감에 사로잡히고 말았다. 그는 "망할 것! 세상 더럽다!"라고 말했다. 일이 잘되지 않았을 때 러시아인이 그런 기분에 사로잡혀 하는 말이었다. 그러고는 모든 일에 무관심한 듯이 거의 기계적으로 성큼성큼 걸어갔다. 저녁놀의 붉은빛이 아직 하늘에 절반 정도 남아 있었다. 반대편을 향해 있는 집들은 저녁놀의 따사로운 빛을 계속해서 받고 있었다. 그사이 차가운 푸른빛을 띠었던 달빛이 더 강해졌다. 집이나 통행인이 던지는 반투명의 어슴푸레한 그림자가 긴 치맛자락처럼 땅에 떨어져 있었다. 화가는 이미 투명하고 엷고 의심스러운 빛을 비추는 하늘을 점점 넋을 잃고 쳐다보기 시작했다. "얼마나 엷은 색조인가!"라는 말과 "망할 것! 제기랄!"이라는 말이 거의 동시에 입에서 튀어나왔다. 화가는 겨드랑이에서 자꾸 미끄러져 떨어지려는 초상화를 고쳐 잡고 발걸음을 재촉했다.

온몸이 땀에 젖은 채 지쳐버린 그는 바실리옙스키섬[10] 15번

---

10) '바실리옙스키섬(Vasil′evskij ostrov)'은 페테르부르크를 관류하는 네바 강의 중간 지점에 있는 섬이다.

가에 간신히 도착했다. 구정물이 흥건하고 고양이와 개 발자국이 어지럽게 나 있는 계단을 헐떡이면서 간신히 올라갔다. 문을 두드려도 아무런 대답이 없었다. 집에 아무도 없었다. 그는 창문에 기대어 인내심을 갖고 기다릴 셈이었는데, 곧바로 등뒤에서 발소리가 들리더니 푸른 루바시카를 입은 청년이 나타났다. 그 청년은 그의 하인이자 모델로서 그림물감을 개는 일에서부터 마루 청소까지 도맡아서 했으나, 이내 장화로 마루를 더럽혀 버리는 위인이었다. 청년의 이름은 니키타였으며, 주인이 집에 없을 때에는 늘 밖에서 시간을 보냈다. 니키타는 한참 동안 자물쇠 구멍에 열쇠를 빨리 넣으려고 했지만, 어두워서 잘되지 않았다. 마침내 문이 열렸다. 차르트코프는 참기 어려울 정도로 추운 문간방으로 곧장 들어갔다. 화가들의 방이란 늘 그러하지만 그들은 조금도 신경을 쓰지 않는다. 그는 니키타에게 외투를 건네주지 않고 입은 채로 화실로 들어갔다. 화실은 정사각형으로 넓긴 했지만 천장이 낮았고 얼어붙은 창문에 온갖 예술적 잡동사니로 채워져 있었다. 석고로 된 손 조각들, 캔버스를 붙인 틀, 시작만 해 놓고 내버려 둔 밑그림, 의자에 널어놓은 커튼 같은 것들이 널려 있는 방이었다. 그는 몹시 지쳤기에 외투를 벗어 던지고, 두 개의 크지 않은 캔버스 사이에 가지고 온 초상화를 아무렇게나 던져 놓고 소파에 털썩 주저앉았다. 그 소파의 가죽 덮개는 씌워져 있다고는 할 수 없는 것이었다. 왜냐하면 전에 덮개를 고착시켰던 구리 못이 벌써 오래전에 빠져, 못은 못대로 덮개는 덮개대로 따로 떨어져 틈이 생기자, 니키타가 시커메진 양말과 루바시카, 그리고 더러운 내

의 등을 마구 쑤셔 넣었기 때문이다. 차르트코프는 잠시 앉았
다가 사지를 뻗어 보려 했으나 이 좁은 소파에서는 사지를 쭉
뻗을 수 없어 양초를 가져오라고 했다.

"초가 없어요."

니키타가 대답했다.

"어째서 없지?"

"실은 어제 벌써 떨어졌는걸요."

화가는 분명히 어제부터 초가 없었던 것을 생각해 내고는
곧 차분해지더니 입을 다물어 버렸다. 그는 옷을 벗고 형편없
이 낡은 실내복을 걸쳤다.

"저, 집주인이 또 왔다 갔습니다."

니키타가 말했다.

"집세 받으러 온 건가? 알았어."

화가가 손짓으로 말했다.

"혼자 오지 않았어요."

"그럼 누구하고?"

"모르겠습니다. 누군지 …… 경찰서장 같던데요."

"경찰서장이 왜?"

"이유야 잘 모르겠지만, 뭐 집세를 안 냈다나요?"

"음, 그래서 어떻게 하겠다는 거야?"

"어떻게 하겠다는 건지 모르겠습니다. 집세를 낼 생각이 없
으면, 방을 비우랍니다. 내일 다시 둘이서 온다고 했어요."

"올 테면 오라지."

차르트코프는 서글프고 냉담한 태도로 이렇게 말했다. 그

리고 그는 완전히 울적한 기분에 사로잡혔다.

젊은 차르트코프는 앞길이 유망하고 재능 있는 화가였다. 순간적으로 폭발하는 듯한 화법은 관찰력과 상상력 그리고 자연에 좀 더 접근하려는 강한 충동을 느끼게 했다. 그래서 지도 교수는 여러 번 이렇게 말했다.

"이보게, 자네는 재능이 있어. 그 재능을 죽이면 안 돼. 좋지 않아. 그런데 자네는 참을성이 없어. 자네가 무엇인가 한 가지 일에 빠지거나 좋아하게 되면, 그것에 너무 마음을 빼앗긴단 말야. 무엇이든 한 가지 일에 빠지면, 그것에 마음이 사로잡혀 다른 것은 쓸데없고 아무래도 좋다는 식이 된단 말이야. 자네가 다른 잡동사니 같은 엉터리 일을 하게 된다면, 그만큼 자네는 쉬운 일을 하게 되는 거야. 자네는 다른 것에 눈도 돌리지 말게. 유행 화가가 되지 않도록 주의하라는 걸세. 지금도 벌써 자네의 그림은 색채가 너무나 지나치게 무엇인가를 외쳐 대고 있어. 자네의 데생은 엄하질 못해. 어떤 때는 너무 약해서 선이 보이질 않아. 자네는 남의 눈에 띄고 싶어서 요즘 유행하고 있는 명암법을 열심히 따라가고 있네. 조심하게. 영국식 그림으로 빠져 버리지 않도록 말일세. 조심하게. 자네는 세속의 유혹에 끌려가기 시작했어. 멋을 내려고 스카프를 목에 두르거나 예쁘게 장식한 모자를 쓰고 다니는 것이 가끔 보이는데…… 그것은 유혹일 뿐이야. 돈을 벌기 위해서라면 유행하는 그림이나 초상화를 그리는 데 손을 댈 수도 있네. 하지만 그런 것에 손대면 망하는 거야. 재능이 크질 못해. 참게, 모든 일을 신중히 생각해. 멋 부리는 것은 그만두게. 돈 버는 것도 다른 사람들에게 하라고 해. 자네 것은 자네에게서 도망치지 않을 테니까."

교수의 말이 어느 정도는 옳았다. 확실히 우리 화가들은 가끔 호화롭게 지내거나 멋을 부리고 싶어 했다. 요컨대 여기저기서 자기의 젊음을 발산시키고 싶어했다. 그럼에도 불구하고 그는 자제할 수 있었다. 이따금 붓을 잡으면 모든 것을 잊어버리고, 어쩌다가 붓을 놓지 않으면 안 될 일이라도 생기면 아름다운 꿈이 깨지는 듯한 기분이었다. 그의 미적 감각이나 취미는 현저하게 발전했다. 라파엘로[11]의 심오함까지는 아직 다 이해하지 못했지만, 귀도[12]의 빠르고 거침없는 붓질에 매료되어 있었고, 티치아노[13]의 초상화에도 가만히 눈길을 돌리고 플랑드르파[14]의 그림에도 매료되었다. 옛날 그림 속에 넘쳐흐르는 품성을 완전히는 몰랐지만 어렴풋하게나마 간파할 수 있었다. 옛날 거장들은 현대 화가들이 도저히 미치지 못할 분들이라고 하는 교수의 의견에 속으론 찬성하지 않았지만, 그런 그

---

11) 산치오 라파엘로(Sanzio Raffaello, 1483~1520)는 이탈리아 르네상스 시대의 거장이다. 미켈란젤로, 레오나르도 다빈치와 함께 르네상스 3대 화가 중 한 사람이다.

12) 귀도 레니(Guido Reni, 1575~1642)는 이탈리아 후기 르네상스 시대의 화가다.

13) 베첼리오 티치아노(Vecellio Tiziano, 1489~1576)는 르네상스 시대 이탈리아의 베네치아파를 대표하는 탁월한 초상화가다.

14) '플랑드르파(Flamandtsy)'는 프랑스, 벨기에, 네델란드에 걸쳐 번성한 유파로서 사실적인 풍속화를 잘 그렸다. 특히 유명한 사람은 페테르 파울 루벤스(Peter Paul Rubens, 1577~1640)와 안토니 반 다이크(Anthony Van Dyck, 1599~1641)가 있다.

림 속엔 무엇인가가 내포되어 있음을 이미 간파했던 것이다. 오히려 19세기 화가들이 어떤 점에서는 선배들을 훨씬 앞지르고 있으며, 자연 묘사(모방)도 어쨌든 지금이 더 선명하고 생명력 있고 실물에 가깝다고 느껴졌다. 요컨대 이 경우 그는 이미 무엇인가를 깨달았고, 젊은이가 흔히 그렇듯이 내심 그것을 자랑스럽게 생각하고 있었다. 예를 들면 프랑스인이라든지 독일인이라든지 외국에서 오는 화가가 가끔 화가로서의 재능이 전혀 없는 주제에 익숙한 버릇으로 힘있게 붓질하여 선명한 색채를 쓰는 것만으로 세상의 평판을 얻어 순식간에 큰돈을 모으는 것을 보게 될 때, 그는 이따금 화가 치밀어올랐다. 그런 것이 머리에 떠오르는 것은 먹고 마시거나 일반 세상사를 잊을 정도로 일에 전념할 때가 아니라, 절실히 돈이 필요할 때, 즉 붓이나 그림물감을 살 돈도 없는데 끈질긴 집주인이 하루에도 열 번씩 집세를 독촉하러 올 때였다. 그럴 때면 배고픈 생각에 부자 화가가 부러웠다. 그럴 때는 모든 것을 버리고 세상에 대한 앙갚음으로 홧김에 술이라도 마시고 떠들고 싶다는 생각이 굴뚝같았다. 그런 것은 러시아인들의 머리를 스쳐지나가는 흔한 생각이었다. 바로 지금 그가 거의 그런 상태가 되어 버렸다.

"그래! 참아라, 참아!"

그는 화가 나서 말했다.

"그러나 참는 것도 한계가 있다. 참아라! 하지만 무슨 돈으로 내일 점심을 먹지? 아무도 돈을 빌려주지 않을 텐데. 내 그림을 몽땅 팔려고 가지고 나가도, 전부 20코페이카짜리 은전한 닢 값밖에 되지 않아. 물론 난 내 그림이 쓸모가 있다고 느끼고 있어. 왜냐하면 어떤 것이라도 목적을 가지고 그린 것이며, 한 점 한 점마다 무엇인가 의미가 담겨 있다는 것을 나는 알고 있으니까. 그래 봤자 도대체 무슨 이득이 된단 말이지? 습작이나 시작은 어디까지나 습작이나 시작에 불과하지, 그것으로 끝이 아니야. 끝나지 않을 거야. 내 이름도 모르는데 누가 내 그림을 사 주겠어? 화실의 고대 미술품 조각의 석고 데생이라든지, 미완성된 프시케[15]의 사랑이라든지, 내 방의 풍경화라든지, 내가 그린 니키타의 초상화는 사실 어느 유행 화가가 그린 초상화보다 훌륭한 작품이지만, 이것들이 누구에게 필요하겠어? 사실 뭐란 말이야? 왜 내가 고생하며 초등학교 학생처럼 알파벳을 가지고 고민하고 그러지? 마음만 먹으면 다른 사람들 못지않게 솜씨를 발휘할 수 있고 그들처럼 돈도 벌 수 있는데."

이렇게 말한 후, 화가는 갑자기 몸을 떨더니 창백해졌다. 세워놓은 캔버스 뒤에서 누군가가 몸을 내밀고 일그러진 얼굴로 불안하게 그를 노려보고 있었던 것이다. 무서운 두 눈이 마치 그를 잡아먹을 듯이 똑바로 노려보고 있었다. 입가에는 가만히 있지 않으면 용서하지 않겠다는 위협적 명령이 나타나 있었다. 깜짝 놀란 그는 벌써 문간방에서 영웅호걸처럼 코를 골고 있는 니키타를 큰 소리로 부를까 하다가 그만두고 갑자기

---

15) 프시케(Psyche)는 영혼을 인격화한 것으로 나비의 날개를 단 미녀의 모습을 하고 있다. 프시케는 미의 여신 아프로디테의 아들 에로스와 결혼한다.

웃어 버렸다. 공포심이 금방 사라졌다. 그것은 완전히 잊고 있었던 그가 사온 초상화였다. 방을 비추는 달빛이 초상화 위에도 쏟아져 초상화에 이상한 생기를 불어넣었다. 차르트코프는 초상화를 유심히 들여다보며 얼룩을 문질러 지우기 시작했다. 스펀지를 물에 조금 적셔 초상화를 몇 번 닦고, 표면에 뭉쳐 있거나 달라붙어 있는 먼지와 때를 완전히 씻어 낸 다음, 문 앞의 벽에 걸었는데, 보통 이상의 작품이라는 것을 깨닫고 깜짝 놀랐다. 얼굴 전체가 거의 죽음에서 되살아난 듯했고 눈이 노려보았기 때문에, 마침내 몸서리치며 뒷걸음질하다가 놀란 목소리로, "노려본다! 진짜 사람 같은 눈으로 노려본다!"라고 소리 지를 정도였다. 이때 갑자기 오래전에 교수로부터 들은 적이 있는 유명한 레오나르도 다빈치의 어느 초상화에 관한 이야기가 떠올랐다. 그는 수년 동안 그 초상화에 정성을 쏟았다. 그러나 그는 그것을 미완성 작품이라고 생각했는데, 바사리[16]의 말에 따르면 세상에서 가장 완벽한 최후의 예술 작품으로 간주된다는 것이었다. 무엇보다도 완벽한 것은 동시대인이 경탄한 그의 눈이다. 너무 희미하여 보일 듯 말 듯한 혈관까지도 놓치지 않고 덧붙여 화폭에 묘사했다고 한다. 그러나 지금 그의 앞에 있는 초상화는 어딘지 이상한 데가 있

---

16) 조르조 바사리(Giorgio Vasari, 1511~1574)는 이탈리아의 화가, 건축가, 미술가다. 치마부에로부터 그의 시대에 이르는 르네상스 미술가 200여 명의 생애를 기록한 『뛰어난 화가, 조각가, 건축가의 생애』를 써서 이탈리아 르네상스 미술 연구사상 귀중한 자료가 되게 했다. 현대 미술사에서 미술 비평의 아버지로 불린다.

었다. 그것은 이미 예술이 아니었다. 초상화로서의 조화도 깨져 버렸다. 그것은 살아 있는 인간의 눈이었다! 마치 살아 있는 인간의 눈을 도려내어 거기에 끼워 넣은 것 같았다. 화가의 작품을 볼 때, 전에 느꼈던 영혼을 사로잡는 기쁨을 느낄 수 없었다. 거기에 있는 것은 어딘지 모르게 병적인 피로감이었다. "이건 뭐지?"라고 화가는 본의 아니게 자문했다.

"결국, 이것은 자연이고, 이건 살아 있는 자연이다. 왜 이게 이상하고 불쾌한 느낌이 들까? 아니면 말 그대로 맹목적인 자연 모방은 잘못된 일이라고 느껴지고, 아주 시끄럽고 난잡한 소리처럼 느껴질까? 아니면 공감 없이 무심코 대상을 선택했다면, 그 대상 안에 숨겨진 모든 것이 현실로 나타날 것이다. 모든 생각 속에 숨겨진 이해할 수 없는 것이 빛으로도 밝혀지지 않은 무서운 현실로 나타날 것이다. 현실에서 아름다운 사람을 이해하고 싶어, 해부학 칼을 손에 들고 그 내부를 절개하면 혐오스러운 인간의 모습을 보게 되듯이 그러한 실제 모습이 나타난다. 낮고 평범한 자연도 화가가 붓을 대면 어떤 빛에 싸여 나타나고 저급한 인상이라곤 조금도 느껴지지 않는데 그것은 왜일까? 오히려 즐거워지는 것 같아 그것을 본 다음에는 주위의 모든 것이 여느 때보다도 더 조용하게 미끄러지듯이 흘러가는 것처럼 보이는 것은 왜일까? 그런데 똑같은 자연에 다른 화가의 붓이 닿으면 그것에 충실한데도 저속하고 더럽게 보이는 것은 왜일까? 이 자연에는 싱싱하게 하는 그 무엇이 없어, 없단 말이야. 자연의 모습은 여전히 변함이 없어. 자연의 모습이 아무리 훌륭하더라도 하늘에 태양이 없다면 역시 무엇인가가 부족해."

화가는 초상화의 이상한 눈을 유심히 살펴보려고 다시 다가섰다. 정말로 그를 노려보고 있어 두려웠다. 그것은 이미 자연의 모방이 아니었다. 그것은 무덤에서 일어선 시체의 얼굴에서 발하는 것과 같은 이상한 생기가 있었다. 꿈꾸는 듯한 환상을 일으키고 모든 것을 대낮과는 완전히 다른 모습으로 바꾸어 버리는 달빛 때문인지, 아니면 무슨 다른 이유 때문인지는 모르지만, 어쨌든 그는 왠지 모르게 방 한가운데 혼자 앉아 있는 것이 무서워졌다. 조용히 초상화에서 물러나 몸을 돌려 초상화를 보지 않으려 했지만, 본능적으로 눈길이 그쪽으로 힐끗 가는 것이었다. 마침내 그는 방 안을 거니는 것조차 무서워졌다. 누군가 다른 사람이 당장에 자기 뒤를 따라 걷기 시작하지 않을까 하는 생각이 들어 발걸음을 옮길 때마다 겁에 질려 뒤를 돌아다보았다. 그는 결코 겁쟁이는 아니었다. 그러나 그의 상상력과 신경이 날카로워져서 그날 밤 자기도 모르게 솟아나는 공포를 설명할 수가 없었다. 그는 구석에 가서 앉았지만, 거기서도 누군가가 당장 어깨 너머로 자기 얼굴을 들여다볼 것 같았다. 니키타의 코 고는 소리가 문간방으로부터 들려왔는데, 그 소리도 공포심을 쫓아 주지는 못했다. 마침내 그는 눈도 들지 못한 채 겁에 질려 그 자리에서 일어나 칸막이 뒤에 있는 침대 위에 드러누웠다. 칸막이 틈으로 달빛을 받고 있는 자기 방이 보였는데, 벽에 걸린 초상화가 정면으로 보였다. 그 눈은 점점 더 무섭고 의미심장하게 그를 주시하고 있었기 때문에 자기만 바라보고 있다는 생각마저 들었다.

비참한 생각에 사로잡힌 그는 침대를 박차고 일어나서 시트를 움켜쥐고 초상화 앞으로 가까이 다가가 완전히 덮어 버렸다.

그렇게 하고 나니 조금 안심이 되었다. 침대에 누워 자신의 가난과 가엾은 운명에 대해 생각하고, 자기 앞길에 기다리고 있을 이 세상의 가시밭길을 생각했다. 그러는 동안에도 그의 눈은 시트로 덮어 놓은 초상화를 자기도 모르게 칸막이 틈으로 바라보는 것이었다. 달빛 때문에 시트의 흰빛이 더욱 희어져 무서운 눈이 천을 꿰뚫어 보고 있는 것 같았다. 그는 이것은 어리석은 짓이라고 믿고 싶은 듯이 무서움을 억누르고 더욱 응시했다. 그러나 마침내 정말로…… 보였다. 똑똑히 보였다. 시트는 이미 없어졌다……. 초상화가 완전히 모습을 드러내고 주위의 다른 것에는 눈길도 돌리지 않고 그만 똑바로 노려보고 있었다. 그의 마음속까지 꿰뚫어 보고 있는 것 같았다……. 그는 심장 고동이 멎는 듯했다. 노인은 꼼지락꼼지락하더니 갑자기 액자에 양손을 댔다. 이윽고 액자 속에서 몸을 조금 일으키더니 두 다리를 밖으로 내밀고 액자에서 성큼 걸어 나왔다……. 칸막이 틈으로 텅 빈 액자만 보였다. 방안에서 뚜벅뚜벅 발소리가 나더니 마침내 그것은 칸막이 쪽으로 점점 다가왔다. 불쌍한 화가의 심장은 더욱 두근거리기 시작했다. 두려움에 숨을 몰아쉬면서도 화가는 노인이 당장이라도 칸막이 뒤에서 자기를 들여다볼 것이라고 생각했다. 분명히 노인은 커다란 눈알을 굴리면서 구릿빛 얼굴을 칸막이 뒤에서 내밀었다. 차르트코프는 안간힘을 다해 소리를 지르려고 했지만, 소리가 나오지 않았다. 그래서 몸을 조금 움직여 무슨 동작을 취하려고 안간힘을 썼는데, 사지가 움직이지 않았다. 멍하니 입을 벌린 채 숨을 죽인 그는 아시아풍의 커다란 성직자 옷을 입은 이 훤칠한 키의 무서운 유령을 바라보면서 그가 무엇을 할 것인지 기다리고 있었다. 노인은 차르트코프의 발 바로 옆에 앉더니, 큰 옷의 주름 밑에서 무엇인가를 잡아당겼다. 그것은 주머니였다. 노인은 주머니를 풀더니 아래 양 끝을 잡고 거꾸로 흔들었다. 쿵 소리를 내며 방바닥에 떨어진 것은 가늘고 긴 막대 모양의 무거운 꾸러미였다. 꾸러미 하나하나가 푸른 종이로 싸여 있었고, 겉에는 '1000체르보네츠'[17]라고 표시되어 있었다. 노인은 길고 앙상한 뼈만 남은 손을 넓은 소매 끝에서 내밀어 꾸러미를 풀기 시작했다. 금화가 번쩍번쩍 빛났다. 화가는 숨이 막힐 듯하고 의식을 잃을 것 같은 공포에 사로잡혀 있었지만, 금화를 뚫어질 듯이 바라보고 있었다. 금화가 뼈만 앙상한 손에서 풀어져 번쩍번쩍 빛나고, 가늘고 둔탁한 소리가 들리더니 다시 싸여지는 것을 보고 있었다. 그때 그는 꾸러미 한 개가 따로 떨어져 침대머리 쪽의 다리 밑으로 굴러온 것을 알았다. 그는 부들부들 떨면서 그것을 집어 들었다. 공포에 떨면서 노인이 알아차리지나 않았을까 살짝 보았다. 그런데 노인은 자기 일에만 바쁜 것 같았다. 노인은 꾸러미를 전부 끌어모아 다시 주머니 속에 넣더니, 차르트코프를 쳐다보지도 않고 칸막이 저쪽으로 가 버렸다. 멀어져 가는 발자국 소

---

17) 체르보네츠(Chervonets)는 옛날의 10루블 금화로, 지금의 10루블 지폐에 해당한다.

리가 방 안에 울리는 것을 듣자, 차르트코프의 심장은 심하게 뛰었다. 그는 금화 꾸러미를 잃지 않으려고 온몸을 떨면서, 한 손에 꽉 움켜쥐고 있었다. 그런데 갑자기 다시 칸막이 쪽으로 가까워지는 발자국 소리가 들려왔다. 분명히 금화 꾸러미 하나가 모자라는 것을 노인이 알아차린 모양이었다. 맞다, 칸막이 저쪽에서 노인이 다시 그를 들여다보았다. 절망적이었지만 차르트코프는 있는 힘을 다해 꾸러미를 손아귀에 움켜쥐고, 안간힘을 다해 몸을 움직이며 소리를 지르다가 눈을 떴다.

온몸에 식은땀이 흘렀다. 심장이 당장 터질 듯이 뛰었다. 가슴은 마지막 숨을 거두는 것처럼 막혀 왔다. "정말 꿈이었을까?" 그는 두 손으로 머리를 움켜쥐고 말했다. 그러나 너무나 생생하고 무서운 현상이라 아무래도 꿈 같지가 않았다. 노인이 액자 속으로 돌아가고 큰 옷의 앞깃이 힐끔 보인 것은 이미 잠이 깬 후였고, 조금 전까지만 해도 무엇인가 묵직한 것을 손에 들고 있었음을 분명히 느낄 수 있었다. 달빛이 방안을 비추어 여기저기 놓여 있는 캔버스, 석고로 된 손, 의자 위에 널려 있는 실내 장식, 판탈롱 바지, 더러운 장화를 컴컴한 구석구석에서 떠오르게 했다. 비로소 그는 자기가 침대에 누워 있지 않고, 초상화 정면에 똑바로 버티고 서 있다는 것을 알아차렸다. 어떻게 여기까지 왔는지, 아무래도 이해가 되지 않았다. 그보다도 더 놀라운 것은 초상화가 전혀 가려져 있지 않고, 실제로 천도 씌워져 있지 않다는 것이었다. 공포에 사로잡혀 초상화를 바라보다가 살아 있는 사람의 눈이 자신을 똑바로 바라보고 있다는 것을 깨달았다. 얼굴에 식은땀이 흘렀다. 떠나고 싶었지만, 발이 마치 땅에 달라붙은 것처럼 움직여 지지 않았다. 이것은 이미 꿈이 아니라는 것을 그는 알고 있었 다. 노인이 얼굴을 움직이며 마치 빨아들이려는 듯이 입술을 그에게로 쑥 내밀었다……. 그는 절망적인 소리를 내면서 껑 충 뛰어 물러섰다. 그리고 잠이 깼다.

"정말 꿈이었나?"

차르트코프는 심장이 터질 듯이 뛰는 것을 느끼면서 주변 을 손으로 더듬어 보았다. 분명히 잠들었을 때와 똑같은 상태 로 침대에 누워 있었다. 눈앞에는 칸막이가 있었고, 달빛이 방 을 가득 채우고 있었다. 칸막이 틈으로 시트가 단정히 씌워져 있는 초상화는 그가 처음 시트를 씌웠을 때 모습 그대로였다. 그렇다면 역시 꿈이었구나! 그러나 꼭 쥐고 있는 한 손에는 아직까지도 무엇인가가 들어 있는 것 같았다. 심장의 박동이 너무 강해 무서울 정도였다. 가슴이 답답하여 참을 수가 없었 다. 칸막이 틈새로 시선을 모으고 시트를 주시했다. 시트의 한 쪽이 벗겨지기 시작하는 것이 똑똑히 보였다. 마치 시트 밑에 서 손이 허우적거리며 열심히 그것을 벗겨 버리려고 하는 것 같았다. "하느님, 아, 이게 뭐야!" 그는 절망적으로 성호를 그으 면서 소리 지르다가 깨어났다.

역시 꿈이었구나! 그는 어리벙벙하여 미친 듯이 침대에서 벌떡 일어났다. 이 일이 그에게 어떻게 일어났는지 설명할 수 가 없었다. 악몽에 시달렸는지, 소리를 질렀는지, 도모보이[18] 가 들었는지, 열병에 걸렸는지, 환상을 보았는지 설명할 수가 없었다. 어떻게든 마음의 동요를 억제하고, 모든 혈관을 힘차게 때리며 흐르는 거센 피를 가라앉히기 위해 애쓰면서, 그는 창가로 가서 환기창을 열었다. 차고 향기로운 바람이 정신이 번쩍 들게 했다. 작은 구름이 자주 하늘을 가로질러 지나가기도 했지만, 달빛은 여전히 지붕이나 집들의 흰 벽 위로 쏟아지고 있었다. 모든 것이 조용했다. 이따금 멀리서 마부가 끄는 사륜마차의 덜그럭거리는 소리가 들려왔다. 그런데 그 마부는 보이지 않는 골목길 어딘가에서 늦은 손님을 기다리며 느린 말의 움직임을 자장가 삼아 깜박 잠이 든 모양이었다. 화가는 통풍구 쪽으로 목을 내밀고 한참 동안 바라보고 있었다. 벌써 하늘에는 곧 나타날 아침놀의 기운이 스며 있었다. 바깥을 내다보는 동안 마침내 졸음이 몰려와, 그는 창문을 탁 닫고 침대로 가서 이내 죽은 듯이 깊은 잠에 빠져들었다.

쾌 늦은 시간이 되어서야 잠에서 깨었는데, 탄산 가스에 중독된 사람처럼 불쾌한 기분이 들었다. 머리가 지끈지끈 아팠다. 방안은 흐릿하고 탁했다. 불쾌한 습기가 대기에 차 있었고, 닫힌 창문 틈으로 습기가 여러 가지 그림과 초벌 칠을 한 캔버스로 새어 들어왔던 것이다. 그는 물에 빠진 수탉처럼 개운하지 못한 기분으로 다 찢어진 소파에 앉아 무엇에 손을 대야 할지, 무엇을 해야 할지 갈피를 못 잡고 있다가 마침내 꿈을 생

---

18) '도모보이(Domovoj)'는 집의 정령(귀신)으로 옛이야기에 자주 등장한다. 러시아 민속 신앙에 의하면 각 집마다 도모보이라는 정령이 있다고 한다. 도모보이는 털이 무성하게 난 노인의 모습을 하고 있으며, 페치카나 다락에 거주하며 집안을 돌보기도 하고 짓궂은 장난을 치기도 한다. 이사 갈 때 도모보이의 비위를 맞추기 위한 간단한 제식을 하기도 한다.

각해 냈다. 이것저것 생각나지만 그 꿈이 너무 끔찍할 정도로 생생하게 떠올랐기 때문에, 과연 그것이 진짜 꿈이었는지, 단순한 헛소리였는지, 거기에 무슨 다른 뜻이 있지나 않은지, 그것이 환상은 아니었는지 의심까지 들었다. 그는 천을 벗기고 한낮의 햇빛 속에서 그 무서운 초상화를 유심히 바라보았다. 그 눈은 분명히 이상한 생기를 띠고 있는 것처럼 보였지만, 특별히 무서운 점은 아무것도 없었다. 하지만 무엇인지 표현할 수 없는 불쾌감이 마음속에 남는 것 같았다. 그래도 화가는 그것이 여전히 꿈이었다고 완전히 확신할 수 없었다. 그 꿈에는 현실에서 나온 무엇인가 무서운 면이 섞여 있었던 것 같았다. 노인의 눈이나 표정만 보아도 어젯밤 노인이 그에게 왔다간 것만 같았다. 그의 손은 지금까지 무엇인가 무거운 것을 들고 있었는데, 방금 전에 누군가가 와서 그것을 빼앗아갔다고 말하는 듯했다. 만일 돈 꾸러미를 조금만 더 꽉 쥐고 있었더라면 잠이 깨었어도 그것이 수중에 남아 있었을 것 같았다.

"아아, 그 돈의 일부만이라도 있다면!"

그는 깊은 한숨을 내쉬면서 말했다. 그러자 '1000체르보네츠'라는 유혹적인 글자가 쓰여 있는 돈 꾸러미가 그가 본 주머니에서 좌르르 쏟아져 나오던 광경이 상상되었다. 꾸러미가 풀어지고 금화가 번쩍번쩍 빛나더니 다시 꾸러미에 싸여졌다. 화가는 움직이지 않고 멍청하게 앉아서 텅 빈 하늘을 쳐다보고 있었다. 그것은 마치 맛있는 음식을 먹는 다른 사람의 식탁 앞에 앉아서 그 사람이 먹는 것을 바라보고만 있는 아이가 된 것 같았다. 마침내 문을 두드리는 소리가 들려 정신이

퍼뜩 들었지만 왠지 모르게 기분이 별로 좋지 않았다. 집주인과 경찰서장이 들어왔다.

아시다시피 경찰서장의 출현은 부자가 돈 꾸러 오는 사람의 얼굴을 보기 싫어하는 것 이상으로 서민에게 불쾌한 일이다. 차르트코프가 살고 있는 작은 집의 주인은 바실리옙스키섬의 15번가나 페테르부르스카야 방면이나 콜롬나[19]의 외딴 곳 어딘가에 여러 채의 집을 갖고 있는 사람 중 하나였다. 러시아[20]에는 이런 사람들이 많이 살고 있었으므로, 그 성격을 규정하기란 다 낡아 빠진 프록코트의 색깔을 판정하는 것만큼이나 어려웠다. 이 집주인은 젊은 시절에는 대위로 소리를 잘 지르는 자였으나 문관으로 일한 적도 있었다. 그는 매질하는 사람으로 유명했고, 민첩하고 멋쟁이인 반면 때로는 어리석기도 했다. 그러나 노년기에는 이러한 독특한 개성이 없어지면서 어떤 희미하고 종잡을 수 없는 것과 융합되어 버렸다. 홀아비인 그는 퇴직을 하고 나서 멋을 부리는 것도, 허풍을 떠는 것도, 싸우는 것도 다 그만두고 다만 차를 마시면서 잡담하는 것만을 즐겼다. 방 안을 돌아다니면서 짐승의 기름으로 만든 양초 동강을 바로 세우거나, 월말마다 세입자를 찾아가 꼬박꼬박 집세를 받아 내거나, 자기 집 지붕을 둘러보기 위해 손에 열쇠를 들고 밖으로 나가거나, 좁은 자기 방에 처박혀 낮잠을 자는 문지기를 몇 번씩 쫓아내곤 했다. 말하자면 방탕한 생활을

<hr />

19) '콜롬나(Kolomna)'는 페테르부르크 빈민이 사는 변두리의 지명이다. 폰탄카 우측 해변에 위치해 있다.
20) 원문의 '루시(Rus)'는 고대 러시아의 이름이다.

하면서 역마차를 타고 각처를 여행한 후에 이제는 과거의 나쁜 버릇만 남아 있는 사람이었던 것이다.

"바루흐 쿠즈미치 서장님, 직접 보십시오."라고 집주인은 서장을 보자 두 손을 벌리면서 말했다. "집세를 내지 않아요. 도무지 내려고 하질 않습니다요."

"돈이 없는데 어떻게 합니까? 기다려 주세요, 낼 겁니다."

"이보쇼, 나는 더 이상 참지 못하겠소."

집주인은 손에 들고 있던 열쇠로 잠그는 시늉을 하면서 화를 내며 말하는 것이었다.

"우리 집에는 포토곤킨 대령도 살고 있소. 벌써 7년째 살고 있지요. 안나 페트로브나 부흐미스테로바는 헛간과 마구간 두 칸을 빌렸는데, 그 부인에게는 하인이 셋이나 있소. 우리 집에 어떤 사람들이 사는지 알겠지요. 분명히 말씀드리지만, 우리 집은 세를 내지 않아도 되는 집이 아니오. 당장 돈을 내놓고 썩 나가 주시오."

"그렇지, 계약했다면 그대로 지불해야지."

경찰서장은 머리를 약간 저으면서 제복 단추에 손가락을 대고 이렇게 말했다.

"하지만 무엇으로 지불하지요? 그것이 문젭니다. 지금은 한 푼도 없어요."

"정 그러시다면 직업이 직업이니만큼 당신은 그림이라도 줘서 이반 이바노비치의 손해를 보상하시오. 그림이라도 받는데 동의할지 모르겠지만."

서장이 말했다.

"아닙니다, 나리, 저는 그림이라도 좋습니다. 하지만 훈장을 단 어느 장군이라든지, 쿠투조프 장군[21]의 초상화라든지, 벽에 걸어 놓을 만한 고상한 내용의 그림이라면 모를까, 이자의 그림은 모두 루바시카를 입은 농부라든지 그림물감을 갈고 있는 하인 따위입니다. 돼지 같은 놈의 초상화를 그리다니! 이자를 꼭 혼쭐내 줄 겁니다요. 이 사기꾼이 말입니다, 우리 집 빗장의 못을 몽땅 잡아 뽑아 놓았어요. 어떤 제목들인가 보세요, 이 제목들을. 여기 방을 그린 게 있네요. 깨끗하게 잘 정돈된 방이면 몰라도 이런 방을 그리다니, 먼지투성이에 오만가지 잡동사니가 뒹굴고 있으니. 자, 보세요. 우리 아파트의 방을 이렇게 더럽혀 놓다니, 눈으로 직접 보십시오. 어쨌든 우리 아파트에서 7년씩이나 살고 있는 분도 있어요. 대령님이라든지 안나 페트로브나 부흐미스테로바라든지…… 아니, 사실대로 말해 화가만큼 곤란한 사람은 없어요. 돼지처럼 사니 진절머리가 납니다요."

불쌍한 화가는 그런 악담을 끝까지 꾹 참고 듣지 않으면 안 되었다. 그러는 동안 경찰서장은 그림이나 습작을 유심히 바라보다가, 그 자리에서 자신이 집주인보다는 살아 있는 정신의 소유자이고 그림에 대해서도 일가견이 있다는 것을 드러냈다.

"음!" 그는 나체가 그려진 한 캔버스를 가리키면서 말했다. "이 그림은 아무래도…… 외설적이군. 그런데 왜 코밑이 이렇

---

21) 쿠투조프 장군은 1812년 러시아군의 총사령관이 되어 나폴레옹군을 격퇴했다.

게 까맣지? 뭐야, 담뱃재가 붙었나?"

"그림자입니다."

차르트코프는 눈도 돌리지 않고 퉁명스럽게 대답했다.

"음, 그림자라면 딴 데로 옮기는 것이 좋겠는걸, 코밑은 너무 눈에 잘 띄는 곳이니까……."라고 서장이 말했다.

"그런데 이것은 누구의 초상화요?"

서장은 노인의 초상화에 다가서면서 계속해서 물었다.

"음, 너무 무섭군. 실제로 이렇게 무서울까? 어어, 정말로 노려보네! 아니, 무시무시한 그로모보이[22] 아닌가! 누구를 그린 거요?"

"그것은 어떤……." 하고 차르트코프가 말을 채 끝맺기도 전에 뭔가 떨어지는 소리가 들렸다. 서장이 초상화의 액자를 잡았을 때, 경찰관 특유의 우악스러운 손으로 너무 꽉 쥐었기 때문에 액자의 양옆 얇은 판자가 안으로 밀려 들어가 그 중 하나가 방바닥에 떨어진 것이다. 그리고 판자와 함께 쩔그렁 소리를 무겁게 내면서 새파란 종이로 싼 꾸러미가 떨어졌다. '1000체르보네츠'라고 쓰인 글자가 차르트코프의 눈에 얼른 들어왔다. 그는 미친 듯이 달려들어 꾸러미를 집어 들었다. 무게 때문에 밑으로 처진 그것을 손으로 급하게 꽉 쥐었다.

"틀림없이 돈 소리가 들렸는데."

---

22) '그로모보이(Gromoboj)'는 러시아의 시인 바실리 안드레예비치 주콥스키(Vasilii Andreevich Zhukovskii, 1783~1852)의 서사시 『잠자는 열두 처녀(Dvenatsat′ spjashchix dev)』 제1부의 주인공으로서, 악마에게 영혼을 판 사나이를 말한다.

경찰서장은 무엇인가 방바닥에 떨어지는 소리를 듣고 말했지만, 차르트코프가 달려들어 재빨리 숨겼기 때문에 돈 꾸러미를 보지는 못했다.

"내가 무엇을 가지고 있든 당신과 무슨 상관입니까?"

"문제는 당신이 즉시 집세를 주인에게 내야 된다는 거요. 돈이 있으면서도 지불하지 않는 건 아니겠지, 설마?"

"좋아요, 오늘 안으로 지불하지요."

"근데 왜 미리 지불하려고 하지 않았소? 왜 집주인을 걱정시키고 경찰까지 번거롭게 합니까?"

"그건 말입니다, 이 돈에 손을 대고 싶지 않았기 때문입니다. 오늘 저녁때까지 깨끗이 지불하고 내일은 방을 비우겠습니다. 이런 집주인의 집엔 더 이상 있고 싶지 않습니다."

"자, 이반 이바노비치 씨, 지불하겠다는군요."

경찰서장은 집주인을 돌아보면서 말했다.

"오늘 저녁때까지 깨끗이 치워 준다면 관여하지 않겠소, 화가 양반."

그러고 나서 서장은 삼각모를 쓰고 문간방으로 나갔다. 집주인도 고개를 푹 숙이고 무엇인가 생각에 잠긴 모습으로 뒤따라갔다.

"고맙기도 해라, 망할 놈들!"

차르트코프는 현관문이 닫히는 소리를 듣고 그렇게 말했다.

그는 완전히 혼자 있기 위해 문간방을 들여다보며, 구실을 붙여 니키타에게 심부름을 시켰다. 문을 걸어 잠그고 자기 방으로 돌아와 가슴을 졸이면서 돈 꾸러미를 풀기 시작했다. 꾸러미에는 한결같이 불처럼 반짝이는 10루블짜리 새 금화가 들어 있었다. 그는 이 모든 것이 꿈이 아닌가 하고 계속 자문하면서 거의 바보처럼 멍해진 상태로 수북이 쌓인 금화를 셌다. 꾸러미에는 정확하게 천 개의 금화가 꿰어져 있었다. 금화의 모양은 꿈에서 본 것과 똑같았다. 잠시 동안 금화를 주무르며 이리저리 살펴보았지만 여전히 어리벙벙했다. 그런데 자손이 앞으로 파산할 것을 염려해 그의 몰락에 대비하기 위해 조상이 비밀 서랍이 달린 문갑이나 보물을 남기는 일이 있다는 이야기가 갑자기 떠올랐다. 그는 이렇게 생각했다.

'이것도 어느 할아버지가 조상으로부터 물려받은 초상화의 액자 속에 돈을 숨겼다가 자기 손자에게 선물로 남겨 주려고 한 게 아닐까?'

완전히 낭만적인 상상에 사로잡힌 그는 이번 일은 자기의 운명과 어떤 신비적인 관계가 있지 않을까 하고 생각하기 시작했다. 초상화의 존재와 자기 자신의 존재가 연결되어 있지 않을까? 초상화를 입수한 것 자체가 이미 어떤 숙명이 아닐까? 그는 호기심에 사로잡혀 초상화의 액자를 조사하기 시작했다. 한쪽 옆에 움푹하게 파인 홈이 있었다. 그러나 그 부분은 아주 교묘하게 얇은 판자로 가려져 있었으므로, 만일 경찰서장의 억센 손이 부수어 주지 않았더라면 금화는 이 세상이 끝날 때까지 고요히 잠들어 있었을 것이다. 차르트코프는 초상화를 유심히 바라보면서 화가의 뛰어난 재주와 눈을 마무리하는 비범한 솜씨에 다시 한번 놀랐다. 그 눈이 이젠 무섭지 않았지만, 그래도 여전히 볼 때마다 본능적으로 불쾌한 기분이 들었다.

'아니야.'라고 그는 마음속으로 생각했다. '그대가 누구의 할아버지인지는 모르겠지만, 이번 일의 보답으로 유리를 끼워 황금색 액자로 꾸며 드리겠습니다.'

그 자리에서 눈앞에 수북이 쌓인 금화 뭉치에 손을 대자, 그런 관계 때문인지 심장이 두근거렸다.

'이것을 어떻게 하면 좋지?'

그는 금화를 바라보면서 이렇게 생각했다.

"지금부터 최소한 3년 동안은 생활이 보장되니까, 방에 틀어박혀 일할 수 있겠구나. 그림물감 살 돈도 있고 식사비와 차비도 있고, 여러 가지 생활비와 집세도 있으니 이제부터는 날 방해할 사람도 없을 거다. 멋있는 마네킹을 사야겠어. 석고 토르소를 주문하고 다리 본을 만들어야지. 비너스도 사놓고 명화를 뜬 판화도 사야지. 서두르지 않고 한눈팔지도 않고 3년간 착실히 그리면, 훌륭한 화가가 될 수 있어."

이렇게 말했지만 그에게 속삭이는 이성의 소리와 함께 속에서 다른 소리가 더 강하게 울려 퍼졌다. 그런데 다시 한번 금화를 바라본 순간, 스물두 살의 불타는 청춘의 소리가 마음속에서 다른 것을 말하기 시작했다. 지금까지 부러운 눈초리로 보아 온 것, 군침을 삼키면서 멀리서 넋을 잃고 보던 모든 것이 이제는 그의 손안에 있는 것이다. 아아, 그런 것을 생각하기만 해도 심장이 뛰었다! 유행하는 연미복을 입고, 굶주리는 생활을 하다가 오랜만에 맛있는 음식을 먹고, 멋진 집을 얻고, 당장에 극장이나 다과점에 가고…… 기타 등등으로 나

돌아 다니는 것을 생각했다. 어느새 그는 돈을 움켜쥐고 밖으로 나가고 있었다.

맨 먼저 양복점에 들러 머리끝부터 발끝까지 말끔히 차려입고 어린아이처럼 계속해서 자기 모습을 살펴보았다. 향수와 포마드를 사고 첫눈에 맘에 든, 넵스키 거리에 있는 거울이 달리고 창문이 전부 유리인 그야말로 호화 아파트를 집세도 깎지 않고 빌렸다. 다음에는 상점에 들어가 비싼 오페라용 망원경을 척 사고, 또한 각종 넥타이를 필요 이상으로 척척 구입했다. 이발소에 가서 파마를 하고 아무 이유 없이 마차로 시내를 두 번씩이나 돌아다녔다. 다과점에 들어가서는 사탕을 실컷 먹은 후, 지금까지는 중국에 대한 이야기만큼이나 막연하게 소문으로만 들었던 프랑스 레스토랑에 들어갔다. 거기서 그는 다른 사람들에게 상당히 교만한 시선을 던지고서, 거울을 들여다보며 곱슬곱슬한 머리를 끊임없이 매만지고는 몸을 뒤로 젖혀 식사를 했다. 게다가 지금까지 역시 소문으로만 듣던 샴페인도 한 병 비웠다. 술기운이 어느 정도 돌자 의기양양해져서 밖으로 나왔다. 러시아식 표현으로 제멋대로 행동했다. 손잡이 달린 안경을 통해 사람들을 바라보고 우쭐대면서 보도를 걸어갔다. 다리 위에서 옛날 지도 교수가 오는 것을 알고서도 전혀 모르는 체하며 그 옆을 재빨리 지나갔다. 망연자실한 그 교수는 의아한 표정을 지으며 다리 위에 서서 한참 동안 꼼짝 않고 서 있었다.

그날 저녁 상점에 있는 작업대, 캔버스, 그림 등 일체를 자기의 호화 아파트로 다 날라왔다. 화가는 그중 좀 나은 것은 눈

에 띄는 장소에 배치하고, 좀 못한 것은 구석에 한데 밀어 놓
았다. 끊임없이 거울을 들여다보면서 호화로운 집의 이 방 저
방을 돌아다녔다. 마음속으로는 당장에라도 명성을 얻어, 세
상에 자기의 존재 가치를 드러내고 싶은 생각이 굴뚝같았다.

"차르트코프, 차르트코프! 차르트코프의 그림을 보셨습니
까? 차르트코프의 필치는 얼마나 경쾌한지 모릅니다! 차르트
코프는 참으로 재능 있는 사람입니다!"

소문이 벌써 들려오는 듯했다. 신바람이 나서 방 안을 이
리저리 돌아다녔고, 마음은 어딘가를 훨훨 날고 있었다. 다음
날 금화 열 닢을 호주머니에 넣고 잘 팔리는 신문의 발행인한
테 가서 한번 크게 도와 달라고 부탁했다. 신문장이는 기꺼이
그 부탁을 수락했다. 즉시 그를 최상급 존칭으로 친근감 있게
'선생님'이라고 부르면서 그의 양손을 붙잡고, 성과 이름 그리
고 주소를 자세히 물었다. 이튿날 신문에 신발명품인 지방으
로 만든 양초 기사 다음에 「차르트코프 씨의 비범한 재능에
대해」라는 표제가 붙은 기사가 실렸다.

수도의 교양 있는 시민 여러분에게 참으로 훌륭한, 이를테면
모든 면에서 보배라 할 수 있는 인물이 발견되었으므로 기쁨
을 드리기 위해 서둘러 알려 드립니다. 우리 도시엔 훌륭한 용
모와 훌륭한 인물들이 많이 있다는 사실에 대해 누구나 동의
할 것입니다. 그러나 지금까지는 후손들에게 물려주기 위해 그
들을 훌륭하게 화폭에 담아 전할 수단이 없었습니다. 이제 그
문제가 해결되었습니다. 필요한 조건을 채워 줄 수 있는 화가가

나타났기 때문입니다. 이젠 미인은 봄꽃 위를 훨훨 날아다니는 나비처럼 공기같이 가볍고 매혹적이고 멋진 우아한 아름다움이 유감 없이 전달될 것으로 확신할 수 있습니다. 가정의 존경받는 아버지도 가족에게 둘러싸인 자기의 모습을 보게 될 것입니다. 상인, 군인, 일반 시민, 위정자…… 누구나 다 새로운 열의로 열심히 자기 분야의 일을 할 것입니다. 서두르십시오. 산책길이나 소풍 길 등 어디를 가든지 돌아오는 길에 한 번씩 서둘러 들러 보시기 바랍니다. 친구나 사촌 자매들과 휘황찬란한 상점에 가는 길에도 들러 보십시오. 그의 호화롭고 훌륭한 아틀리에(넵스키가 ×××번지)에는 반 다이크나 티치아노에게도 필적할 만한 그가 그린 초상화들이 꽉 차 있습니다. 그 정확성과 박진감에 놀라야 할지, 화필의 독특한 화려함과 선명함에 놀라야 할지 모를 정도입니다. 화백이여! 당신에게 영광을! 당신은 행운의 복권에 당첨되었습니다. 만세! 안드레이 페트로비치!(보시다시피 이 신문장이는 어쩐지 정답게 구는 것을 좋아했던 모양이다.) 그대 자신과 우리를 축복하시오. 우리는 당신을 높이 평가할 줄 압니다. 세상 사람들이 많이 몰려오고 그와 동시에 돈도 모입니다. 우리 언론인 형제들 가운데 일부가 반대한다고 해도, 당신은 돈으로 보상받을 겁니다.

남모르는 만족을 느끼면서 화가는 선전 기사를 읽고 얼굴이 환하게 빛났다. 신문에 자기 기사가 났다는 것, 그것은 그에게 있어서 새로운 경험이었다. 몇 번씩이나 그 기사를 되풀이해서 읽었다. 반 다이크나 티치아노와의 비교는 그를 크게 만족시켰다. '만세, 안드레이 페트로비치!'라는 구절도 역시 대단히 마음에 들었다. 자기 이름과 부칭(父稱)이 인쇄되어 나오다니, 지금껏 한 번도 경험한 일이 없는 명예였다. 그는 방 안을 빠른 걸음으로 서성거리기 시작했다. 머리카락을 마구 쥐어뜯고, 안락의자에 앉기가 바쁘게 벌떡 일어났다가는 다시 소파에 앉아, 남자나 여자 방문객을 영접하는 모습을 자꾸 상상하면서 캔버스로 다가가 그 위에 힘차게 화필을 놀려 손의 움직임을 우아하게 그려 보려고 했다. 다음 날 초인종이 울리자 그는 달려가 문을 열었다. 하인에게 인도되어 들어온 사람은 모피 외투를 입은 귀부인과 그녀의 딸인 열여덟 살의 어린 처녀였다.

"당신이 무슈 차르트코프입니까?"

귀부인이 물었다.

화가는 인사를 했다.

"당신에 대한 기사가 요란하더군요. 당신의 초상화는 최고로 완벽하다고 하던데요."

이렇게 말하면서, 귀부인은 손잡이가 달린 안경을 눈에 갖다 대고 벽을 쭉 둘러보았다. 아무것도 없음을 알자 귀부인은 물었다.

"당신이 그린 초상화는 어디에 있습니까?"

"지금 옮기는 중입니다." 하고 화가는 좀 당황해하면서 대답했다. "이 집으로 막 이사를 와서 그림은 아직 도중에…… 도착하지 않았습니다."

"이탈리아에는 다녀오셨습니까?"

귀부인은 손잡이 안경으로 보려는데 아무것도 보이지 않자 그것을 화가 쪽으로 돌리면서 물었다.

"아니요, 아직은 가 본 적이 없지만 가 보려고 합니다……. 그러나 당분간 뒤로 미뤄 놓았습니다……. 자, 소파에 앉으시지요, 피곤하시지요……?"

"고맙습니다, 마차를 한참 타고 왔더니. 아, 마침 보이는 군요, 당신의 그림이!"

귀부인은 이렇게 말하고 반대쪽 벽으로 달려가 마룻바닥에 놓여 있는 습작품들, 프로그램, 원근화, 정물화 쪽으로 손잡이 달린 안경을 돌렸다.

"이건 멋있네! 리자, 리자야, 이리로 와 봐라! 이 방의 그림은 테니르스[23]풍이구나, 보렴! 여기저기 마구 흩어져 있어. 탁자도 있고, 그 위에 반신상도 놓여 있구나. 석고의 팔이라든지 팔레트도 있구나. 이것 봐라, 먼지야, 이 먼지가 그려진 것을 봐! 멋있구나! 아, 이쪽 캔버스에는 세수하고 있는 여자네. 참 예쁜 얼굴이지! 어, 농부로군! 리자, 리자, 러시아 루바시카를 입은 농부다. 보렴, 농부야! 그러니까 당신은 초상화만을 그리는 것은 아니지요?"

"오, 이것은 시시한 것들입니다…… 그렇습니다, 장난으로 그렸습니다…… 습작들입니다."

"한 가지 묻겠습니다. 현대 초상화에 대해 어떤 의견을 갖고

---

23) 다비트 테니르스(David Teniers, 1610~1690)는 네덜란드의 화가로서 주로 풍경화, 초상화를 그렸다. 스페인령 네덜란드의 지배자인 빌헬름 대공의 궁정 화가가 되었으며, 앤드워프의 화가 조합장으로 있었다.

계시나요? 요새는 티치아노와 같은 화가는 없지요? 사실이지 않아요? 색채에 그런 힘이 없고…… 참, 유감입니다. 러시아어로 표현할 수 없으니 말입니다. (귀부인은 미술 애호가인데, 손잡이 안경을 한 손으로 쥐고 이탈리아의 모든 화랑을 샅샅이 뒤지고 온 것이다.) 하지만 무슈 놀²⁴⁾은…… 아, 얼마나 잘 그리는데요! 참으로 이만저만한 화법이 아니에요! 그분이 표정을 그리는 방법은 티치아노 이상이라고 생각합니다. 무슈 놀을 모르시나요?"

"놀이라니 어떤 사람입니까?"

"무슈 놀이지요. 아아, 참으로 재능이 있는 분입니다! 이 애가 열두 살이었을 때 그분이 이 애의 초상화를 그렸어요. 꼭 우리 집에 오셔야 하겠네요. 리자야, 네 앨범을 이분에게 보여 드려라. 아시겠지만 우리들은 이 애의 초상화를 곧 그리기 시작했으면 해서 왔습니다."

"물론입니다. 당장 시작하지요."

그는 즉시 준비한 캔버스를 얹은 화구를 끌어당겨 손에 팔레트를 들고, 귀부인 딸아이의 창백한 얼굴에 시선을 고정시켰다. 그가 인간 본성을 잘 알고 있는 사람이었다면, 슬쩍 보기만 하고도 그 딸의 얼굴엔 무도회에 대한 어린애 같은 동경이 싹트고 있다는 것을 읽었을 것이다. 그리고 식사 전후의 긴 시간이 지루해 불만스럽거나 새 옷을 입고 산책하러 뛰어나가고 싶다는 생각이 싹트고 있음을 읽었을 것이다. 정신과 감

---

24) '놀(nol)'은 숫자 영(零)이라는 뜻의 러시아어다.

정의 수준을 높이기 위해 엄마에 의해 강제로 가르침을 받고 있으며, 흥미도 없는 여러 가지 일에도 최선을 다하고 있기 때문에 피곤한 흔적이 나타나 있다는 것도 읽었을 것이다. 그런데 화가가 간파한 것은 부드러운 그녀의 얼굴에서는 붓을 유혹하는 도자기 같은 투명한 살갗과 매혹적인 약간 피로한 듯한 표정, 그리고 그녀의 가늘고 하얀 목과 귀족적이고 날씬한 몸매뿐이었다. 그런데 지금까지 거친 모델의 탄력 없는 얼굴이나 정교한 고대 조각품의 모작이나 몇몇 거장의 작품을 모방만 해온 자신의 화법이 민첩하고 뛰어나다는 것을 기꺼이 보여 주려고 그는 이미 준비를 하고 있던 터였다. 그는 이 귀여운 얼굴이 어떻게 되어 나올까 이미 상상하고 있었다.

"아시겠지만……." 귀부인은 다소 감동적인 표정까지 지어 가며 말했다. "원하는 게 있어요……. 이 애가 지금 입고 있는 옷 말인데요, 솔직히 말씀드려서 이런 옷이 아닌 편이 좋겠어요. 수수한 차림으로 어딘가 들판의 나무 그늘에 앉아 있게 하고, 멀리 가축 떼라든지 수풀이 보이게 해 주세요……. 어떤 무도회나 유행하는 저녁 파티에 나가는구나 하는 느낌이 들지 않도록 해 주세요. 솔직히 말씀드려, 무도회란 마음을 완전히 망치고 정서를 죽일 뿐입니다……. 될 수 있는 대로 수수하게 해 주세요."

아아! 이렇게 말하는 어머니와 딸의 얼굴에는 너무 춤을 추어 지쳐 있음이 쓰여 있었고, 두 사람 모두 거의 밀랍과 같은 얼굴을 하고 있었다.

차르트코프는 일을 시작했다. 모델 처녀를 앉히고, 지금 들은 모든 것을 머릿속으로 잠깐 생각해 보고 마음속으로 주안점을 정하면서 허공에 붓을 놀렸다. 그다음 다소 눈을 가늘게 뜨고 뒤로 물러서서 멀리서 바라보았다. 시작한 지 한 시간 만에 밑그림을 끝냈다. 밑그림에 만족한 그는 벌써 색을 칠하기 시작하면서 일에 몰두했다. 벌써 모든 것을 잊어버리고 있었다. 귀부인이 옆에 있는 것조차 잊어버리고 가끔 정말로 어떤 화가다운 몸짓까지 해 보였다. 자기 일에 몰두하고 있는 화가가 흔히 하는 것처럼 여러 가지 이상한 소리를 내거나 때때로 콧노래를 부르기도 했다. 그는 흠 잡을 데 없이 붓을 놀리면서 몸짓만으로 모델에게 얼굴을 들게 하였다. 모델은 마침내 몸을 이리 틀고 저리 틀며 완전히 지쳐 버렸다는 표정을 지어 보였다.

"됐어요. 처음으로서는 충분해요."

귀부인이 말했다.

"조금만 더요."라고 열중했던 화가는 말했다.

"아니에요, 시간이 되었어요! 리자야, 3시다!"

그녀는 넓은 금줄 띠에 달아매 놓은 작은 시계를 꺼내면서 이렇게 말하고는 조금 큰 소리로 말했다.

"애야, 정말 늦었구나!"

"잠깐만요."

차르트코프는 천진난만한 어린애가 조르는 것 같은 목소리로 말했다.

그러나 귀부인은 이번에는 그의 예술적 요구에 맞추어 줄 기분이 전혀 없는 듯 다음에 좀 더 오래 있겠다고 약속했다.

'그러나 어쨌든 화가 치미네.'

차르트코프는 속으로 생각했다.

'손이 막 풀렸는데.'

그는 바실리옙스키섬의 아틀리에에서 일할 때는 방해하거나 중단시키거나 하는 사람이 없었던 것을 생각했다. 니키타는 몸을 이리 틀거나 저리 틀거나 하지 않고 한곳에 잘 앉아 있었기 때문에 얼마든지 그럴 수 있었다. 시키는 대로 포즈를 취하고는 잠이 드는 일도 있었다. 차르트코프는 시무룩해져 화구와 팔레트를 의자 위에 놓고 캔버스 앞에 멍청히 서 있었다. 세상물정에 밝은 귀부인의 겉치레 인사에, 그는 문득 제정신으로 돌아왔다. 두 사람을 전송하기 위해 문 쪽으로 달려갔다. 현관문 앞의 계단에서 방문해 달라는, 다음 주에 식사하러 오라는 초청을 받고는 즐거운 기분으로 자기 방에 돌아왔다. 이 귀부인은 그를 완전히 사로잡았다. 지금까지 그는 이런 사람들은 자기의 손이 미치지 못하는 존재이며, 제복을 입은 하인과 멋쟁이 옷을 입은 여자를 데리고 호화로운 반포장 마차를 쏜살같이 몰면서, 검소한 코트를 입고 터벅터벅 걸어가는 사람들을 차가운 눈으로 바라보기 위해서 그들이 태어났다고 생각하고 있었다. 그런데 뜻밖에 지금 그런 인물 중의 한 사람이 그의 방을 찾아와 초상화를 그리게 되었고, 게다가 귀족 가정에 식사 초대까지 받은 것이었다. 그는 이상한 만족감에 사로잡혔다. 그는 신바람이 나서 이 기분을 충분히 맛보기 위해 호화로운 식사를 주문하고, 밤에는 연극 구경을 가고, 아무 볼일도 없이 마차를 타고 시내를 돌아다녔다.

그즈음 며칠 동안 평소 하던 일에 손대고 싶은 생각이 전혀 나지 않았다. 그는 준비만 하고 초인종 소리가 울리는 순간을 기다리고 있었다. 드디어 귀부인이 창백한 딸을 데리고 왔다. 그는 두 사람을 의자에 앉히고, 캔버스를 잡아당겨 붓을 능란하고 자부심 강한 태도로 움직여 그리기 시작했다. 맑은 날에는 밝은 빛이 비쳐 들어오기 때문에 도움이 많이 되었다. 사랑스러운 모델의 모습을 잘 포착해 화폭에 옮기면 훌륭한 초상화가 될 수 있다는 것을 그는 재빨리 알아차렸다. 지금 눈앞에 있는 모델의 흠 잡을 데 없는 모습을 그대로 그린다면 무엇인가 특별한 것이 될 것만 같았다. 또 아직 어느 누구의 눈에도 띄지 않은 것을 표현한다고 생각하니 마음이 들뜨기까지 했다. 그리는 데에만 열중한 그는 모델이 귀족 출신이라는 것도 잊어버리고 붓을 놀리는 데 온 정신을 쏟았다. 자기의 붓끝에서 열일곱 살 난 소녀의 섬세한 얼굴 생김새와 투명한 듯한 살갗이 표현되는 것을 숨죽인 채 보고 있었다. 그가 모든 뉘앙스를 포착하여 약간 노르스름하게 되어 있는 부분이나 두 눈밑의 파르스름한 것이나 이마에 난 작은 여드름까지도 그리려는 순간, 등뒤에서 귀부인의 목소리가 들렸다.

"어머, 왜 그런 것을? 그런 것은 필요 없어요."

귀부인은 말했다.

"당신도 역시…… 봐요, 몇 군데가…… 좀 너무 누런 것 같아요. 자, 여기는 완전히 검은 반점이군요."

화가는 이 얼룩이나 누런 곳이야말로 효과를 높일 수 있는 요소이며, 얼굴에 호감이 가는 상쾌한 느낌마저 들게 한다고 설명하기 시작했다. 그런데 그가 들은 대답은, 그런 것은 조금도 효과적이거나 좋은 느낌이 표현되는 것이 아니고 다만 그 자신에게만 그렇게 생각될 뿐이라는 것이었다.

"하지만 여기 한 군데만 누런색을 쓰지 않으면⋯⋯." 하고 화가는 천진스럽게 말했다. 그러나 그것도 허락되지가 않았다. 오늘따라 리자는 기분이 내키지가 않을 뿐이다. 평소 같으면 누런 데라곤 조금도 없는 생기발랄한 얼굴빛을 하고 있기 때문에 사람들이 깜짝 놀랄 지경이라고 말하는 것이었다. 붓 가는 대로 캔버스에 그리기 시작한 것을 그는 우울한 생각으로 지우기 시작했다. 눈에 보일락 말락 한 많은 특징들이 사라져갔고 그와 동시에 닮은 곳도 다소 사라져 버렸다. 그는 흥이 나질 않아 흔히 있는 색을 칠했는데, 이럴 줄 알았더라면 실물을 볼 필요도 없었다. 본을 뜬 구도는 학생의 구도에서 볼 수 있는, 어딘지 모르게 차갑고 이상적인 것이 되는 것이 고작이었다. 그러나 귀부인은 마음에 들지 않는 색깔이 깨끗이 지워진 것에 만족했다. 다만 일의 진도가 너무 느린 데 놀랐다고 하면서 두 번만 왔다 가면 초상화가 완성된다고 하더라고 덧붙였다. 거기에 대해 화가는 뭐라고 대답해야 할지 몰랐다. 여자들은 일어서서 나가려고 했다. 화가는 붓을 놓고 문까지 두 사람을 배웅하고는, 그리던 초상화 앞에서 한참 동안 멍청하게 서 있었다. 그는 초상화를 멀거니 바라보는 동안에도 머릿속에 뭔가 떠올랐는데, 무자비하게 붓으로 뭉개 버린 소녀다운 섬세한 얼굴 생김새나 뉘앙스 그리고 부드러운 색조가 맴돌고 있었다. 그런 생각으로 가득 찬 그는 초상화를 옆으

로 밀어 놓고 언젠가 옛날에 습작으로 캔버스에 대충 그리다
가 내버려 둔 프시케의 얼굴 그림을 어디선지 찾아냈다. 그 얼
굴은 잘 그려져 있기는 했지만, 육체의 생동감이 느껴지지 않
았다. 어디까지나 냉정한 모범적인 묘사로서 평범한 특징밖에
없었다. 그는 지금 찾아온 귀부인 딸한테서 발견한 것을 모두
상기하면서 심심풀이로 이 프시케의 얼굴 그림에 붓을 대기
시작했다. 그가 포착한 아가씨의 특징이나 뉘앙스 그리고 색
조는 이 그림 속에 순수한 형태를 취하고서 나타났다. 이런 것
은 자연의 본성을 마음껏 바라본 화가가 이미 자연을 떠나 그
와 같은 것을 창조하고자 하는 경우에 볼 수 있는 현상이다.
프시케는 생기를 띠기 시작했고, 겨우 비쳐 보일 정도였던 사
상이 조금씩 눈에 보이는 모습으로 나타나기 시작했다. 상류
계급의 새파랗게 젊은 아가씨의 얼굴 특징이 어느새 프시케에
게 옮겨져, 그 결과 프시케는 틀림없이 독창적인 작품이라고
할 만한 아주 독특한 표정을 얻게 되었다. 어쩐지 그는 본래의
모델이 그에게 제공해 준 것을 부분적으로 또는 전체적으로
이용하고 있는 동안에 자기의 일에 완전히 사로잡힌 것 같았
다. 며칠 동안 그는 이 일에 매달려 있었다. 그런데 그 귀부인
이 그에게 왔을 때 한창 일에 열중하고 있던 그는 그림을 이젤
에서 치울 새도 없었다. 두 여인은 기쁨으로 경탄의 소리를 연
발하면서 손뼉을 치는 것이었다.

"리자, 리자! 어쩜 이렇게도 닮았니! 멋있다, 멋있다! 이 애
에게 그리스식 옷을 입히다니, 아주 좋은 생각이에요. 정말 생
각도 못 했어요!"

화가는 두 여인이 즐겁게 오해하고 있는 것을 어떻게 고쳐 주어야 할지 몰랐다. 후회하면서, 그는 고개를 떨구고 낮은 목소리로 말했다.

"이것은 프시케입니다."

"프시케의 모습이라고요? 매력적이에요!"라고 어머니가 생긋 웃으며 말하자 딸도 같이 생긋 웃는 것이었다.

"얘, 리자, 프시케의 모습으로 그린 것이 네게 제일 어울리는구나, 그렇지 않니? 얼마나 매력적인 생각이냐! 얼마나 훌륭한 작품이냐! 이것은 코레조[25]야! 솔직히 말해서 난 신문에서 당신에 대한 기사를 읽거나 소문은 들었지만, 이렇게까지 재능이 있는 분인 줄 미처 몰랐어요. 이렇게 된 이상 내 초상화도 그려 주셔야 해요."

아무래도 귀부인도 역시 프시케인가 누구인가의 모습으로 그려 주기를 바라는 것 같았다.

'어떻게 하지?'

화가는 생각했다.

'본인이 그렇게 해 주기를 원한다면 원하는 대로 프시케로 해 주지 뭐.'

그래서 그는 소리를 높여 이렇게 말했다.

"수고스럽겠지만 잠깐만 앉아 주시죠. 부분적으로 손을 조금 보겠습니다."

---

25) 안토니오 알레그리 다 코레조(Antonio Allegri da Correggio, 1494~1534)는 이탈리아의 화가로서 후기 르네상스를 대표하는 거장이다.

"어머, 당신이 어떻게…… 할까 봐 걱정되네요…… 지금 그대로가 너무 닮았는데요."

그러나 화가는 그 누런 부분에 대해 걱정하는 것임을 알았다. 그래서 눈에 광채와 표정을 좀 더 풍부하게 해 줄 뿐이라고 말하여 그들을 안심시켰다. 그러나 솔직히 말해 너무 부끄러웠으므로 조금은 실물과 비슷하게 그려서 사람들로부터 부끄럽다는 비난을 받고 싶지 않았다. 그런데 사실 손대고 있는 동안에 창백한 아가씨의 얼굴이 프시케의 얼굴에서 서서히 뚜렷하게 떠오르기 시작했다.

"됐어요!"

귀부인은 실물과 너무 똑같아지는 것을 걱정해 그렇게 말했다.

화가는 온갖 칭찬을 다 받았다. 환한 미소를 받기도 하고 그림값을 받기도 하고 알랑거리는 말을 듣기도 하고 진정 어린 악수를 받고 식사에 초대받기도 했다. 요컨대 많은 찬사와 보상을 받았다. 초상화는 온 시내에 큰 소동을 일으켰다. 귀부인은 자기 여자 친구들에게 초상화를 보여 주었다. 모델과 똑같이 그린 데다가 미를 더한 화가의 솜씨에 누구나 다 놀랐다. 그 말을 들었을 때 부인들의 얼굴에 어느 정도 부러워하는 빛이 역력히 나타난 것은 두말할 나위도 없었다. 그런 연유로 화가는 당장 일 더미에 깔리게 되었다. 온 도시가 그에게 그림을 부탁하고 싶어 하는 것 같았다. 쉴 새 없이 초인종이 울렸다. 이것은 한편으로는 여러 가지 모습을 한 많은 인물을 실제 눈앞에 놓고 한없이 재능을 닦을 수 있는 좋은 일이었다. 그런데 곤란한 것은 그런 주문을 하는 사람들은 모두 비위를 맞추기 어려운 위인들로 성급한 사람, 바쁜 사람, 사교계에 몸담고 있는 사람들이었다. 사방팔방에서 들어오는 주문은 그저 훌륭하게 그리고 빨리 그려 달라는 것뿐이었다. 화가는 훌륭한 작품으로 완성하기란 불가능하다는 것을 알았다. 무엇보다도 능숙하고 경쾌한, 그리고 힘있는 붓놀림이 필요했다. 전체를 파악하고 일반적인 표정만을 나타내 주는 것으로 충분했다. 섬세한 부분까지 붓을 댈 필요는 없었다. 요컨대 본질을 철저히 추구한다는 것은 절대 불가능하다는 것을 알았다. 덧붙여 말해야 할 것은, 초상화를 부탁하는 사람은 거의 누구나 제각기 다른 요구를 했다. 귀부인들의 요구는 대부분 마음이나 성격을 초상화에 묘사해 달라고 하는 것이었다. 때에 따라서 전혀 실물에 따르지 말고 모가 난 것은 둥그렇게 하고 결점은 모두 가리거나 깨끗이 지워 달라 하기도 했다. 요컨대 홀딱 반할 정도까지는 못 되더라도 넋을 잃고 볼 정도의 얼굴로 해 달라는 것이었다. 그 때문에 귀부인들은 앉아서 그려지고 있는 동안에도 이따금 화가를 깜짝 놀라게 하는 표정을 지어 보였다. 예를 들면 우울증에 빠진 표정을 지으려는 귀부인도 있었고, 낭만적인 표정을 지으려는 귀부인도 있었고, 또 어떤 귀부인은 어떻게 해서라도 입을 작게 보이려고 힘껏 오므림으로써 머리핀보다도 더 작고 귀엽게 오므린 입을 하는 경우도 있었다. 그러면서도 실물처럼 꾸밈새가 없는 자연스러움이 나타나도록 해 달라고 요구하는 것이었다. 남자들도 귀부인 못지않았다. 어떤 남자들은 힘있고 정력적으로 고개를 돌린 그림을 그려 달라고 요구하는가 하면, 또 어떤 남자는 영감에 넘치는 눈을 들어 위를 쳐다보고 있는 모습을 그려 달라고 요구했다. 어떤 근위대 중위는 눈동자에 꼭 군신이 깃들어 있도록 그려 달라고 주문하고, 지위가 높은 문관은 될 수 있는 대로 솔직함과 고결함이 나타난 표정이되 손은 '항상 정의의 편이었다.' 라는 글자가 똑똑히 쓰인 책 위에 올려놓고 있는 모습이 어떻겠느냐고 하는 것이었다. 맨 처음 화가는 이런 주문에 진땀을 뺐다. 그것은 어느 것이나 머리를 써서 생각을 잘해야 하는데도 주어진 기한은 너무나 짧았기 때문이다. 하지만 그는 곧 무엇이 문제인가를 파악했고 그러고 나서부터는 조금도 힘들지 않았다. 두서너 마디만 들으면 그 사람이 어떻게 그려 주기를 바라는지 짐작할 수 있게 되었다. 군신이 좋다고 하면 얼굴에 군신을 그려 주고, 바이런[26]을 암시하는 자에게는 바이런식의 자세나 동작을 그려 주었다. 코린나[27]든 운디나[28]든 아스파시아[29]든 부인들이 원하는 것이면 무엇이든 기꺼이 동의했다. 또한 자진해서 누구 할 것 없이 고상함을 덧붙여 주었다.

---

26) 조지 고든 바이런(George Gordon Byron, 1788~1824)은 영국의 유명한 낭만파 시인이다.

27) 코린나(Korrina)는 프랑스의 여류 작가 스탈 부인(Madame de Stal, 1767~1827)이 쓴 소설의 제목이자 여주인공의 이름이다.

28) 러시아의 시인 주콥스키가 독일 작가 푸케(Motte Fouqu)의 창작 동화 『운디네』를 바탕으로 하여 쓴 같은 제목의 서사시의 여주인공 이름이다. 운디나(Undina)는 원래 숲의 요정을 의미한다.

29) 아스파시아(Aspasia)는 기원전 5세기의 그리스 여성의 이름이다. 그녀는 재색을 겸비했고, 아테네의 민주 정치가 페리클레스의 애인이었다.

이렇게 하면 어떤 경우에도 때려 부수는 일이 없었으며, 이따금 전혀 닮지 않아도 오히려 화가를 용서해 주는 것이었다. 곧 그는 자기 화필의 훌륭한 경쾌함과 날렵함에 자신도 놀랐다. 그림을 부탁한 사람들은 물론 미칠 듯이 기뻐하며 그를 천재라고 선언했다.

차르트코프는 모든 점으로 보아 유행 화가가 되었다. 식사에 초대를 받아 마차로 여기저기 가거나 귀부인을 동반해 화랑에 가고 심지어는 산책까지도 했다. 화가는 멋있는 옷을 입고 사교계에 몸담아야 하며 체면을 유지해야 했다. 화가 중에는 제화공처럼 입고 예절도, 고상한 태도와 말씨도 모르는 교양 없는 놈이 있다는 둥의 말을 큰소리로 떠들게 되었다. 자택의 아틀리에를 먼지 하나 없이 깨끗이 치우고 훌륭한 하인을 두 사람이나 고용했다. 세련된 제자들을 데려와 하루에도 몇 번씩이나 연미복으로 갈아입혔으며 머리는 파마를 하고 방문객을 맞이할 때는 공손하고 부드럽게 대하도록 가르쳤다. 부인들에게 좋은 인상을 주기 위해 가능한 모든 수단을 구사하여 자기의 얼굴을 아름답게 보이려고 안간힘을 쓰게 되었다. 순식간에 옛날 바실리옙스키섬의 다 쓰러져 가는 집에서 눈에 띄지 않게 일하고 있던 검소한 화가였다는 것을 도저히 생각조차 할 수 없는 사람이 되어 버린 것이다. 이제야 그는 화가나 예술에 관해 신랄한 의견을 털어놓게 되었다. 지나칠 정도로 가치가 너무 높게 매겨진 라파엘로를 포함해, 옛날 화가들이 그린 것은 사람이라기보다는 청어라고 하는 편이 낫다. 어떤 신성성이 존재하는 것처럼 감상자의 상상 속에서 무엇인가 사상이 존재하는 것처럼 생각될 뿐이다. 라파엘로 자신이 직접 그린 것이라 해서 다 훌륭한 것은 아니고 그 작품의 대부분은 전설로만 영광이 유지되고 있을 뿐이다. 미켈란젤로는 해부학 지식을 자랑하려고만 했을 뿐, 그에게서 우아함이라곤 전혀 찾아볼 수가 없다. 진실한 광채나 붓의 힘 그리고 훌륭한 색채를 금세기 지금 당장 찾아볼 필요가 있다.

여기서 당연히 이야기는 자연스럽게 자기에게도 미치는 것이었다.

"아니요, 이해되지 않습니다."라고 그는 말했다. "가만히 앉아서 일에 달라붙어 사는 다른 사람들의 열정 말입니다. 내 생각에 한 폭의 그림을 몇 달씩이나 그리는 사람들이란 노동자이지 예술가는 아닙니다. 천재란 대담하게 그리고 빨리 창조합니다. 예를 들면 내 경우는……."

그는 대부분 방문객을 바라보면서 말했다.

"이틀에 이 초상화를 다 그렸지요. 이 그림은 하루에, 이것은 두세 시간 만에, 이것은 한 시간하고 조금 더 걸려서 그렸어요. 아니, 솔직히 말씀드려서 말입니다…… 저는 선 하나를 그리고 또 그리는 그런 일은 예술이라고 인정하지 않습니다. 그것은 예술이 아니라 수공업입니다."

그가 방문객에게 이렇게 말하면 방문객은 그의 붓 놀리는 힘이 강하고 날렵한 데 놀라고, 그 작품이 굉장히 빨리 만들어졌다는 말을 듣고 탄성을 올리며, 나중에 자기들끼리 말하는 것이었다.

"그 사람은 천재야, 진짜 천재야! 그가 말하는 것을 봐요!

그의 눈이 빛나는 것을 봐요! 그의 용모 전체에는 무엇인가 비범한 데가 있어요!"

자기에 관한 이런 소문을 들으면 화가는 기분이 좋았다. 여러 잡지에 그를 칭찬하는 기사가 나면 제 돈으로 매수해 쓰인 찬사라 할지라도 어린아이처럼 기뻐했다. 그런 기사를 가지고 다니며 그는 자연스럽게 친지들에게 보이고 그것을 순진할 정도로 소박하게 기뻐하는 것이었다. 그의 명성이 날로 높아져 일과 주문도 많아졌다. 하지만 그는 벌써 똑같은 초상화와 얼굴에 진절머리가 나기 시작했다. 그런 것을 그려도 이제는 흥미가 일지 않았으므로 얼굴만 어떻게 애를 써서 그리고 다음은 제자들에게 맡겨 완성시키는 것이었다. 그래도 전에는 이것저것 생각해 무엇인가 새로운 자세를 취하게 하고 힘과 효과를 발휘해 사람들을 놀라게 하려고 했다. 그런데 이제는 그것도 시시해져 버렸다. 궁리하거나 곰곰이 생각하는 데에는 이미 머리가 지쳐 있었다. 그는 이제 그렇게 할 힘이 없었고, 더구나 시간이 없었다. 편안히 놀며 즐기는 생활이나 인기를 얻으려고 이것저것 고심해 온 사교계, 그 모든 것이 그를 노력이나 사색과는 먼 곳으로 데려가 버린 것이다. 붓놀림은 열이 식고 둔해졌다. 그도 어느새 단조롭고 언제나 같아서 새로운 맛이 없는, 벌써 다 써 버린 틀에 박혀 버렸다. 단조롭고 냉랭하고 늘 단정한, 이를테면 단추를 끼운 듯한 군인이나 문관의 얼굴은 아무리 모델이 여럿이라도 붓을 휘두를 여지가 별로 없었다. 붓은 호화롭게 장식하는 것도, 힘찬 움직임을 보이는 것도, 정열을 발휘하는 것도 잊어버렸다. 그룹이나 예술적 드라마나 고상한 각색 따위에 대해서는 할 말이 없었다. 눈앞에 있는 것은 제복이든지 코르셋 그리고 연미복뿐이었는데, 그것을 본 화가라면 오싹함을 느끼고 상상력도 깨끗이 없어질 것이다. 그의 작품에는 이미 흔해 빠진 장점까지도 보이지 않았다. 그래도 그의 평판은 좋았다. 그러나 그를 잘 아는 사람이나 화가들은 그의 최근 작품을 보고는 어깨를 으쓱해 보일 뿐이었다. 옛날의 차르트코프를 아는 사람들은 초기에 이미 분명하게 보여 주었던 그의 재능이 왜 사라져 버렸는지를 이해하지 못했다. 그의 모든 능력을 겨우 꽃피우자마자 그 타고난 재능이 한 인간에게서 어떻게 사라져 버렸는지 그 수수께끼를 풀려고 헛수고를 하는 사람도 있었다.

그러나 이런 소문은 기뻐서 정신을 못 차리는 화가의 귀에는 들리지 않았다. 나이도 들고 지혜도 생겨 사리분별을 할 시기에 들어서기 시작했는데 말이다. 살이 쪄서 보기에도 옆으로 퍼지는 것 같았다. 이제 신문이나 잡지를 보면 "우리의 존경하는 안드레이 페트로비치"라든지 "우리의 명예로운 안드레이 페트로비치"라는 수식어를 읽게 되었다. 또 명예로운 여러 가지 지위에 앉아 달라는 간청도 있었고, 시험에 입회해 달라거나 위원회에 나와 달라거나 하는 초청을 받기도 했다. 존경받을 연령에 이르면 늘 하는 일인데, 그도 이미 라파엘로나 옛날 화가들을 강력하게 지지하기 시작했다. 그것은 그들의 높은 가치를 충분히 인정하기 때문이 아니라 그들을 증거로 젊은 화가들에게 싫은 소리를 하고 싶었기 때문이다. 이런 나이에 들어서기 시작한 사람의 관례가 그렇듯이 그는 젊은이를 보면 예외 없이 부도덕하다든지 정신이 삐뚤어졌다든지 하면서 욕설을 퍼부었다. 또 그는 세상의 모든 것은 단순히 그냥 만들어져 있는 것이 아니라, 정확성과 천편일률의 엄격한 질서에 따라 존재하게 되어 있다고 믿기 시작했다. 요컨대 그의 인생은 힘찬 세력으로 나타나는 것 모두가 내부에서 조그맣게 오그라들어, 힘차게 연주되던 음악 소리도 지금은 약하게 가슴을 울려올 뿐 높고 날카로운 울림이 되어 마음에 메아리치지 않게 되었다. 아름다운 것에 접촉해도 이젠 깨끗한 힘의 불길이 일어나지 않았으며, 모든 감정은 다 타 버리고 금화 소리만이 더 가까이 들려왔다. 금화가 연주하는 유혹적인 가락에 더욱 귀를 기울이게 되어 차츰차츰 그 가락을 들으면 어느덧 마취된 것처럼 되는 그런 연령에 도달해 있었던 것이다. 명예라는 것은 노력에 의해 얻어지지 않고 그것을 훔친 자에게는 즐거움을 가져오지 못한다. 명예는 그것이 합당한 자에게만 늘 가슴이 뛰게 한다. 그렇기 때문에 차르트코프의 기분이나 충동은 완전히 황금으로 쏠리게 되었다. 황금이 그의 정열, 이상, 공포, 즐거움, 목적이 된 것이다. 돈궤 안에 지폐 다발이 부쩍부쩍 늘어나 이 무서운 하늘의 선물을 받은 운명이 찾아온 사람 모두가 그러하듯이 그 역시 금화 외에는 거들떠보지도 않았다. 오직 재미없는 금화만이 목적인 깍쟁이, 사려분별 없는 수전노가 되어, 이 냉혹한 세상에서 흔히 발견되지만 생명과 정으로 가득 찬 사람이 보면, 그 사람의 마음에 심장 대신 송장이 들어가 있어, 움직이는 돌로 된 관처럼 보이는 기괴한 생물 중 하나가 되어 가고 있었던 것이다. 그런데 어떤 사건이 그의 삶을 온통 심하게 뒤흔들어 깨웠다.

어느 날 그가 자기 책상 위를 보니 편지 한 통이 놓여 있었다. 그것은 미술 학교에서 온 것이었는데, 이탈리아에서 공부 중인 러시아인 화가[30]가 그곳에서 새로 보내온 작품에 대해, 존경하는 교우의 한 사람으로 오셔서 의견을 제시해 달라는 내용이었다. 그 화가는 그의 옛 친구였는데 일찍부터 미술에 열정을 바친 성실하고 부지런한 사람으로서 불같은 영혼으로 온 정신을 미술에 쏟아 친구도, 가족도, 몸에 밴 습관도 내동댕이치고 아름다운 하늘 아래서 장엄한 미술 동산이 무르익고 있는 곳, 그 이름만 들어도 화가의 불타는 마음이 넘칠 정도로 심하게 물결치는 기적의 로마로 서둘러 떠났다. 그곳에서 그는 은둔자처럼 일에 몰두하고, 한눈팔지 않고 공부에만 열중했다. 성격이 남과의 사교성이 없다든지, 세상의 예의범절을 지키지 않는다든지, 허름하고 촌스러운 옷차림으로 화가의 체면을 손상시킨다는 등 남이 뭐라 하든 상관하지 않았다. 그는 아무것도 개의치 않고 모든 것을 미술에 바쳤다. 지칠 줄 모르고 미술관에 다니면서 거장들의 작품 앞에 몇 시간씩이나 버티고 서서 훌륭한 화필을 포착해 자기의 것으로 만들려고 애썼다. 그는 자기 작품을 몇 번씩이나 이 위대한 스승의 작품과 비교 검토해 보고, 그 창작품 속에서 무언의 의미심장한 충고를 읽을 때까지는 아무것도 끝내지 않았고, 어떤 경우

---

30) 카를 파블로비치 브률로프(Karl Pavlovich Bryullov, 1799~1852)는 이탈리아에서 공부한 화가로서 국제적으로 높은 평가를 받은 최초의 러시아 화가였다. 대표작으로 「폼페이 최후의 날」이 있다

에도 만족하지 않았다. 그는 떠들썩한 담화나 논쟁에 끼어드는 일이 없었고, 청렴파를 두둔하지도 반대하지도 않았다. 그는 모든 것을 공평하게 보고 나름대로 충분히 경의를 표하며 뛰어난 점만을 유익하게 취했다. 하지만 결국 자기가 스승으로 존경하는 사람은 화성(畵聖) 라파엘로밖에 없다고 마음속으로 다짐했다. 그것은 위대한 시인이 수많은 매력이나 장려한 아름다움으로 가득 찬 온갖 작품을 읽은 다음에, 호메로스의 『일리아드』에 자신이 추구하는 모든 것이 있으며 심오하고 위대한 완벽함이 그 안에 나타나 있음을 발견하고는, 그 작품을 자신의 유일한 전범으로 삼는 것과 같았다. 그 대신 이 화가는 자신이 배운 유파로부터 창작의 위대한 이념이나, 사상의 힘찬 아름다움이나, 멋진 화필의 고상한 매력을 자기의 것으로 승화시켰다.

차르트코프가 홀에 들어가자 벌써 많은 구경꾼들이 떼를 지어 그림 앞에 모여 있는 것이 보였다. 관람객이 많이 모여 있는 장소로서는 보기 드물게 깊고 깊은 침묵이 주위를 온통 지배하고 있었다. 그는 얼른 중요한 미술 전문가 같은 표정을 지으며 그림 앞으로 다가갔다. 그러나 아, 그가 무엇을 보았는가!

그 앞에는 신부처럼 순수하고 티 없이 아름다운 그 화가의 작품이 있었다. 그것은 겸손하고 숭고하며 티 없고 꾸밈이 없어 수호신처럼 모든 사람들 위에 우뚝 솟아 있었다. 천사들은 자기들에게로 집중되고 있는 시선에 놀라 아름다운 속눈썹을 부끄러운 듯이 내리깔고 있는 것처럼 보였다. 감정가들은 아직 본 적이 없는 이 새로운 그림을, 자기도 모르게 경탄하며 조용히 바라보고 있었다. 그 작품에는 모든 것이 응집되어 있는 것처럼 보였다. 고상한 기품 속에는 라파엘로를 연구한 흔적이 엿보였고, 흠잡을 데 없는 완벽한 솜씨에는 코레조를 연구한 성과가 숨쉬고 있었다. 하지만 모든 것을 압도하며 특히 눈에 띈 것은 화가 자신의 영혼에 숨어 있는 창조력이었다. 그림 속의 가장 작은 대상도 그러한 힘으로 가득 차 있었다. 모든 것에 법칙과 내적인 힘이 일관되게 흐르고 있었다. 곳곳에서 포착된 자연 속에 숨겨진 흐르는 듯한 둥근 선의 느낌은 창조력이 있는 화가의 눈에만 보이는 것이다. 모방 화가에게는 모가 나 보이는 것이었다. 분명한 것은 화가가 대상 세계에서 가져온 것 전부를 일단 자기 영혼 속으로 흡수한 다음, 그 것을 마음의 샘에서 꺼내어 조화된 장중한 노래로 만들어 그림에 부어 넣고 있다는 점이었다. 그래서 그림에 대해 잘 알지 못하는 사람까지도 창조와 단순한 자연의 모방 사이에는 측량할 수 없는 심연이 놓여 있음을 똑똑히 느낄 수 있었다. 이 그림을 가만히 응시하고 있는 사람이면 누구 할 것 없이 좋든 싫든 주위를 휘감고 있는 이상한 침묵에 대해 거의 말로 표현할 수 없었고, 옷 스치는 소리 하나, 기침 소리 하나도 듣지 못했다. 그러는 사이에 그림은 사람들 눈에 시시각각 숭고하게 변화되는 것처럼 보였다. 그림은 이 세상 모든 것을 벗어나 더욱더 투명하고 오묘해져 갔다. 마침내 그림 전체가 천상에서 화가에게 날아온 사상이 결실을 맺는 그 순간, 인간의 전 생애가 그것을 위해 마련된 한순간으로 바뀌었다. 그러자 이 그림을 둘러싸고 있던 감상자들의 얼굴에는 자기도 모르게 눈물이 고여 흘러내리게 되었다. 이 숭고한 작품은 제대로 된 미적 취향을 가진 자든, 불손하고 잘못된 경향의 미적 취향을 가진 자든, 모든 사람들을 어떤 무언의 찬가 속으로 융합시키는 것처럼 보였다. 차르트코프는 꼼짝달싹하지 않고 멍청히 입을 벌리고 그림 앞에 서 있었다. 감상자나 전문가들이 조금씩 웅성웅성하며 작품의 가치를 논하기 시작하면서 그에게도 의견을 표명해 주었으면 좋겠다고 하자 그제서야 비로소 정신을 차렸다. 태연하게 여느 때와 같은 태도를 취한 그는 마음이 삐뚤어진 화가에게 흔히 있는 평범하고 속된 의견을 늘어놓으려고 했다.

"그야 물론 이 화가의 재능은 분명히 인정하지 않을 수 없지요. 뭔가 있긴 하지요. 뭔가를 표현하려 했던 것은 알겠습니다. 그러나 중요한 점은……."

물론 거기에 덧붙여 어떤 화가에게나 적용되는 찬사도 하려고 했다. 그랬는데 말이 입술에서 사라져 버리고 그 대신 꼴사납게 눈물이 쏟아져 울음을 터뜨리며 미친 사람처럼 홀에서 뛰쳐나와 버렸다.

잠시 동안 차르트코프는 자기의 호화스런 아틀리에 한가운데 꼼짝달싹하지 않고 멍청히 서 있었다. 전신의 조직과 생명이 한순간에 깨어나 마치 청춘이 다시 돌아오고 사라져 버린 재능의 불꽃이 다시 타오르는 것 같았다. 갑자기 눈을 가리고 있던 것이 날아가 버렸다. 아아! 그 멋진 청춘을 이렇게 무참하게 파멸시켜 버리다니. 어쩌면 가슴속에서 타고 있었을지도 모르는 불길을, 지금쯤이면 웅대하고 아름답게 개화되었을지도 모르는 불길을, 마찬가지로 놀라움과 감사의 눈물이 넘치게 했을지도 모르는 불꽃을 꺼 버리다니! 그 모든 것을 파멸시켜 버리다니! 전혀 아쉬움도 없이 망쳐 버리다니! 이 순간 전에 늘 느꼈던 긴장과 충동이 갑자기 한꺼번에 되살아났다. 그는 붓을 잡고 캔버스로 다가갔다. 그의 얼굴에서는 노력의 결과인 땀이 조금씩 스며 나왔다. 그는 하나의 소망을 갖고 하나의 생각으로 온몸을 불태웠다. 그는 타락한 천사를 그리고 싶었다. 이 생각은 그의 정신 상태에 무엇보다도 딱 들어맞았다. 하지만 아아! 그리고자 한 인물, 자세, 군상, 사상은 거짓말처럼 산산조각 나 버렸다. 화필도 상상력도 이미 지나칠 정도로 하나의 틀로 고정되어 있었다. 자기가 자기에게 씌운 한계나 속박을 부숴 버리려고 해도 헛된 시도였으며, 오류나 잘못을 불러일으킬 뿐이었다. 그는 장차 거장이 되기 위해 차차 지식을 쌓아 나가며 초보적인 기본 법칙을 몸에 익혀야 하는 오랜 기간의 힘든 단계를 무시했던 것이다. 억울하다는 생각이 들고, 울화가 치밀어 올랐다. 그는 최근에 그린 생기가 없는 유행화, 표기병, 귀부인, 그리고 5등관의 초상화를 한 장도 남기지 말고 모두 아틀리에에서 없애 버리라고 명령했다. 아무도 들어오지 못하게 명하고, 방에 혼자 들어앉아 그림 그리기에 몰두했다. 참을성 있는 젊은이처럼, 학생처럼 앉아서 작업을 했다. 그러나 붓끝에서 나오는 것은 전부 아무런 가치도 없을 정도로 비참한 모습만을 드러냈다! 그때마다 그는 가장 근본적인 자연의 힘을 모르기 때문에 벽에 부딪혔다. 단순하고 하찮은 메커니즘이 모든 충동을 없애 버리게 되니, 그는 상상력의 문턱을 뛰어넘을 수 없었다. 붓은 본능적으로 똑같은 형태를 반복할 뿐이고, 두 손도 기계적으로 움직였다. 머리의 방향도 흔히 돌리는 자세로만 그려졌다. 옷의 주름까지도 똑같은 것을 되풀이한 느낌이었으며, 생소한 자세를 그리고 싶었으나 잘되지 않았다. 그도 그것을 느꼈고, 느꼈을 뿐만 아니라 눈으로 직접 보았다!

"그러나 내게는 정말 재능이 있었을까?"라고 그는 마침내 말했다.

"착각한 것은 아닐까?"

이 말을 하고 그는 자기의 옛 작품 앞으로 다가갔다. 그것들은 전에 외딴 바실리옙스키섬의 초라한 오두막집에서 사람들과 풍족함 그리고 온갖 변덕을 멀리하고 참으로 깨끗하고 사리사욕 없는 마음으로 그린 것이었다. 지금 그는 그 앞으로 가서 한 장씩 바라보기 시작했다. 그러자 그 그림들과 더불어 옛날의 가난한 생활이 모두 그의 기억 속에 떠올랐다.

"그렇다!" 그는 절망적인 목소리로 중얼거렸다. "나에게는 재능이 있었다. 어떤 그림을 그리더라도 재능의 눈과 재능의 증거가 보였다⋯⋯."

그는 갑자기 발을 멈추고 온몸을 부르르 떨었다. 자기를 뚫어지게 바라보고 있는 눈길과 마주쳤던 것이다. 그것은 시추킨 시장에서 사 온 그 이상한 초상화였다. 이 초상화는 그 후 내내 다른 그림 밑에 깔려 보이지 않았기 때문에 기억에서 완전히 사라져 버렸던 것이다. 아틀리에를 가득 채우고 있던 유행 초상화나 그림을 전부 없앤 지금, 의도적인 것처럼 그의 젊은 시절의 옛 그림과 함께 그것이 얼굴을 내민 것이다. 차르트 코프는 이 초상화를 둘러싼 이상한 일들을 모두 기억하고, 자신이 변한 책임이 어느 정도 이 초상화에게 있다고 생각했다. 그와 같이 이상한 방법으로 손에 넣은 거금이 자기 마음에 허영과 욕망을 일으키고 결국 자기의 재능을 파멸시켜 버렸다고 생각하자, 분노가 한꺼번에 밀려들었다. 그는 곧 보기도 싫은 초상화를 내가라고 했다. 하지만 그래도 마음의 동요는 가라앉지 않았다. 모든 감각과 모든 신체 조직이 밑에서부터 홀랑 뒤집어졌다. 빈약한 재능이 그 한계를 넘어 모습을 드러내려고 기를 쓰나 되지 않을 때가 있다. 몽상의 세계를 빠져나온 사람에게는 해갈되지 않는 갈증이 되어 버리는 고통이다. 예외적으로 자연계에서 이따금 일어나는 무서운 고통은 젊은이들에겐 우수한 것을 만들어 내는 터전이 될 수 있다. 그는 인간에게 온몸의 털을 곤두세울 정도의 악행을 저지르게끔 하는 무서운 고통을 알았다. 그는 무서운 질투, 미칠 듯한 질투에 사로잡혔다. 재능이 뚜렷하게 나타나 있는 작품을 보는 순간, 그는 화가 치밀어 올랐다. 그는 이를 부드득 갈고 바실리스크[31]와 같은 눈초리로 잡아먹을 듯이 노려보았다. 그의 심중에는 지금까지 인간이 품은 일이 없는 그런 흉악한 계획이 생겨났다. 그는 미친 듯한 기세로 그것을 실행에 옮겼다. 미술 세계가 낳은 명화라고 하는 명화는 모두 사들이기 시작했다.

31) 바실리스크(Vasilisk)는 입김이나 노려보는 시선으로 사람을 죽인다는 전설적인 괴물로서, 반은 새고 반은 뱀의 형태를 띠고 있다.

비싼 값으로 사들여 소중하게 방으로 가져와 호랑이 같은 광포함으로 그림에 달려들어 그것을 찢고, 난도질하고, 만족스런 미소를 지으면서 발로 짓이겨 버렸다. 그때까지 모아 둔 많은 재산 덕분에 그는 이 어처구니없는 소망을 만족시킬 만큼 자금이 풍부했다. 그는 황금 자루를 풀고 돈 상자의 뚜껑을 열었다. 이 흉악한 복수의 악마가 한 것만큼 걸작을 파괴한 무지몽매한 괴물은 그때까지 한 사람도 없었다. 어떤 경매 시장에서든 그가 모습을 나타내기만 하면 누구나 미술품을 손에 넣는 것을 아예 단념해 버렸다. 마치 격노한 하늘이 이 세상에 무서운 재앙을 일부러 보내 전체의 조화를 깨려는 듯이 보였다. 이 무서운 욕망 때문에 그에게서는 어쩐지 섬뜩한 기색이 감돌았고, 그의 얼굴은 늘 분노로 가득 차 있었다. 그의 얼굴에는 이 세상에 대한 저주와 거부가 자기도 모르게 드러나 있었다. 그것은 푸시킨이 이상적으로 묘사한 무서운 악마가 다시 나타난 것처럼 보였다.[32] 그는 입을 열기만 하면 언제나 변함없이 독설과 비난을 퍼부을 뿐이었다. 사람들은 그가 거리에 나가면 하르피이아[33]와 똑같이 생각했으며, 아는 사람들까지도 모두 얼굴을 대하지 않으려고 멀리 피했다. 혹시 얼굴을 마주치기라도 하면, 그날 온종일 기분이 나빠 죽을 지경이었다.

---

32) 푸시킨의 단시 「악마」(1823)를 염두에 두고 말한 것이다.
33) 하르피이아(Harpyia)는 그리스 신화에 나오는 괴물 새로 여성의 머리에 새의 몸을 가져 날개와 날카로운 발톱을 달고 있다. 하르피이아는 죽은 사람의 영혼을 운반한다.

다행스럽게도 세상과 예술에 있어서 그와 같이 긴장되고 폭력적인 생활은 오래 지속될 수 없었다. 약한 생명에게 그런 격정적인 삶은 잘못되어 있었고 너무 힘들었다. 분노와 광기의 발작이 점점 더 자주 일어나게 되었고, 그 결과 마침내 무서운 병이 되어 버렸다. 급성 폐결핵에 동반되는 가혹한 고열이 너무나도 심했기 때문에 그는 사흘 동안 완전히 쇠약해져 차마 볼 수 없는 비참한 모습이 되어 버렸다. 설상가상으로 절망적인 광기의 징후가 자꾸 나타났다. 어떤 때는 사람들도 그의 발작을 말릴 수 없었다. 그에게는 오랫동안 잊고 있었던 이상한 초상화의 살아 있는 듯한 눈이 보이는 것 같았고, 그럴 때 일으키는 광란은 무시무시했다. 자기의 침상을 둘러싸고 있는 사람들 모두가 그에게는 무서운 초상화로 보였다. 초상화가 그의 눈에는 두 배로도, 네 배로도 보였다. 모든 벽에 초상화가 걸려 있고, 살아 있는 눈들이 자기를 뚫어지게 바라보는 것 같았다. 무서운 초상화가 천장에서도 방바닥에서도 노려보았고, 방이 넓어지거나 끝없이 길어졌다. 그리하여 움직이지 않는 눈의 수도 더 많아지는 것이었다. 치료를 담당한 의사도 이미 어느 정도 화가에 대한 이상한 이야기를 듣고 있었다. 그리하여 환자가 꿈속에서 보는 환상과 인생의 사건 사이에 신비한 관계가 있지 않을까 생각해 최선을 다해서 연유를 밝혀내려고 노력했지만 전혀 성공하지 못했다. 환자는 자기의 고통 이외에는 아무것도 모르고 아무것도 느끼지 못했다. 다만 무서운 통곡과 이해할 수 없는 말만 할 뿐이었다. 마침내 이미 말 못 할 정도의 고통이 따르는 최후의 발작을 거치고 그는 숨이 끊어졌다. 그의 시체는 무시무시했다. 그의 막대한 재산 역시 아무것도 남지 않았다. 하지만 수백만 루블 이상의 값이 나가는 비싼 예술품이 찢겨져 난도질당한 것을 보았을 때, 사람들은 그 재산이 얼마나 무섭게 사용되었는지 이해할 수 있었다.

제2부

어느 저택의 입구에 대형 사륜마차, 경사륜마차, 반포장 마차가 여러 대 서 있었다. 그곳에서 부자 예술 애호가들 가운데 어느 한 사람의 소장품 경매가 있었기 때문이다. 이런 부자 미술 애호가라고 하면 제피르와 아무르[34]에 몸을 맡기면서 일평생 단꿈을 꾸고, 문학과 예술의 보호자라고 순진하게 떠들어 대는 소리를 듣고, 그 목적을 위해 조상들이 모은 막대한 재산뿐만 아니라, 종종 자기가 이전에 고생하며 벌어 저축한 수백

---

34) 제피르(Zefir)는 그리스 신화에서 서풍의 신을 말하고, 아무르(Amur)는 극작가 알렉산드르 세르게예비치 그리보예도프(Aleksandr Sergeevich Griboedov, 1795~1829)의 희극 『지혜의 슬픔(Gore ot uma)』에서 원용한 것이다. 옛날 부유한 귀족이 큰돈을 들여 자가 극단을 만들어 자기 저택 안의 극장에서 연극이나 발레를 상연한 것을 가리킨다.

만에 달하는 돈까지도 순박하게 다 써 버렸다. 아시다시피 이런 문예 보호자는 지금은 거의 없고, 19세기 이후로는 종이에 나열되어 있는 숫자로만 자기의 수백만 재산을 즐거워하고 있는 은행가의 따분한 표정만 보게 되었다. 이 저택의 기다란 홀은 방치된 시체에 덤벼드는 탐욕스런 새 떼처럼 몰려온, 형형색색의 옷을 입은 많은 손님들로 꽉 차 있었다. 거기에는 시장이나 고물 시장에서까지 찾아온 러시아 상인들이 독일식의 푸른 프록코트를 입고 한 무리를 이루고 있었다. 여기에서 그들의 태도나 표정은 보통 때보다 어딘지 모르게 의젓하고 자유로웠다. 러시아 상인이 상점에서 손님에게 보이는, 눈웃음을 띠고 굽신굽신하는 자세가 아니었다. 이 넓은 홀에는 귀족도 많이 있었다. 다른 장소라면 그런 귀족들 앞에서 머리를 깊이 숙여 자기 장화에 묻어 들어온 먼지까지도 털었을 터인데, 지금은 조금도 조심하지 않았다. 여기에 온 그들은 전혀 구애됨이 없이 자유롭게 책이나 그림을 만져 보고, 파는 물건의 품질을 알려고 하거나, 감정 전문가 백작들이 올리는 경매가에 용감하게도 장단을 맞추어 낮은 금을 매기는 것이었다. 여기 모인 대다수의 사람들은 아침밥을 거르고서라도 이런 곳에 매일 와야 하는, 경매에 없어서는 안 될 패거리였다. 12시부터 1시까지는 다른 볼일 없이 자기의 수집품을 늘리는 기회로 생각하고 있는 감정가인 귀족들도 있었다. 끝으로 초라한 옷차림에 호주머니도 얄팍하고 탐욕적인 목적이라고는 전혀 없으나 무엇이 어떻게 낙찰되는지, 누가 값을 많이 내고, 누가 값을 적게 부르는지, 누가 누구를 방해하고, 무엇이 누구의 손에 들어가는

지 등등을 구경하기 위해 매일 나타나는 고상한 신사들도 있었다. 무수한 그림들이 그야말로 사방에 마구 흩어져 있었고, 가구나 책도 그것과 뒤죽박죽된 채 널려 있었다. 그런데 그 책에는 옛날 주인 이름의 머릿글자가 적혀 있기는 했지만, 주인은 책을 들춰 보는 호기심이 전혀 없었던 모양이다. 중국의 화병이나 탁상용 대리석 판, 곡선 모양의 그리핀[35]이나 스핑크스나 사자 앞발 등의 장식이 달린 새로운 가구, 헌 가구, 금도금을 한 샹들리에나 도금하지 않은 샹들리에, 램프, 이 모든 것들이 마구 쌓여 있어, 가게에 질서정연하게 진열되어 있는 것과는 하늘과 땅의 차이였다. 전체적으로 미술품의 어떤 카오스를 보이고 있었다. 일반적으로 말해, 경매를 보았을 때 우리가 느낀 기분은 두려움이었고, 전체적으로는 장례식이 거행되는 듯했다. 항상 경매가 행해지고 있는 홀은 왠지 음침했으며 가구나 그림으로 가려진 창으로부터 겨우 빛이 조금 들어올 뿐, 사람의 얼굴에는 침묵이 번지고 경매봉을 두들기는 경매인의 소리는 이상하게도 여기서 만난 가엾은 미술품에 고별하는 조사로 들려왔다. 이런 모든 것이 어쩐지 묘하게 불쾌한 인상을 더욱 부채질하는 것 같았다.

경매는 최고조에 달한 듯해 보였다. 점잖은 사람들이 무리를 지어 함께 움직이면서 무엇인가에 대한 일로 바빴다. "루블, 루블, 루블." 하는 말이 사방에서 들려왔다. 자꾸 올라가는

---

35) 그리스 신화에 나오는 상상의 동물로, 사자의 몸을 하고 독수리의 머리와 날개를 가지고 있으며 등은 털로 덮여 있다.

경매가를 경매인이 복창할 사이도 없이, 이미 첫 경매가의 네 배가 되어 버렸다. 빙 둘러선 사람들은 한 장의 초상화 때문에 바빴다. 조금이라도 그림에 대해 아는 사람이면 누구나 주시하지 않을 수 없는 초상화였다. 화가의 뛰어난 필치가 뚜렷하게 표현되어 있었다. 보기에 이미 몇 번씩 손질하여 새롭게 된 것 같은 그 초상화는 풍성한 옷을 입고 야릇하고 이상한 표정을 짓고 있는 거무스름한 얼굴의 아시아인 같은 사람을 그린 것이었다. 그런데 둘러선 사람들을 놀라게 한 것은 독특한 눈의 생기였다. 그 눈을 자세히 바라보면 볼수록, 보는 사람의 가슴을 찌르는 듯했다. 그 이상야릇함과 화가의 비범한 솜씨는 거의 모든 사람들의 주의를 끌었다. 이 초상화를 둘러싸고 서로 경쟁하던 사람들 대부분이 포기했다. 터무니없이 값이 뛰었기 때문이었다. 이제 남은 사람은 그림 애호가로서 그 방면에서는 잘 알려져 있는 두 귀족뿐이었다. 그들은 이런 진품 구매에서 절대로 손을 떼려고 하지 않는 사람들이었다. 두 사람이 다 완전히 흥분해 버려 그대로 나갔으면 아마 값이 상상할 수 없을 정도로 올라갔겠지만, 그곳에서 지켜보고 있던 사람들 중 한 사람이 갑자기 이렇게 말했다.

"실례지만 두 분의 경합을 잠깐 중단해 주십시오. 어쩌면 다른 누구보다도 제가 그 초상화에 대한 권리가 있는지도 모릅니다."

이 말을 듣는 순간 모두가 일제히 그를 주목했다. 그는 서른다섯 살 정도 되어 보이고 검고 긴 곱슬머리에 균형 잡힌 몸매의 사나이였다. 어딘지 모르게 밝고 여유 있고 즐거워 보이는 얼굴이 속세의 번거롭고 복잡한 일을 전혀 모르는 영혼의 소유자 같았다. 입고 있는 옷 역시 유행을 의식한 면이 조금도 없었다. 모든 것이 예술가다운 분위기를 풍겼다. 사실 이 인물은 B라는 이름의 화가로서 거기에 있던 많은 사람들과 개별적으로 안면이 있는 터였다. 그는 모두가 자기를 주목한 것을 보면서 말을 계속했다.

"제 말이 여러분에게는 이상하게 들리시겠지만, 이야기를 들어 보시고 나면 아마 맞는 말이구나 하고 이해하실 겁니다. 아무리 보아도 그 초상화야말로 제가 찾고 있는 것이 틀림없다고 생각되니까요."

지극히 당연한 호기심이 거의 모든 사람들의 얼굴에 나타났고, 경매인까지도 입을 멍청히 벌리고 손에 나무 방망이를 쳐든 채 이야기를 들어 보려는 눈치였다. 이야기 서두에는 초상화에 눈길을 돌리는 사람도 많았지만, 이야기가 흥미진진하게 전개됨에 따라 곧 모든 사람의 눈은 말하는 사람에게로 빨려들어갔다.

"여러분도 잘 아시는 바와 같이 이 도시에는 콜롬나라고 하는 지역이 있습니다."

그는 모여 있는 사람들을 둘러보며 이야기를 시작했다.

"그곳은 페테르부르크의 다른 지역과는 전혀 다릅니다. 그곳은 수도도 아니고 시골도 아닙니다. 콜롬나 거리에 발을 들여놓으면 젊은 희망이나 충동이 모두 사라져 버리는 것 같습니다. 거기엔 미래도 없습니다. 모두가 조용하고 은퇴 생활을 하는 것과 같습니다. 모두가 수도에서의 삶이 남긴 앙금처럼 가라앉아 있습니다. 거기로 이사 오는 사람들은 퇴직한 관리라든지, 미망인이라든지, 원로원에 친분이 있어 거의 평생을 거기에 눌러앉기로 한 부유하지 못한 사람들입니다. 온종일 몇 군데 시장을 빙글빙글 돌며 구멍가게 남자와 잡담을 하기도 하고 매일 커피 5코페이카어치와 설탕 4코페이카어치를 사러 오는 하녀라든지, 그 밖에 한마디로 말해 회색 인간이라고 부를 수 있는 부류의 사람들뿐입니다. 그들은 입고 있는 옷, 얼굴, 머리카락, 눈 모두가 왠지 모르게 탁한 회색으로서, 비가 올 듯한 하늘도 아니고 맑은 하늘도 아니고 정말로 이도 저도 아닌 날씨 같은 외모의 인간들입니다. 안개가 끼어 물건이 어렴풋하게밖에 보이지 않는, 그런 날씨와 같은 외모의 인간들입니다. 또 퇴직한 극장 안내원이라든지, 퇴직한 9등관이라든지, 한쪽 눈이 없어지고 입술이 부은 군신(軍神) 마르스의 은퇴한 생도들을 더 추가할 수 있습니다. 이런 사람들은 감정에 동요되지 않고 냉담합니다. 걸으면서도 어떤 것에도 눈길을 주지 않고, 아무것도 생각하지 않고 조용합니다. 방에는 가구가 별로 없습니다. 종종 순 러시아산 보드카만이 한 병 덩그러니 있을 뿐이고, 그들은 이것을 하루 종일 단조롭게 한 모금씩 마시지만 머리가 핑핑 돌 정도로 취하지는 않습니다. 여하튼 주일마다 대개 한 잔씩 하는 젊은 독일인 직공처럼 마구 마시지는 않습니다. 이 독일인들은 용감한 자들입니다. 밤 12시가 지날 때까지 보도를 독차지하는 메샨스카야 거리의 난폭자들입니다.

콜롬나에서의 생활은 무서울 정도로 외롭습니다. 사륜마차는 가끔 보입니다. 가끔 배우들이 탄 마차가 지나갈 정도이며, 덜거덕덜거덕, 덜컹덜컹, 달가닥달가닥 하는 소리가 사방의 정적을 흔들어 놓습니다. 거기는 모두가 걸어다니는 사람들뿐입니다. 마차는 거의 손님 없이 느릿느릿 다니고, 이제는 쓸모없어진 수염이 난 늙은 말이 건초를 싣고 터덜터덜 걸어갑니다. 월 5루블의 집세로 매일 아침 커피가 나오는 아파트를 찾을 수 있습니다. 연금을 받고 있는 미망인들이 최고의 귀족 가문입니다. 그들은 훌륭하게 행동하고, 자주 방을 깨끗이 청소하고, 쇠고기와 양배추의 값이 오른 것을 친한 여자친구들끼리 서로 이야기합니다. 이런 미망인들에게는 종종 젊은 딸, 그러니까 말이 없고 입이 무겁지만 때로는 귀여운 딸이나 더러운 개와, 시계추 소리가 구슬픈 벽시계가 있기도 합니다. 그 다음엔 봉급 때문에 콜롬나를 떠나지 못하는 배우들이 있습니다. 즐거움을 위해 살고 있는 모든 예술가들이 그러하듯이 그들은 자유인입니다. 실내복을 입고 앉아 권총을 수리하거나, 두꺼운 종이를 붙여 집에서 이용할 수 있는 여러 가지 물건을 만들거나, 찾아온 친구들과 장기나 카드놀이를 하면서 오전을 보내고 때때로 밤에 폰스 주[36]를 마시며 같은 일을 합니다. 콜롬나의 권세가나 귀족 계급 외에는 대다수가 특별히 망가진 하찮은 존재들입니다. 그들을 어떻게 부르면 좋을지, 그것은 오래된 식초에 생긴 수많은 벌레를 하나하나 세는 것처럼 어렵습니다. 기도하는 노파도 있고, 술 취한 노파도 있습니

36) 럼에 물을 타고 설탕이나 과일을 넣어 한 번 끓인 다음 식힌 음료이다.

다. 동시에 기도도 하고 술에 취한 노파도 있습니다. 낡은 옷이나 내복을 칼린킨 다리의 고물 시장에서 개미처럼 끙끙거리며 날라다가 15코페이카에 팔려고 하는, 생계 수단이 무엇인지 모르겠지만 겨우 연명하는 노파도 있습니다. 요컨대 인류의 가장 불행한 잔재로서, 어떤 자비로운 정치 경제학자일지라도 그들의 생활을 향상시켜 줄 방법을 찾기는 어려울 것입니다.

제가 이런 사람들을 인용한 것은, 사실 이 사람들은 갑자기 일시적인 도움이 필요할 때 할 수 없이 빚을 내야 하는 형편에 있으며, 그럴 때 담보를 잡고 적은 돈을 높은 이자로 빌려주는 일종의 특별한 고리대금업자가 그들 사이에 살고 있다는 것을 여러분에게 알려 드리기 위해서입니다. 이런 소규모 고리대금업자들은 어떤 큰 고리대금업자보다도 몇 배나 냉혹합니다. 왜냐하면 그들은 가난 속에서 장사를 하기 때문입니다. 그들은 사륜마차를 타고 오는 사람들만을 상대하는 부유한 고리대금업자가 외면하는, 누구나 알아볼 수 있는 거지 누더기를 입고 장사하는 가난한 사람들인 것입니다. 다시 말하면 이미 오래전에 인간다운 감정이 정신 속에서 죽어 버렸기 때문입니다. 이런 고리대금업자 중 한 사람이 있었습니다……. 제가 지금 말씀드리려고 하는 사건은 지난 세기, 그러니까 여황제 예카테리나 2세 폐하의 통치 시대에 생긴 사건임을 말해 두는 편이 좋을 것 같습니다. 여러분 자신이 더 잘 아시다시피, 콜롬나의 모습 자체도, 그 안에서의 생활도 이젠 괄목하게 변화되었음이 틀림없습니다. 그것은 그렇다 치고 방금 말씀드린 고리대금업자 중 한 사람, 즉 모든 점에서 색다른 한 사람이 이 구역에 살고 있었습니다. 그는 아시아식의 너덜너덜한 옷을 입고 있었습니다. 거무스름한 안색은 남쪽 지방 출신임을 보여 주었지만, 분명히 그가 어느 나라 사람인지, 예를 들면 인도인인지 그리스인인지 페르시아인인지는 아무도 정확히 알지 못했습니다. 유별나게 키가 크고 까무잡잡하고 여위고 지친 얼굴을 하고 있어, 그 안색에 이해하기 어려운 무서움이 감도는 사람이었습니다. 이상하게 빛나는 커다란 눈에는 짙은 속눈썹이 드리워져 있었으므로 수도의 회색 주민들과는 큰 차이가 나는 특별한 존재였습니다. 그의 주택도 다른 작은 목조 가옥과는 달랐습니다. 그것은 석조로 된, 옛날 제노바 상인들이 많이 세운 것 같은 집으로, 모양이 같지 않은 크고 작은 여러 창문에는 덧문과 빗장이 질러져 있었습니다. 이 고리대금업자는 거지 노파를 비롯하여 낭비벽이 있는 황실의 고관대작에 이르기까지 누구에게나 필요한 만큼의 돈을 빌려줄 수 있는 자금력을 가지고 있다는 점에서 이미 여느 고리대금업자와는 달랐습니다. 그의 문전에서는 번쩍번쩍 빛나는 사륜마차를 언제나 볼 수 있었으며, 때로는 창문을 통해 호화로운 차림을 한 귀부인의 얼굴이 보이는 일도 있었습니다. 소문은 여느 때처럼 퍼졌습니다. 그의 철갑 상자들에는 셀 수 없을 정도의 돈과 귀금속 그리고 보석류와 온갖 증서가 가득 차 있었습니다. 그러나 다른 고리대금업자에게서 볼 수 있는 탐욕은 조금도 없었습니다. 그는 기꺼이 돈을 빌려주고, 지불 기간도 상대편에게 유리하도록 편의를 도모해 주는 것 같았습니다. 그러나 어떤 이상한 계산법을 사용하기 때문에, 엄청난 이자가 붙어 갚을 돈이 무진장 불어나 버렸답니다. 네, 대충 이런 소문이었습니다. 그런데 무엇보다도 이상하고 많은 사람들이 놀라지 않을 수 없었던 것은, 이 사나이로부터 돈을 빌린 사람은 누구나 이상한 운명에 처했습니다. 모두가 다 불행한 죽음을 당했다는 것입니다. 그것이 단순히 사람들의 생각인지, 미신적인 어리석은 소문인지, 아니면 일부러 퍼뜨린 소문인지 알려지지 않은 채 남아 있었습니다. 그러나 길지 않은 시간에 모두가 보고 있는 앞에서 생긴 몇 가지 실례는 생생하고 놀라웠습니다.

당시의 귀족 계급 중에는 젊은 시절부터 정치 무대에서 발군의 활동을 하여 곧 주목을 끈 명문 출신의 청년이 있었습니다. 그는 모든 진실한 것과 고상한 것의 열렬한 숭배자였습니다. 예술과 지성의 옹호자였기 때문에 앞으로 문예 보호자가 되도록 예정된 인물이었습니다. 곧 그는 여황제의 눈에 들어 그가 요구한 요직을 얻었고, 거기서 학문과 복지 전반을 위해 많은 일을 했습니다. 이 청년 고관은 주변에 화가나 시인 그리고 학자를 모았습니다. 그는 모든 사람들에게 일을 맡기고 격려해 주고 싶었습니다. 그래서 자기의 재산을 투자하여 유용한 출판을 많이 하기도 하고, 여러 예술 작품의 제작을 의뢰하기도 하고, 또 장려금을 준다고 발표하기도 했습니다. 그런 것에 막대한 돈을 들였으니 결국 파산해 버렸습니다. 그런데 이 고관은 모든 일에 도량이 넓은 사람이었기 때문에 자기 사업에서 손을 떼고 싶지 않았습니다. 그리하여 돈을 빌려주는 사람이 없나 하고 사방을 돌아다니다가 마침내 그 유명한 고리대금업자를 찾아갔습니다. 고리대금업자로부터 거액의 돈을 빌린 후부터 그 사람은 잠깐 동안에 사람이 완전히 달라져 버렸습니다. 두뇌나 재능을 키우려고 하는 사람들의 박해자가 되었지요. 어떤 저작이든지 나쁜 면만 보고, 말 한마디 한마디에 곡해를 했습니다. 그 무렵, 불행하게도 프랑스 혁명이 일어났습니다. 이 사건은 갑자기 그의 온갖 추악한 언행의 무기가 되었습니다. 그는 만사에 어떤 혁명적인 경향이 있다고 보고, 모든 일에 그 암시가 반영되어 있는 것처럼 느꼈습니다. 너무도 의심한 나머지 마침내 자기 자신까지도 의심하기 시작했고, 몸서리칠 만한 거짓 밀고를 하여 수많은 불행한 그림자를 만들어 냈습니다. 물론 이런 행위가 여황제의 귀에 들어가지 않을 리 없었지요. 관대한 폐하께서는 깜짝 놀라시며, 군주의 고귀한 영혼을 보이시고 감사 말씀을 하셨습니다. 그 말씀은 우리에게 정확히 전해지지는 않았지만, 그 심장한 의미는 많은 사람들에게 강한 인상을 주었습니다. 여황제 폐하께서 말씀하셨습니다.

'군주 정치하에서 고매하고 고상한 정신 활동이 억압당하거나 지혜 창조와 시 창작, 미술 제작이 경시되거나 박해받는 일이 없다. 오히려 지금까지 군주 한 분만이 이들의 보호자였다. 셰익스피어도 몰리에르[37]도 군주들의 두터운 보호를 받

---

37) 몰리에르(Molire), 본명은 장밥티스트 포클랭(Jean-Baptiste Poquelin, 1622~1673)으로, 프랑스 고전 희극의 대가로서 수많은 풍자적인 희극을 썼다.

왔다. 단테는 공화제의 고국에서 살 곳을 발견하지 못했다. 진정한 천재는 군주와 국가가 빛나고 위세를 떨치는 시대에 생겨나는 것이지, 공화제의 정치적 난맥 현상이나 테러리즘의 시대에 태어나지 않았다. 지금까지 공화제 국가에서는 단 한 명의 시인도 나오지 않았다. 시인들이나 화가들에게는 명예를 주어야 한다. 왜냐하면 이런 사람들은 동요나 불평이 아니라 오직 평화와 아름다운 고요함을 영혼 속에 가져다주기 때문이다. 학자나 시인 등 많은 예술가들은 황제의 왕관에 박힌 진주나 다이아몬드이고, 그들이 존재함으로써 위대한 군주 시대는 아름답게 채색되어 그 빛을 한층 더 빛나게 한다.'

여황제 폐하께서 그런 말씀을 하실 때 숭고할 정도로 아름다웠다고 합니다. 노인들이 눈물을 흘리며 그런 이야기를 하던 것을 저는 기억하고 있습니다. 그 일을 실현하는 데 모든 사람이 참여했습니다. 여기서 우리의 국민적 자랑인 명예를 위해 말씀드리겠습니다. 러시아인의 심장에는 학대받는 자의 편이라는 아름다운 마음이 항상 넘치고 있습니다. 신용을 지키지 못한 그 고관은 본보기로 벌을 받고 직위에서 해제됐습니다. 그러나 그는 그것보다도 훨씬 무서운 벌을 동포들의 얼굴에서 읽었습니다. 그것은 모든 사람들이 나타내는 분명한 경멸이었습니다. 허영에 찬 영혼은 큰 고통입니다. 그것을 말로 다 표현할 수 없을 정도입니다. 자존심, 배신당한 공명심, 깨어진 희망, 이 모든 것이 한데 엉켜 무서운 광기와 광포함 속에서 그는 생을 마쳤습니다.

또 다른 놀라운 실례도 역시 모든 사람들이 보고 있는 앞에서 일어났습니다. 당시 수도의 북쪽 지역에 미인이 많았지만 그중에서도 뛰어나게 아름다워 누구와도 견줄 수 없는 여자가 있었습니다. 그 여자는 이 북방의 아름다움과 남방의 아름다움을 합쳐 놓은 어떤 기적의 융합이요, 이 세상에서 드물게 눈에 띄는 보석과 같은 미인이었습니다. 저희 아버지도 평생에 그런 미인은 한 번도 본 적이 없다고 인정하셨지요. 부(富), 지성, 영혼의 매력, 이 모든 것을 그녀는 겸비하고 있는 것 같았습니다. 구혼자들도 무리를 이룰 정도로 꽤 많았으나, 그중에서도 제일 눈에 띄는 사람은 R이라는 공작이었습니다. 어느 젊은이보다도 훌륭하고 귀한 가문의 사람으로서 얼굴도 가장 잘생겼고, 기사처럼 대범한 성품을 가진 사람이었습니다. 그야말로 모든 점에서 소설이나 여성이 최고의 이상으로 삼고 있는 그랜디슨 경[38]과 같은 인물이었습니다. 그 R공작은 그녀를 미친 듯이 열렬히 사랑했습니다. 그녀도 그를 불처럼 뜨겁게 사랑했습니다. 그러나 친척들은 그들이 어울리지 않는 쌍이라고 생각했습니다. 공작의 세습 영지는 이미 오래전부터 그의 것이 아니었고, 가족은 여황제 폐하의 총애를 잃었으며, 나쁜 경제 사정도 이미 세상에 알려져 있었기 때문입니다. 그런데 어느 날 공작은 경제 사정을 회복시킨다면서 갑자기 수도를 떠났다가 얼마 후 곧 믿기지 않을 정도로 호화롭고 번쩍거리는 모습으로 나타났습니다. 그는 호화로운 무도회

---

38) 영국의 작가 새뮤얼 리처드슨(Samuel Richardson, 1689~1761)의 소설 『찰스 그랜디슨 경(Sir Charles Grandison)』의 주인공 이름이다.

나 파티를 열어 궁궐에까지 이름이 알려지게 되었습니다. 그 미인의 아버지도 호의를 갖게 되어 장안에서 최고의 관심을 불러일으킨 결혼식을 올리게 되었습니다. 도대체 어떻게 해서 그런 급격한 변화가 일어나 돈 많은 구혼자가 되었는지, 그것을 설명한 사람은 아무도 없었습니다. 그런데 그가 어떤 고리 대금업자와 어떤 계약을 맺고 돈을 빌렸다는 소문이 나돌았습니다. 그러나 어쨌든 이 결혼은 장안의 모든 관심을 모았습니다. 신랑도 신부도 사람들로부터 부러움을 샀습니다. 두 사람의 뜨겁고 변함없는 사랑이나, 양측이 참고 견딘 오랜 고뇌나, 그들의 고상한 인품이 누구에게나 알려져 있었기 때문입니다. 정열적인 여자들은, 이 젊은 부부는 즐거운 생활을 하며 천국의 축복을 받을 것이라고 미리 예상했습니다. 그런데 모든 일이 전혀 다른 결과로 끝났습니다. 한 해 동안에 남편에게 무서운 변화가 일어났습니다. 그때까지 고결하고 아름답던 성격이, 의심만 하는 질투와 편협과 변덕을 끝없이 반복하는 성격으로 변했습니다. 그는 폭군이 되었고 아내를 괴롭히는 자가 되었습니다. 이렇게 되리라고는 아무도 예상하지 못했습니다. 가장 잔인한 행동을 하고, 폭행까지도 하게 되었습니다. 한 해 동안 그 미녀는 얼마 전까지만 해도 아름다움으로 빛나고 수많은 숭배자를 매혹시켰던 여자였다는 것이 믿기지 않을 정도로 변했습니다. 마침내 가혹한 운명을 더 이상 참을 수 없어 그녀가 먼저 이혼 이야기를 꺼냈습니다. 남편은 그 말을 듣고 미치광이처럼 광포해졌습니다. 미쳐 날뛰더니 갑자기 칼을 들고 아내 방으로 뛰어들었습니다. 만일 그를 끌어안고 말리는 사람이 없었더라면, 그 자리에서 그녀를 찔러 죽였을 것이 틀림없습니다. 그는 정신없이, 절망적인 발작이 일어나 자기 몸에 칼을 꽂고 무서운 고통 속에서 삶을 마감했습니다.

사람들이 보는 앞에서 일어난 이 두 가지 실례 외에 가난한 사람들 사이에서 일어난 여러 가지 사건들 역시 대부분이 무서운 결과로 끝났다고 합니다. 예를 들면 성실하고 술도 마시지 않던 사나이가 술주정뱅이가 되거나, 상점의 점원이 주인의 재산을 몽땅 횡령하거나, 수년 동안 성실하던 마부가 얼마 안 되는 돈 때문에 승객을 죽였다는 것입니다. 이런 사건들은 자칫하면 말에 꼬리를 달아 전해지기 때문에 겸손한 콜롬나 주민들에게 어떤 본능적인 공포감을 안겼습니다. 그 사람에게 악마의 힘이 있다는 것을 아무도 의심하지 않았습니다. 사람들의 말에 따르면 머리털이 곤두설 정도의 깜짝 놀랄 조건으로 돈을 꾼 그 불행한 사람은 나중에라도 남에게 그 조건을 알릴 수 없다는 겁니다. 그 사람의 돈은 타 버리는 성질이 있어 저절로 뜨거워져 빨갛게 된다, 어떤 이상한 표시가 되어 있다는 등…… 요컨대 온갖 나쁜 소문이 다 나돌았습니다. 그런데 다행히도 모든 콜롬나 주민, 그러니까 가난한 노파나 말단 공무원 그리고 무명 배우 등, 이렇게 비천한 사람들이 무서운 고리대금업자에게 가기보다는 차라리 극빈한 생활을 참는 편이 낫다고 너나없이 동의했습니다. 사실 영혼을 파멸시키기보다는 자기 육체를 죽이는 편이 낫다고 하며 굶어 죽은 노파도 있었습니다. 길에서 그를 만나면 본능적으로 두려워했습니다. 걸어오던 사람은 조심스럽게 피해 있다가, 한참 후에 뒤를 돌아다보고, 멀리 사라져 가는 지나치게 키가 큰 그의 모습을 한참 동안 바라보았습니다. 그의 모습은 이미 너무 특별했기 때문에 본능적으로 이 사나이는 초자연적인 존재라는 것을 누구나 느낄 수 있었습니다. 인간에게는 있을 것 같지 않을 만큼 깊이 주름이 새겨진 그 강렬한, 타오르는 듯한 구릿빛 얼굴, 유별나게 짙은 눈썹, 참기 어려운 무서운 눈, 아시아식 복식의 상당히 넓은 주름, 이 모든 것이 그의 육체에서 일어나는 욕망 앞에서는 다른 사람의 욕망이 모두 퇴색해 버리는 듯한 느낌을 주는 것이었습니다. 저희 아버지는 이 사나이와 만날 때마다 매번 서서 가만히 바라보았습니다. 그때마다 '악마다, 틀림없는 악마다!'라고 말하지 않고는 배길 수 없었다고 합니다. 그런데 여기서 즉시 여러분에게 저희 아버지를 소개해야 될 것 같습니다. 바로 저희 아버지가 이 이야기의 주인공이기 때문입니다.

저희 아버지는 모든 점에서 매우 훌륭한 분이셨습니다. 드물게 볼 수 있는 화가로서 러시아만이 그 무한한 풍요의 품속에서 낳을 수 있는 기적적인 인물 가운데 한 분이셨지요. 그분은 스승이나 학교도 없이 자기 자신의 마음속에서 원리나 법칙을 발견하여 개선하고자 하는 마음가짐으로 오로지 연구에만 전념한 독학 예술가였습니다. 그분은 마음이 명하는 미지의 길만을 따라 걸었던 화가였습니다. 동시대 사람들은 자주 '무식한 놈'이라는 모욕적인 말과 함께 그를 비난했지요. 그러나 그분은 자신의 실패와 사람들의 비난에도 굴하지 않고 새로운 정열과 힘을 모아 분발했습니다. 그분은 이미 마음속에서 '무식한 놈'이라는 비난의 원인이 된 작품을 뛰어넘었습니다. 아버지는 내면의 뛰어난 직관력에 의해 모든 사물 속에는 사상이 깃들어 있다는 것을 감지했습니다. '역사화'라는 말의 참뜻을 스스로 깨달았습니다. 라파엘로, 레오나르도 다빈치, 티치아노, 코레조 등이 그리는 극히 평범한 두상이나 초상화가 왜 '역사화'로 불려지는지를 이해했던 겁니다. 그에 비해 역사적 사건을 그린 거대한 그림이 여전히 역사화를 그리려고 한 화가의 의욕에도 불구하고 왜 여전히 '풍속화 장르'가 되는지도 그 원인을 규명했습니다. 그런데 그분은 내적 감정과 자신의 신념에 따라 최고의 궁극적 존재인 기독교를 대상으로 해서 붓을 휘두르려고 했습니다. 아버지에게는 많은 화가들의 성격에서 볼 수 있는 공명심과 흥분하는 성향이 없었습니다. 아버지는 굳건한 성격이었으며 정직하고 솔직한 사람이었습니다. 얼른 보기에는 약간 굳은 표정을 짓고 있어서 거칠게 느껴질지 모르지만, 마음에는 약간의 자존심만 남아 있었습니다. 다른 사람에 대해서는 관대하면서도 날카롭게 의견을 말했습니다. 보통때는 늘 이렇게 말했고요.

'무엇 때문에 남의 일에 상관하나? 그들을 위해 일하는 것이 아닌데. 내 그림을 거실에 가지고 들어갈 생각은 없으니, 교회에 걸어두겠다. 날 이해해 주는 자가 있다면 감사할 것이고, 이해해 주지 않는 자라도 역시 하느님께 기도할 것이다. 세상 사람들이 그림을 이해해 주지 않는다고 해서 그들을 비난하지 않을 것이다. 그 대신 그들은 카드놀이를 잘하고 맛있는 술이나 말의 의미를 알고 있다. 지주 귀족들이 어떻게 그 이상을 알겠는가? 다시 이것저것 손을 대거나 영리한 것처럼 군다면, 아마도 그는 모든 사람에게 신세를 지거나 걱정을 끼칠 게다! 사람에게는 각자의 길이 있기 때문에, 각자가 좋아하는 것을 하게 내버려 두면 된다. 내 생각이지만, 모르는 것도 아는 체하고 남을 타락시키거나 더럽히는 사람보다는, 모르면 모른다고 솔직히 말하는 사람이 훨씬 훌륭하다.'

아버지는 적은 보수를 받고 일했습니다. 다시 말해 가족을 부양하거나 일을 하는 데 필요한 만큼의 보수만 받았습니다. 그뿐만 아니라 어떤 경우에도 거절하지 않고 남을 도와주었으며, 가난한 예술가에게 도움을 주었습니다. 조상에게 순박하고 경건한 믿음을 바치고 있었기 때문인지는 몰라도 아버지가 그린 초상화에서는 빛나는 재능의 소유자라도 그려 낼 수 없는 고결한 표정이 저절로 나타났습니다. 그리고 자기 일을 계속하고 자기에게 예정된 길로 매진한 결과, 배우지 못한 자, 완전한 독학자라며 욕하던 사람들로부터도 마침내 존경을 받게 되었습니다. 교회에서 그림 주문이 끊이지 않아 쉴 새 없이 일했습니다. 그러는 중에도 어떤 일이 아버지의 마음을 굳게 사로잡았습니다. 그 주제가 무엇이었는지는 분명하게 기억나지 않습니다. 다만 그림 속에 악마를 그려야 했다는 것만 알고 있습니다. 아버지는 악마를 어떤 모습으로 그릴까 오랫동안 생각했습니다. 아버지는 인간을 괴롭히는 온갖 고통을 이 악마의 얼굴에 그리고 싶었던 겁니다. 이런저런 생각에 빠져 있을 때 이따금 신비적인 고리대금업자의 얼굴 모습이 아버지의 머릿속을 스치고 지나갔습니다. 그러다가 아버지는 본능적으로 생각했습니다.

'그 사나이를 모델로 해서 악마를 그리면 되겠다!'

그런데 어느 날 아버지가 아틀리에서 일을 하고 있는데, 문을 두드리는 소리가 나더니 그 뒤로 그 무서운 고리대금업자가 불쑥 들어왔습니다. 아버지는 깜짝 놀랐습니다. 속으로 무엇인가 떨리고 본능적으로 몸에 오싹 소름이 끼치는 것을 느끼지 않을 수 없었다고 합니다.

'화가요?'

그 고리대금업자는 아버지에게 격의 없이 물었습니다.

'그렇습니다만……'

아버지는 앞으로 어떻게 될까 생각하면서 망설이다가 대답했습니다.

'좋습니다. 내 초상화를 그려 주시오. 난 곧 죽을지도 모르고 아이들도 없어요. 그래도 완전히 죽고 싶지는 않고, 살고 싶소. 완전히 살아 있는 것처럼 초상화를 그릴 수 있겠소?'

아버지는 생각했습니다.

'잘됐군. 악마가 직접 그림을 그려 달라고 하다니.'

그래서 약속했습니다. 두 사람은 기간과 값을 정했습니다. 다음날 즉시 아버지는 팔레트와 붓을 들고 고리대금업자의 집으로 갔습니다. 높은 저택과 개들, 철문과 빗장, 반원형의 창문, 이상한 융단으로 덮인 궤짝, 그리고 끝으로 아버지 앞에 가만히 앉아 있는 바로 그 독특한 주인, 이 모든 것이 이상한 인상을 주었습니다. 모든 창문이 의도적으로 아래부터 쌓아 올려진 짐으로 가려져 있기 때문에 빛은 위에서만 들어오게 되어 있었습니다.

'음, 지금 빛이 얼굴을 잘 비추고 있구나!'

아버지는 중얼거리면서 이 환상적인 조명이 어쩌다가 없어지지나 않을까 하고 걱정하는 듯이 열심히 그리기 시작했습니다.

'대단한 힘이다!'

아버지는 혼잣말을 했습니다.

'지금 눈앞에 있는 사실 그대로를 반만이라도 그릴 수 있다면, 그는 내 모든 성자나 천사들을 죽이겠다. 성자와 천사들은 이것 앞에서 생기를 잃겠군. 악마적인 힘이 대단해! 조금이라도 이 본성에 충실하게 그린다면, 이놈은 내 캔버스에서 그냥 뛰어나올 거야. 굉장한 얼굴이다!'

아버지는 끊임없이 이렇게 반복하면서 더욱더 열심히 그렸습니다. 한쪽 캔버스 위에 어느 정도의 얼굴 모습이 드러나기 시작한 것을 직접 보았습니다. 그러나 실물을 닮아 가면 갈수록, 아버지는 자기도 모르게 답답하고 불안한 기분에 빠져드는 것을 느꼈습니다. 그러나 그럼에도 불구하고 아버지는 알아채기 힘든 어떠한 특징이나 표정까지도 모두 정확하게 그리려고 굳게 다짐했습니다. 무엇보다도 먼저 눈을 완성했습니다. 그 두 눈에는 무서운 힘이 가득 차 있었기 때문에 실물대로 정확하게 그리는 것은 불가능한 것 같았습니다. 그러나 아버지는 어떻게 해서라도 세밀한 특징이나 뉘앙스를 끝까지 추구해 그 비밀을 밝히려고 했습니다……. 그런데 눈을 똑바로 포착하여 깊숙한 데까지 붓으로 그리기 시작하자마자 어떤 이상한 혐오감과 불쾌감, 답답한 기분이 들어 잠시 붓을 놓았다가 다시 들어야만 했습니다. 마침내 아버지는 더 이상 참을 수 없었습니다. 그 눈이 아버지의 마음에 꽂혀 이해하기 어려운 불안을 일으키는 것을 느꼈던 겁니다. 다음날도 또 셋째 날도 시간이 지남에 따라 그 불안은 더욱 심해졌습니다. 아버지는 무서워졌습니다. 마침내 붓을 던지고 더 이상 그리지 못하겠다고 단호하게 거절했습니다. 이 말을 들은 그 이상한 고리대금업자의 태도가 어떻게 변했는지를 볼 필요가 있습니다. 그는 아버지의 발밑에 엎드려, 제발 초상화를 완성해 달라고 빌었답니다.

 '이 세상에서의 나의 운명과 생존은 이 초상화에 달려 있습니다. 이미 붓을 잡고 살아 있는 얼굴을 그리기 시작하지 않았소. 만일 얼굴을 충실히 그려 준다면, 나의 생명은 초자연적인 힘에 의해 초상화 속에 깃들어서, 완전히 죽지 않을 거요. 그리고 나는 아직 이 세상에 살 필요가 있소.'

 아버지는 그 말을 듣자 소름이 끼쳤고, 너무나 이상하고 무서웠기 때문에 붓도 팔레트도 던져 버린 뒤 황급히 방 밖으로 뛰쳐나왔습니다.

 아버지는 하루 종일, 낮이나 밤이나 그 일만을 생각하며 불안에 떨었습니다. 다음 날 아침에 고리대금업자에게서 초상화가 왔습니다. 고리대금업자의 집에서 혼자 막일을 하고 있는 어떤 여자가 초상화를 가져왔던 겁니다. 그녀는 주인이 이 초상화는 필요가 없으니 화가에게 한 푼도 지불하지 말고 되돌려 주라고 한다며 그것을 전해 주었습니다. 그날 밤 아버지는 고리대금업자가 죽었고, 그의 종교 의식에 따라 장례를 치른다는 것을 알았습니다. 아버지에게는 이 모든 사건이 설명하기 힘들 정도로 이상하게 보였습니다. 그런데 이때부터 아버지의 성격에 현저한 변화가 나타났습니다. 자신도 원인을 알수 없는 불안을 느꼈으며, 이내 지금까지 아무도 아버지가 그러리라고 생각할 수 없었던 행동을 했습니다. 그 무렵 제자들중 한 사람의 작품이 소수 전문가나 미술 애호가들의 주목을받기 시작했습니다. 아버지도 항상 그 제자의 재능을 인정했고, 특별한 호의를 보여 주었습니다. 그런데 갑자기 아버지는그 제자에게 질투를 느꼈습니다. 그에 대한 사람들의 관심과소문이 점점 더 커지는 것을 아버지는 참지 못했습니다. 마침내 새로 지은 부유한 교회에 걸어 둘 그림을 그 제자에게 그려 달라고 부탁했다는 것을 알고, 아버지는 더 이상 참지 못해 화를 냈습니다. 이것에 그분은 노발대발했던 겁니다.

'안 돼, 그런 새파란 젊은 놈에게 지다니!'라고 아버지는 말했습니다. '이 친구야, 너무 빨라. 늙은이를 모욕할 마음을 먹다니! 하지만 내게도 아직 힘이 있다. 어느 쪽이 먼저 창피를당하는지 곧 알게 될 거다.'

그리고 마음이 곧고 정직한 사람이었던 아버지가 그때까지는 그렇게 싫어하던 계략과 음모를 이용했습니다. 마침내 콩쿠르에서 그림을 선정한다는 광고가 났고, 다른 화가들도 같은 조건으로 자기들의 그림을 가지고 출전할 수 있게 되었습니다. 그 후 아버지는 방에 틀어박혀 붓을 들고 열심히 그리기 시작했습니다. 아버지는 여기에 전력을 투구하고자 했던것 같습니다. 그리고 분명히 아버지의 걸작 중 하나가 완성되었습니다. 아버지가 일등을 하리라는 것을 의심하는 사람은 아무도 없었습니다. 많은 그림이 전시되었는데, 아버지의 그림과 비교하면 모두 천양지차였습니다. 그런데 갑자기 그곳에 참석해 있던 회원 중 하나, 분명히 성직자로 보이는 사람이 모든 사람들을 놀라게 할 만한 지적을 했습니다.

'이 화가의 그림에는 분명히 대단한 재능이 있습니다.'라고 그 성직자는 말했지요. '그러나 얼굴에 성스러움이 없습니다. 그와는 반대로 눈에는 어떤 악마적인 것까지 깃들어 있습니다. 아무래도 깨끗하지 못한 감정이 화가의 손을 인도하는 것 같군요.'

모든 사람들이 그 초상화를 응시했고, 성직자의 말이 사실임을 부정할 수 없었습니다. 아버지는 이 모욕적인 지적을 직접 확인해 보고 싶어서 앞으로 뛰어나가 그림에 다가갔습니다. 자기가 그린 눈의 모습이 고리대금업자의 눈과 똑같아진 것을 보자 두려웠습니다. 그 눈이 악마 같은 파괴력으로 너무나 노려보고 있었기 때문에, 아버지 자신도 무의식중에 몸을 떨었습니다. 그 그림은 채택되지 않았고, 아버지는 말로 표현할 수 없는 분노를 느끼면서 자기 제자에게 일등의 영광이 돌아갔다는 이야기를 들어야 했습니다. 집에 돌아왔을 때의 광란은 말로 다 표현할 수 없습니다. 어머니를 때려눕힐 뻔했고, 아이들을 발길로 차고, 붓을 꺾어 버렸습니다. 화구를 때려부수고, 고리대금업자의 초상화를 벽에서 떼 냈고, 칼을 가져오게 했고, 벽난로[39]의 불을 피우라고 명령했습니다. 초상화를 난도질해서 태워 버릴 셈이었습니다. 아버지가 이런 행동을 하고 있을 때 친구가 방에 들어왔습니다. 이 사람도 역시 화가로서 늘 만족해하는 유쾌한 사람이었습니다. 그는 분수에 넘치는 어떤 소원을 갖거나 거만하게 굴지도 않았고, 어떤 일을 당해도 모든 것을 기뻐했으며, 식사나 술자리에서는 더욱 즐거워했습니다.

'뭘 하는 건가? 뭘 태우려고?'

그런 말을 한 친구는 초상화 쪽으로 다가갔습니다.

'이 친구야, 이건 자네의 최고 걸작 중 하나야. 이 사나이는 최근에 죽은 고리대금업자네. 분명히 이것은 완벽한 예술작품이야. 자네는 그의 눈썹이 아니라 바로 그 눈에 들어간 거야. 이렇게 노려보는 눈은 평생 다시 보지 못할 걸세.'

'그래서 불 속에서는 이 눈이 어떻게 노려보는지 보려고 했네.'

이렇게 말한 아버지는 초상화를 벽난로에 던져 넣으려고 했습니다.

'제발, 그만두게!'

친구는 아버지를 붙잡고 말했습니다.

'이 그림이 그렇게 눈에 거슬리면, 차라리 날 주게나.'

아버지는 처음에는 완강히 거부했으나 나중에는 승낙했습니다. 쾌활한 친구는 그 그림을 얻은 것에 무척 만족해하면서 초상화를 가지고 돌아갔습니다.

친구가 돌아가자, 아버지는 갑자기 기분이 평온해지는 것을 느꼈습니다. 마치 초상화와 함께 정신적으로 무거운 짐이 없어

---

39) 원문의 '카민(kamin)'은 벽난로의 일종이다.

진 것 같았습니다. 아버지는 스스로도 자신의 나쁜 감정이나 질투심이나 성격의 분명한 변화에 놀랐습니다. 자신의 행동을 잘 생각해 본 후, 아버지는 마음속으로 슬퍼했으며 슬픔에 젖어 말했습니다.

'아니야, 이것은 하느님께서 내게 벌을 내리신 거야. 내 그림이 모욕을 당한 것도 당연해. 그 그림은 제자를 망칠 의도로 그린 거니까. 악마의 질투심이 내 붓을 조종했기 때문에 그 악마적인 감정이 그대로 그림에 옮겨졌을 거야.'

아버지는 즉시 나가서 그 제자를 찾아 꼭 끌어안고 용서를 빌었습니다. 그에 대한 자신의 죄를 가능한 한 보상하려고 했습니다. 아버지의 일은 다시 전과 같이 평온하게 진행되기 시작했습니다. 그러자 얼굴에 깊은 상념이 더 자주 나타났습니다. 전보다 더 많이 하느님께 기도했고, 침묵하는 일이 더 많아졌습니다. 남을 신랄하게 비판하지도 않았습니다. 무척 거칠던 외모와 성격도 왠지 모르게 누그러졌습니다. 곧 어떤 사건 하나가 아버지를 더욱 놀라게 했습니다. 아버지는 그 초상화를 받아 간 친구와 오랫동안 만나지 못했습니다. 그래서 한번 찾아가 보려고 했는데, 갑자기 그 장본인이 뜻밖에 집으로 찾아왔습니다. 몇 마디 말을 주고받으며 서로의 안부를 물은 다음, 친구는 이렇게 말했습니다.

'여보게, 자네가 그 초상화를 태워 버리려고 한 것은 무리가 아니었네. 망할 것, 거기에는 뭔가 이상한 것이 있어……. 난 말이야, 마법사나 마녀 따위를 믿지 않지만 거기에는 악마가 있어…….'

'어째서?'

아버지는 물었습니다.

'그 그림을 방에 갖다 걸어놓은 다음부터는 무언가가 나를 우울하게 만들었단 말일세…… 마치 누구를 죽이고 싶은 기분 같은 거였네. 내 평생 불면증이라곤 몰랐는데, 요사이엔 불면증에다 이런 꿈까지…… 그것이 꿈인지 아니면 다른 무엇인지 나 자신도 말하기 힘들지만, 마치 집 귀신 도모보이가 숨을 못 쉬게 하는 것 같고, 그 저주스러운 노인이 계속해서 눈에 보이는 거야. 한마디로 내 정신 상태를 말로 다 표현할 수 없을 지경이었네. 이런 일은 지금까지 한 번도 없었다네. 요 며칠 동안은 미친 사람처럼 떠돌아다녔지. 어쩐지 불안하고 무슨 불쾌한 일이 일어나지 않을까 두려웠다네. 아무에게도 유쾌한 말이나 성의 있는 말을 할 기분이 되지 않더군. 마치 내 옆에 어떤 스파이가 앉아 있는 것 같았어. 그런데 말이야, 조카 녀석이 그 초상화를 원하기에 주었더니, 그 순간 어깨에서 어떤 돌덩어리가 없어진 것 같았네. 보다시피 이렇게 갑자기 유쾌한 기분이 들었다네. 여보게, 자네는 악마를 만들어 낸 셈일세!'

이 말을 하는 동안 아버지는 정신을 집중하여 듣고 있다가 마침내 이렇게 물었습니다.

'그러면 그 초상화는 지금 자네 조카한테 있는가?'

'조카! 조카한테 있지 않아! 없어.'라고 쾌활한 친구는 말했습니다. '어쩐지 고리대금업자의 혼이 초상화에 옮겨 간 것 같네. 그 작자가 액자에서 튀어나와 방안을 어슬렁어슬렁 돌아다닌다는 거야. 조카가 하는 말이 전혀 납득이 가질 않지만. 만일 내가 직접 조금이라도 경험하지 못했더라면, 난 그 애가 미쳤다고 생각했을 걸세. 초상화를 어느 그림 수집가에게 팔아 치운 모양인데, 그것을 산 사람도 참다못해 또 다른 누군가에게 팔아 버렸다는군.'

이 이야기는 아버지에게 강한 인상을 심어 주었습니다. 아버지는 정말로 심각하게 생각에 잠기고 우울증에 걸렸습니다. 마침내 자기의 붓이 악마의 도구가 되어 고리대금업자의 생명의 일부를 실제로 초상화에 옮겼다고 믿어 버렸던 겁니다. 그 초상화가 사람들에게 악마적인 동기를 심어 주거나 충동질한다고 말입니다. 그 초상화는 화가를 나쁜 길로 유혹하거나 무서운 질투의 고통을 마음에 심어 주거나 하여 세상 사람들을 불안하게 한다고 사람들은 믿어 버렸습니다. 그 뒤를 이어 세 가지 불행이라고 할 수 있는 세 번의 갑작스런 죽음, 즉 아내와 딸 그리고 어린 아들의 죽음이 뒤따랐습니다. 이 세 사람의 돌연한 죽음을 아버지는 자기에 대한 천벌이라고 생각하고, 세상을 등지기로 마음먹었습니다. 제가 아홉 살이 되자마자, 아버지는 곧 저를 예술 아카데미에 보냈고, 빚을 청산한 다음, 어느 외딴 수도원에 들어가 곧 삭발을 하고 수도사가 되었습니다. 거기서 아버지는 엄한 생활 태도로 수도원의 모든 계율을 준수하여 모든 수도사 형제들을 놀라게 했습니다. 수도원장은 아버지의 그림 솜씨를 알고, 성당에 걸 성상을 그려 달라고 부탁했습니다. 그러나 겸허한 수도사가 된 아버지는 자기는 이제 붓을 잡을 자격이 없을뿐더러 자기의 붓은 더럽혀져 있기 때문에 성상을 그리는 영광스러운 일을 하려면 먼저 노동과 자기 희생으로 영혼을 깨끗이 해야 한다고 하며 단호히 거절했습니다. 수도원장도 억지로 그려 달라고 요구하지 않았습니다. 아버지는 자신을 위해 수도원 생활을 될 수 있는 대로 엄격하게 해 나갔습니다. 그와 같은 생활도 아버지에게는 불충분했고 만족할 만한 엄격한 생활이 되지 못했습니다. 그래서 완전히 혼자 있기 위해 수도원장의 동의를 얻어 광야로 떠났습니다. 나뭇가지로 초막을 짓고 초목의 뿌리만을 생식하면서, 돌을 이리저리 져 나르거나 일출 때부터 일몰 때까지 같은 자리에 꼿꼿이 서서 두 팔을 하늘 높이 쳐들고 끊임없이 기도했습니다. 요컨대 가능한 온갖 고행과, 성자전에서나 그 예를 찾아볼 수 있는 고행이나 이해할 수 없는 자기 희생을 찾았던 것 같습니다. 이렇게 해서 아버지는 수년 동안 자기의 육체를 학대하고 동시에 생명력 넘치는 기도의 힘으로 정신을 강인하게 다졌습니다. 어느 날 아버지는 수도원으로 돌아와 원장에게 분명하게 말했습니다.

'이제 준비가 되었습니다. 하느님의 뜻이라면 일을 해내겠습니다.'

그분이 잡은 주제는 예수의 탄생이었습니다. 꼬박 1년 동안 아버지는 이 작업에 달라붙어, 수도사 방에서 한 발자국도 밖으로 나가지 않고 형편없는 식사로 겨우 연명하면서 쉬지 않고 기도하며 그렸습니다. 1년이 지나 그림이 완성되었습니다. 그야말로 이것은 분명히 화필의 기적이었습니다. 물론 수도사나 수도원장은 그림에 대한 지식이 없음에도 불구하고 모두 거기 그려져 있는 인물들의 특별한 성스러움에 깊은 감동을 받았습니다. 아기를 들여다보는 지순한 성모의 얼굴에 깃든 거룩한 겸손과 온유함, 벌써부터 무엇인가 멀리 있는 것을 통찰하는 듯한 하느님 아들의 눈에 깃든 깊은 이지, 하느님의 기적에 감동되어 성자의 발밑에 무릎을 꿇은 왕들의 엄숙한 침묵, 그림 전체를 감싸고 있는 청순하고 표현하기 어려운 침묵…… 이 모든 것이 너무 훌륭한 조화의 힘과 미의 위력을 보이며 묘사되어 있었기 때문에 강한 감동을 주었습니다. 모든 수도사들은 새로운 성상 앞에 무릎을 꿇었으며 감동한 수도원장은 이렇게 말했습니다.

'아닙니다, 한 인간 기예의 도움만으로는 이런 그림을 그릴 수 없습니다. 거룩하고 고결한 힘이 그대의 화필을 움직여 하늘의 축복이 그대의 작품에 깃들어 있는 겁니다.'

이 무렵 저는 예술 아카데미에서 학업을 마치고 금메달을 받았습니다. 그와 동시에 즐거운 이탈리아 여행의 소망, 즉 스무 살 화가의 최고의 꿈을 이룰 수 있는 기회를 얻었습니다. 이미 12년 동안이나 떨어져 있던 아버지에게 이별 인사를 하는 것만 남아 있었죠. 솔직히 말해 아버지의 얼굴 모습조차 기억에서 사라진 지 오래였습니다. 저는 아버지의 엄격한 생활에 대해 이미 어느 정도 들어 왔으므로, 초막과 기도 외에는 일절 세속적인 것과 관련을 갖지 않고 오직 금식과 기도 생활만 하기 때문에 지쳐서 수척해진 수도사의 까칠한 모습을 뵐 줄 알았습니다. 그런데 참으로 놀라운 것은, 제 앞에 모습을 나타낸 사람은 아름답고 거룩한 노인이었던 겁니다! 아버지의 얼굴에서는 피로하고 쇠약해진 모습이라곤 그림자도 찾아볼 수 없었습니다. 천상의 환한 기쁨의 빛으로 빛나고 있었습니다. 백설같이 흰 구레나룻과 은빛의 가늘고 부드러운 머리카락이 가슴과 검은 법의의 주름 위를 그림처럼 아름답게 덮고 있었고, 그것은 검소한 수도사복의 허리를 묶고 있는 끈에까지 늘어져 있었습니다. 그러나 저에겐 무엇보다도 예술에 대한 의견이나 생각을 아버지의 입을 통해 직접 들은 것이 좋았습니다. 솔직히 말씀드려서 저는 그 말이나 생각을 언제까지나 마음속에 새겨 둘 것입니다. 제 친구들도 한결같이 그렇게 하라고 진심으로 바랐습니다.

'애야, 난 널 기다리고 있었다.'라고 아버지는 제가 축복을 받으려고 옆으로 다가갔을 때 말씀하셨습니다. '이제부터 네 앞에는 네가 걸어가야 할 인생의 길이 있다. 네 길은 깨끗하니 그 길에서 벗어나지 말아라. 네게는 재능이 있는데, 재능이라는 것은 하느님이 주신 최고로 가치 있는 귀한 선물이니 그것을 망쳐서는 안 된다. 보이는 모든 것을 탐구하고 공부해라. 붓을 네 마음대로 쓸 수 있도록 길들여라. 하지만 모든 것의 내면에 숨겨진 사상을 발견할 수 있어야 한다. 무엇보다도 창조의 지고한 비밀을 깨닫도록 노력해라. 그 비밀을 깨닫도록 선택된 자는 행복하다. 그런 사람은 자연 속에 저속한 대상이 없는 법이다. 창조자인 화가는 보잘것없는 것을 그릴지라도 위대한 것을 그렸을 때와 마찬가지로 위대하다. 아무리 그가 비천한 것을 그려도 이미 거기에는 비천한 것이 없다. 왜냐하면 창조자의 아름다운 마음이 은연중에 그것을 통하여 스며나

초상화   239

오기 때문이다. 즉, 비천한 것이 고상한 표현이 되어 나타나는 것이다. 그것은 작가의 영혼이 연옥을 통과했기 때문이다. 인간에게 하느님의 천국을 암시할 수 있는 것은 예술밖에 없다. 그 한 가지만으로도 예술은 이미 다른 무엇보다 높은 위치에 서 있는 거다. 엄숙한 평안은 속세의 어떤 흥분보다도 몇 배나 더 가치가 있다. 마찬가지로 창조는 파괴보다 몇 배나 더 가치가 있다. 천사는 영혼이 깨끗하여 더럽지 않은 빛으로 가득 차 있다는 것만으로도 악마의 무한한 힘이나 그 오만한 욕망보다 몇 배나 가치가 있다. 다시 말해, 이 세상에 존재하는 모든 것보다 몇 배나 더 가치 있는 것이 바로 숭고한 예술 작품인 것이다. 예술에 모든 것을 바치고 정열을 다하여 예술을 사랑하여라. 속세의 정욕으로 숨쉬는 정열이 아니라 조용한 하늘의 정열로 사랑해라. 이 정열이 없으면 인간은 지상에서 날아 올라갈 수 없고, 기적적인 평화의 소리도 줄 수 없다. 왜냐하면 숭고한 예술 작품은 만인의 평화와 화해를 위해 하늘에서 세상으로 강림한 것이기 때문이다. 고상한 예술은 마음에 불평을 품게 하지 않고, 울려 퍼지는 기도가 되어 하느님을 향하여 영원히 나아간다. 그러나 이런 때도 있다. 우울한 순간 말이다……'

아버지는 일단 말을 멈추었습니다. 아버지의 밝은 얼굴이 갑자기 어두워져 순간적으로 어떤 구름이라도 낀 것 같았습니다.

'내 생애에 또 하나의 사건이 있었단다.'

아버지는 말했습니다.

'내가 그린 그 이상한 인물이 무엇이었는지, 지금까지도 모르겠다. 그것은 어떤 악마적인 힘의 현현이 틀림없다. 내가 알기로 세상은 악마의 존재를 부정하고 있다. 거기에 대해서 나는 이야기하지 않겠다. 하지만 내가 혐오하는 마음으로 그 사람을 그렸고, 그때 기분이 나빠져서 일에 대한 애착을 전혀 느낄 수 없었다는 것만은 말해 두겠다. 그래서 나는 억지로 자신을 꾸짖고 매정할 정도로 모든 것을 억누르고 모델에게 충실하려고 했다. 하지만 그것은 예술 창조가 아니었다. 그러므로 그 작품을 보았을 때, 모든 사람들을 감싼 감정은 이미 반란의 감정, 불안한 기분이었지, 화가 본래의 기분이 아니었다. 왜냐하면 예술가는 불안 속에서도 평화롭게 숨쉴 수 있기 때문이다. 그 초상화가 사람의 손에서 손으로 넘어가 사람들 마음을 괴롭히고, 질투심이나 친구에 대한 증오나 억압 혹은 박해하고 싶어하는 사악한 욕구를 화가에게 심어 주고 있다는 말을 들었다. 전능하신 하느님께서 이 욕망으로부터 너를 지켜 주실 거다! 이 욕망보다 더 무서운 것은 없느니라. 조금이라도 남을 박해하는 것보다는 차라리 온갖 박해의 슬픔을 참는 편이 훨씬 낫다. 자기 영혼의 순수함을 잃지 말거라! 재능이 많은 자는 누구보다도 영혼이 깨끗해야 한다. 다른 사람이라면 여러 가지가 허용되지만, 재능 있는 자에게는 허용되지 않는다. 축제일에 나들이옷을 입고 외출한 사람에게 마차가 흙탕물을 튀겨 그 옷을 조금이라도 더럽히면, 즉시 거기에 있던 사람들이 그를 에워싸 그 옷을 손가락으로 가리키며 더럽다고 떠들어 대지만, 한편 바로 그 사람들은 평상복을 입고 다니는 다른 행인들의 옷이 더럽다는 사실은 알아채지 못한다. 왜냐하면 평상복의 얼룩은 눈에 띄지 않기 때문이다.'

아버지는 저를 축복하고 끌어안았습니다. 제 평생 이때처럼 크게 고무된 적이 없었습니다. 저는 아들로서의 기분 이상의 경건한 기분을 느끼며 아버지의 가슴에 몸을 기대고 흩어져 내린 백발에 입을 맞추었습니다. 아버지의 눈에서 눈물이 반짝 빛났습니다.

'애야, 내 부탁 하나만 들어주렴.'

아버지는 헤어질 때가 되자 말했습니다.

'혹시 너도 내가 말한 그 초상화를 어디선가 보게 될지 모른다. 너라면 그 특별하고 초자연적인 눈을 보면, 즉시 그 초상화인 줄 알게 될 게다. 어떤 일이 있더라도, 그것을 없애 버려 다오…….'

여러분도 스스로 판단하고 계시겠지만, 그 부탁을 반드시 수행하겠다는 약속을 하지 않을 수 없었습니다. 그로부터 꼭 15년이 됩니다만, 저는 아직 아버지가 그린 그림과 조금이라도 비슷하다고 생각되는 그림을 한 장도 보지 못했습니다. 그런데 뜻밖에 지금 이 경매장에서……."

여기서 화가는 말을 중단하고 그 초상화를 다시 한번 보려고 벽 쪽으로 눈을 돌렸다. 그의 말을 듣고 있던 많은 사람들도 역시 그 이상한 초상화를 눈으로 찾으면서 일제히 벽을 향하여 움직였다. 그러나 너무나 놀랍게도 초상화는 벽에 없었다. 뜻 모를 말소리와 시끄러운 소리가 군중을 따라 빠져나갔고, 그 뒤로 "도둑맞았다."라는 말이 분명히 들렸다. 화가의 말에 끌려 청중의 주의가 모두 그쪽으로 쏠렸을 때, 누군가가 끌어내어 훔쳐 간 것이다. 거기에 있던 사람들은 모두 한참 동안 믿어지지 않는 듯이 머물러 있었다. 실제로 그들이 그 특이한 눈을 보았는지, 아니면 그것은 단순한 환상으로, 옛날 그림을 오랫동안 걱정하며 바라보고 있는 동안 눈이 어떻게 되어 한 순간만 그렇게 보인 것인지는 알 수 없었다.

넵스키 거리

페테르부르크에는 넵스키 거리보다 더 좋은 곳이 없다. 이
거리는 이 도시를 위한 모든 것을 갖추고 있기 때문이다. 우
리 수도의 미인이라고 할 수 있는 이 거리가 왜 빛나지 않겠는
가! 내가 아는 바로 이곳 사람들은 가난한 자든 고위직 관리
든 누구나 넵스키 거리를 다른 어떤 좋은 것과도 바꾸고 싶어
하지 않는다.

홀륭한 콧수염을 기르고 멋진 프록코트를 맞추어 입은 스
물다섯 살의 청년뿐만 아니라, 은쟁반처럼 번지르르한 대머리
에다가 턱 위로는 온통 백발인 사람에 이르기까지 누구나 넵
스키 거리라면 미칠 듯이 좋아한다. 여자들은 어떤가! 아, 넵
스키 거리란 여자들에게 훨씬 더 기분이 좋은 존재이다. 그 거
리가 즐겁지 않는 자 대체 누구란 말인가? 넵스키 거리에 들

어서자마자 이미 산책하는 기분에 젖어든다. 해야 할 어떤 중요한 일이 있어도 이곳에만 오면 확실히 모든 일을 잊어버리기 마련이다. 여기가 바로 페테르부르크 전체에서 상업적 관심이나 필요에 의해 영향을 받지 않는 유일한 장소다. 이곳은 별 볼일 없는 사람들이 찾아오는 유일한 장소이기도 하다. 넵스키 거리에서 만나는 사람은 다른 거리를 돌아다니는 사람들에 비해 이기적인 냄새가 덜 난다. 실제로 모르스카야라든가 고로호바야라든가 리테인나야라든가 메샨스카야 거리를 거니는 사람들보다 덜 이기적이다. 이런 거리들을 걸어 다니는 사람들이나, 사륜마차나 일반 마차를 타고 다니는 사람들의 모습에는 탐욕과 궁핍이 잘 드러나기 마련이다. 넵스키 거리는 또한 페테르부르크의 모든 커뮤니케이션이 이루어지는 장소이기도 하다. 페테르부르크 지역이라든가 비보르그 지역에 살면서 페스키나 모스크바 관문[1]에서 지내는 친구네 집을 몇 년이나 방문하지 못한 사람들도 이곳에 오면 반드시 친구들을 만나게 된다. 어떤 주소록이나 안내소도 넵스키 거리에서만큼 믿을 만한 소식을 전해 주지 못한다. 전지전능한 넵스키 거리여! 산책할 장소가 많지 않은 페테르부르크에서 유일

---

1) 네바강은 세 지류로 나누어져 핀란드만으로 흘러든다. 따라서 네바강의 세 지류는 페테르부르크를 세 지역으로 갈라놓는다. 네바강 좌측으로 도시의 중심부가 형성되어 있고, 네바강과 소(小)네프카(Nevka)강의 사이에 바실렙스키섬이 있다. 네바강과 네프카강 사이가 바로 페테르부르크 지역이고, 비보르그 지역인 페스키(peski, 모래언덕)나 모스크바 관문은 페테르부르크 지역의 이웃이지만 상당히 멀리 떨어져 있는 곳이다.

한 안식처! 보도는 참으로 깨끗이 청소되어 있다! 아아, 얼마나 많은 사람의 발들이 그 위에 흔적을 남겼을까! 무게 때문에 화강암조차도 갈라질 듯이 보인다. 제대한 병사의 보기 흉하고 더러운 군화, 태양을 향하는 해바라기처럼 화려한 상점의 창문 쪽으로 얼굴을 돌리며 걸어가는 여인의 연기처럼 가벼운 작은 구두, 보도 위에 드물게 긁힌 자국을 만들어 내는 희망에 부푼 중위의 딸랑거리는 군도, 이 모든 것이 크건 작건 힘의 세기에 따라 보도에 분풀이를 한다. 단지 하루만에 정말로 빠르게 환상이 이루어진다! 이 거리는 하루에 얼마나 많은 변화를 겪는가!

페테르부르크 전 도시가 갓 구워 낸 따끈따끈한 빵 냄새로 가득 찬 아침, 교회나 자비심 많은 행인들에게 갑자기 밀어닥치는 찢어진 옷과 외투를 입은 노파들로 거리가 꽉 차기 시작하는 이른 아침부터 시작해 보기로 하자. 이때 넵스키 거리는 텅 비어 있다. 상점의 뚱뚱한 주인들이나 점원들은 그때까지 네덜란드산(産) 루바시카를 입고 잠자든가, 아니면 고상한 얼굴에다 비누칠을 하고 커피를 마시고 있다. 거지들은 과자집 문턱에 모여 있다. 그곳에는 어제 초콜릿을 들고 파리처럼 뛰어다니던 가니메데스[2]가 졸린 모습으로 손에 빗자루를 들고 넥타이도 매지 않은 채 나와서, 바싹 마른 피로그[3]나 먹다 남

2) 가니메데스(Ganymedes)는 그리스 로마 신화에 나오는, 신들을 위해 술을 나르고 따르는 미소년을 말한다. 가니메데스는 원래 트로이의 왕 트로스의 아들이었다. 그는 젊은이들 가운데 가장 아름다운 소년이라 제우스의 시중꾼으로 신들에 의해 선택되었다. 여기서는 점원이나 사환으로 생각하면 된다.

은 음식들을 거지들에게 던져 주고 있다. 거리에서는 굶주린 사람들이 천천히 걷고 있다. 이따금 일터로 바삐 나가는 러시아의 농부들이 석회로 더럽혀진 긴 구두를 신고 거리를 건너간다. 이렇게 더럽혀진 구두는 깨끗한 물로 유명한 예카테린스키 운하조차도 씻어 주지 못할 것이다. 숙녀들은 이 무렵에 나돌아 다니는 것을 일반적으로 부끄러운 일로 생각한다. 왜냐하면 숙녀들이 극장에서도 전혀 들어 보지 못한 거친 욕설을 러시아 서민들은 즐겨 사용하기 때문이다. 넵스키 거리를 지나 관공서로 가는 경우가 있다. 종종 졸리는 듯한 관리가 겨드랑이 옆에 서류 가방을 안고 느릿느릿 걸어간다. 이때, 즉 12시까지의 넵스키 거리는 사람들의 목적지가 되는 곳이 아니라, 그저 지나치는 통로일 뿐이다. 이 거리는 일거리와 걱정거리가 있고 울화가 치미는 사람들로 점점 채워진다. 러시아의 농부는 10코페이카짜리 은화에 대한 이야기라든가, 2코페이카짜리 동전 일곱 개에 관한 이야기를 하고 있다. 할머니와 할아버지는 손을 휘젓든가, 때때로 거창한 몸짓을 하면서 혼잣말로 중얼거린다. 그러나 빈 병이나 기성품 장화를 손에 들고 넵스키 거리를 번개처럼 달려가는 여러 가지 색깔의 마직 작업복을 입은 애들을 제외한다면, 그들의 말에 귀를 기울이거나 비웃는 사람은 아무도 없다. 이 무렵 여러분이 어떤 옷을 입고 있든지, 보통 모자 대신 차양이 없는 모자를 쓰고 있든, 옷깃이 넥타이 위로 길게 나와 있든, 아무도 그런 것에 신

---

3) 피로그(pirog)는 고기, 과일, 잼 등으로 속을 넣고 구운 작은 만두다.

경을 쓰지 않는다.

12시가 되면 다양한 인종의 외국인 가정교사들이 삼베로 된 옷깃을 단 어린 학생들을 이끌고 넵스키 거리로 들어온다. 영국인 존스와 프랑스인 코크 무리들[4]이 그들의 각별한 보살 핌을 받고 있는 애들의 손을 잡고서 걸어간다. 상점의 간판은 안에 있는 물건을 사람들에게 알리는 구실을 한다고 그들은 정성 들여서 설명한다. 여자 가정 교사들, 창백한 얼굴의 처녀들, 장밋빛 도는 슬라브족 여자들, 귀엽고 침착하지 못한 소녀들 뒤에서 그들은 당당하게 걸어간다. 어깨를 좀 더 추켜세우고, 자세를 좀더 똑바로 하라고 소녀들에게 주의를 주면서 점잖게 걸어간다. 간단히 말해서 이 무렵의 넵스키 거리는 교육을 위한 곳인 것이다. 그러나 2시가 가까워지자 가정교사나 교육자나 아이들의 수가 점점 줄어든다. 마침내 그들은 갖가지 색깔의 옷을 입은 신경질적인 애인들의 손을 잡고 걸어가는 상냥한 아버지들에 의해서 거리에서 내몰린다. 중요한 집안일을 마친 사람들 모두가 점점 그 사회로 몰려든다. 의사와 날씨나 코끝에 생겨난 작은 종기에 관한 얘기를 하는 사람들도 있고, 말들의 건강 상태와 훌륭한 재능을 보여 준 자식들의 건강 상태를 알게 된 사람들도 있다. 광고와 떠나는 사람과 들어오는 사람에 관한 신문의 중요 기사를 읽은 사람들도 있다. 커피나 차를 마시고 온 사람들도 있다. 거기에다 부러워할

---

4) 당시에 가장 흔한 외국인들의 이름으로 '평범한 보통 외국인들'을 가리킨다. 우리나라 말로는 장삼이사나 갑남을녀.

만한 운명을 타고나서인지 귀족 출신으로 특수 임무를 맡게 되어 관리라는 명예로운 명칭을 부여받은 사람들도 끼어 있다! 더구나 자기 업무나 관습이 다른 사람들과 구별되는 외무부에 근무하는 자들도 끼어 있다! 아, 얼마나 멋있는 직업이며 의무인가! 그런 직업들은 얼마나 인간 영혼을 고매하고 즐겁게 해 주는 것인가!

아아, 그러나 슬프게도 나는 직업을 가지고 있지도 않고, 상관들의 은근한 관심을 엿볼 수 있는 즐거움도 없다. 넵스키 거리에서 만나는 사람은 누구나 예의를 잘 지킨다. 긴 프로코트를 입고, 두 손을 호주머니에 꽂고 있는 신사, 장밋빛이나 흰색이나 창백한 하늘색 술이 달린 상의를 입고 멋진 모자를 쓰고 있는 여성, 또한 이곳에서는 심상찮은 훌륭한 기교를 부려서 넥타이를 가리고 있는 구레나룻, 검은담비나 석탄처럼 까만, 그러나 아아, 여러분은 그저 외무부 관리에게서나 찾아볼 수 있는 구레나룻의 사나이들을 만나게 될 것이다.

다른 분야에 근무하는 사람들에게 하느님은 검은 구레나룻을 주시지 않는다. 그래서 그들은 아주 불쾌하지만 붉은 수염을 달고 다녀야 하는 것이다. 여러분은 이곳에서 펜이나 붓으로 그려 낼 수 없을 만큼 훌륭한 콧수염을 보게 될 것이다. 인생의 가장 좋은 시기의 반을 바쳐 만든 콧수염, 밤낮없이 자지 않고 오랫동안 가꾸어온 콧수염, 가장 매혹적인 영혼과 향기가 흘러나오는 수염, 가장 비싸고 구하기 힘든 포마드를 바른 수염, 밤새도록 엷은 종이로 틀을 잡은 수염, 그 주인의 극진한 애착심이 넘쳐나 지나가는 사람들의 부러움을 살 만한 수염 들도 만나게 될 것이다. 때로는 이틀 내내 갖고 다녀도 싫지 않을 만한 갖가지 빛깔의 가벼운 모자나 의복이나 손수건들이 넵스키 거리에 있는 사람들의 눈길을 황홀하게 한다. 그건 마치 나비 떼가 풀숲에서 갑자기 날아올라 수놈들의 머리 위로 구름처럼 반짝이며 하늘하늘 날고 있는 듯이 보인다.

이곳에서 여러분은 꿈에서도 본 일이 없을 정도로 병의 목보다도 가는 날씬한 허리를 보게 될 것이다. 그런 사람을 만나게 되면 무례하고 거친 팔꿈치로 떠밀지 않도록 조심하지 않으면 안 된다. 그리고 여러분은 속으로 자신도 모르는 사이에, 잠깐 콧바람만 불어도 자연과 예술의 가장 매혹적인 창작품이 부서져 버리지 않을까 하는 두려움으로 소심해질 것이다. 그리고 넵스키 거리에서 여러분은 어쩌면 여자 옷소매를 볼 것이다! 아아, 얼마나 매력적인가! 그것들은 마치 공중에 가볍게 떠 있는 두 개의 풍선 같다. 그러니 만일에 그녀의 남자가 잡고 있지 않으면 여자가 갑자기 하늘로 날아오르지 않을까 하고 생각하게도 된다. 숙녀가 공중으로 떠오르는 것은 샴페인을 가득 채운 술잔을 입으로 가져오는 것과 같이 쉽고도 즐거운 일이기 때문이다. 어디에서도 넵스키 거리에서 서로 만났을 때만큼 점잔을 빼며 친밀하게 인사하지는 않는다. 이곳에서 여러분은 예술을 초월한 독특한 미소, 때로는 기꺼이 즐거워할 수 있거나 아니면 스스로를 풀보다 작은 것으로 생각하여 갑자기 머리를 숙여 버릴 것 같은, 또 때로는 해군성의 첨탑보다도 더 머리를 높이 쳐들 것 같은 그런 미소를 만나게 될 것이다. 이곳에서 여러분은 고상한 모습으로 특별히 위엄을 부리며 음악회나 날씨에 관한 이야기를 나누는 사람들을 만나게 될 것이다. 또한 여러분은 수많은 사람의 이해하기 힘든 성격이나 모습을 보게 되리라! 아, 하느님! 어찌하여 그런 이상한 성격의 사람들을 넵스키 거리에서 만나게 되는 것인지요!

여러분을 만나면 틀림없이 그들은 여러분의 구두를 바라보고, 만일 여러분이 지나쳐 갈 경우, 여러분의 뒤쪽 소맷자락을 바라보기 위해 되돌아올 것이다. 지금까지도 나는 왜 이런 일이 일어나는지 이해할 수 없다. 처음에 나는 그러는 사람들이 모두 구두 장수인 줄로 알았다. 그러나 말도 안 되는 생각이었다. 그들 대다수가 여러 관청에 근무하고 있으며, 대개는 이관청에서 저 관청으로 보내는 공문서를 훌륭히 쓸 수 있는 사람들이든가, 또는 산책을 즐기든가 제과점에 와서 신문을 읽거나 하는 사람들이었다. 한마디로 대다수가 나름대로 훌륭한 사람들이다.

오후 2시부터 3시까지, 넵스키 거리가 가장 활기를 띠는 화려한 시간이다. 이 축복받은 시간에는 인간의 가장 아름다운 작품들의 박람회가 열린다. 어떤 사람은 최고급 물개 털 깃이 달린 멋진 모피 코트를 보여 주고, 둘째 사람은 그리스풍의 아름다운 코를 보여 주고, 세 번째 사람은 너무 훌륭한 구레나룻을, 네 번째 여성은 매혹적인 두 눈과 훌륭한 모자를, 다섯 번째 사람은 정성껏 다듬어 멋을 낸 새끼손가락에 낀 행운의 보석 반지를, 여섯 번째 여성은 멋진 구두를 신은 작은 발을, 일곱 번째 사람은 놀랄 만한 넥타이를, 여덟 번째 사람은 놀라 입이 벌어질 만한 콧수염을 구경시켜 준다. 그러나 오후

3시가 되면 박람회는 끝나고, 군중도 줄어든다.

3시에는 새로운 변화가 일어난다. 넵스키 거리가 녹색 제복을 입은 관리들로 가득 차기 때문에 갑자기 봄이 온 것 같아진다. 허기진 9등관이나 7등관이나 그 밖의 관리들이 전력을 다해 걸음을 재촉한다. 젊은 14등관이나 12등관, 10등관 관리들은 이 시간을 좀더 이용하려고, 자기들 관청에서 여섯 시간이나 꼬박 앉아서 지낸 것이 아니라는 것을 보여 주려고 당당하게 넵스키 거리를 지나가려고 급하게 서두른다. 그러나 나이 든 10등관이나 9등관, 7등관 관리들은 머리를 숙이고 빨리 걸어간다. 그들은 길 가는 사람들을 구경할 처지가 못 된다. 또 그들은 자기 걱정거리를 완전히 떨쳐 버리지 못한다. 머릿속이 혼란스럽다. 시작했지만 아직 끝내지 못한 문서에 관한 생각으로 가득 차 있다. 오랫동안 거리의 간판 대신 종이가 가득 들어 있는 두꺼운 종이 상자나 과장의 살찐 얼굴이 눈앞에 어른거린다.

4시부터 넵스키 거리는 텅 비며, 거의 한 사람의 관리도 만나 볼 수가 없다. 상점에서 나온 어느 여자 재봉사가 넵스키 거리를 가로질러 건너간다. 인류애가 넘치는 다정한 재판소 서기에게 농락당하고 구걸해 얻은 보잘것없는 싸구려 외투를 선물로 얻어 입고 쫓겨난 어느 가엾은 여자, 시간 같은 건 아무 상관 없는 떠돌이 괴짜, 손가방이나 작은 책을 손에 든 아주 키가 큰 영국 여자, 면으로 된 프록코트를 입고 허리띠를 두르고 가느다란 수염을 기르고 되는 대로 재빠르게 생활하면서 살아가는 조합원, 러시아인, 키가 작은 직공들은, 몸과

손, 발과 머리를 흔들며 지나간다. 이 무렵의 넵스키 거리에서 여러분은 더 이상 아무도 만나지 못할 것이다.

그러나 집집마다 거리마다 황혼이 깃들고 초소 근무자가 거적을 덮어쓰고 가로등 불을 켜려고 사닥다리에 오르자마자 상점의 낮은 창가에 낮에는 내놓지 못하는 판화들이 들여다보일 때, 넵스키 거리는 다시 활기를 띠고 움직이기 시작한다. 그때부터 램프의 불빛이 웬일인지 유혹적인 기이한 불빛을 모든 것에 던지는 신비스런 시간이 시작된다. 여러분은 많은 젊은이를 만나게 될 것이다. 대다수가 따뜻한 프록코트나 외투를 입은 독신자들이다. 이 무렵에는 무엇인가 목적을, 아니 좀더 좋게 말해서 목적 비슷한 무엇인가를, 지극히 본능적인 무엇인가를 사람들이 느끼는 것 같다. 모든 사람의 발걸음이 급하고 대개 균형이 잡히지 않은 걸음걸이를 한다. 기다란 그림자가 벽이나 포장도로를 따라 흐늘거리는데, 폴리체이스키 다리의 입구까지 거의 닿을 듯하다. 나이가 젊은 14등관이나 12등관이나 10등관 관리들은 아주 오랫동안 쏘다닌다. 그러나 나이가 많은 14등관이나 9등관이나 7등관 관리들은 대다수가 자택에 돌아가 있다. 그것은 그들이 결혼하여 아내가 있거나 아니면 집에서 기거하는 독일 가정부가 맛있는 요리를 만들어 주기 때문이다. 여기서 여러분은 거드름을 피우며 놀랄만큼 우아한 모습으로 두 시간 정도 넵스키 거리를 산책하는 존경할 만한 노인네들을 만날 것이다. 여러분은 그들이 마치 젊은 14등관들처럼 저 멀리 보이는, 모자를 쓴 여자의 얼굴을 훔쳐보기 위하여 달려가는 것을 보게 될 것이다. 그 여자들의 립스틱을 바른 통통한 입술이나 뺨은, 산책하고 있는 많은 사람들, 점원이라든가 조합원, 언제나 독일제 프록코트를 입고 무리를 지어서 팔짱을 끼고 걸어 다니는 상인들에게 특히 인기가 있다.

바로 이때 "잠깐만!" 하고 피로고프 중위가 함께 걸어가는 연미복에 망토를 입은 젊은 사나이를 잡아당기면서 말했다.

"봤어?"

"음, 정말 굉장해! 완전히 페르지노프가 그린 비얀카[5]야."

"도대체 자넨 누굴 말하는 건가?"

"저 여자 말이지, 저 검은 머리의 여자…… 눈 좀 봐! 아아, 눈이 굉장해! 몸매하며, 자태며, 얼굴 생김새가 멋지군!"

"내가 말하는 건 저 금발 여자야, 저 여자 뒤로 해서 저쪽으로 지나간 여자 말이야. 그런데 자넨 그 검은 머리의 여자가 그렇게 마음에 든다면 왜 따라가지 않나?"

"아, 농담 마! 어떻게 그럴 수 있나?"

연미복을 입은 젊은 남자가 얼굴을 붉히면서 외쳤다.

"자네는 저녁 무렵에 넵스키 거리를 돌아다니는 그런 여자라고 생각하나 보군! 저 여잔 분명 귀신이 틀림없어."

그는 숨을 몰아쉬며 계속 말했다.

"그녀가 입은 망토 하나만 해도 80루블은 나갈 거야!"

---

5) 시타델라피에레(Citta della Piere)의 산타마리아(Santa Maria) 성당에 있는 이탈리아의 거장 페루지노(Perugino, 1450~1523) 2세라 불리는 피에트로 반누치(Pietro Vannucci)가 그린 프레스코화 「동방박사의 경배(The Adoration of the Magi)」에 그려진 마돈나의 형상을 가리킨다.

"바보 같긴!"

피로고프는 화려한 망토가 하늘거리고 있는 쪽으로 그를 밀치면서 외쳤다.

"빨리 가 봐, 얼빠진 친구야, 놓칠라! 난 금발을 뒤쫓아가려네."

두 친구는 헤어졌다.

"우린 너희들에 대한 건 모두 알고 있어."

피로고프는 우쭐해하는 자기만족의 미소를 띠며 혼자 생각했다. 그는 아무리 예쁜 미인이라도 자기를 대적할 수 없다고 자신했다.

연미복에 망토를 입은 젊은 남자는 다리를 떨면서 천천히 무늬가 있는 망토가 저 멀리 하늘거리는 쪽으로 걸어갔다. 망토는 가로등 불빛이 가까워지면 밝게 빛나기도 하고 또 멀어지면 금방 어둠에 묻히기도 했다. 그는 가슴이 두근거렸다. 그는 무의식중에 걸음을 재촉했으나, 멀리서 날아가는 듯 가고 있는 아름다운 여자의 관심을 끌 수 있으리라고는 생각하지 않았다. 피로고프 중위가 귀띔한 것처럼 그런 온당치 못한 일은 미처 염두에 두지 않았다. 그러나 그는 그녀가 사는 집을 보고 싶었다. 하늘에서 넵스키 거리로 똑바로 내려와 분명히 어딘지 알 수 없는 곳으로 사라져 갈 이 아름다운 존재가 어디에 사는지를 알고 싶었던 것이다. 그는 너무 빨리 달려갔기 때문에, 흰 수염을 기른 신사들과 계속해서 부딪쳤다.

이 청년은 우리나라에서 꽤 이상한 현상이라 할 수 있는 사회 계층에 속해 있다. 꿈에서 본 사람이 현실 세계에 속해 있기라도 한 것처럼, 이 사람 역시 페테르부르크 시민에 속해 있다. 주로 관리나 상인 혹은 독일인 직공들이 사는 이 도시에서는 예외적인 계층이 있다. 그 예외적인 사람이 예술가였다. 정말로 이상한 현상 아닌가? 페테르부르크의 화가라니! 설원의 예술가, 모든 것이 습기 차고, 평탄하고, 단조롭고, 창백하고, 회색이고, 안개가 자욱한 핀란드 지역에 화가가 있는 것이다. 이곳 화가들은 하늘처럼 자신만만하고 열렬한 이탈리아 화가와는 다르다. 그와 반대로 러시아 화가들은 대다수가 사람 좋고 온순한 국민으로서 부드럽고 걱정 없이 조용히 자기 예술을 사랑하고 두 친구와 좁은 방에서 차를 마시면서 자기가 좋아하는 주제로 소박하게 이야기한다. 물론 그 밖의 일에도 신경을 쓴다. 그는 늘 어떻게 해서든지 거지 노파를 불러들여, 보기에도 가엾고 얼빠진 그 모습을 캔버스 위에 옮겨 담으려고 여섯 시간이나 되는 긴 시간 동안 앉혀 둔다. 또 시시한 물건들이 나뒹구는 방안 풍경을 예술적으로 그려 낸다. 세월이 흘러 먼지투성이에 커피색으로 변해 있는 석고상의 손과 발, 부서진 화구라든가, 엎질러진 팔레트, 기타 연주가, 열린 창문에서 보이는 창백한 네바강이나, 붉은 루바시카를 입은 가난한 어부들, 물감으로 더럽혀진 벽 같은 것들을 그리는 것이다.

그리는 거의 모든 것이 항상 회색의 어둠침침한 색채(이건 북쪽 나라의 지울 수 없는 인상이다.)를 띠게 된다.

그럼에도 불구하고 그들은 정말로 즐겁게 자기 일을 하고 있을 뿐만 아니라, 진짜 재능까지도 갖고 있다. 그러니 만일 이탈리아의 신선한 공기가 불어오기만 하면, 아마도 방안에서 공기 맑은 바깥으로 옮겨 놓은 식물처럼 자유로이 크게 발달하고 성장할 게 틀림없다. 그들은 대개 아주 소심하다. 별 모양[6]의 계급장이나 두툼한 견장을 만나게 되면 너무 당황하여 기꺼이 자기 작품의 값을 깎아 줄 것이다. 때로는 즐거이 멋을 내기도 하지만, 그 멋 내는 품이 항상 너무 지나쳐서 마치 무슨 누더기를 걸친 것처럼 보인다. 여러분은 그들을 만날 때 가끔 연미복을 입고 그 위에 더러운 망토를 걸치거나, 값비싼 비로드 조끼에 물감이 묻은 프록코트를 받쳐 입은 꼴을 보게 된다. 그와 마찬가지로 아직 완성되지도 않은 풍경화 위에 거꾸로 그려 넣은 님프를, 그나마 하필이면 그릴 곳이 없어서 언젠가 즐거운 마음으로 그렸던 자기의 낡은 작품의 물감 묻은 자리에 그려 팽개쳐 놓은 걸 보게 될 것이다. 화가는 결코 사람을 똑바로 바라보지 않는다. 보더라도 어쩐지 흐릿하게 별 생각 없이 보는 것이다. 결코 매 같은 눈초리나, 기병 장교 같은 날카로운 눈길로 당신을 바라보지 않는다. 그런 일이 일어나는 것은 여러분의 얼굴 생김새를 바라보는 것과 동시에 방안에 서 있는 헤라클레스 석고상의 얼굴을 보고 있든가, 지금 그리려고 마음먹고 있는 그림이 눈앞에 아른거리고 있기 때문이다. 이 때문에 그는 가끔 엉뚱한 대답을 하게 되고, 때로는 엉뚱한 말도 하게 된다. 그리하여 머릿속에서 여러 문제들이 서로 섞여 그는 점점 더 소심해져 간다.

---

6) 여기서는 러시아 군인이나 관리를 가리키는 장식용 별을 뜻한다.

지금 여기서 말하는 젊은 남자는 부끄러움이 많고 소심하지만, 기회가 된다면 태울 수 있는 감정의 불꽃을 마음속에 간직하고 있다. 화가 피스카료프도 실은 그런 유형의 인간이었다. 남몰래 몸을 떨면서 그는 자기 마음을 심하게 흔들어놓은 대상을 뒤따라갔지만 스스로 자기의 대담성에 놀라는 것 같았다. 자기의 눈과 마음과 생각을 그렇게 빼앗아 버린 그 미지의 존재가 갑자기 머리를 홱 돌려 그를 바라보았다. 아아, 얼마나 신성한 얼굴 생김새인가! 눈부실 만큼 희고 너무나 매혹적인 여자의 이마는 검은 보석 마노처럼 아름다운 머리털로 가려져 있었다. 그 훌륭한 머리채는 곱슬머리로서 머리털 일부가 모자 밑으로 비어져 나와 저녁 무렵의 차가운 공기 때문에 약간 불그레하게 상기된 볼에 닿아 있었다. 입술은 가장 즐거운 온갖 몽상을 품고 굳게 닫혀 있었다. 어린 날의 모든 추억이 남아 있는 많은 것들이 밝게 빛나는 램프 옆에서 꿈과 조용한 영감을 제공했다. 이 모든 것들이 융합되거나 하나로 합쳐져 여자의 아름다운 입술 위에 반영되고 있는 것 같았다. 여자는 피스카료프를 힐끗 봤다. 그녀의 시선에 그의 가슴이 뛰었다. 여자는 남자를 똑바로 바라보았다. 그토록 뻔뻔스럽게 남의 뒤를 밟는 것에 대해 여자가 분노를 얼굴에 드러낸 것이다. 그런데 이 아름다운 얼굴에 나타난 분노마저도 매혹적이었다. 그는 부끄럽기도 하고 두렵기도 하여 시선을 떨구며 멈춰 섰다. 그러나 이 여신을 놓칠 수는 없다. 하늘에서 내려온 여신이 잠시 머무르기 위한 성지를 보지 않을 수 있겠는가? 그런 생각이 젊은 몽상가의 머리에 떠올랐고, 그래서 뒤를 밟기로 결심했다. 그러나 눈치채지 못하게 멀리 간격을 두고, 무관심한 척 한눈을 팔면서 간판을 바라보았다. 그런 사이사이 미지의 여성이 내딛은 걸음걸이 하나도 눈여겨보지 않은 게 없었다. 행인들이 사라지기 시작했다. 거리는 점점 조용해졌다. 아름다운 여자가 사방을 휘둘러보았다. 그 남자에게는 그녀가 입가에 살며시 미소를 떠올린 것처럼 여겨졌다. 그는 온몸이 떨렸고, 자기 눈을 믿을 수 없었다. 아니다, 이건 필시 가로등이 사람의 눈을 속이는 빛을 던져서 여자의 얼굴에 미소 비슷한 것을 나타나게 한 것이다. 아니다, 이건 내가 공상 속에서 나 자신을 바라보고 웃고 있는 것이다. 그러나 심장이 호흡을 멈춰서 온몸이 예기치 않게 떨렸다. 그 외 모든 감정들이 불타 올라서 눈앞에 있는 모든 것이 어쩐지 안개로 둘러싸여 있는 듯했다. 보도는 아래로 내리뻗고, 말을 달리게 하고 있는 포장마차는 움직이지도 않는 듯이 보였다. 다리는 뻗어 나가서 아치를 이루며 무너지고, 집들은 거꾸로 서고, 파출소는 그의 등뒤로 달려드는 것 같았다. 보초의 도끼 창이 바로 눈앞에서 번쩍이고 있는 것 같았다. 간판의 금박 글씨와 가위 그림도 눈앞에서 반짝이는 것 같았다. 이 일들은 모두가 저 여자가 힐끗, 아름다운 머리를 한 번 돌려 바라보았기 때문에 일어났다. 아무것도 들리지 않고 보이지도 않는 채, 귀를 기울이지도 못하고 가슴의 두근거림에 맞추어 날아가듯 빠른 걸음걸이를 적당한 속도로 늦추려고 노력하면서, 그는 가볍고 아름다운 여자의 다리를 따라갔다. 여자의 얼굴 표정을 그렇게 매력적인 것으로 생각해도 괜찮은가 종종 의심이 갔다. 그런 때는 가끔 멈춰 서기도 했다. 그러나 가슴이 두근거리면서도 이겨 낼수 없는 힘과 온갖 감정의 요구로 그는 앞으로 걸어 나가야만 했다. 그는 갑자기 4층 건물이 눈앞에 솟아 있다는 것도, 불이 켜진 네 개의 창문에서 누군가가 줄지어 슬며시 바라봤다는 것도, 통로의 철책 난간에 부딪힌 것도 전혀 깨닫지 못했다. 미지의 여자가 계단을 뛰어오르자 뒤돌아보면서 입술에 손가락을 대고 자기 뒤를 따라오라고 신호하는 게 보였다. 그의 무릎은 떨리고 마음과 생각은 이미 불타오르고 있었다. 견딜 수 없을 만큼 격렬한 기쁨이 번개처럼 가슴속에서 번쩍했다! 아니, 이건 꿈이 아니야! 하느님! 한순간에 이런 행복이 돌아오다니! 이 분 만에 이런 기적적인 삶이 찾아온 것이다.

그러나 이건 모두 꿈을 꾸는 것이 아닐까? 그는 천상에서나 볼 수 있는 단 한 번의 눈짓에 목숨까지 바치고, 그 집에 접근하는 일을 최고의 행복이라고 생각했다. 상대방이 지금 이렇게까지 신경을 쓰면서 그를 총애한다는 게 도대체 있을 수 있는 일일까? 그는 계단을 뛰어올라갔다. 세속적인 생각은 아무것도 떠오르지 않았다. 속된 정욕으로 불타 오르지도 않았다. 그러나 이 순간 끝없는 정신적 사랑의 욕구를 느끼는 순결한 청년과 같이 깨끗하고 청순했다. 바람둥이라면 다른 과감한 생각을 품었을 텐데, 오히려 그 반대라 그를 더 신성하게 했다. 가냘프고 아름다운 존재가 그에게 보여 준 이 믿음이 그에게 기사처럼 엄격한 맹세를, 여자의 모든 요구를 수행해야겠다는 노예와 같은 맹세를 그에게 강요했다. 더구나 그 요구가 가능한 한 실행하기 어려운 것이기만을 바랐다. 그렇게 되면 열심히 뛰어가서 그 일들을 훌륭히 성공시켜 볼 생각이었다. 그는 무슨 비밀스러우면서도 동시에 중대한 사건 때문에 그 여자가 자기를 믿지 않으면 안 될 것임을 의심하지 않았다. 분명히 그에게 눈부신 활약을 요구할 것이라고 생각하면서, 그는 빨리 어떤 일이든지 해결해야겠다는 힘과 의지를 느끼고 있었다.

계단은 꾸불꾸불 맴돌았는데, 그와 함께 재빠른 몽상도 맴돌고 있었다.

"조심해서 오세요!" 하고 하프[7]같이 상쾌한 목소리가 들려오자, 그는 다시금 온몸이 떨려서 견딜 수 없었다. 어둠침침한 높다란 4층에서 미지의 여자는 문을 두드렸다. 문이 열리고 두 사람은 함께 들어갔다. 매우 좋은 옷차림의 여자가 촛불을 손에 들고 두 사람을 맞이했으나 너무 이상하고 무례하게 피스카료프를 바라보았기 때문에, 그는 본능적으로 눈을 내리깔았다. 그들은 방으로 들어갔다. 구석에 제각기 앉아 있는 세 여자의 모습이 그의 눈에 들어왔다. 한 여자는 카드를 펼쳐 놓고 있었고, 또 한 여자는 피아노 앞에 앉아서 두 손가락으로 구식 폴로네즈 같은 애조 띤 곡을 치고 있었다. 세 번째 여자는 거울 앞에 앉아서 긴 머리채에 빗질을 하고 있었다. 모르는 사람이 들어왔는데도 그녀는 전혀 화장을 중지하려 하지 않았다. 멋대로 사는 독신자의 방에서만 볼 수 있는 모습이다. 어쩐지 불쾌한 무질서가 전체 분위기를 지배하고 있었다. 꽤

---

7) 원문의 러시아어 '아르파(arfa)'는 하프로 보통 마흔여섯 개의 줄이 있는 현악기를 가리킨다.

훌륭한 가구가 먼지에 덮여 있었고, 천장에는 거미줄이 쳐져 있었다. 건넌방의 열려 있는 문으로는 박차가 달린 장화가 번쩍이고, 제복의 가장자리 장식이 붉게 빛나고 있는 것이 보였다. 남자의 큰 목소리와 여자의 웃음소리가 거침없이 울려 퍼졌다.

아아, 그가 어디에 들른 것인가! 처음에 그는 믿기지 않아서인지 주의 깊게 방안에 있는 커튼을 훑어보기 시작했다. 그러나 벌거숭이 벽이나 커튼이 없는 창문을 보니 집안을 돌볼 주부가 없는 곳임을 확실히 알게 되었다. 이 불쌍한 창조물의 겉늙어 버린 얼굴 가운데 한 여자가 거의 코앞에 앉아서, 마치 남의 옷에 묻어 있는 얼룩이라도 바라보듯이 조용히 그를 바라보고 있었다. 이 모든 상황으로 보아 그 혐오스러운 소굴에 들어왔다는 것을 확신하게 되었다. 화려한 허위 교육과 끔찍하게 많은 도시 인구로 생겨난 음탕한 소굴에 그 자신이 직접 찾아온 것이다. 인간의 삶을 아름답게 만들어 주는 깨끗하고 성스러운 모든 것들을 비웃고 성물(聖物)을 모독하고 짓밟는 이 소굴, 창조물의 명예라 할 수 있는 여자가 이상하고도 애매한 어떤 존재로 변하는 이 소굴, 그리고 여성이 깨끗한 영혼과 함께 여성의 모든 것을 벗어 버리고 남자의 혐오스러운 몸짓이나 파렴치한 행동을 배워서 그 가냘프고 아름다운 모습을 잃어버리게 되는 소굴로 뛰어들었다는 걸 그는 자각하게 되었다.

피스카료프는 자기가 반해서 넵스키 거리를 그렇게 따라온 여자가 바로 그 여자인지 어떤지를 다시 한번 확인해 보고 싶어서 머리끝에서부터 발끝까지 그녀를 놀란 시선으로 훑어보았다. 그러나 역시 눈앞에 서 있는 그 여자는 아름다웠다. 그녀의 머리칼은 너무 아름다웠고 눈도 역시 천상의 것 같았다. 그녀는 생기가 있었다. 겨우 열일곱 살이었다. 그녀가 끔찍한 타락 속에 빠진 것도 그리 오래되지 않은 것이 분명하다. 그는 여자의 볼을 만져 볼 만한 용기조차 없었다. 볼은 생기가 돌았고, 약간의 연지가 가볍게 발라져 있었다. 역시 그 여자는 아름다웠다.

꼼짝도 하지 않은 채 그는 여자 앞에 서서 아까 자신을 망각하고 있었던 것처럼, 지금도 역시 순박하게 스스로를 잊어버릴 준비가 되어 있었다. 그러나 이 아름다운 여자는 오랫동안 침묵으로 그를 지루하게 만들면서, 그의 눈을 똑바로 쳐다보며 의미 있게 미소 지었다. 그러나 이 미소에는 어쩐지 가련하고 뻔뻔스러운 기운이 가득했다. 이 미소는 너무나 기묘해서 이 여자의 얼굴과 잘 어울렸다. 마치 회계 장부와 시인의 어울림처럼 말이다. 신앙심을 드러내는 경건한 표정이 뇌물 수수자의 얼굴에 나타난 듯 어울렸다. 그는 몸을 떨었다. 여자는 아름다운 입을 열어서 무엇인가를 말했지만, 그 말 모두가 철없고 우둔한 것일 뿐이었다……. 마치 순결과 함께 인간의 이성도 버린 것 같았다. 그는 이제 더 이상 아무것도 듣고 싶지 않았다. 그는 순진한 어린애처럼 극도로 혼란스러웠다. 다른 사람 같으면 틀림없이 기뻐할 이런 기회가 기쁘지 않았다. 이렇게 여색이 있는 곳을 이용하려 드는 대신에 그는 사슴처럼 거리로 뛰어나왔다.

머리를 숙이고 두 손을 늘어뜨린 채, 그는 자기 방에 앉아 있었다. 마치 아주 값진 진주를 발견했다가 바로 바다에 빠뜨려버린 운수 나쁜 사람 같았다.

"그렇게 아름다운 여자가, 그토록 신성한 얼굴의 여자가! 사는 곳이 그럴 수가? 어떤 곳인가 했더니……!"

그가 할 수 있는 말이라곤 이것이 전부였다.

사실, 타락과 음탕에 빠져 숨 쉬는 아름다운 여자를 볼 때, 우리는 강한 연민이나 비애감에 사로잡힌다. 추한 것과 친구 하라지. 그러나 아름다움, 부드러운 아름다움…… 그것은 우리 마음속에서 청순이나 순결하고만 어울린다. 불쌍한 피스카료프를 반하게 한 미녀는 정말로 놀랍고 특별한 현상이었다. 그런 모멸감을 느끼는 지역에 이런 여자가 산다는 것이 보통 일이 아니라는 생각이 들었다. 그 여자의 용모는 정말 너무 깨끗했다. 그 아름다운 얼굴 표정은 너무 고상하여 음욕의 무서운 손톱이 여자를 장악하고 있다고는 생각되지 않을 정도였다. 정열적인 남편에게는 값진 진주가 되고, 전 세계가 되고, 전 낙원이 되고, 전 재산이 됐을 텐데. 남에게 알려지지 않은 가정 환경 속에서 아름답고 조용한 별이 되어, 아름다운 입술을 조금 움직이기만 해도 달콤한 명령을 내릴 수 있었을 텐데. 사람들이 많은 큰 홀의 밝은 마루 위에서 촛불의 각광을 받으며, 숭배자들이 말없이 경건한 마음으로 그녀의 발부리에 고개를 조아리는 가운데, 여신이 될 수도 있었을 텐데! 그러나 슬프다! 그녀는 이 세상의 조화를 망가뜨리려는 악마의 무서운 의지에 따라 비웃음을 받으며 그 무서운 나락에 내던져진 것이다.

가슴이 터질 것 같은 연민에 괴로워하면서 그는 꺼져 가는 촛불 앞에 앉아 있었다. 이미 자정이 지난 시계탑은 영시 반을 가리키고 있었다. 그러나 그는 꿈도 꾸지 않고 실제로 잠도 자지 않고 꼼짝없이 앉아만 있었다. 움직이지 않는 틈을 타서 졸음이 조용히 그에게 덮쳐왔다. 방 안은 이미 어두워지기 시작했고, 그저 한 자루의 촛불만이 공상에 사로잡힌 그를 밝게 비추고 있었다. 그때, 갑자기 문을 심하게 두드리는 소리가 들려와 그는 몸을 떨면서 제정신이 들었다. 문이 열리고 비싼 제복을 입은 하인이 들어왔다. 혼자 사는 외로운 방에서 이렇게 값진 제복을 본 일은 한 번도 없었다. 더구나 이런 의외의 시간에……. 그는 이해할 수 없었지만 어쩔 수 없는 호기심으로 방안에 들어온 하인을 바라보았다.

"마님께서……."

하인은 공손히 절을 하면서 말을 이었다.

"선생님께서 몇 시간 전에 들르셨던 댁의 마님께서, 선생님께서 다시 한번 들러 주셨으면 하십니다. 그래서 선생님을 마차로 모시러 왔습니다."

피스카료프는 너무 놀라서 조용히 서 있었다.

"마차가, 제복을 입은 하인이! 여기가 아니오, 아마도 잘못 찾아온 걸 거요……!"

그는 더듬거리며 조심스럽게 말했다.

"이것 봐요, 잘 들어 보시오. 당신은 아마도 잘못 찾아온 게 요. 아마도 마님은 틀림없이 당신을 어떤 다른 사람의 집에 보낸 것이고, 우리 집으로 보낸 건 아닐 거요."

"아닙니다. 선생님, 잘못 온 게 아닙니다. 마님을 집에까지, 저 리테인나야 거리의 4층 방까지 걸어서 전송해 주신 분이 사실 선생님 아니십니까?"

"그렇소만."

"그럼, 부탁드립니다. 마님께서는 선생님을 꼭 뵙고 싶어 하시고, 댁으로 곧장 오시기를 바라셨습니다."

피스카료프는 계단을 뛰어 내려갔다. 마당에는 정말로 마차가 기다리고 있었다. 그는 곧 올라탔다. 마차의 작은 문이 탕하고 소리를 내더니, 마침내는 포장도로의 돌들이 바퀴와 말굽 밑에서 소리를 내며 마차가 출발했다. 조명을 받은 집들의 풍경이 거리의 반짝이는 간판들과 함께 마차의 창가로 스쳐 지나갔다. 피스카료프는 가면서 생각에 잠겨 보았으나, 이 일을 어떻게 해석해야 할지 전혀 알 수가 없었다. 자기 집, 마차, 제복을 입은 하인…… 이 모든 것을 그로서는 4층 방과 먼지 투성이의 창문이나 음이 맞지 않는 피아노와 연결시켜 생각할 수 없었다.

마차는 밝게 빛나는 현관 입구에서 멈췄다. 그는 한꺼번에 줄지어 늘어선 마차나 마부들이 떠드는 소리, 불빛으로 밝게 밝혀진 창문이나 음악 소리에 놀랐다. 비단 제복을 착용한 하인이 그를 마차에서 집으로 모셔 안내했다. 대리석 기둥이 있고, 금가루가 뿌려진 듯한 반짝거리는 옷을 입은 수위가 있고, 여기저기에 망토나 외투가 놓여 있고, 램프가 화려하게 켜져 있는 현관 쪽으로 공손히 인도했다. 눈부신 난간이 붙어 있는 향기로운 냄새가 나는 계단이 공중 위로 뻗어 있었다.

그는 이미 계단을 오르고 있었다. 그리고 무서운 인기척에 놀라서 처음엔 뒷걸음쳤지만 어느새 첫 번째 홀에 들어서고 있었다. 사람들의 얼굴이 다양하게 뒤섞여 있었기 때문에 그는 완전히 당황해 버렸다. 어떤 악마가 전 세계를 수많은 조각으로 쪼개어 그 조각들을 아무 의미도 목적도 없이 함께 섞어 놓은 것 같았다. 반짝이는 여자의 어깨나 검은 연미복, 샹들리에, 램프, 하늘하늘 날리는 얇은 치맛자락, 나풀거리는 리본, 난간 너머로 바라보이는 장엄한 합창단의 육중한 콘트라베이스, 이 모든 것이 그의 눈에는 호화로워 보였다. 그는 한번 죽 훑어보았다. 별이 달린 연미복을 입은 존경스러운 중년 신사와 노년 신사들을 보거나, 마룻바닥 위를 아주 가볍게 거만하고 우아한 걸음걸이로 걷거나 가지런히 앉아 있는 숙녀들을 보았다. 그리고 그는 프랑스어나 영어로 주고받는 많은 말을 들었다. 또한 검은 연미복을 입은 청년들은 기품이 넘쳐흐르고 위엄이 있었다. 이야기를 주고받을 때도 조용조용히 하고 군소리를 지껄이지 않았다. 너무도 의젓하게 우스갯소리를 하거나 공손히 미소를 지었다. 또 훌륭하게 턱수염을 기르고, 넥타이를 매만지면서 아름다운 손을 세련되게 내보이는 법을 터득하고 있었다. 숙녀들은 아주 들떠 있었고 마음속 깊이 만족과 도취에 빠져 너무도 매혹적으로 시선을 내리깔기 때문에, 그러니……. 그러나 꼭 한 사람, 어정쩡하니 기둥에 기대어 서 있는 피스카료프의 겸손한 모습은 명백히 그가 당황하고 있다는 걸 보여 주고 있었다. 이때 많은 사람들이 춤을 추고 있는 사람들을 둘러쌌다. 그들은 파리에서 만든 투명하게 보이는, 공기 그 자체로 짜낸 듯한 의상을 몸에 두르고 있었다. 그녀들의 빛나는 작은 발이 자연스럽게 마룻바닥에 닿았다. 전혀 닿지 않았을 때보다도 더 공중에 떠 있는 듯했다. 그러나 그 가운데 꼭 한 사람, 누구보다도 아름답고 누구보다도 화려하게 빛나는 옷을 입은 여자가 있었다. 말로 표현할 수 없는 지극히 미묘한 취향이 결합해서 그녀의 모든 장식에 넘쳐흐르고 있었다. 그럼에도 불구하고 그런 것에 전혀 신경을 쓰지 않은 채 자연스러워 보였다. 여자는 앞을 바라보고 있었지만, 주위를 둘러싸고 있는 구경꾼들을 바라보는 게 아니었다. 아름답고 긴 속눈썹을 내리깔고 있었는데, 여자가 머리를 기울여 희미한 그림자가 매혹적인 이마를 가릴 때면, 그 밝은 하얀 얼굴은 한층 더 눈부신 시선을 던졌다.

피스카료프는 여자를 바라보려고 있는 힘을 다해 사람들을 밀쳤다. 그러나 애석하게도 검은 고수머리를 가진 어떤 사람의 큰 머리통이 끊임없이 여자에게 향하는 길을 가로막고 있었다. 더구나 사람들에게 밀려서 실수로 어느 3등관을 밀치기라도 한다면 큰일이라고 생각하니 앞으로도 뒤로도 움직일 수가 없었다. 그러나 겨우 앞으로 나올 수가 있었고, 옷차림을 가다듬기 위해 자기 옷을 바라보았다. 아아, 하느님, 이게 뭡니까! 그는 프록코트를 입고 있었으며, 그것도 그림물감에 더럽혀진 옷을 입고 있지 않은가. 너무 서둘러 왔기 때문에, 그는 점잖은 옷으로 갈아입는 것을 잊어버렸던 것이다. 그는 귀뿌리까지 빨개져 구멍이라도 있으면 들어가고 싶었다. 그러나 결정적으로 숨을 만한 곳이 없었다. 왜냐하면 훌륭한 양복을 입은

시종들이 그의 등뒤에서 벽처럼 막아 서 있었기 때문이다. 그
래서 그는 이 아름다운 이마와 속눈썹을 가진 미녀 곁에서 되
도록 멀리 떨어져 있고 싶었다. 그는 여자가 이쪽을 바라보지
않을까 두려워하면서도 잘 보기 위하여 눈을 들었다. 아아!
그 여자가 바로 앞에 서 있는 게 아닌가……. 그러나 이게 웬
일인가? 어찌 된 일인가?

"이 여자다!"

그는 거의 목청껏 큰 소리로 외쳤다. 정말로 그 여자였다.
그가 넵스키 거리에서 처음 만나서 애써 집에까지 뒤따라갔
던 바로 그 여자였던 것이다.

그러는 사이에 여자는 속눈썹을 들고, 맑은 시선으로 사방
을 바라보았다.

"아, 아, 아, 참으로 다행이다!"

그는 숨이 막힐 것 같아 겨우 이런 말만 할 수 있었다. 그
여자는 제각기 먼저 그녀의 눈에 들려고 덤벼드는 무리들을
둘러보았다. 그러나 어쩐지 피곤하거나 마음이 내키지 않는
듯한 모습으로 곧 눈길을 돌리더니 피스카료프의 시선과 마
주쳤다.

오, 이 무슨 천국인가! 이 무슨 낙원인가! 하느님, 이것을
견디어낼 만한 힘을 주시옵소서! 그는 그런 삶을 수용할 수
없을 테고, 영혼을 파괴하거나 잃어버리게 되리라!

그녀는 신호를 했으나, 손으로 그런 것도 아니고, 머리로 그
런 것도 아니고, 실로 못 견딜 만한 눈으로 신호를 했다. 더구
나 그러는 그 눈빛이란 지극히 미묘하고 비밀스러운 것이었다.

아무도 볼 수가 없었으나, 그는 그것을 보고 이해하였다. 춤은 오랫동안 계속되고 있었고, 지친 듯한 음악은 거의 사라져 버린 듯 생각되었다. 그런가 하면 다시 비명을 지르는 듯한 소리와 으르렁거리는 소리가 울렸다. 마침내 춤이 끝났다. 그 여자는 앉았다. 그녀의 가슴이 희미한 연기 아래 크게 오르내리고 있었다. 무릎에 내려놓은 여자의 손……. 아, 얼마나 아름다운 손인가! 이 아늑해 보이는 그녀의 옷을 누르고 있었다. 손밑의 옷이 음악으로 호흡하고, 그 옷이 연한 라일락색이라 여자의 아름다운 흰 손을 한층 돋보이게 했다. 저 손을 만져 볼 수 있다면, 그야말로 최고일 텐데! 다른 소망은 없었다. 그런 건 모두 뻔뻔스러운 짓이다……. 그는 말을 하려고도 하지 않고 숨을 쉬려고도 하지 않은 채 여자의 의자 뒤에 서 있었다.

"지루하셨죠?"

여자는 입을 열었다.

"저도 역시 지루했어요. 전 잘 알고 있어요, 당신께서 절 미워하신다는 걸……."

여자는 긴 속눈썹을 내리깔며 덧붙였다.

"당신을 미워하다니! 내가요? 내가……."

완전히 당황한 피스카료프는 말하려 했다. 아마도 연결되지도 않는 몇 마디 말을 하려 했을 것이다. 그런데 이때 눈치 빠르고 유쾌한 모습에 머리를 곱게 손질한 시종이 들어왔다. 시종은 결코 밉지 않은 치아를 꽤 즐겁게 보여 주고 있었지만, 우스갯소리를 할 때마다 그의 가슴에 날카로운 못을 박는 듯했다. 마침내 곁에 있던 한 사람이 하인에게 무엇인가를 물었다.

"어머, 이건 정말 참을 수 없는 일이네요!"

여자는 천상의 눈을 들어 그에게 돌리면서 말했다.

"전 홀의 다른 쪽 구석으로 가겠어요. 저쪽으로 오세요!"

여자는 사람들 사이를 빠져나가 사라졌다. 그는 미친 사람처럼 사람들을 밀치면서 이미 그쪽으로 가고 있었다.

그렇다, 이 여자다! 그녀는 가장 아름답고 훌륭하며, 마치 여왕처럼 앉아서 눈으로 그를 찾고 있었다.

여자는 조용히 입을 열었다.

"여기에 벌서 와 계셨군요? 당신 앞에서 고백하겠어요. 우리가 처음 만났을 때의 상황이 틀림없이 이상하게 보였겠지요. 틀림없이 저도 그 천박한 여자들과 한패라고 생각하시겠죠? 당신은 저를 그런 데서 만났으니까요. 당신에게는 제 행동이 이상하게 보이겠죠. 하지만 비밀을 고백하겠어요. 당신은 하실 수 있겠지요?"

여자는 자기 눈을 지그시 감고 남자의 얼굴을 향했다.

"여자를 결코 배신하지 않으시겠지요?"

"오오, 그럼요! 정말입니다! 정말입니다!"

그러나 이때 꽤 나이 먹은 사람이 접근해 와 피스카료프가 알아들을 수 없는 어떤 말을 여자와 주고받더니 여자에게 손을 내밀었다. 여자는 애원하는 듯한 눈초리로 피스카료프를 바라보며 그대로 여기 서서 자신이 돌아올 때까지 기다려 달라는 눈짓을 보냈다. 그러나 그는 견딜 수 없을 정도로 조바심이 났다. 가령 그 여자의 입에서 나온 어떤 명령이라 할지라도 그는 듣고 앉아 있을 수 없는 기분이었다. 그는 여자의 뒤를 따라갔다. 그러나 무리 지어 있는 사람들 때문에 그들은 헤어지고 말았다. 그의 눈에는 라일락색 옷도 보이지 않았다! 그는 불안으로 방에서 방으로 건너가, 아무 거리낌 없이 마주치는 사람들을 모조리 밀쳤다. 그러나 어느 방이나 죽음과 같은 정적에 휩싸여 있고, 지방 나리들이 휘스트 카드놀이를 하고 있었다. 방구석에서는 몇 명의 나이 지긋한 사람들이, 무관이 문관보다 나은가에 대해서 토론하고 있었다. 또 다른 한구석에서는 고급 연미복을 입은 사람들이 노동자 시인들의 대다수 작품들에 대하여 가벼운 비난의 말을 던지고 있었다. 훌륭한 풍채의 한 인물이 피스카료프의 연미복 단추를 붙잡고 그 사람의 의견에 대한 지극히 정당한 소견을 제시해 달라고 하는 것 같았다. 그러나 피스카료프는 상대방의 목에 아주 귀중한 훈장이 걸려 있다는 것을 알아채지 못한 채, 그 노인을 난폭하게 밀쳐 버렸다. 다음 방으로 뛰어들어갔다. 거기에도 여자는 없었다. 다시 세 번째 방으로 갔으나 역시 없었다.

'그 여자는 어디 있는 걸까? 그 여자를 내놓아라! 아아, 그 여자를 보지 않고선 살 수가 없다! 그 여자가 하고자 하는 이야기를 듣고 싶어!'

그녀를 찾으려는 모든 노력은 헛수고였다. 불안하고 피로해진 그는 방 한쪽 구석에 몸을 기대고, 모여 있는 사람들을 바라보았다.

그러나 핏발 선 그의 눈에는 모든 것이 어렴풋이 비칠 뿐이었다. 마침내, 자기 방의 벽이 겨우 보이기 시작했다. 그는 눈을 들었다. 그 앞에 불타는 촛대가 있었다. 거의 꺼지려 하면서 촛대 밑바닥에서 불꽃이 가물거리고 있었다. 초는 녹았고, 촛농이 탁자 위에 흘러내리고 있었다.

그는 그렇게 잠들어 있었다! 아아, 꿈이라니! 그런데 왜 깨어 버렸을까? 왜 조금 더 계속되지 않았을까? 그 여자가 틀림없이 다시 나타났을 텐데! 화가 치밀었다. 새벽이 창문 사이로 불쾌하고 희미한 빛을 던지며 그를 살펴보고 있었다. 방은 회색으로 침침하게 어지럽혀져 있었다……. 아, 아, 현실이란 얼마나 혐오스러운가? 왜 꿈과는 다른가? 그는 서둘러서 옷을 벗고 침대에 들어가, 달아난 꿈을 한순간이라도 불러들이려고 담요를 덮어쓰고 누웠다. 결국 똑같은 꿈은 꾸어지지 않았고, 그가 보고 싶은 것도 전혀 나타나지 않았다. 피로고프 중위가 파이프 담배를 물고 나타나거나 아카데미의 수위가 나타나기도 하고, 고등 문관이 나타났는가 하면, 언젠가 그가 초상화를 그려준 핀란드 여자의 얼굴이 불쑥 나타나기도 하는 등, 이것저것 모조리 터무니없는 것뿐이었다.

정오가 가까워질 때까지, 그는 잠들기를 기대하며 침대에 누워 있었다. 그러나 여자는 나타나지 않았다. 그 아름다운 모습을 단 한순간이라도 볼 수 있었으면, 그녀의 가벼운 발걸음 소리가 조금만이라도 들려왔으면. 천상의 눈처럼 그녀의 선명한 손이 눈앞에 아른거렸다.

모든 걸 뿌리치고, 모든 걸 잊어버렸다. 다만 꿈 생각만 하면서 슬픔에 젖어 앉아 있었다. 이제는 아무것도 먹고 싶은 생각이 들지 않았다. 이제는 뭔가를 보겠다는 생각도, 살겠다는 마음도 없었다. 그의 눈은 그저 정원을 향해 난 창문을 바라보고 있었다. 그곳에서는 흙탕물을 운반하는 사람이 물을 붓고 있었다. 물은 밖에 내놓으면 얼어 버린다. "헌옷 팔아요." 하는 염소 소리 같은 장사꾼의 목소리가 들려온다. 매일매일의 현실적인 일들이 이상스럽게도 듣는 사람을 크게 감동시켰다. 그는 저녁때까지 그렇게 앉아서 지내다가 탐욕스럽게 잠자리에 몸을 던졌다. 오랜 시간 잠을 자지 못하고 엎치락뒤치락했지만, 마침내 불면을 극복했다. 또다시 이상한 꿈을 꾸었지만 어쩐지 시들하고 기분 나쁜 것이었다.

"하느님, 제발 잠시 동안, 단 일 분이라도 좋으니, 한순간만이라도 그 여자를 보여 주십시오!"

그는 다시 저녁때를 기다렸다가 또 잠들었고, 다시 어떤 관리 꿈을 꾸었다. 그 관리와 악기가 함께 있는 꿈도 꿨다. 아아, 이건 견딜 수 없는 일이다! 마침내 그 여자가 나타났다! 그녀의 머리와 머리털과…… 이쪽을 보고 있다……. 아, 어쩌면 시간은 그리도 짧으냐! 다시 안개 같은, 또다시 부질없는 꿈이었다.

마침내 꿈꾸는 것이 그의 생활이 되어 버렸다. 이때부터 그의 모든 생활이 이상스럽게 변해 버렸다. 말하자면 그는 현실에서 잠들고, 꿈속에선 잠들지 않고 있었던 것이다. 만일 누군가 그가 텅 빈 탁자 앞에 조용히 앉아 있거나, 거리를 걷고 있는 것을 보았다면, 틀림없이 그를 몽유병자이든가 아니면 귀신 들린 사람이라고 생각했을 것이다. 그의 시선에서는 분별력이 사라졌고 자연스럽게 흐트러졌다. 마침내 호전되어 모든 오만한 감정이 그의 얼굴에서 완전히 사라졌다. 다만 밤이 돌아왔을 때만, 그는 살아갈 만했다.

　이런 식으로 그의 체력은 거의 한계에 다다라 있었다. 그리고 그에게 가장 두려운 고민은 아무리 애를 써도 잠들 수 없는 것이었다. 잠들어서 꿈을 꾸겠다는 유일한 소원을 달성하기 위하여, 그는 졸음이 오도록 온갖 수단을 연구했다. 잠들게 하는 방법이 있다는 말을 들은 일은 있었지만, 그러기 위해서는 아편을 복용하는 길밖엔 없었다. 그러나 그 아편을 어디서 입수할 수 있을까? 그는 숄 상점을 가지고 있는 페르시아인이 생각났다. 거의 언제나 만날 때마다 그에게 미인화를 그려 달라고 조르는 사람이었다. 그는 이 사람이라면 틀림없이 아편을 가지고 있으리라 생각하고, 곧 그에게 가 보기로 했다. 페르시아인은 소파에 다리를 꼬고 앉은 채 그를 맞이했다.

　"아편을 뭣에 쓰려고요?"

　페르시아인은 그에게 물었다.

　피스카료프는 자기의 불면증에 관한 이야기를 했다.

　"좋습니다. 아편을 드리지요. 그 대신 미인화를 그려 주시오. 훌륭한 미인을! 눈썹이 검고, 눈이 올리브 열매만큼 크고, 곁에 누워서 한 대 피울 수 있어야 합니다! 알겠소? 아름다워야 해요! 미인이어야 해요!"

　피스카료프는 모든 것을 받아들였다. 페르시아인은 잠시 나갔다가 검은 액체가 가득 든 병을 들고 왔다. 그는 그걸 조심스럽게 다른 병에 조금 따라서 한 번에 일곱 방울을 타서 복용하되, 그 이상을 복용해서는 안 된다고 가르쳐 주면서 피스카료프에게 넘겨주었다.

그러자 그는 돈을 산더미처럼 쌓아 놓아도 바꿀 수 없는 소중하고 소중한 약병을 움켜쥐고 걸음을 재촉해 집으로 돌아왔다.

집으로 돌아와서, 물컵에 몇 방울 떨어뜨려, 그걸 단숨에 들이킨 다음 얼른 누워 버렸다.

아, 얼마나 기쁜 일인가! 그 여자가! 또다시 그녀가! 그러나 이번엔 완전히 다른 모습으로! 아아, 그녀는 시골의 어느 밝은 집의 창가에 참으로 아름답게 앉아 있다! 그녀의 옷차림은 시인이 생각하고 표현하는 것처럼 단순했다. 머리 손질은······ 하느님, 그 머리 손질 방법은 얼마나 소박하며, 어쩌면 그렇게도 잘 어울리는지! 삼각형의 수건은 그녀의 건강한 목에 사뿐히 걸려 있었다. 그녀는 모든 면에서 겸손하고 모든 것이 신비스럽고 뭐라 말할 수 없는 취향이 깃들어 있었다. 저 우아한 걸음걸이는 얼마나 사랑스러운가! 저 걸음걸이와 옷 스치는 소리는 얼마나 음악적인가! 머리 밴드로 조인 저 손은 얼마나 아름다운가! 여자는 눈에 눈물을 머금은 채 말한다.

"무시하지 말아 주세요. 저는 당신이 생각하고 있는 것 같은 여자가 아니에요. 잘 보세요. 좀 더 잘 보신 다음에 말씀해 주세요, 역시 내가 당신이 생각한 대로인가요, 아닌가요?"

"오, 아니요! 거짓이라고 생각하신다면 어쩔 수 없지만, 정말로······."

그러나 그는 잠이 깼다. 가슴이 찢어질 정도로 감동해 눈에는 눈물이 맺혀 있었다. 차라리 당신이라는 여자가 없었더라면! 이 세상에 살아 있지 않았다면! 그렇다면 나는 캔버스를 떠나지 않을 것이다. 나는 영원히 당신을 바라보고 키스할 텐데. 당신이란 사람을 가장 아름다운 꿈이라 생각하며 살 텐데. 그랬더라면 그때 나는 행복했을 텐데! 그 이상 아무런 소원이 없을 텐데. 잠을 자거나 눈을 뜨거나 나는 천사의 이름을 부르듯이 당신의 이름을 부를 텐데. 그리고 신성하고 성스러운 것을 그리고자 했을 때, 나는 당신을 기다렸을 것이다. 그러나 지금은…… 참으로 무서운 생활을 하고 있다! 그 여자가 살아 있다고 한들 무슨 이득이 있겠는가? 광인의 생활이 그 옛날 언젠가 사랑했던 친척이나 친구들의 눈에 과연 즐겁게 보일까? 아아, 하느님 내 삶은 도대체 뭡니까! 현실과 꿈과의 끝없는 불화와 반목이 아닙니까! 대충 이런 생각들이 끊임없이 그를 괴롭혔다. 다른 일은 아무것도 생각하지 않았고, 거의 아무것도 먹지 못했다. 그저 참을 수 없고, 사랑하는 여자에 대한 정열로 저녁을 기다렸고, 보고 싶은 환영을 기다렸다. 계속해서 한 가지 일에 정신을 쏟아부어 마침내 현실의 모든 일과 상상을 좌우할 수 있는 힘을 얻었기 때문에 그는 바라는 모습을 거의 매일 볼 수 있게 되었다. 현실과는 항상 모습이 달랐다. 그것은 그의 생각이 어린애의 그것처럼 너무나 깨끗하기 때문이었다. 꿈에 나타나는 그 대상은 왠지 더 청순하게 보였고, 완전히 형태가 변했다.

아편을 복용했기 때문에, 그의 생각은 훨씬 더 뜨거워졌다. 만일 과거 언젠가 지독한 광기로, 맹렬하고 무섭고 파괴적으로 격렬하게 사랑을 해 본 사람이 있다면, 그 불행한 자야말로 바로 그였다.

그가 꾼 모든 꿈 중에서 한 가지가 그에게 가장 기뻤다. 그
것은 그의 화실을 생각할 때였다. 그는 너무나 기분이 좋아서
팔레트를 손에 들고 즐거운 듯이 앉아 있었다! 그녀도 이미
거기에 있었다. 그녀는 이미 그의 아내가 되어 있었다. 그녀는
남편 의자의 등에다 그 매혹적인 팔꿈치를 기대고 앉아 남편
의 작업을 바라보고 있었다. 피곤해서 힘이 없는 그녀의 눈에
는 지극한 행복의 빛이 어려 있었다. 그의 방에 있는 모든 것
이 낙원처럼 살아 숨 쉬었다. 모든 것이 너무나 빛나고 아름답
게 꾸며져 있었다. 아아! 그녀는 남자의 가슴에 그 매혹적인
머리를 기대었다…… . 이보다 더 좋은 꿈을 그는 한 번도 꾼
적이 없었다. 이 꿈을 꾸고 난 이후부터 그는 어쩐지 전보다
활발해지고 멍하게 서 있는 일도 적어졌다. 그의 머릿속에는
묘한 생각이 떠올랐다.

그는 생각했다.

'아마도 뜻하지 않은 어떤 무서운 사건 때문에 그 여자는
음탕한 생활 속에 빠져들었을 거다. 그 여자 마음도 아마 후회
하는 쪽으로 움직일 거야. 틀림없이, 그녀 자신도 그녀의 무서
운 환경에서 도망쳐 나오고 싶을 거야. 그래도 그녀의 파멸을
태연하게 묵인하란 말인가? 더구나 물에 빠진 그녀를 구하기
위해서는 손만 내밀어도 될 때에?'

그의 생각은 더 계속되었다.

"아무도 나를 알지 못한다."

그는 혼자 중얼거렸다.

"그리고 누가 나에게 어떤 볼일이 있겠는가. 그래, 나도 역시

별 볼일 없는 놈이야. 만일 그 여자가 깨끗이 뉘우치고 자기의 생활을 고치겠다면, 그땐 그 여자와 결혼해야겠다. 그 여자와 결혼해야만 해. 그렇게 되면 자기 집의 가정부나, 멸시할 만한 몹쓸 인간들과 자주 결혼까지 하는 녀석들보다는 훨씬 나을 거야. 더구나 내 행위는 아주 청렴하거나 위대하기까지 할 수도 있어. 가장 아름다운 자랑거리를 세상에 들려줄 테다!"

이런 경박한 계획을 세우면서, 그는 자신의 얼굴이 상기되어 붉어지는 것을 느꼈다. 거울 앞에 가 보고서 자신의 볼이 움푹 들어가 있고 얼굴이 창백하다는 데 스스로 놀랐다. 조심성 있게 몸단장을 시작했다. 세수를 하고, 머리를 빗고, 화려한 조끼에 새 연미복을 입고, 그 위에 망토를 걸치고 거리로 나왔다. 상쾌한 공기를 들이마시고, 마치 오랫동안 앓다가 처음으로 외출을 결심한 환자처럼, 그는 가슴 속이 상쾌해지는 것을 느꼈다. 그 운명적인 만남이 있었던 때부터 한 번도 발을 들여놓은 일이 없는 그 거리로 다가가니, 가슴이 두근거렸다.

그는 한참 동안 여자의 집을 찾았다. 기억에서 사라진 것 같았다. 두 번이나 그 거리를 걸었지만, 멈춰 서 볼 집이 없었다. 마침내 그럴싸한 집이 보였다. 재빠르게 계단을 뛰어 올라가 문을 두드렸다. 문이 열렸다. 그리고 그의 눈앞에 나타난 사람은 누구였을까? 그의 이상이요, 마음속에 숨긴 모습이요, 꿈속 그림의 원형, 즉 지금까지 살아오면서 그토록 두려워하고 그토록 고통받고 또 그토록 달콤하게 생각한 그 여자였다. 그 여자가 바로 자기 앞에 서 있는 것이다. 그는 떨리기 시작했다. 기쁨에 넘친 나머지 힘이 빠져 겨우 일어설 수 있었다.

그 여자가 그 앞에 역시 아름답게 서 있었다. 눈은 졸리는 듯하고 얼굴은 창백해 보이고 지금은 그렇게 생기가 있진 않지만, 여전히 아름다웠다.

"아아."

그 여자는 피스카료프를 보자 눈을 비비면서 (그때는 이미 2시였다.) 외쳤다.

"왜 당신은 그때 도망쳐 버렸나요?"

그는 털썩 의자에 앉으면서 여자를 쳐다보고 있었다.

"난 지금 눈을 뜨자마자 나왔어요. 아침 7시에 들어왔어요. 술에 완전히 취했었죠."

여자는 웃으면서 덧붙여 말했다.

아아, 그런 말투를 쓰느니 차라리 벙어리가 되어 완전히 말을 못 하는 게 더 좋겠다! 여자는 순식간에 자기 생활 전부를 파노라마와 같이 보여 주는 것이었다. 그럼에도 불구하고 그는 마음을 다져 먹고 자기의 충고가 여자에게 효과가 있는지 어떤지를 시험해 보기로 결심했다. 용기를 낸 다음 약간 떨리지만 열성적인 목소리로 두려워할 여자의 환경에 대해서 이야기하기 시작했다. 여자는 조심스런 모습으로, 우리가 예기치 않은 어떤 이상한 일을 만났을 때 나타내는 그런 놀란 표정으로, 그의 말을 듣고 있었다. 여자는 가볍게 미소를 지으면서 구석에 앉아 있는 친구를 흘끗 바라보았다. 그 여자 역시 빗을 닦고 있다가 손을 멈추고 새로운 설교자의 말을 열심히 듣고 있었다.

"사실 난 가난합니다."

교훈적인 긴 설교를 끝낸 피스카료프는 마침내 한마디 덧붙였다.

"그러나 우리 일합시다. 생활을 향상시키도록 서로 노력합시다. 자기 자신의 힘으로 만사를 해결해 나가는 것보다 즐거운 일은 없습니다. 나는 앉아서 그림을 그릴 겁니다. 당신은 내 곁에 앉아서 내 일을 격려해 주든가, 바느질을 하든가, 다른 손쉬운 일을 하면 됩니다. 그렇게 하면 우리는 아무것도 부족할 게 없을 겁니다."

"농담 마세요!"

여자는 뭔가 경멸하는 듯한 표정으로 말을 막았다.

"난 일하기 위한 세탁부나 바느질하는 여자가 아니에요."

아아! 이 말들에는 실로 천하고 멸시받을 만한 생활 태도가 그대로 나타나 있었다. 즉, 확실히 음탕함의 동반자인 공허와 태만으로 가득 찬 생활이 그대로 나타나 있었던 것이다.

"나하고 결혼해요!"

그때까지 구석에서 잠자코 있던 그 여자의 친구가 무례한 모습으로 입을 열었다.

"내가 아내가 된다면, 이런 식으로 앉아 있어 드리지요!"

그렇게 말하면서, 그 여자는 보기에도 애처롭게 바보 같은 표정을 지어 보였다. 그러자 아름다운 여자는 크게 웃어 댔다.

아아, 이건 너무 지나치다! 이렇게 되다니 어쩔 수가 없다! 그는 정신없이 밖으로 뛰어나왔다. 그의 이성은 흐려졌다. 아무 목적도 없이, 아무것도 보이지 않고 들리지 않고 느껴지지 않는 채로, 그는 바보처럼 하루 종일 헤맸다. 누구도 그가 어디서 밤을 새웠는지 알 수 없었다. 다음 날이 되자 그는 어떤 바보 같은 본능에 의해 창백한 얼굴로 머리카락을 흐트러뜨리고 미친 사람 같은 무서운 표정을 하고 자기 집으로 돌아왔다.

그는 자기 방에 들어가서는 아무도 못 들어오게 하고서, 아무것도 먹지 않았다. 나흘이 지났어도, 닫힌 방문은 한 번도 열리지 않았다. 마침내 일주일이 지났지만 방문은 계속 닫혀 있었다. 사람들은 문 앞에 몰려가서, 그를 불러 보았다. 아무런 대답이 없었다. 마침내 문을 부수고 들어가 보니 목이 잘려 숨진 시체가 발견되었다. 피 묻은 면도칼이 마루에 떨어져 있었다. 경련으로 쭉 뻗친 두 팔이나, 무섭게 일그러진 모습으로 미루어 볼 때, 그의 손이 부정확했기 때문에 그 죄 많은 영혼이 육체를 떠날 때까지는 상당히 오랫동안 고통스러워했던 것 같았다.

미칠 듯한 열정의 희생자인 불쌍한 피스카료프는 그렇게 사라졌다. 조용하고 소심하고 겸손하고 어린애처럼 순진하고, 한때 아주 밝게 타오를 수 있는 재능을 가졌던 사람이 사라진 것이다. 울어 줄 사람도 없었다. 숨진 시체 옆에는 조금도 신기할 것 없는 경찰관의 모습과 도시 약사의 냉담한 얼굴 말고는 아무도 보이지 않았다. 그의 관은 종교적인 의식 없이 오흐타[8]로 운반되었다. 뒤따라갔던 감시병만이 울고 있었다. 그것도 그가 보드카를 들이마셨기 때문이었다. 피로고프 중위조차도 생전에 자기가 꽤나 돌봐 주었던 불행하고 불쌍한 사람의 시체를 보러 오지 않았다. 하긴 그도 그럴 처지가 못 됐

---

8) 오흐타(Okhta)는 페테르부르크 외곽에 있는 공원묘지를 가리킨다.

다. 그는 중대한 사건 때문에 몹시 바빴던 것이다. 그럼 이젠 그에게로 이야기를 돌려 보자.

난 시체나 죽은 사람을 좋아하지는 않는다. 언제나 긴 장례식 행렬이 지나가고, 불구자가 된 병사가 이상한 두건을 쓰고 오른손에 횃불을 들고 있기 때문에 왼손으로 코담배를 쥐고 있는 것을 볼 때면, 나는 항상 기분이 나빠진다. 나는 호사스런 영구차나 비단으로 감싼 관을 볼 때면, 늘 마음속으로 울화가 치민다. 그러나 마부가 아무것도 덮지 않은 가난한 사람의 붉은 관을 끌고 가는 것을 볼 때, 네거리에서 만난 어떤 여자 거지 하나만 일없이 그 뒤를 따라가는 것을 볼 때, 나의 울화는 슬픔과 섞여 버린다.

우리는 아마 피로고프 중위가 불쌍한 피스카료프와 헤어져서 금발 여자를 뒤쫓아가는 대목에서 멈추었을 것이다. 이 금발 여자는 가벼운 얘기가 통하는 꽤 재미난 피조물이었다. 그녀는 상점마다 일일이 멈춰 서서 진열장에 놓인 허리띠나 목도리나 수건이나 귀걸이나 장갑이나 그 밖의 여러 가지 물건들을 들여다보기도 하고, 번번이 고개를 돌려 여기저기를 둘러보거나 뒤돌아보곤 했다.

"아아, 귀여운 것, 너는 내 것이다!"

피로고프는 아는 사람과 마주치지 않도록 외투 깃을 세워서 얼굴을 가리고 미행을 계속하면서 자신 있게 말했다. 그런데 피로고프 중위가 어떤 인물인지를 독자들에게 소개한다고 해서 별로 폐가 되지는 않으리라.

그러나 피로고프 중위가 어떤 인물이었던가를 이야기하기

전에, 피로고프가 소속된 사회에 대해 조금 이야기해 두는 것도 나쁘지 않을 것이다. 페테르부르크에서는 중류 계급 사회를 형성하고 있는 사관들이 있다. 40년이나 일해서 겨우 5등관 문관이나 4등관 문관에 오른 사람들이 개최하는 파티나 만찬회에 가 보면, 여러분은 언제나 그들의 동료 한 사람을 발견할 것이다. 거기엔 페테르부르크 도시처럼 빛 바래고 창백한 아가씨들, 그중에서도 나이 찬 노처녀들, 차탁자, 피아노, 가정에서의 댄스 파티가 있다. 이 모든 것들이 정숙한 금발의 처녀와 젊은이들 또는 친지들의 검은 연미복 사이에서 램프의 불빛을 받아 반짝이는 사관들의 견장과는 떼려야 뗄 수 없는 관계를 맺고 있다. 이런 냉정한 아가씨들을 자극해 움직이게 하든가 웃긴다는 건 지극히 어렵다. 그러기 위해서는 비상한 기교를 동원하거나 아니면 오히려 아무런 기교 없이 말하는 게 낫다. 너무 지나치게 영리한 체하지 말고 너무 우습지 않도록 하고, 무슨 이야기든 여자들이 즐기는 사소한 것이 있음을 알고 해야 한다. 더구나 이런 일에 방금 말한 신사의 솜씨를 정당하게 인정하지 않으면 안 된다. 그들은 시들어 가는 아가씨들을 웃기든가 귀를 솔깃하게 하는 특수한 재능을 갖고 있다. 숨이 막힐 정도로 웃기고 나서 "어머, 그만해 두세요! 그렇게 웃기고도 부끄럽지 않아요!"라고 외치는 소리가 그 신사들에게는 종종 최고의 보상이 된다. 그들은 상류 계급의 모임에 거의 얼굴을 내밀지 않거나, 절대로 나타나지 않는다고 말하는 것이 낫다. 그곳에 가면 그들은 이 사회에서 귀족이라 불리는 사람들에 의해서 완전히 압도당한다. 더구나 그들은 지식과 교양이 있는 사람들로 간주되는 것이다. 귀족들은 문학 논쟁을 즐긴다. 불가린이나 푸시킨이나 그레치[9]를 찬양하고, 오를로프[10]에 대한 이야기를 할 때엔 신랄하게 비꼬며 경멸한다. 그들은 어떤 공개 강연이 있다면, 가령 그게 회계장부에 관한 것이건 나무 심기에 관한 것이건 한 번도 빠뜨리지 않고 출석한다. 가령 『필라트카』[11]를 제외한 그들의 까다로운 취향에 맞지 않는 다른 프로가 걸려 있다 해도 극장에 가면 귀족 한 명 정도는 보게 될 것이다. 그들은 극장의 단골이다. 극장 경영자를 위해서는 가장 소중한 단골 손님인 것이다. 그들은 연극 속에 나오는 아름다운 시들을 좋아하고, 또한 큰 소리로 배우들을 불러내는 것을 좋아한다. 그들 가운데 대다수가 공립 학교에서 교편을 잡고 있거나, 공립 학교에 들어갈 준비를 하는 사람들로서 결국엔 한 마리가 끄는 마차나 쌍두마차를 굴리게 된다. 그렇게 되면 교제의 범위도 넓어진다. 마침내 그들은 피아노도 치고 10만 루블이나 그 정도의 현금이 있고, 수염이 많이 난 친척들 주변에서 놀 줄 아는 장사꾼의 딸과 결혼하기에 이른다. 그러나 이런 명예도 적어도 대령급 정도는 되어야 얻을 수 있다. 왜냐하면 러시아의 수염을 가진 인

---

9) 타데우스 베네디크토비치 불가린(Thaddeus Venediktovich Bulgarin, 1789~1859)와 니콜라이 이바노비치 그레치(Nikolay Ivanovich Gretsch, 1787~1867)는 《북방의 꿀벌》이라는 당시에는 잘 알려진 보급판 신문을 발행하는 반정부 진형의 영향력이 있는 저널리스트이며 이류 작가였다.
10) 오를로프(A. A. Orlov, 1791~1840)는 저속한 풍속을 묘사한 책의 저자이다.
11) 원 제목은 『필라트카와 미로시카』이다.

물들은 자기 딸만은 장군이나 적어도 대령 정도가 아니면 결혼시키고 싶어 하지 않기 때문이다. 그들 중 몇 명은 배추 냄새가 나는 수염을 갖고 있을지언정 말이다. 그런 것들이 이런 청년들의 대체적인 특징이다. 그러나 피로고프 중위는 그만의 여러 가지 특별한 재능을 갖고 있다.

그는 『드미트리 돈스코이』[12]와 『지혜의 슬픔』[13]에 있는 시들을 재치 있게 읊조리기도 하고, 동그란 담배 연기를 하나씩 열 개쯤 연결해서 토해내는 특별한 기술도 갖고 있었다. 또 '대포는 대포로 구분하고, 일각수는 일각수로 구분한다.'는 것에 관련된 진귀한 일화를 유쾌하게 이야기할 수도 있었다. 그런데 운명이 부여한 피로고프의 선천적 재능을 모두 열거하기는 약간 어렵다. 그는 여배우나 댄서들의 이야기를 하기 좋아했다. 그러나 이것도 젊은 중위가 그런 것을 화제로 해서 늘 이야기할 때처럼 날카롭지 못했다. 그는 최근에 진급한 중위라는 직위에 아주 만족했다. 그래도 때로는 소파에 뒹굴면서 말했다.

"오오! 헛된 것이다, 모든 것이 허무하다! 내가 중위인 것은 도대체 뭐라는 건가!"

그러나 그는 마음속으로 이 새로운 지위에 아주 만족하였다. 그는 대화할 때 자주 애매한 말로 암시하고자 하였다. 언젠가 한 번 그에게 무례한 짓을 한 어느 서기를 길거리서 만

---

12) 『드미트리 돈스코이』는 네스토르 쿠콜니크(Nestor Kukolnik, 1809~1868)가 써서 대성공을 거둔 역사 비극이다.
13) 그리보예도프가 지은 운문으로 된 코미디다.

나자 그를 바로 불러 세우고 격한 말로, 지금 네 앞에 서 있는 중위는 다른 장교와 다르다는 것을 주지시킨 일도 있었다. 더구나, 그때 그의 곁을 아주 아름다운 숙녀 두 명이 지나쳤기 때문에, 그는 웅변술로 그것을 표현하려 했다. 피로고프는 아름다운 모든 것에 대하여 항상 정열을 보여 주었고 화가인 피스카료프를 격려했다. 아마도 그것은 자기의 초상화를 풍채가 당당하게 그려 주기를 원했기 때문일 테지만. 피로고프의 성격에 대해서는 이 정도 말하는 걸로 충분하다. 이 사람은 그런 특이한 인간이어서 그의 장점을 한꺼번에 갑자기 열거할 수 없다. 또 이 사람을 보면 볼수록, 그의 새로운 특성이 나타난다. 그걸 적으려면 끝이 없다.

그래, 피로고프는 미지의 여자를 뒤쫓다가 종종 그녀에게 말을 건다. 그럴 경우, 여자는 한두 마디 분명하지 않은 말투로 대꾸한다. 그들은 카잔스키 문을 지나서, 담배나 잡화를 파는 상점이 있고 독일인 직공이나 핀란드인 백정이 사는 메샨스카야 거리로 들어갔다. 금발 여자는 점점 빠르게 걷더니, 꽤 지저분한 어느 집 대문 안으로 뛰어들어갔다. 피로고프는 여자의 뒤를 밟았다. 여자는 좁고 어두운 계단을 따라 뛰어올라가 문 안으로 들어갔다. 피로고프 역시 과감하게 그 안으로 들어갔다. 들어가니 검은 벽과 그을린 천장이 있는 넓은 방이 보였다. 나사못, 철공 연장, 그리고 잘 만들어지고 빛나는 커피잔과 촛대가 탁자 위에 놓여 있었다. 마룻바닥에는 구리나 무쇠 조각들이 잔뜩 흩어져 있었다. 피로고프는 그 자리에서 이곳이 직공이 사는 집이라는 것을 즉각 깨달았다. 미지의 여자는 다시 옆방 문을 열고 더 들어갔다. 그는 잠시 어떻게 할까 생각했지만, 러시아인의 습관에 따라서 계속 뒤쫓아가기로 마음먹었다. 그는 처음 방과는 전혀 다른 방으로 들어갔는데, 그 방은 깨끗하게 장식되어 있었고, 언뜻 보아서 방 주인이 독일인이라는 것을 알 수 있었다. 그는 특히 기묘한 광경에 놀랐다.

그의 앞에는 실러가 앉아 있었던 것이다. 『빌헬름 텔』이나 『30년 전쟁사』를 쓴 실러[14]가 아니라, 메샨스카야 거리의 철공소 직공으로 유명한 실러가 말이다. 실러 곁에는 호프만이 서 있었다. 소설가인 호프만[15]이 아니라 오피체르스카야 거리에서 온 아주 훌륭한 제화공으로, 실러와 친한 친구 사이인 인물이다. 실러는 술에 취해서 발을 구르며 무엇인가 열심히 이야기하면서 의자에 앉아 있었다. 이 정도뿐이라면 피로고프는 별로 놀라지 않았을 것인데, 그 두 사람의 이상한 행동 때문에 놀랐다. 실러는 머리를 위로 쳐들고 꽤나 큰 코를 자랑스럽게 내보이며 앉아 있었다. 그런데 호프만은 또한 실러의 코를 두 손가락으로 잡고, 구두 제화공이 쓰는 칼날로 그 끝에 구멍을 뚫고 있었다. 두 사람은 독일어로 이야기했고, 독일어라곤 '굿텐 모르겐. (안녕하십니까.)'밖에 모르는 피로고프는 이 모든 이야기를 전혀 이해할 수 없었다. 게다가 실러의 말이란

---

14) 요한 크리스토프 프리드리히 폰 실러(Johann Christoph Friedrich von Schiller, 1759~1805)는 독일의 위대한 작가로 시인이며 극작가이고, 역사가이며 문학 이론가였다.
15) 에른스트 테오도어 아마데우스 호프만(Ernst Theodor Amadeus Hoffmann, 1776~1822)은 독일 환상 소설 작가로 잘 알려져 있좇.

것이 다음과 같은 것이었다.

"난, 원치 않아, 내겐 코가 필요 없어!"

그는 손을 흔들면서 말했다.

"내 코 하나에 한 달에 3푼트가량의 담배값이 나가. 독일 가게는 러시아 담배가 없기 때문에 러시아의 지저분한 가게에 돈을 지불하게 된다고. 1푼트에 40코페이카씩 지불하고 있지. 호프만 이 친구, 듣고 있나? 코 하나에 14루블 40코페이카를 주다니! 이게 1루블 20코페이카가 된단 말야. 그것의 열두 배는 14루블 40코페이카가 되지. 더구나 명절엔 라페 담배의 냄새를 맡는 거야. 왜냐하면 난 피우고 싶지 않거든. 1년에 2푼트의 라페 냄새를 맡는 셈인데, 이건 1푼트가 2루블이나 된단 말야. 담배만으로 20루블 40코페이카나 된단 말야! 이건 강도 행위라고! 어때, 호프만 이 친구야, 자네에게 묻겠는데, 그렇지 않나?"

술에 취해 있는 호프만이지만 자신 있게 대답했다.

"코 하나에 20루블 40코페이카군! 난 독일인 가운데 슈바벤 사람이야! 독일에 가면 나를 지지해 주는 왕이 있어. 난 코가 필요 없어! 내 코를 잘라 줘! 자, 이 코 말이야!"

피로고프 중위가 갑자기 나타나지 않았다면, 호프만은 실러의 코를 틀림없이 잘라 버렸을 것이다. 그는 구두 밑창을 자르려는 자세로 이미 칼을 코에 대고 있었기 때문이다.

실러는 초대받지 않은 잘 모르는 사람이 나타나서 갑자기 그런 때에 일을 방해했다는 데 화가 났다. 술에 취한 황홀한 시간임에도 불구하고 낯선 사람 앞에 그런 모습을 보인다는 것은 별로 즐겁지 못한 일이라고 느껴졌던 것이다. 그러는 참에 피로고프는 가볍게 인사하면서 그 특유의 상냥한 목소리로 말했다.

"실례합니다."

"저리 가!"

실러는 길게 끄는 목소리로 대답했다.

이 방에선 피로고프 중위도 당황했다. 이런 취급을 받는 것은 생전 처음이었다. 그의 얼굴에 감돌고 있던 가벼운 미소가 갑자기 사라졌다. 그는 체면이 상한 기분으로 이렇게 말했다.

"이상하네. 당신…… 당신은 아마 모르는가 보죠…… 내가 장교라는 걸 아마도 알아차리지 못했나 본데……."

"장교가 다 뭐야! 난 독일 슈바벤 사람이다.[16] 나도 (이때 실러는 주먹으로 탁자를 쳤다.) 장교야. 장교 후보생[17]으로 1년 반, 중위[18]로 2년, 그리고 내일이면 곧 장교[19]다. 그러나 난 근무하고 싶지 않아. 장교에겐 이렇게 해 주지, 풋!"

이때 실러는 손바닥을 내밀어 푸 하고 바람을 불었다.

피로고프 중위는 더 이상 이곳에 남아 있을 수 없음을 알았다. 그러나 신분에 맞지 않는 아주 무례한 대우를 받았기

---

16) 독일의 시인이며 극작가인 프리드리히 실러는 슈바벤 지역의 마르바하에서 태어났다. 실러는 실제로 8년 동안 사관 학교의 단체 생활을 견뎌 낸 다음 군의 부위생관으로 임명받아 슈투트가르트 연대로 떠났다. 여기서 고골은 실제 독일 작가인 실러를 패러디하고 있다.
17) 원문의 러시아어 'iunker'는 제정 러시아 시대의 사관 학교 생도를 말한다.
18) 원문의 러시아어 'poruchik'는 혁명 전 제정 러시아 시대의 육군 중위를 뜻한다.

때문에 그는 불쾌했다. 그는 여러 번 계단에 멈춰 서서, 정신을 모으거나 실러에게 어떤 식으로 따끔한 맛을 보여 줄까 생각했다.

마침내 실러의 머릿속에는 맥주가 가득 차 있었기 때문에, 실러를 용서해도 된다고 판단했다. 게다가 아름다운 금발 여자가 떠올랐기 때문에, 그런 일을 깨끗이 잊어버리기로 결심했다. 다음 날 피로고프 중위는 아침 일찍 장인의 철공소에 나타났다. 문간방에서 그를 맞이한 것은 아름다운 금발의 여자였는데, 그 여자는 얼굴에 잘 어울리는 꽤 새침한 목소리로 물었다.

"무슨 일이세요?"

"아, 안녕하십니까! 아아, 날 기억하시겠습니까? 아, 영리한 여자여, 참으로 아름다운 눈이군요!"

이때 피로고프 중위는 무척 반가운 듯이 손가락으로 여자의 턱을 치켜올리려 했다.

그러나 금발의 여자는 놀란 듯이 소리를 지르더니 계속 엄하게 물었다.

"무슨 일이세요?"

"당신을 보고 싶다는 것 말고 다른 용무는 없습니다."

19) 원문의 러시아어 'ofitser'는 일반적으로 장교를 총칭하여 부르는 말이다. 육군 중위도 역시 장교이나 피로고프 중위가 자신을 장교로 소개했으므로 독일인 실러도 이에 질세라 장교라는 말로 대항하는 것이다. 실러는 장교가 뭐 대단하다고 떠드냐며 비아냥거리는 것이다. 러시아어 원문에서 실러는 독일인으로 러시아 문법에 전혀 맞지 않는 러시아어를 하고 있다.

피로고프 중위는 꽤나 즐거운 듯이 미소를 지으면서 더 가까이 접근하며 말했다. 그러나 겁 많은 금발 여자가 안으로 들어가려 하자 이렇게 덧붙였다.

"박차를 하나 주문하고 싶은데, 박차도 만들어 줍니까? 사실 박차 같은 건 필요 없소. 하지만 당신을 사랑하고 싶으니까, 아니, 그것보단 말의 굴레를 주문하고 싶소. 얼마나 사랑스런 손인지!"

피로고프 중위가 그런 말을 할 때는 항상 정중하고 친절했다.

"금방 주인을 불러오겠어요!"

독일 여자는 외치며 나갔다.

조금 후 피로고프는 실러가 간밤의 술에서 겨우 깨어난 졸린 눈으로 나오는 걸 보았다. 그는 장교를 흘끗 보고 나서, 복잡한 꿈이라도 꾸듯이 어제의 일을 생각해 냈다. 그러나 어제 있었던 일을 전혀 기억하고 있지 못했고, 그저 뭔가 바보짓을 했다고 느낄 뿐이었다. 그 다음에 그는 굳은 표정으로 장교를 대했다.

"15루블 이하로는 박차 주문을 맡을 수 없소."

그런 말을 하면서 실러는 피로고프에게서 떠나려고 했다. 왜냐하면 명예로운 독일 사람인 그는 자신의 예의 바르지 못한 상황을 목격한 사람을 쳐다보는 것이 무안했기 때문이다. 실러는 목격자 없이 두세 명의 친구와 술 마시는 걸 좋아했다. 또 그런 때는 자기의 직공들조차도 멀리했다.

"왜 그렇게 비쌉니까?"

상냥하게 피로고프가 말했다.

"독일 사람이 하는 일이오."

실러는 턱을 쓰다듬으며 냉정하게 말했다.

"러시아 사람이라면 2루블에도 할 거요."

"실례지만, 당신이 마음에 들고, 당신과 가까이 알고 지내고 싶소. 그 증거로 15루블을 내지요."

실러는 잠시 생각에 잠겼다. 명예로운 독일인으로서 약간 부끄러웠다. 그래서 주문을 포기시킬 양으로 두 주일 이전에 는 도저히 만들 수 없다고 말했다. 그러나 피로고프는 아무 대꾸도 하지 않고 잘 알겠다고 했다.

독일인은 생각에 잠겨서 실제로 15루블의 가치가 있게 하 려면 물건을 어떻게 만드는 것이 더 나은지 곰곰이 생각하기 시작했다.

이때 금발 여자가 장인의 일터에 들어와서 커피 잔이 놓인 탁자 위를 뒤적이고 있었다. 중위는 실러가 생각에 잠기고 있 는 걸 기회로 여자에게 다가가 어깨까지 노출되어 있는 그녀 의 팔을 잡았다.

그 행동이 실러의 마음을 상하게 했다.

"마이네 프라우! (내 마누라요!)"

그는 외쳤다.

"당신, 다른 용무는 없어요?"

금발 여자가 말했다.

"부엌에 가 있어!"

금발 여자는 나갔다.

"그럼 두 주일 후죠?"

피로고프가 말했다.

"그렇소, 두 주일 뒤요."

생각에 잠기면서 실러가 대답했다.

"지금 일이 많이 밀려 있소."

"안녕히 계시오! 또 오겠소!"

"안녕히 가시오!"

실러는 그가 나간 후 문을 닫으며 대답했다.

피로고프 중위는 이 독일 여자가 명백히 저항하고 있음에도 불구하고, 그 탐색을 계속하기로 마음먹었다. 자기의 친절과 빛나는 계급이 충분히 관심을 끌 것이라고 생각하는 만큼, 자기에게 그 여자가 반항한다는 것은 이해할 수 없었다.

그러나 여기서 말해 두지 않으면 안 되는 것은, 실러의 마누라는 보기엔 아름다웠지만 사실은 상당히 바보였다. 그러나, 우둔하다는 건 아름다운 아내에겐 특별한 매력이 된다. 적어도 내가 알고 있는 많은 남편들이 자기 마누라가 바보인데도 흡족해하면서 그것이 세파에 닳지 않은 순수함 때문이라고 생각한다.

아름다움은 완전한 기적을 낳는다. 아름다운 여자의 모든 정신적 결함은 혐오감을 일으키는 대신 어떤 특별한 매력을 발휘한다. 아름다운 여자에게 있어서는 결점 조차도 사랑스런 아름다움으로 보인다. 그러나 아름답지 않은 여자는, 만일 사랑은 받지 못하더라도 적어도 존경은 받으려면 남자보다 스무 배나 더 현명해야 한다. 그건 그렇고 실러의 아내는 모든 게 우둔했지만 자기의 의무에 대해서는 항상 충실했다. 그렇기 때문에 피로고프가 애를 써 봐도 과감히 계획을 성공시키기가 꽤나 어려웠다. 그러나 어려운 일을 극복하는 것에는 언제나 즐거움이 따른다. 금발 여자는 그에게 하루하루 흥미 있는 존재가 되었다. 그는 자주 박차에 관한 것을 상의하러 다녔다. 마침내 박차가 완성되었다.

"아아, 참으로 훌륭한 작품이군요……!"

피로고프 중위는 박차를 보며 외쳤다.

"아아, 참 잘 만들어졌소! 우리의 장군도 이런 박차는 없을 거요."

실러의 영혼에 안도감이 피어올랐다. 그의 눈은 꽤 즐거운 듯 보이기 시작했고, 속으로는 피로고프와 완전히 화해했다.

'러시아 장교는 현명해.'

그는 혼자 생각했던 것이다.

"그런데 아마 당신은 테를 박는 일도 할 수 있겠죠? 예를 들면 단검이라든가 그 밖의 물건에도?"

"오, 하고말고요!"

미소 지으며 실러가 말했다.

"그럼, 단검에다 테를 박아 주시오. 아주 훌륭한 터키제 단검이 있는데 그 테를 다른 것으로 바꾸고 싶어서요."

실러는 이 말을 듣고 마치 폭탄을 손에 쥔 것 같았다. 그의 이마에는 갑자기 주름이 잡혔다.

'이런!'

그는 이렇게 생각하며, 그 일을 자초한 자신을 속으로 책망하고 있었다. 이제 와서 거절한다는 건 체면이 아니다. 더구나 이 러시아 장교는 자기의 작품을 칭찬해 주었다. 그는 몇 번 머리를 흔들고 나서 동의했다. 그러나 피로고프가 나가다 말고 아름다운 금발 여자의 입술에 뻔뻔스럽게도 키스를 한 것이 완전히 그의 의심을 샀다.

독자에게 내가 실러를 가능한 한 간단하게 소개해도 지나치지 않으리라 생각한다. 실러는 글자 그대로 완전한 독일인이었다. 러시아인 같으면 그럭저럭 살아갈 만한 행복한 시절인 스무 살 때부터 실러는 자기의 모든 생활을 관리하며 어떤 경우에도 예외를 만들지 않았다. 7시에 일어나서 2시에 점심을 먹고, 모든 일이 정확했으며, 일요일마다 술을 마시기로 정했다. 10년 동안 5만 루블의 자본을 만들려고 결심했으며, 이것은 이미 운명처럼 너무나 확실하고 확고한 일이었다. 왜냐하면 관리가 자기 장관 집의 수위실을 잠깐 방문하는 걸 잊어버리는 일은 있어도 독일인이 자기의 말을 변경시키는 일은 거의 없기 때문이다. 어떤 경우에도 그는 자기 용돈을 더 쓰지 않았다. 만일 감자값이 평소보다 지나치게 비싸지면, 단돈 한 푼도 더 지출하지 않고 사는 양을 줄여 버렸다. 종종 어느 정도 배고픈 것을 참는 일도 있었다. 그러나 곧 배고픈 것에 익숙해져 버렸다. 그는 자기 아내에게 하루에 두 번 이상은 키스를 하지 않기로 정해 놓고 정확하게 그 결심을 지켰다. 어떻게 해서든지 그 이상 입을 맞추지 않기 위해, 그는 자기 수프에 후춧가루를 한 스푼 이상 넣지 않았다.[20] 그런데 이 규칙은 일요일에는 그렇게 엄격히 실행되지 않았다. 왜냐하면 그 날 실러는 맥주 두 병과 자기가 항상 욕하는 약초 보드카를 한 병 마셨기 때문이다. 술을 마신다 해도 식사 후 문을 잠그고 혼자서 취하도록 마시는 영국인처럼 그렇게 마시지는 않았다. 게다가 그는 독일인으로서 대단한 술고래인 목수 군츠나 제화공 호프만을 상대로 의기양양하게 마시는 것이었다. 그렇게 하다가 결국 아주 곤란한 상황에 빠져 버리는 것이 실러의 성격이다. 비록 둔하고 냉담한 독일인이지만 그는 피로고프의 행동에 대해 무언가 질투 같은 것을 느꼈다. 그는 머리를 굴려 보았지만 러시아 장교에게서 어떻게 벗어날 수 있을지 생각해 낼 수가 없었다.

그럭저럭 시간이 흐른 후 피로고프는 친구들이 모인 클럽에서 파이프 담배를 피웠다. 장교들이 있는 곳에 파이프 담배가 있다는 것은 옛날부터 정해진 일이었다. 그는 즐거운 미소를 지으며 아름다운 독일 여자와 내통한 얘기를 의미심장하게 암시하고 있었다. 그의 말에 따르면 그 여자와는 아주 친한 사이가 되었다는 것이다. 사실 그는 자기 편에서 머리를 숙이고 싶은 마음이 거의 없었던 독일 여자와의 정사를 암시하고 있었다.

어느 날 그는 커피 주전자와 사모바르의 그림이 그려져 있는 간판이 보이는 실러의 집을 바라보면서 메샨스카야 거리를 거닐고 있었다. 너무나 기쁘게도 그는 창문에 나와서 머리를 숙이고 길 가는 사람들을 내려다보는 금발 여자를 보았다.

---

20) 후춧가루는 러시아에서 일종의 정력제로 여겨지므로 여기서는 성욕을 억제하기 위한 방법을 말한다.

그는 멈춰 서서 손짓하면서 말했다.

"굿텐 모르겐!"

금발 여자는 아는 사람을 대하듯 그에게 인사했다.

"저, 남편도 집에 계십니까?"

"예."

금발 여자는 대답했다.

"그분은 언제 외출합니까?"

"그이는 일요일엔 집에 없어요."

어리석은 금발 여자가 말해 버렸다.

'이건 나쁘지 않은 얘기로군.'

피로고프는 마음속으로 생각했다.

'이 기회를 이용해야지.'

그리하여 다음 일요일 그는 느닷없이 금발 여자 앞에 나타 났다. 실러는 실제로 집에 없었다. 아름다운 여주인은 놀랐다. 그러나 이번에 피로고프는 상당히 조심해서 들어갔다. 꽤 엄 숙하게 인사를 하면서, 자기의 부드럽고 잘 발달된 신체의 아 름다움을 보여 주었다. 그는 꽤 기분 좋게 고상한 농담을 했 지만, 어리석은 독일 여자는 무슨 말을 해도 간단하게 대꾸했 다. 아무리 해봐도 여자의 흥미를 끌 만한 것이 아무것도 없음 을 알아챈 그는 마침내 여자에게 춤을 추자고 청했다. 독일 여 자는 곧 승낙했다. 독일 여자들은 언제나 춤추기를 즐기기 때 문이다. 피로고프는 거기에 큰 기대를 걸고 있었다. 첫째로 그 럼으로써 여자에게 만족감을 줄 수 있고, 둘째로 그의 몸매[21] 와 솜씨를 보여 줄 수가 있고, 셋째로 춤을 추는 사이에 가능한 한 몸을 밀착시켜 아름다운 독일 여자를 포옹해 모든 것의 첫길을 낼 것이다. 간단히 말해 그는 이것으로 완전히 성공할 것이다. 독일 여자에게는 점진적으로 순서를 따르는 일이 필요하다는 것을 알고 있었기 때문에 그는 먼저 가보트[22] 춤을 추기 시작했다. 아름다운 독일 여자는 방 한복판으로 가서 아름다운 다리를 들었다. 이 모습에 마음이 너무 동했기 때문에, 그는 여자에게 키스를 하려고 덤벼들었다. 여자가 소리를 지르기 시작했는데, 그것 또한 피로고프의 눈에는 훨씬 더 매력적으로 보였다. 그는 여자에게 키스를 퍼부었다. 갑자기 문이 열리고 실러가 호프만과 목수 군츠를 데리고 들어왔다. 이들 훌륭한 직공들은 모두 제화공처럼 취해 있었다.

그러나 나는 실러의 비분강개한 모습을 독자 여러분의 상상에 맡길 것이다.

"무례한 놈!"

그는 크게 분개해서 외쳤다.

"네놈이 어떻게 내 마누라에게 입을 맞출 수 있냐? 비열한 놈 같으니. 뭐가 러시아 장교야. 개자식! 이보게, 호프만? 나는 독일인이야, 러시아의 돼지가 아니지!"

호프만이 대답했다.

"그렇지."

---

21) 원문의 러시아어 'tornjura'는 프랑스어로 'tournure'에 해당하며 우리말로 체격이나 모습을 의미한다. 여기서는 '몸매'로 번역하는 것이 가장 좋다.
22) '가보트(Gavotte)'는 프랑스 춤이나 그 곡으로서, 여기서는 느리게 추는 옛날 춤을 말한다.

"아아, 마누라에게 바람맞고 싶지 않아! 이보게 호프만, 그놈의 옷깃을 잡아 주게. 난 만지기도 싫네!"

그는 손을 휘저으며 말을 계속했다. 그때 그 얼굴은 그가 입고 있는 붉은 나사 조끼와 같은 빛깔이었다.

"난 페테르부르크에 8년째 살고 있다. 슈바벤에는 내 어머니가 계시고, 뉘른베르크에는 백부님이 계신다. 나는 독일인이야. 난 아내에게 배신당한 수컷이 아니란 말이다. 호프만 이 친구야, 이봐 군츠, 그놈의 손발을 잡아 주게!"

그래서 독일인들은 피로고프의 손발을 잡았다. 그는 빠져나오려고 힘을 써 봤지만 소용없었다. 이 세 직공은 페테르부르크의 독일인들 가운데 가장 튼튼한 사람들이었다. 그를 어찌나 난폭하고 거칠게 다루었는지, 솔직히 말해 지금 이 비극적인 사건을 표현할 말을 찾을 수 없을 정도다.

나는 실러가 다음 날 심하게 흥분해 매순간 경찰관을 기다리면서 종잇장 떨듯이 떨며, 만일 어제의 모든 일이 꿈이었으면 하고 빌었으리라 확신한다. 그러나 지나간 일은 어쩔 수 없는 법이다. 피로고프의 분노는 다른 무엇과도 비교할 수가 없는 것이었다. 그는 이 기막힌 굴욕을 생각하노라면 그저 미칠 것만 같았다. 실러에 대해서는 시베리아 유형이나 태형도 가벼운 형벌이라고 생각했다. 그는 옷을 갈아입고 장군에게로 직접 찾아가 독일인 직공 놈들의 폭행을 침소봉대해서 일러바쳐야겠다고 작심하고 우선 집으로 뛰어갔다. 동시에 참모본부에 고소장을 제출할까 하고도 생각했다. 만일 참모본부가 형을 만족스럽지 못하게 선고하면 황제까지는 아니라 해도 국가 최고 위원회에 직접 상소할 생각이었다.

그러나 이 모든 일들이 묘하게 끝났다. 도중에 그는 과자점에 들러서 살짝 구운 피로그를 두 개 먹고, 《북방의 꿀벌》에서 무슨 기사인가를 읽고, 별로 분개하는 기색도 보이지 않고 나왔다. 더구나 꽤 상쾌하고 시원한 저녁에 이끌려서 잠시 동안 넵스키 거리를 거닐었다. 9시가 되자, 일요일에 장군을 찾아가 괴롭히는 것은 좋지 않다는 걸 깨달았다. 그리고 그는 분명히 어딘가에 초대를 받은 것이 있었다. 그래서 관리들이나 연대 장교들의 아주 즐거운 회합이 있었던 어느 감사위원회 회장 집의 저녁 파티에 참석하기 위해 갔다. 거기서 그는 즐거운 저녁을 보내고, 숙녀들뿐만 아니라 남자들까지도 기쁘게 할 만큼 마주르카를 멋있게 추었다.

'세상이라는 건 묘한 거야!'

넵스키 거리를 사흘째 거닐면서 나는 지금 이 두 가지 사건을 회상하면서 생각한다.

우리의 운명이란 것은 얼마나 이해하기 어려울 정도로 묘하게 우리를 희롱하는 것일까! 욕심나는 물건을 우리가 언제든지 손에 넣을 수 있을까? 우리의 힘이 일부러 준비한 것 같은 것에 우리는 도달할 수 있을까? 모든 것이 반대로 된다. 운명에 따라 가장 아름다운 말을 얻은 자가, 말이 아름답다는 것은 느끼지 못한 채 무관심하게 타고 다닌다. 말에 대한 욕망으로 가슴이 타 버린 어떤 사람들은 걸어다니다가 경주용 말이 옆을 지나갈 때 그저 혀를 차는 것으로 만족하고 있는 것이다. 어떤 자는 훌륭한 기술이 있는 요리사를 고용하고 있으면서도, 안타깝게도 두 조각 이상은 도저히 입에 넣을 수 없을 만큼 작은 입을 가지고 있다. 그런가 하면 참모본부의 아치 같이 큰 입을 가지고 있으면서도, 독일식의 감자 요리로 만족해야 하는 사람도 있다. 안됐다! 우리의 운명이란 것은 얼마나 묘하게 우리를 희롱하는가!

그러나 가장 기묘한 것은 넵스키 거리에서 일어나는 사건들이다. 오, 이 넵스키 거리를 믿지 마라! 나는 그 거리를 지날 때 외투로 항상 몸을 꼭 감싸고, 도중에서 마주치는 대상들에게 일체 눈을 돌리지 않으려고 한다.

모든 게 기만이고 모든 게 꿈이며 모든 것이 겉보기와는 다르다! 여러분은 훌륭한 프록코트를 입고 산보하는 신사를 꽤 부자일 거라고 생각하는가? 전혀 그렇지 않다. 그 프록코트가 그의 전부인 것이다. 여러분은 건축 중인 교회 앞에 멈춰 서 있는 두 명의 뚱뚱보를 교회의 건축에 대해서 의논하고 있는 사람이라 생각하는가? 전혀 그렇지 않다. 그들은 두 마리의 큰 까마귀가 서로 이상하게 마주 보고 앉아 있다는 이야기를 주고받고 있는 것이다.

여러분은 저기서 손을 흔들며 열심히 이야기하고 있는 사람이 자기 아내가 전혀 알지 못하는 장교를 향해 창문에서 공을 던졌다는 이야기라도 한다고 생각하는가? 전혀 그렇지 않다. 그는 라파예트 장군[23]의 이야기를 하고 있는 것이다.

여러분은 이들 숙녀를…… 아니, 숙녀를 절대 믿지 마라. 가능하면 상점의 진열창을 들여다보지 마라. 왜냐하면 그 안에 진열된 물건들이 분명 아름답기는 하지만 실로 큰돈[24]을 뺏으니까. 제발, 모자 쓴 숙녀들의 얼굴을 들여다보지 마라! 나는 아름다운 여자의 망토가 멀리서 아무리 매혹적으로 휘날리더라도, 호기심을 느끼고 그 뒤를 따라가지는 않는다. 가로등 밑을 피하여 제발 멀리 떨어져 가라! 가능한 한 그 옆을 빨리 지나쳐 버려라. 여러분의 멋진 프록코트에 가로등의 냄새 나는 기름이 묻지 않는 것만으로도 행복하다. 더구나 가로등뿐만 아니라, 모든 것에 허위와 기만이 넘쳐난다.

이 넵스키 거리는 언제나 거짓말을 한다. 무엇보다도 밤이 거리의 구석구석까지 들어차고 짙어지면서 하얗거나 크림색으로 빛나는 집 벽들이 드러나게 될 때, 도시 전체에 굉음과 번쩍이는 불빛이 넘쳐흐른다. 무수한 마차가 다리 쪽에서 몰려오고 마부가 고함을 치며 말 위에서 뛰어내릴 때, 그리고 악마가 모든 것들을 실제 모습으로 보여 주기를 거부하고 램프의 불을 직접 켤 때, 넵스키 거리는 더욱 심하게 사람들을 속인다.

---

23) 쥘베르 뒤 모티에 드 라파예트(Marie-Joseph-Paul-Yves-Roch Gilbert du Motier, Marquis de La Fayette, 1757~1834)는 후작이자 프랑스 장군이며 정치인으로서 북아메리카 연방의 독립을 위해 싸웠다. 그다음 프랑스 혁명에 참여했다가, 나중에 반대 정치 진영에 참여했다. 1830년에 프랑스 국민군을 지휘했고, 루이 필립의 왕권 계승 선거 지지자로서 활동하였다.
24) 원문의 러시아어 '아시그나치야(assignatsija)'는 러시아에서 1769년에서 1843년 사이에 발행된 지폐를 말한다.

고골의 문학 세계(개정본)

작가의 생애와 작품

1 우크라이나 산문 시대

니콜라이 바실리예비치 고골(1809~1852)은 카자크 전통이 살아 숨쉬는 우크라이나의 시골에서 어린 시절을 보냈다. 어릴 때부터 그는 우크라이나의 풍부한 전통문화를 체험하였으며, 예술과 종교에 관심이 많은 소(小) 귀족의 가정에서 성장하였다. 고골은 사제였던 할아버지와 희곡 작가였던 아버지를 통해 믿음과 예술적 재능을 물려받았고, 어머니를 통해 신앙심을 돈독히 하였다. 할아버지는 여러 가지 전설과 민속 이야기를 들려줄 정도로 민속 문화에 능통하였고, 아버지는 극작가로서 희곡 대본을 쓰고 연출까지 시도해 볼 정도로 연극적 재능이 풍부한 사람이었다. 반면에 어머니 마리야 이바노브나는 몽상적 성격의 여성으로서 정교회 광신도였다. 종교적이면서 의심이 많은 편이었던 어머니는 낳은 아이들이 자꾸 죽자

자기가 다니던 사원의 이름을 따서 니콜라이라는 이름을 고골에게 지어 주었다고 한다.[1] 어릴 때부터 어머니는 아들에게 최후의 심판이나 지옥의 고통을 강조했다고 한다. 이러한 독특한 가정환경에서 자란 고골은 네진 고등학교[2] 때부터 이미 글쓰기에 재능을 보였다. 시와 산문을 써서 잡지사에 보내기도 하고, 학교 연극에서 우스꽝스러운 노인이나 여자 역을 맡기도 했다.

---

1) 고골의 어머니는 평생을 종교적인 두려움 속에서 보냈다. 고골은 다음과 같이 말한다. "한번은 어머니한테 최후의 심판에 관해 이야기해 달라고 졸랐다. 어머니께서는 어린 저에게 착하게 산 사람들을 기다리는 행복에 대해 아주 이해하기 쉽게 감동적으로 이야기해 주셨다. 또한, 어머니께서는 죄인들의 영원한 고통을 무섭지만 확실하게 인식시켜 주셨다. 어머니의 이야기들은 강한 인상을 남겼고, 제 마음속에 있는 민감한 감정을 일깨워 주셨다. 이것은 후에 제가 가장 고귀한 생각을 할 수 있게 만든 원동력이었다." 고골은 성장하면서 신에 대한 사랑보다는 오히려 공포를 경험하며 살았다. 어머니에 의해 광적으로 묘사된 최후의 심판이 보여 준 무시무시한 광경이 그에게 강한 인상을 남긴 것이다. 그는 약하지만 민감하였고, 정신적으로 균형이 잡히지 않는 아이로 자라면서 불가항력적인 두려움을 느꼈다. 어린 시절부터 고골은 죽음과 내세에서의 형벌을 두려워하였다.
2) 고골은 1821년 네진 김나지움에 입학하여 7년을 다녔다. 우리나라의 중고등학교에 해당하는 김나지움 시절엔 공부도 못했고, 친구들과 친하게 지내지도 못했다. 리체이 시절 고골의 친구 A. 다닐렙스키는 다음과 같이 말했다. "학교 친구들은 고골을 사랑했으나 '비밀스러운 난쟁이'라고 불렀다. 반면에 고골은 친구들을 비꼬고 조롱하기를 좋아했으며, 특히 별명 붙이기를 좋아했다." 고골은 자신을 낭만주의적 주인공으로 생각하였다. 네진에서 공부할 때 쓴 『트베르디슬라비치라』는 작품은 그가 시도한 첫 산문 소설이다. 이 소설을 읽은 학교 친구는 고골에게 "넌 절대로 소설가가 되지 못할 거야."라고까지 말했다. 그 말을 듣고 고골은 원고를 찢은 후 불태웠다.

1828년 고골은 관리가 되려는 꿈을 안고 상트페테르부르크로 상경했으나 곧 좌절하였다. 돈과 연줄 없이 도시 생활을 한다는 자체가 힘들다는 사실을 깨닫게 되었다. 그다음 배우가 되고 싶어 지망했으나 심사에서 떨어졌다. 관리나 배우가 되는 일이 어렵게 되자 이번엔 시인으로 문학적 명성을 얻어 보겠다는 야망으로 고등학교 시절에 썼던 평범하고 감상적인 시를 자비로 출판하였다. 1829년에 두 편의 시 「이탈리아」와 「한츠 큐헬가르텐」(부제: 그림 속의 전원시)을 발표했다. 그러나 두 시 모두 인정받지 못하고 실패하였다. 아로프(Arov)라는 가명으로 출판한 독일어 제목의 발라드풍 시집 「한츠 큐헬가르텐(Hanz Kuchelgarten)」이 평단의 혹평을 받자 고골은 자신의 시집을 모두 사서 불태워 버렸다. 그다음 수치심에 사로잡힌 고골은 미국으로 건너갈 목적으로 일단 외국으로 떠났다. 어머니가 농장을 저당 잡혀 마련한 돈을 갖고 독일의 항구 뤼벡으로 가는 배를 탔다. 그러나 고골은 미국에 가지도 못하고 독일에 머물러 생활하다가 돈이 떨어지자 다시 상트페테르부르크로 돌아와 일자리를 찾아야 했다. 고골은 관리가 되고자 하는 희망을 안고 내무부에 들어갔으나, 거기서 형편없는 봉급을 받고 일하다가 3개월 만에 자리를 옮겼다. 그러한 좌절에도 불구하고 고골은 작가의 길을 고집스럽게 밀고 나갔다. 당시 인기를 누리는 유명 인사는 정부 관리가 아니라 작가였다는 사실이다. 더구나 러시아 문학은 빠르게 약진하고 있었고, 독자들은 재능 있는 신진 작가를 원했다. 한때 문학적 재능이 부족하다는 소리를 들었던 고골은 얼마 지나지 않아 대

중과 평론가들이 모두 인정하는 당대 최고의 작가로 성장하
였다.

고골은 우크라이나에서 보낸 어린 시절을 회상하며 흥미
있는 글을 썼다. 그의 기억 속에 우크라이나의 시골 풍경과 민
속놀이는 매력적인 것이었다. 특히 민담에 등장하는 다양한
귀신 이야기와 루살카(정령)들에 관한 이야기는 더 없이 매력
적이었다. 고골은 우크라이나 민담을 소재로 하여 여덟 편의
이야기를 썼다. 그 이야기들은 두 권의 이야기 집으로 엮여져
『디칸카 근처 마을의 야화』(1831~1832)라는 제목으로 출판되
었다. 환상과 현실이 어우러지는 우크라이나 이야기는 러시아
문단에 신선한 충격이었다. 우크라이나의 풍부한 민속적 정취
를 풍기는 그 이야기 집은 비평가와 독자들의 폭발적인 관심
을 끌었다.

고골은 『디칸카 근처 마을의 야화』로 일약 유명 작가가 되
었다. 시인 푸시킨과 주콥스키에게 찬사를 받았고, 소설가 악
사코프와 비평가 벨린스키에게도 인정을 받았다. 그는 일 년
정도의 관리 생활을 마감하고 여학교에서 역사를 가르치게
되었다. 1834년에 고골은 상트페테르부르크 대학교의 중세사
담당 조교수로 임명되었으나, 일 년 후 역사 교수로서 자신의
자질에 회의를 느껴 그만두었다. 그러한 와중에서도 고골은
계속해서 작품 활동을 하였다. 1835년에 두 권의 작품집 『미
르고로드』와 『아라베스크』를 출판했다. 『미르고로드』에 실려
있는 네 편의 중단편 이야기 「옛날 지주들」, 「이반 이바노비치
와 이반 니키포로비치가 싸운 이야기」, 「타라스 불바」, 「비(괴

물 이름)」는 향토색 짙은 전형적인 우크라이나 이야기들로『디 칸카 근처 마을의 야화』의 후편으로 쓰인 것들이다.

2 페테르부르크 산문 시대

1835년은 고골 개인의 창작사에서 중요한 해였다. 그 해를 기점으로 고골은 우크라이나 산문 시대를 마감하고 페테르부르크 산문 시대를 열었다. 우크라이나 산문 시대에는 주로 환상적 낭만주의(Fantastic Realism) 작품을 발표하였으나, 페테르부르크 산문 시대에는 주로 낭만적 사실주의(Romantic Realism) 작품을 발표하였다. 그의 작품집『아라베스크』에는 페테르부르크를 배경으로 한 세 편의 작품「광인 일기」, 「초상화」, 그리고「넵스키 거리」가 수록되어 있다. 이들 페테르부르크 이야기에는 고골이 상경하여 체험했던 도시 생활이 전형적으로 묘사되어 있으며, 작가가 도시의 현실에서 경험한 뼈저린 삶의 고통이 잘 나타나 있다. 1836년 고골은 푸시킨이 주간하는 문학 잡지《현대인》에 해학이 넘치는 풍자 이야기「사륜마차」를 실었다. 초현실적인 이야기「코」도 이 잡지를 통해 발표되었다. 고골은 항상 푸시킨과 친교를 유지하면서 많은 것을 배울 수 있었다. 그는 러시아 문학과 자신의 운명에 큰 영향을 준 중요한 작품『검찰관(또는 '감찰관'이나 '감사관')』과『죽은 혼(또는 '죽은 농노')』의 주제를 푸시킨에게서 직접 받았다.

고골의 희극『검찰관』은 황제 니콜라이 1세 치하의 관료 제도를 신랄하게 풍자하고 있다. 지방 도시의 부패하고 타락한 관리들이 건달 흘레스타코프를 암행하는 검찰관으로 잘못 알고 자신들의 부정부패를 감추기 위해 뇌물을 주고 연회를 베푼다. 가짜 검찰관이 떠나고 성공을 자축하는 사이에 진짜 검찰관의 도착 소식이 알려지자 그들은 일시에 공포에 휩싸이게 된다. 현실을 고발하고 풍자하는『검찰관』은 고골의 트레이드마크인 '눈물을 통한 웃음'을 자아내는 희극이다. 황제의 특명으로 1836년 4월 19일 초연 되어 호평을 받았다. 그러나 이 작품이 보수적인 언론과 관리들의 비난을 받게 되자, 고골은 로마로 피신하여 1842년까지 그곳에 머무르게 된다. 로마는 어느 정도 그의 기질과 성정에 맞는 매력적인 도시였다. 로마에서 만난 종교화가 알렉산드르 이바노프와 친해졌고, 여행 중인 러시아 귀족이나 망명 귀족들을 만나 종교적 주제로 토론을 하기도 했다. 그의 최대 걸작이라 할 수 있는『죽은 혼』도 로마에서 집필되었다.

고골이 직접 '서사시'라고 부른 작품『죽은 혼』이라는 소설 역시 러시아의 농노제와 관료 제도의 부패와 타락을 다루고 있다. 주인공 치치코프는 벼락부자가 되기를 꿈꾸는 노련한 사기꾼이다. 그는 여러 지주에게서 죽은 지 얼마 되지 않아, 사망자 명부에 등록되지 않았기에 살아 있는 것으로 되어 있는 농노들을 사들일 기상천외한 계획을 세운다. 지주들은 다음 인구조사 때까지 죽은 농노 몫으로 부담해야 할 재산세가 줄어들게 되어 좋아한다. 치치코프는 문서상으로는 살아 있는 죽은 농노들을 담보로 은행에서 돈을 대출받은 후 먼 곳으로 도망가서 부유한 귀족으로 살 작정이었다. 그의 정중한 말과 행동에 반한 지주들은 부정한 거래인 줄 알면서도 기꺼이 죽은 농노를 팔려고 한다. 그로테스크할 정도로 우스운 거래를 통해 농노들이 가축처럼 팔리는 러시아의 슬픈 현실이 반영되어 나타난다. 농노 구매사업의 비밀이 들통나자 치치코프는 서둘러 도망친다.

『죽은 혼』이 출판되던 해인 1842년에 고골의 선집 초판이 나왔다. 거기에 희극 「결혼」과 단편 소설 「외투」가 수록되어 있다. 「외투」는 천신만고 끝에 외투를 마련한 어느 가난한 관청서기의 이야기이다. 주인공 아카키 아카키예비치는 외투를 도둑맞자 크게 상심한 나머지 죽어 버린다. 이 작은 인간의 비극은 아주 의미심장한 여러 사건을 통해 전개된다. 도스토옙스키는 고골의 「외투」를 읽고 모든 러시아 작가들은 '고골의 외투에서 나왔다'라고 선언하였다. 고골의 명성은 『죽은 혼』을 계기로 최고 정점에 달했다. 벨린스키를 중심으로 한 민주주의 시민 비평가들은 이 소설이 자신들의 자유주의 열망과 정신을 가득 담고 있음을 발견하고 찬사를 보냈다. 푸시킨이 결투로 비극적인 죽음을 맞이한 후 고골의 인기는 한층 높아졌다. 그는 이제 러시아 문학의 지도자로 부상하였다. 고골은 사회를 고발하고 풍자하여 독자들의 웃음을 자아내게 하는 자신의 재능을 확인하였다. 그리고 하느님이 그에게 위대한 문학적 재능을 주신 목적은 웃음을 통해 사회악을 응징하고 악한 세상 속에서 러시아 국민들이 올바르게 살아갈 수 있는 길을 밝혀 주는 것이라고 고골은 믿게 되었다.

3 예술에서 종교로

그러나 고골은『죽은 혼』의 속편을 쓰면서 좌절을 겪었다. 건달 치치코프의 부정적인 면보다는 긍정적인 면을 부각하고자 하였으나 쉽지 않았다. 사실 속편에선 도덕적으로 거듭나는 아름다운 인간 치치코프에 대해 쓰고 싶었다. 속편을 단테의『신곡』제2부와 제3부인「연옥 편」과「천국 편」처럼 쓰고 싶었던 것이다. 주인공 치치코프의 영혼을 구원해 보겠다는 고골의 의도는 완전히 실패했다. 고골은 긍정적인 이미지의 주인공을 창조해 내는 재능이 자신에게 없음을 깨달았다. 불행하게도 그의 창조적 재능이 사라져 버린 것이었다. 속편을 써보려고 십 년 넘게 온갖 노력을 해 보았으나 결과는 초라했다. 속편의 원고 속에서 그가 그토록 찬양하고자 열망했던 도덕적 인물들은 생명력 없이 과장되게 표현되었다. 반면에 부정적이고 그로테스크한 인물들만 힘차게 묘사되었다. 고골은 이것을 하느님이 자신에게서 인간 구원의 목소리를 거두어 간 증거라고 해석하였다. 이제 작가로서가 아니라 교사나 설교자로서 러시아 국민들의 올바른 도덕심과 생활 향상을 위해 무엇인가를 하고자 했다. 이렇게 해서 쓴 것이 32편의 담론을 모아 놓은『친구와의 왕복 서한』(1847)이다. 이 모음집은 보수적인 러시아 교회를 찬양했을 뿐만 아니라 바로 몇 해 전 그가 그토록 신랄하게 비판했던 지배 권력을 찬양하였다. 그리하여 한때 그에게 찬사를 보냈던 사람들은 격하게 비판을 가하였다. 특히 비평가 벨린스키는 분개하여 쓴 편지에서 고골을 '채찍의 설교자이자 반(反)계몽주의와 사악한 탄압의 옹호자'라고 비난하였다. 이에 실망한 고골은 하느님의 총애를 회복하기 위해 신앙 생활에 전력투구하였다. 고골은 옵티나 푸스틴 수도원의 장로들에게 삶의 가르침을 배웠다. 이 수도원의 성스러움은 러시아 전역에 잘 알려져 있었다. 특히 고행자이며 신앙 설법자이고, 기적을 행하는 암브로시 장로에 대한 전설은 러시아 사람들 사이에 널리 퍼져 있었다. 도스토옙스키, 솔로비요프, 키레옙스키, 콘스탄틴 레온티예프, 레프 톨스토이 등 많은 문인이 자주 찾는 수도원이기도 하였다. 고골은 기도와 금욕 생활을 더 열심히 했으며 1848년엔 팔레스타인 순례 길에 오르기도 했다. 저주받은 영혼처럼 여기저기 떠돌아다니던 고골은 마침내 모스크바에 발을 붙였다. 그곳에서 마트베이 콘스탄티노비치라는 광신적 사제의 영향을 받고, 그의 명령에 따라 1852년 2월 24일에 『죽은 혼』 제2부를 불태워버렸다. 그 뒤 열흘 후에 고골은 반미치광이 상태에서 죽었다. 오늘날도 많은 사람이 고골의 특이한 삶과 사상을 자주 회자한다.

도시의 환상과 현실

고골의 단편 모음집인 『페테르부르크 이야기』는 모두 다섯 편의 단편 소설 「넵스키 거리」, 「초상화」, 「광인 일기」, 「코」, 그리고 「외투」로 구성되어 있다. 앞의 세 작품은 1834년에 출판된 『아라베스크』에 실려 있고, 뒤의 두 작품은 1842년에 쓰여졌다. 당시 러시아에서는 단편 소설이 한동안 가장 인기 있는 장르였다. 단편 소설은 일용할 양식으로 침대 맡에 두고 아침과 저녁으로 읽는 책이었다. 이 작품들은 모두 러시아의 수도 상트페테르부르크를 배경으로 하고 있다. 상트페테르부르크는 표트르 대제가 러시아 제국이 유럽에 쉽게 접근할 수 있도록 1703년 핀란드만으로 흘러 들어가는 네바강 하구 삼각지에 전초기지로 건설되었다. 서구로 뻗어 나가려는 러시아의 의지가 담긴 인공 도시이다. 페테르부르크는 바둑판 모양의 기하학적인 도시로써 자연을 정복하고 질서 정연하게 만들어진 인공 도시이기에 자연히 '인간의 바벨탑'에 비유되기도 했다. 이 도시를 도스토엡스키는 "전 세계에서 가장 추상적이고 계획적인 도시"라고 했다. 도시 건설 도중 희생된 노동자가 많아 '인간의 뼈 위에 세워진 도시'라는 별명까지 붙어 있다. 1824년 발생한 대홍수로 참혹한 재앙을 맞이했던 도시이기도 하다. 자연이 홍수의 형태로 파괴력을 발휘하며 복수를 가하자 도시 자체가 흉포해지면서 악마적인 기운까지 띠게 되었다. 표트르 대제의 서구화 정책으로 페테르부르크는 러시아 속의 유럽이 되었다. 페테르부르크의 빛과 어둠을 본 고골은 도시의 현실과 환상을 교묘하게 섞어 이야기를 전개하였다. 고골의 작품 세계에서 도시 페테르부르크는 사람들에게 전체라는 환상을 심어 주는 감옥이 된다. 고골이 창조한 세계는 환상과 현실의 경계에 있다. 이 단편들은 페테르부르크를 중심으로 고골 특유의 세계를 보여 준다는 점에서 하나의 싸이클을 이루고 있다.

코

　고골의 「코」는 대표적인 환상 소설로서 현실과 환상의 만남이 가장 잘 나타나는 작품이다. 고골은 몸의 일부인 코를 이용하여 인간 세계의 불완전성과 비(非)논리성을 폭로하고 있다. 몸의 일부가 서사적 글쓰기의 대상과 동기가 된다는 것은 고골의 상상력이 아니면 가능하지 않다. 사람의 코가 어느 날 갑자기 떨어져 나가 '허위와 환영의 도시 페테르부르크'에서 관리 행세를 하다가 다시 코로 돌아온다는 이야기는 정말로 19세기 소설이라고 믿기 어려울 정도로 현대적이다. 고전 소설이 모두 인과성을 중시한 소설인 데 반해, 「코」에서 이야기의 인과성은 무시된다. 원인과 결과가 자연스럽게 이어지는 전통적인 소설의 구성 방식이 무시되는 것이다. 전통적 서사 구조가 안개 속으로 사라지고 반(反) 서사적인 구성에 의해 파괴된다.

　단편 소설 「코」는 일종의 변신 이야기이다. 이발사 이반 야코블레비치는 아침에 일어나 식사를 하다가 빵 속에 코가 있는 것을 발견하게 된다. 이발사는 빵 속의 코를 다리 주변에서 몰래 버리려다 경찰한테 들킨다. 여기서 이야기는 갑자기 안개 속으로 사라진다. 한편 코발료프 소령(8등관)은 잠자리에서 일어나 거울을 보다가 자신의 코가 없어진 사실을 발견한다. 그는 승진 운동을 하기 위해 지방에서 수도 페테르부르크로 올라온 장교였다. 코 없이 사교계에서 활동한다는 것은 생각조차 할 수 없는 일이다. 크게 당황한 소령은 사건의 진상을 알아보려고 경찰국장을 만나러 가다가 우연히 5등관(5급) 행세를 하는 자기 코를 보게 된다. 소령의 얼굴에서 잘려 나간 코가 시내를 활보하면서 사람들의 진기한 구경거리가 된다. 코를 찾아 제자리에 붙이려는 코발료프의 노력은 허사였다. 그러다가 어느 날 갑자기 그의 코가 거짓말처럼 다시 얼굴 한복판에 있는 제자리로 돌아왔다. 소령은 기뻐하면서 이전의 생활로 다시 돌아갔다.

고골은 부조리한 세계와 인간의 소외를 독특한 방식으로 조형한 선구적인 작가이다. 이 소설은 처음부터 코가 아침 식탁의 빵 속에 구워지지 않은 채로 들어 있다느니, 코가 걸어 다니느니 하는 황당한 이야기로 불쑥 시작된다. 이 작품은 현실에서 일어난 사건들의 인과성을 중시하는 19세기 소설에서는 좀처럼 볼 수 없는 기이한 이야기라 할 수 있다. 독자는 코의 변신을 어떻게 받아들일까 고민하지 않을 수 없다. 어쨌든 이 작품은 주인공의 현실 세계와 코의 초현실적인 세계를 동시에 보여 주며 인간의 현실이 얼마나 환상적이며 불안한가를 보여 주는 실험적인 작품이다. 이렇게 고골의 「코」(1836)는 믿어지지 않을 정도로 현대적인 작품이다. 카프카의 「변신」(1915)보다도 약 한 세기를 앞서는 작품이다.

고골은 작품 제목에 남다른 신경을 쓰는 작가였다. 1832~1836년 사이에 쓰인 이 소설의 첫 제목은 「코(Nos)」가 아닌 「꿈(Son)」이었다. 초판 소설은 주인공의 꿈을 전체 주제로 삼고자 하였다. "여기에 묘사되어 있는 모든 것은 주인공 코발료프 소령의 꿈이다. 잠에서 깨어났을 때, 그는 즐거움을 느끼게 될 것이다." 그러나 고골은 본래의 제목을 버리고 「코」로 변경하였다. 이 과정에서 꿈이라는 주제는 남아 있지만, 초판에서처럼 두드러진 것은 아니다. '코'를 뜻하는 러시아어 제목 'Nos'를 거꾸로 읽으면 '꿈'이라는 뜻의 'Son'이 된다. 코에 관한 이야기이지만, 한편으로 주인공의 꿈 이야기이기도 하다. 그런 식으로 제목은 이중적인 함축 의미를 지니고 있으며 '코'와 '꿈'은 등가의 역할을 한다. 코와 꿈이 등가임을 증명해 주는 말들은 「광인 일기」에도 나온다. "코는 볼 수 없으며, 코는 꿈이다. 코는 달에 위치 해있으며, 코는 지구에서 뭉개져 버릴 위험에 처한 존재이다." 이반이 빵에서 코를 발견한 것이 3월 25일(구력)이고 코발료프가 코를 되찾은 날은 4월 7일(신력)이다. 그러나 이날은 동일한 날이다. 여기서 고골은 구력과 신력이 '13일' 간의 차이가 나는 점을 이용하고 있기 때문에, 사실이 이야기는 같은 날에 일어난 하룻밤의 꿈이라 할 수 있다.

　「코」는 환상 문학의 대표작이다. 고골은 이 작품의 말미에서 직접 '현실이 환상보다 더 환상적일 수 있다'라고 말하고 있다. 이 작품은 도입부부터 환상적 사건으로 시작한다. 흥미 있는 것은 고골의 환상 문학은 환상이 그 자체로만 머무는 것이 아니라 현실과 부단하게 교류하고 있다는 사실이다. 그의 환상은 비현실적인 상황이나 사건을 통해 독자들에게 공포감이나 신비감을 심어 주기보다는 오히려 현실감을 제공한다. 소설 내의 인물들뿐만 아니라 독자들까지 환상을 환상으로서가 아니라 현실의 또 다른 측면으로 받아들인다. 그들의 끝없는 망설임은 환상 문학의 본질을 설명해 주고 있다. 독자

작품 해설

들은 고골의 인물들을 통해 자아 동일성을 느끼기 때문에 정신없이 웃다가도 그 인물에 대한 동정심을 느낀다. 「외투」에서 환상성이 공포와 그로테스크한 분위기를 자아냈다면, 「코」의 환상성은 유머와 풍자, 그리고 인간의 내적 욕망의 표출로 표현되고 있다. 페테르부르크의 소시민들이 집착하는 것은 성(性)과 관등의 추구이다. 고골은 성과 관등을 인간의 가장 중요한 욕망의 대상으로 생각하였다. 성은 어디에나 스며들어 있지만, 관등은 페테르부르크의 삶을 지배하는 결정 인자 중 하나이다. 그 이유는 소시민들 모두 정부가 규정한 관등에 매여 살기 때문이다. 그들 대다수가 높은 관등을 얻으면 행복해질 거라는 환상을 품고 있다. 출세욕과 여성에 대한 숨겨진 욕망에 빠져 살아가는 코발료프는 예나 지금이나 욕망의 자화상이라 할 수 있다. 인간 삶의 역설적인 표현이다.

그러면 여기서 코의 상징 체계를 알아보자. 상징은 은유와 달라서 끝내 심상의 틀을 명쾌하게 드러내지 않는다는 특징을 지니고 있다. 어떻게 보면 상징은 확장된 은유이며 그 반복 형태라고도 볼 수 있다. 고골은 자신의 텍스트 속에서 전통적 상징을 개인적 상징으로 만들어 가기도 한다. 그의 텍스트 속에서 코는 1) 미(美) 2) 남근 3) 무(無)영혼 4) 자존심 5) 욕망(권력욕과 명예욕) 6) 신분 7) 명예 8) 탐욕 9) 허영 10) 텅 빈 세계 등을 상징한다고 할 수 있다. 따라서 코에 문제가 생긴다는 것은 곧 코가 상징하고 있는 모든 것에 문제가 생기는 것이다. 동서고금을 막론하고 코는 그 돌출한 외적 특징 때문에 자주 남자의 성기에 비유된다. 푸시킨의 시에서 남근의 상징은 뱀의 형태로 나타나는 데 반하여 고골의 이야기에서는 코로 나타난다. 코는 남성의 성기를 상징할 뿐만 아니라 배설 행위를 상징하기도 한다. 그리고 코의 상실은 남성성의 상실을 상징한다고 할 수 있다. 이 소설에 등장하는 남자들은 모두 성적 콤플렉스나 거세 콤플렉스를 갖는 사람들로서 남성의 성적 매력의 상실에 대한 두려움과 공포를 느낀다. 코발료프는 자신의 이상적인 남성의 이미지를 코를 통해 발견하게 된다. 코가 없어 진 뒤에 그가 제일 먼저 걱정하는 것은 여성들과 만나지 못하는 일이었다. 성당에서 만난 아름다운 여성, 신문사에 광고를 내러 갔다가 포스터에서 본 예쁜 여배우, 자신이 자랑하고 다니는 고관 부인들을 만나지 못하게 된다는 사실이 제일 걱정이 된다는 것이다. 5등관이 된 미스터 코의 의상 역시 커다랗게 세운 칼라와 긴 칼 등으로 대표된다. 옷의 모양에서 우리는 세워져 긴장한 성기의 모습을 쉽게 연상할 수 있다.

그리고 우리는 이 작품을 이해할 때 관등의 문제를 언급하지 않을 수 없다. 관등은 페테르부르크의 삶을 지배하는 결정적인 요소이다. 그 이유는 이 도시에 사는 사람들이 모두 정부가 규정한 관등에 매여 살아가기 때문이다. 그리하여 『페테르부르크 이야기』에 나오는 대다수 사람은 높은 관등을 얻으면 행복해질 거라는 환상을 품고 있다. 「코」의 주인공 역시 예외는 아니다. 이 소설에서 소령의 관등에 대한 존경심과 고골 자신의 관등에 대한 조롱을 동시에 느낄 수 있다. 인간의 존엄과 가치가 관등에 의해 정해지는 사회는 정상적인 사회가

	일반 관리	군인	호칭
1등관	재상(국무총리)	총사령관	각하
2등관	장관급	대장	각하
3등관	차관급	중장	각하
4등관	국장급	소장	각하
5등관	5급 문관	—	각하
6등관	6급 문관	대령	(최고)귀하
7등관	7급 문관	중령	(최고)귀하
8등관	8급 문관	소령	(최고)귀하
9등관	9급 문관	대위	귀하
10등관	10급 문관	중위	귀하
11등관	11급 문관	—	귀하
12등관	12급	소위	귀하
13등관	13급	—	귀하
14등관	14급	—	귀하

러시아 관등 표: 1722년 표트르 대제에 의해 14등급으로 분류되었고, 1917년 볼셰비키 혁명 때까지 변동 없이 시행되었다.

아니다. 인간의 가치에 대한 평가를 위해 인간 몸의 일부인 코가 사용되고 있다. 페테르부르크 거리에서 자신의 코와 마주친 소위의 극적인 상황은 관등 문제를 매우 암시적으로 나타낸다. 여기서 코는 소령 자신보다 몇 계급 높은 상급자로 판명된다. 코는 5등관의 모습을 하고 있었으며 코발료프는 소령으로서 상관을 맞이하는 상황이다. 이러한 상황 속에서는 관등에 대한 존경심과 조롱의 의미가 함축되어 있다. 고골은 세속적 야망의 산물인 소령이 관등에 어떻게 이끌려가고 있는가를 보여 줌으로써 쓸쓸한 즐거움을 제공하고 있다. 여기서 코가 관료이며, 관료가 코라는 두 가지를 모두 암시하고 있다. 고골은 소령의 코를 통해 5등관의 코를 꼬집는 것이다.

외투

고골의 단편 소설 「외투」는 1839년 유럽 중부의 마리엔바트에서 구상하여 1841년 로마에서 완성한 작품이다. 고골은 우연히 친지로부터 주말 사냥을 좋아하는 하급 관리(가난한 장교)의 일화를 듣게 되었다. 그 관리는 돈을 절약하여 모은 전재산으로 비싼 고급 사냥총을 장만하였다. 그러나 오리 사냥을 나간 첫날 배에서 졸다가 그 사냥총을 물속에 빠뜨리게 되었다. 이 불행한 사나이는 매우 화가 난 나머지 집에 돌아오자 심한 열병에 걸려 자리에 눕게 되었다. 이를 불쌍하게 여긴 직장 동료들이 돈을 모아 새로운 총을 사 주었다. 그리하여 그 관리는 다시 생기를 되찾게 되었지만, 그때 잃어버린 총을 아쉬워하였다는 것이다. 그 이야기가 나올 때마다 그 관리는 흥분하여 백지장처럼 얼굴이 창백해지곤 하였다. 사람들은 이 일화를 박장대소하며 즐겼다는 것이다. 안넨코프의 회상에 따르면 이 일화가 고골이 「외투」를 쓰게 된 주요 동기가 되었다는 것이다. 고골이 사냥총 대신 외투를 작품의 소재로 이용하게 된 또 다른 이유가 있다. 고골의 편지(1830년 4월 2일)에는 외투 구입에 대한 내용이 상세히 적혀 있었다. 고골은 돈이 없어서 겨울에 꼭 필요한 외투를 살 수 없는 자신의 처지를 한

탄하였다. 그리하여 그는 겨울 외투 대신 여름 외투를 80루블을 주고 매입하여 간신히 겨울을 날 수 있었다. 작가 자신의 실제 경험과 전해 들은 에피소드가 교묘히 어우러져 이루어진 작품이 바로 「외투」이다. 그러므로 이 제목의 기원에는 고골 자신의 하급관리의 힘든 생활에 대한 경험이 함축되어 있음을 알 수 있다.

이 소설은 어느 관청에 근무하는 말단 관리 아카키 아카키예비치 바시마치킨에 대한 이야기이다. 그는 문서를 베껴 쓰는 일에 남다른 애착을 보였다. 주변 동료들이 그를 재미 삼아 놀려도 별로 지장을 받지 않았다. 자기 운명에 만족하며 평온하게 살아가는 그에게 뜻밖의 큰일이 생겼다. 그것은 너무 오래된 낡은 외투로 러시아의 혹독한 겨울 추위를 이겨 낼 수 없게 된 것이다. 그리하여 아카키는 새 외투를 장만하기 위해 눈물겨운 금욕 생활을 시작하였다. 그의 근검 절약은 피눈물 나는 것이었다. 차도 마시지 않고, 밤에 촛불을 켜지 않고, 거리를 걸을 때면 신발 뒤축이 닳지 않도록 뒤꿈치를 들고 다닐 정도였다. 나중에는 저녁 식사를 굶는 데도 익숙해졌다. 그 대신 그의 마음은 곧 갖게 될 외투에 대한 희망으로 가득 차 있었다. 그의 삶은 궁핍했음에도 불구하고 새 외투에 대한 강한 희망 때문인지 왠지 모르게 풍요로워진 것 같은 느낌이 들었다. 삶의 반려자가 생긴 듯한 착각까지 들 정도였다. 마침내 아카키가 새 외투를 장만하여 처음 입고 출근하였다. 정말로 이날은 잊을 수 없는 축제의 날이었다. 오랫동안 꿈속에 그려오던 신부를 얻은 신랑과 같은 마음이었다. 직장 동료들은 새 외투를 입은 아카키를 신기해하며 과장의 집에서 착복식을 해 주기로 하였다. 매우 행복한 기분이 되어 집으로 돌아온 아카키는 황홀한 눈으로 외투를 바라보았다. 그러나 그날 밤 불행한 사건이 발생하였다. 과장의 생일 파티에 참석하고 돌아오는 길에 인적이 드문 어두컴컴한 거리를 지나게 되었는데, 거기서 갑자기 강도가 나타나 그의 외투를 빼앗아 갔다. 새 외투를 강탈당한 아카키는 다음 날 도움을 받기 위해 곧바로 경찰서장과 유력 인사의 집으로 찾아갔다. 그런데 도움을 받기는커녕 오히려 엉뚱한 질책만 받았다. 아카키는 집에 간신히 돌아왔으나 절망 끝에 심한 열병을 앓게 되었다. 결국, 불쌍한 아카키는 숨을 거두고 말았다. 그러나 아카키가 죽은 후, 페테르부르크 거리에 밤마다 말단 관리의 모습을 한 유령이 나타나 외투를 찾아 헤매고 있다는 소문이 돌았다. 어느 날 마차를 타고 가다가 유령을 만나게 된 그 유력인사는 겁에 질린 채 외투를 벗어 던지고 집으로 도망쳤다. 그 사건 이후로 유령에 대한 소동은 진정되었지만, 사람들은 아직도 페테르부르크에 유령이 돌아다닌다고 생각했다.

고골의 「외투」는 모음집 『페테르부르크 이야기』에 나오는 다섯 편 가운데 가장 늦게 쓰인 작품이지만 러시아 문학사에 가장 인기 있는 담론의 장을 만들어 놓았다. 고골 작품을 일정한 문학 전통(고전주의, 낭만주의, 자연파, 사실주의)과 연계시키려는 노력이 있어 왔고, 정신 분석학적 방법론으로 해석하려는 견해도 있었고, 형식주의나 구조주의 이론으로 해석하려

작품 해설

는 경향도 있었고, 주제적인 측면에서 민속 문학 및 종교 문학(성자전 등)과도 연결하려는 시도도 있었다. 어쨌든 이 작품에 대한 다양한 해석을 알게 되면 더 재미있게 읽을 수 있다.

지금까지 고골은 관례적으로 자연파(Natural School) 작가나 사실주의 작가라고 이야기되어왔다. 이는 「외투」가 갖는 사실성에 주목하여 이야기하는 고전적 시각의 해석에서 나온 말이다. '우리는 모두 고골의 「외투」에서 나왔다'라고 말한 도스토옙스키의 말은 19세기의 고전적 시각을 한마디로 표현했다고 할 수 있다. 고전적 시각은 「외투」를 사회적 관심이 강하게 나타나는 문학의 시발점으로 간주하고 있다. 즉 모욕받고 상처 입은 자들에 대한 동정과 연민을 담고 있는 문학의 출발을 「외투」에서 찾고있는 것이다. 비평가들은 주로 '인도주의적 표현'에서 고골의 의도를 찾고 있다. 동료들이 심한 장난을 쳐서 도저히 참을 수 없을 때에도 겨우 "왜 나를 못살게 구는 거요? 날 좀 내버려 둬요."라고 말하는 아카키의 목소리는 어쩐지 인간적인 동정과 연민의 정을 불러일으킨다는 것이다. 그의 호소는 인간의 존엄성과 가치에 대해 개인이 할 수 있는 마지막 항변이다. 당대의 비평가들은 아카키를 불쌍한 존재로 평가하고 그의 가혹한 운명에 동정을 보냈다. '나도 당신의 형제가 아니오(Ia brat tvoi)'라는 아카키의 말은 대단한 측은지심을 불러일으켰다. 비록 아카키가 하찮은 존재일지라도, 그 역시 존엄과 가치를 지닌 인간이라는 것이다. 최고의 인기와 조명을 받는 이 인도주의적 표현 문구에는 형제애라는 의미가 함축되어 있다. 엄청난 희생을 치른 끝에 외투를 마련했으나 불쌍하게 죽어 버리는 소심하고 자폐적인 하급관리 아카키는 당시의 '작은 인간(Malen'kii chelovek)'의 전형이었다. '소시민'이라고도 불리는 '작은 인간'은 사회의 계층적 위계질서 속에서 낮은 지위를 차지하며, 이러한 사회적 조건에 의해 심리적으로 극도로 제약된 인물 유형으로 정의된다. '작은 인간'의 대표적인 예가 되는 인물들은 모두 말단직의 하급 공무원이나 하위 계급의 군인들이다. 그들은 다른 사람들로부터 괴롭힘이나 강요나 위협을 당한다. 일반적으로 그들은 무언가에 집착하는 경향이 있다. 그 집착은 인물들이 사회와 어떤 관계도 맺지 못하게 가로막는다. 따라서 그들은 철저히 고립되어 있다. 이러한 인간의 유형은 고골 이후의 많은 작가의 모델이 되었다. 「외투」의 내용 미학과 휴머니즘이 작가들의 인정을 받은 것이다. 벨린스키 이후 비평가들은 고골의 「외투」를 비판적 사실주의와 휴머니즘의 구현으로 받아들였다.

그리고 '작은 인간'들을 나약하고 소외되고 무력한 존재로 만든 것은 관료제도였다. 고골이 바라본 러시아는 관등 사회이다. 19세기의 관등은 사실주의적 관점에서 빠지지 않고 거론되는 중요한 담론이었다. 관등은 고골 소설의 지배소로서 소재이자 주제로 등장한다. 고골의 주인공들에 대한 소개는 관등으로 시작한다. 「외투」와 「광인 일기」에는 하급 관리의 대명사인 9등관이 주인공으로 등장한다. 9등관과 같은 '작은 인간'들이 하는 일이란 펜촉을 깎는 일이나 정서(正書)하는 일이다. 주인공들의 형상과 성격은 마치 관등의 성격과 일치하는 것처럼 소개된다. 소설 전체를 통해서 인물의 성격과 관등을 끊임없이 연결시키고 있는 것은 관등의 문제가 외적 계급 차원의 문제가 아니라 인간의 내면의 문제와 긴밀하게 연관되어 있기 때문이다. 거리를 지나가는 것은 사람이 아닌 마치 7등관이나 9등관 또는 14등관 인생인 것처럼 느껴진다. 여기서 관등은 계급과 위계를 보여 주는 신분이다. 관등을 나타내는 숫자는 이미 생명체의 생명을 없애고, 그 자신이 하나의 생명을 획득한 것이다. 관등은 인간을 지배하는 유일한 활동체가 된 것이다. 관등 숫자의 날줄과 씨줄로 잘 짜여진 빈틈없는 공간, 그 막힌 도시 공간에 인간들이 갇혀 있다. 사람과 사람 사이의 관계 설정을 그러한 관등으로써 하고있는 것이다. 인간은 관등이라는 계급의 노예로 전락한다. 관등의 세계에서 인간은 이미 죽은 것이나 마찬가지이다. 살아 있는 것은 인간들이 입고 있는 관등을 나타내는 옷이다. 이 소설에서 관등은 주인공 아카키의 외투가 기능하는 것과 같은 작용을 한다고 할 수 있다. 외투를 갖게 된 아카키 아카키예비치는 얼마 전까지만 해도 그를 놀리고 못살게 굴던 동료들과 대등한 위치에 선다. 외투는 그가 타인을 막 대하거나 생색내도록 하는 물건이라기보다는 인간으로서의 권위를 부여해 주는 힘을 상징한다. 작가의 시선은 바로 그러한 관등이 지배하는 세상에 초점이 맞춰져 있다. 현실에서 고위 관리(유력 인사)는 가해자로, 하급 관리(9등관)인 주인공은 피해자로 등장한다. 그러나 초현실(환상)에서는 가해자와 피해자가 역전된다. 어쨌든 아카키의 불쌍한 삶은 관료제로 특징지어지는 당대의 지배 구조가 만들어 낸 것이다.

다른 단편들처럼 여기서도 고골은 현실과 환상을 교묘하게 결합하여 새로운 의미를 창출한다. 가난, 관등, 기후 등과 같은 현실적 사건은 끝에 가서 유령의 등장으로 새로운 국면에 부딪히게 된다. 죽어 버린 아카키가 잘못된 것을 바로잡기 위해 유령으로 되돌아온다. 외투를 강탈하는 유령은 주민들을 공포로 몰아넣는다. 아카키는 죽음을 통해서 비로소 삶 속에서의 무능과 순진성을 극복한 것 같다. 비평가들은 유령의 출현을 다양하게 해석한다. 당대의 급진적 비평가들은 「외투」가 환상적인 요소를 지닌 것은 사실이나 그런 요소가 작품의 진면목을 이해하는 데에는 별로 도움이 안 된다고 생각하였다. 그러나 러시아 비평가 로자노프는 19세기의 급진적인 비평가들의 사실주의적 해석을 부정하였다. 그에 의하면 고골은 사실을 묘사하는 것이 아니라 사실을 무한정으로 확대하거나 제거해 버린다는 것이다. 20세기에 이르러 나보코프는 고골을 높이 평가하여 '고골의 4차원의 산문에 비하면 푸시킨의 산문은 3차원'이라고 주장하였다. 정형화된 비평적 시각을 거부하는 나보코프의 견해는 아주 독창적 관점을 제시하였다. 그는 「외투」를 아카키라는 인물이 원래의 정체(신분)였던 유령으로 회귀해 가는 과정에 관한 이야기라고 해석하였다. 나보코프는 유령 이야기를 일종의 빙의 현상으로 보고 있다. 그의 견해에 따르면 아카키가 외투를 착용하면서 그의 정체성(identity)을 해체해 가는 것이었다. 아카키는 우연히 불쌍한 관리로 변장하게 된 유령이라는 것인데 이를 모든 사람이 알아차리지 못하고 있다는 것이다. 우연히 인간의 몸 안으로 들어온 유령이 소설의 끝에 가서 다시 인간의 육체를 벗어나 자신의 유령 세계로 다시 돌아가는 과정이 「외투」의 내용이라고 설명한다.

「외투」에 대한 정신 분석학적 해석은 인간의 내면세계에 대한 분석이다. 카를린스키와 예르마코프는 고골의 정신세계를 탐구하면서 욕망과 열정이라는 주제를 언급하였다. 이들은 외투를 여성성과 연관시켰다. '외투(shinel')'는 여성 명사로서 아카키의 애인이나 아내로 치환될 수 있다. 외투를 성(性)적인 것과 연관 지어 생각하면 재미있는 해석이 가능하다. 아카키는 외투를 마련하면서 다양한 변화를 보여 준다. 마치 그는 배우자를 얻은 양 존재 자체의 충만감을 느끼면서 일상성과 망설임에서 탈피하기 시작하고 삶의 목표가 뚜렷해진 사람으로 변한다. 한편으로 자기 일에 게으름을 부리기 시작하고 다른 한편으로는 성욕을 느끼기 시작한다. 무의식 속에 잠재되어있던 욕망이 발현한 것이다. 아카키는 파티에 가던 도중 등불이 휘황찬란한 상점 진열장에서 호기심에 가득 찬 눈으로 포스터를 바라본다. 거기에는 구두를 벗으려고 날씬한 다리를 허벅지까지 드러내 보이는 미녀의 모습과 그것을 훔쳐보고 있는 한 사내의 모습이 그려져 있었다. 그 그림을 본 아카키는 고개를 끄떡이며 피식 웃었다. 아카키가 어떤 감정이었는지 모른다고 화자는 회피하지만 이후 파티에서 나와 돌아오면서 한 여자를 쫓아가려던 아카키의 모습은 분명히 성욕에 눈뜬 모습이었다. 외투를 마련하려는 욕망은 여성에 대한 욕망과 거의 흡사하며, 외투의 구입 과정은 예쁘고 따뜻한 아내와의 결혼

과정과 같다고 할 수 있다. 낡은 외투와 새 외투의 비교 장면은 하숙집 노파와 거리에서 만난 여자와 비교된다. 노파는 아카키에게 낡은 외투와 같은 존재로 묘사되기도 한다. 아카키의 외투를 강탈해 간 강도는 그의 연적으로 해석될 수 있다. 유령이 유력 인사의 외투를 빼앗자 그 인사는 겁에 질려 애인에게 가려던 계획을 취소한다. 아카키는 여성에 대한 욕망이 이루어지지 않자 유령이 되어 유명 인사의 애인을 빼앗은 결과가 된다. 심리 층위에서 아카키는 직장 생활에서의 굴욕보다도 더 큰 어떤 것을 경험하자마자 죽음에 이른다. 외투로 대변되는 여성에 대한 그의 욕망은 이전에는 없던 자의식을 경험하게 하였고, 자의식의 지속적인 발전을 보장하였다. 성적 욕망이 그의 죽음으로 이어진 것이다.

고골은 자연 현상, 즉 페테르부르크의 기후를 또 다른 사실적 코드로 사용하고 있다. 그 도시의 불순한 기후는 러시아 문학 작품에서 추위, 안개, 눈보라, 바람, 그리고 홍수로 인간을 불행하게 만드는 역동적인 힘으로 작용한다. 이 작품에서 혹한이라는 자연 현상은 소설이 시작할 때 지배적이던 단조롭고 정태적이며 평화로운 일상을 깨뜨리는 플롯 장치의 역할을 하면서 초자연적인 힘으로 나타난다. 페테르부르크에서 자연이야말로 악마적인 힘이다. 혹한은 주인공에게 최대의 강적이며 궁극적으로 그를 불행하게 만드는 직접적인 요인으로 등장한다. 강추위(moroz)는 아카키에게 새 외투의 필요성을 절감하게 만든다. 그는 어렵게 외투를 구매하고 잠시나마 행복에 빠진다. 그러나 눈보라가 몰아치는 혹한 속에서 아카키는 새 외투를 강탈당하고 목숨을 잃게 되고, 유력인사는 유령에 의해 외투를 강탈당한다. 도시의 악마적인 추위는 현실인 동시에 환상이다. 사실 고골의 자연관은 민담을 기초로 하고 있다. 민담에서 겨울의 혹한, 매서운 바람, 눈보라와 폭풍은 악마의 영혼으로 나타난다.

웃음은 고골 문학의 창조적 힘이며 비밀이다. 그는 누구보다도 웃음이 인간 고유의 특성임을 간파하였다. 어떤 사람이 '인간답다'라는 것은 그에게 웃음이 있기 때문이다. 인간의 본질을 웃음이라고 정의할 때, 그것은 웃음만이 아니라 인간 그 자신에 대한 정의도 된다. 그의 소설은 웃음을 떠나 말할 수 없고, 모든 것은 희극적 전망으로 재구성된다. 고골의 웃음은 그것이 유발되는 희극적 상황에서만 생겨나는 것은 아니다. 비극적 상황으로 인식될 수 있는 자리에서도 웃음은 여전히 유지되며 더 빛을 발한다. 그의 작품에선 언제나 불안과 고뇌의 그림자가 점점 짙게 드리워지는 것을 쉽게 볼 수 있다. 그러나 이 비관적 전망에도 고골은 웃음을 잃지 않고 있다. 웃음은 영혼 그 자체, 그의 영혼의 소리인 것이다. 고골의 웃음은 하나가 아니라 여러 층위에서 생겨난다. 여러 층위에서 각기 다른 울림으로 다가오는 고골의 웃음은 다양하다. 고답적인 웃음, 냉소적인 웃음, 풍자적 웃음, 마법적 웃음, 유혹의 웃음, 음흉한 웃음, 악마의 웃음, 비극을 동반하는 슬픈 웃음 등이 그러하다. 특히 「외투」에서 보여 준 웃음은 '눈물로 가려진 웃음(Smekh skvoz′ sliozy)'이라 할 수 있다. 그리고 고골의 웃음에는 언제나 '누굴 비웃는 것은 자신을 비웃는 것이다(Nad kem smeetsja — nad soboj smeetsja)'라는 메시지가 담겨 있다.

광인 일기

우리는 「광인 일기」에서 정신 착란에 빠진 주인공이 화자
가 되어 풀어놓은 스무 편의 일기를 읽어 가며 지극히 혼란스
러운 그의 정신세계를 직접 대면해 볼 수 있다. 이 소설은 좌
절한 나머지 과대망상에 빠져 버린 말단 관리의 일기이다. 소
설에서 펜 깎기와 정서가 주 업무인 9등관 포프리신은 마흔
두 살의 노총각으로 국장의 딸을 사랑한다. 그런데 그의 사랑
은 자신의 관직으로는 이룰 수 없는 불운한 사랑이다. 그는
사랑에 미쳐 개의 편지를 훔치게 되고 국장의 딸이 자기를 사
랑하기는커녕 오히려 조소하고 있다는 것을 알고 실망하게 된
다. 이 충격으로 인해 포프리신은 완전히 미쳐 버리고 정신 병
원에 들어가게 된다. 거기서 스스로 스페인의 페르디난드왕이
라고 상상한 광인은 스페인왕의 대관식이라고 생각되는 온갖
고통을 당하게 된다.

이 작품은 크게 두 부분으로 구성되어 있다. 첫 부분은 주
인공 포프리신이 미쳐 가는 과정을 점진적으로 보여 주고 있
다. 즉, 분열 양상의 원인이 제시된다. 「외투」의 아카키처럼 작
은 세계 속의 '작은 인간'인 포프리신은 자신의 처지와 주변
환경에 대하여 불만이 있지만, 아직 자신의 사회적 신분을 스
스로 인정하는 단계이다. 이 부분은 10월 3일부터 12월 8일까

지의 일기로 날짜의 순서가 정상적이다. 두 번째 부분에서 주인공은 현재 자신의 신분을 전면적으로 거부하고, 자기를 스페인 왕으로 생각하기 시작한다. 이때부터 일기의 날짜는 상식적으로 이해할 수 없는 황당한 순서로 진행된다.

첫 부분에서 주인공 포프리신은 사회적 평가와 인정을 갈망하지만, 자신의 무능한 처지와 신분에 대해 강한 불만을 나타낸다. 9등관은 말단 관리이지만 일반 장사치나 마부들과는 다른 점잖은 관리 신분임을 강하게 의식하고 있다. 그는 허영심과 자의식이 강한 인물이다. 그러나 관리라는 강한 계급적 의식에도 불구하고 관리로서 내적 자긍심은 없다. 여기서부터 포프리신은 정상과 비정상의 경계를 오가며 과대망상과 피해망상의 징후를 보여 준다. 주인공의 정신 분열이 시작된다고 할 수 있다. 관료 사회가 관리들 스스로 내적인 고상함을 보장해 주지 못한다. 자존심을 유지하려는 강한 열망에도 불구하고 관리들은 도덕적으로 심리적으로 혼란을 겪는다. 주인공이 국장에게서 진정으로 부러워하는 것은 그의 사회적 지위를 암시하는 외적인 사물과 기호에 국한된다. 그에게 강박 관념의 대상은 사회적 신분을 표시해 주는 관등, 서재, 외모, 옷차림과 같은 환유적인 것들로 나타난다. 포프리신의 열등감과 자괴감은 그러한 환유적인 것들을 통해 부각된다. 주인공은 이해되지 않는 독어나 불어 원서로 장식된 국장의 서재에 심리적으로 위축된다. 포프리신은 국장을 신처럼 숭배한다. 주인공의 사회적 신분 상승에 대한 강한 의지는 사물뿐만 아니라 여성에 대한 성적 욕구와 결합하여 증폭된다. 특히 국장의 딸인 소피라는 여성에 대한 에로틱한 상상과 관심에서 강하게 증폭된다. 그의 성적 의지는 남의 사생활을 들여다보는 관음증(Voyeurism)이라는 이상 성욕을 유도해 낸다. 주인공의 관음증은 제일 먼저 동물 세계를 몰래 훔쳐보는 것으로 나타난다. 강아지 멘지가 피델에게 보내는 편지로 소피의 사생활이 폭로된다. 여기서 개들은 철저히 인간의 사유 방식과 의식을 보여 준다. 동물 세계와 인간 세계의 구분이 없어진다. 강아지들이 주고받는 대화를 엿들은 포프리신은 광인이기도 하지만, 동시에 그의 위치가 강아지 급 정도라는 말도 타당하다. 관등 사회에서 펜 깎는 하급 관리는 강아지 수준이라는 것이다. 여기서 소피라는 여성을 둘러싼 고위 관료들의 사생활이 적나라하게 폭로된다. 멘지의 편지로 소피와 시종 무관의 결혼 사실을 알게 되고, 소피가 주인공을 어떻게 평가하고 있는가를 알게 된다. 주인공은 자신에 대한 소피의 냉소와 조소를 알아차린 후 사회적 신분 상승의 욕망이 더 강해진다. 그 욕망은 스페인왕의 부재로 시작하여 그의 광기로 이어진다.

두 번째 부분에서 관등에 매여 살아가는 9등관 포프리신은 자신을 사라진 스페인왕으로 여기기 시작한다. 스페인왕이 바로 자신임을 선언하면서 주인공의 광기가 본격적으로 드러난다. 일기의 날짜도 혼돈 그 자체이다. '서기 2000년 4월 43일'이라는 기이한 날짜로부터 시작되며 '마르토브랴 월 86일 낮과 밤사이', '어느 것도 아닌 날. 날짜가 없는 날', '날짜가 기억나지 않음. 월도 없음. 아무도 모름.' '349년 2월 34일' 등 이상한 날들의 연속으로 이어진다. 그의 광기를 보고 깜짝 놀라는 하녀의 심리적 충격과 광인의 비논리적인 언술들은 광인 일기의 극치들이다. 포프리신의 실질적인 광기는 정신 병원에 수감 되기 전후로 다양하게 나타난다. 수감 된 후 그는 간수들에게 심하게 괴롭힘을 당한다. 더 불행한 것은 그의 새로운 지위인 스페인 왕이 그를 사회로부터 완전히 격리한다는 사실이다. 절망에 찬 포프리신의 마지막 외침이 그 사실을 뒷받침한다. "세상에 기댈 곳이 없어요!" 여기서 스페인은 주인공의 실현 불가능한 욕망이 가능한 허구의 세계요 가상 현실이다.

「광인 일기」에서 광인의 비정상적인 생각과 인식들은 비논리적인 현상들을 통해 나타난다. 이런 비논리성은 동물들에 대한 광인의 상상 속에서 구체화 된다. 포프리신은 사람을 개와 돼지 그리고 당나귀와 동일시하고 있다. 그는 자신을 '자루 속에 든 거북'이라 정의를 내리고 있으며, '물고기와 소도 말을 할 줄 안다.'라고 주장한다. 따라서 그는 강아지 멘지와 피델이 말을 하게 되는 것은 당연하다고 생각한다. 그는 개가 사람보다 더 현명하다고 생각하는 사람이다. 여기서 재미있는 것은 동물들 가운데 새에 대한 언급이 가장 많다는 점이다. 포프리신은 과장을 일컬어 '왜가리'라고 부르고, 다른 동료를 '황새'와 닮았다고 말한다. 국장의 딸을 '카나리아'에 비유하고, 그녀의 옷은 '백조'로 비유하고 있다. 고골은 왜 새에게 초점을 맞추었을까? 포프리신은 국장의 깃털 펜을 깎는 일을 맡고 있다. 여기서 깃털은 당연히 새를 연상시킨다. 더욱이 그는 국장 딸의 깃털 펜을 네 자루 깎아 주었고, 그는 소설의 끝에 다음과 같이 말한다. "모든 수탉은 그들의 날개 속에 스페인을 숨

기고 있다." 작가는 새와 주인공의 직업을 연관시켜 문학적 상
상력을 끝없이 펼친다. 인간을 동물이나 사물에 비유하는 고
골의 수사법은 인간의 존엄성과 가치에 대한 새로운 인식 체
계를 부여한다. 동물이나 사물의 존재는 의미의 가치 체계가
아니라 무의미의 가치 체계인 것이다. 동물이나 사물에 비유
되는 인간의 삶은 무의미한 삶인 것이다.

　성(性)에 대한 호기심이야말로 모든 지적 행위의 근원이 된
다. 성이란 단순한 육체만의 문제가 아니다. 성은 인간의 정체
성을 결정하는 데 큰 역할을 하는 환상과 상징의 복합물이며,
만족과 상실의 유아적 환상에 의해 주도된다. 고골은 성적 존
재로서의 자아 개념에 관심이 크다. 그의 소설에서 성은 모든
호기심의 동력으로 작용하고 있다. 고골에게 여성이란 매혹
적이지만 접근하기 어려운 무시무시한 환상이었다. 그의 상상
속의 여성들은 신비스럽고 비인간적인 환상이거나 완전히 남
성화되고 심지어는 인간성이 박탈된 희화화된 여성들이었다.
일반적으로 고골의 주인공들은 대부분 여성을 두려워한다. 여
성에 비해 매우 소심하고 기가 죽어 있는 주인공들을 사디즘
이나 마조히즘이라는 성적 이상 심리의 사례로 간주하는 비
평가들의 연구 또한 적지 않다. 더 나아가 그들은 고골을 성
적 이상 심리자로 간주한다. 비평가들의 말에 따르면 고골의
성적 심리는 어린 시절 부모와의 관계에서 유래한다는 것이
다. 지배적인 성격의 어머니와 유약한 성격의 아버지 사이에
서 성장한 관계로 여성의 억압 심리가 고골의 작품에 내재되
어 있다고 한다. 고골 작품 속에서는 실제로 남편에게 호통치

는 마누라, 남자의 순수한 연정을 몰라주는 냉정하고 도도한 여자, 자기 고집대로 변덕을 부리거나 수다스러운 여자 등 '강한 여자'들과 더불어 아내의 기에 눌려 사는 공처가로서의 남편, 반향 없는 짝사랑에 절망하는 남자, 의지박약한 남자 등 '약한 남자'들이 주로 등장한다. 우리의 주인공 포프리신 역시 전형적인 '약한 남자들' 가운데 하나이다.

앞에서 언급한 것처럼 고골 소설의 주인공들은 대다수가 높은 관등을 얻으면 행복해질 것이라는 환상을 품고 있다. 「광인 일기」의 주인공 역시 승진에 대한 욕망에 사로잡혀 자신이 스페인왕이라고 상상하고 정신 병원에 수감 되어 간수들에게 괴롭힘을 당한다. 그러한 욕망을 불러일으키는 것은 타인에 대한 권력, 즉 타인으로부터 인정받고자 하는 욕망 때문이다. 고골은 욕망에 대해서 대단히 부정적이다. 욕망을 가진 주인공들이 대부분 파멸하는 것으로 끝난다. 「광인 일기」에서 신분 상승의 욕망이 강한 포프리신은 광기를 보이다가 결국 파멸을 맞이한다. 우리 사회에서 종종 자기 직위나 신분이 변변치 못한 사람들이 출세한 유명 인사나 세도가의 이름들을 내세워 자기와의 관계성을 설정하고 동일시하는 경우를 보게 된다. 그럴 때마다 인간의 세속적 욕망은 타자를 통한 자기 동일시(同一視) 현상으로 재현됨을 알 수 있다. 고골의 「광인 일기」는 동일시 현상을 구체적으로 표현해 주는 이야기이다. 이 작품에서 마흔두 살의 빈털터리 하급관리 포프리신은 몽상적인 일기를 쓰는 이 소설의 화자이다. 그는 상관의 딸을 사모하다가 자신의 한계성을 깨닫고 미쳐 간다. 마침내 그는 자신과 스페인왕을 동일시하게 되며 완전히 미쳐 버린다. 고골 자신도 실제로 미쳐서 죽게 된다. 고골은 죽기 전 상당 기간 종교에 사로잡혀 자신의 모든 문학을 부정하고 종교에 빠져 버리고 미쳐서 죽게 된다. 「광인 일기」는 아이러니하게도 자신의 비극적 운명을 예언해 주는 소설이 되어 버렸다.

초상화

고골의 「초상화」는 모음집 『아라베스크』(1835)에 수록되어 있었다. 그러나 1848년에 작가는 「초상화」를 개작하여 다시 출판하였다. 첫판과 개정판 사이에는 상당한 차이점이 있다. 첫판에서 주인공의 이름은 체르트코프(Chertkov)였으나, 개정판에서는 차르트코프(Chartkov)로 바뀌었다. 개정판은 첫판의 환상적인 요소를 삭제하고 사실적인 요소를 많이 가미하였다. 소설의 에필로그 부문에서 초상화가 그냥 사라지는 것이 아니라 도난당한 것으로 개정되었다. 그리고 환상적이고 신비적인 내용이 종교, 천벌, 속죄의 내용으로 변했다. 고골은 생애 후반기에 종교에 심취하면서 모든 비평의 기준을 기독교에 두었다. 고골은 「초상화」에서 한 예술가의 삶과 욕망을 환상적 차원과 종교적 차원으로 승화시켜 이야기하고 있다.

「초상화」는 어느 화가의 이야기로 시작된다. 어느 날 가난한 화가 차르트코프는 미술상 앞을 지나가다가 낡은 초상화 한 점을 사게 된다. 그것은 광대뼈가 나오고 청동빛 얼굴을 한 말라 보이는 노인의 초상화였다. 초상화의 노인은 상대방을 노려보는 무서운 눈을 갖고 있었다. 그날 밤 화가는 초상화 속에서 노인이 걸어 나와 돈 꾸러미를 푸는 모습을 지켜보는 꿈을 꾸게 된다. 그 뒤 연속되는 꿈속에서 화가는 현실과 꿈의 경계를 구분하지 못하게 된다. 그는 우연히 초상화의 액자 속에서 발견된 금화를 밑천으로 신문에 광고를 내어 세속적인 명예와 부를 획득한다. 초상화는 금화로 재능 있는 화가를 타락으로 이끄는 악마성을 발휘한 것이다. 세속적 출세로 그의 삶은 나태와 권태 속에 시들어 갈 때 이전 친구의 전시장에서 강한 충격을 받는다. 그 친구는 자기가 그토록 열망했던 젊은 날의 꿈이었던 예술가의 사명과 영감을 발휘하고 있었다. 참예술에 대한 정열의 불꽃을 꺼 버리고 청춘 시절을 탕진해 버린 화가는 후회의 눈물을 흘리나 이미 때는 늦었다. 그는 다시 예술 창작의 진지한 노력을 시도하지만 모든 재능을 파멸시킨 지금에 와서 자신의 무능만을 새롭게 확인할 뿐이다. 자신이 완전한 파멸에 이르렀다는 절망적인 순간에 이르러서야 그는 다시 초상화의 눈과 마주치며 타락의 원인을 깨닫게 된다. 초상화의 노인이 남긴 돈주머니 때문에 자신이 파멸했다는 것을 깨닫게 된 것이다. 결국, 무서운 고통과 절망 속에서 그는 고가의 미술품을 사다가 찢어 버리는 광기를 부리다가 숨을 거두게 된다. 그다음 어느 경매장에서 악마의 영혼이 깃든 초상화가 다시 발견되었다. 거기서 초상화의 내력이 밝혀진다. 그 초상화를 그린 사람은 당대 최고의 성상 화가이고, 초상화의 인물은 언제나 재앙을 몰고 다니는 악마인 고리대금업자의 얼굴이었다. 그 내력을 알고 있는 사람은 성상 화가의 아들로서 그 초상화를 회수해 가고자 했으나 한눈을 파는 사이에 그 초상화는 다시 사라져 버린다.

고골은 「초상화」에서 인간의 욕망이 영혼을 어떻게 점진적으로 타락시키고 파멸시키는가에 대한 흥미로운 문학적 탐구를 보여 주고 있다. 다수의 작품에서 고골은 욕망을 대단히 부정적으로 다룬다. 대다수 사람은 일생을 이름 없이 살아가며, 살아가는 길에 떨어져 있는 명성의 부스러기라도 얻고자 한다. 차르트코프나 초상화의 화가 역시 예외는 아니었다. 사실 인간은 누구나 주변 사람들로부터 인정을 받고 싶은 기본적인 욕구가 있다. 자신의 가치를 인정받고 싶은 욕구는 그 자체가 나쁜 것이 아니다. 성취욕이 악은 아니다. 그러나 지나친 욕구는 일그러진 욕망으로 변하고 왜곡된 행위로 나타난다. 자존심이 부패하여 교만이 되고 물질적 안정을 추구하는 마음이 지나쳐 탐심이 되고, 개인적 친교를 바라는 바람이 타락하여 욕정이 되는 것이다. 고통은 분노가 되고 굶주림은 과식으로 바뀌는 것이다. 숭배하고 존경하는 마음이 질투가 되고 휴식을 바라는 마음이 게으름으로 탈바꿈하는 것이다. 돈과 명성을 추구한 화가들의 욕망은 결국 악행으로 변하여 자기 파멸의 길로 내 닫는다. 차르트코프는 주변의 충고와 비판이 있었지만, 구원의 길을 택하지 않았다. 고리대금업자의 초상화를 그린 화가도 처음에는 명성을 추구하고 제자를 질투하였으나, 자기 성찰을 통해 성스러운 삶을 영위하였다. 그 역시 차르트코프처럼 타락의 길로 들어설 위기에 봉착하였으나, 자기 성찰의 내면에서 우러나오는 소리에 귀를 기울이고 수도와 정진을 통해서 악의 힘을 물리쳤다. 고골은 바로 이러한 종교적 귀의를 해결책으로 제시한 것이다.

고골의 환상 문학 작품을 분석할 때 주목할 점은 사건이 '과거'에 일어난 것인지 '현재'에 일어나는 것인지에 따라 환상과 현실의 문제가 흥미 있게 구별된다. '과거'와 관련된 이야기를 다루고 있는 작품에 나타나는 환상성은 일정한 특징을 갖는다. 어떤 강한 초현실적인 힘이 노골적으로 드러난다. 이는 대부분 악마 또는 그와 손을 잡은 인간의 형태로 나타난다. 그리고 환상적인 사건들은 작가-화자나 등장인물들에 의해 밝혀진다. '과거'가 아닌 '현재'의 시간과 공간을 다룬 이야기에서는 환상성이 우회적으로 애매하게 나타난다. '현재'를 다루고 있는 작품의 환상성은 과거의 시간적 공간적 배경을 갖고 있는 이상한 사건에 의해 구체화 되는 것이다. 따라서 환상성은 현재가 아닌 과거를 통해서만 명백하게 된다. '과거'를 다룬 환상문학에서 인물들에게 나타나는 환상성은 주로 악마성과 연관되어 있다.

사실 악마성은 고골의 전 작품의 지배소(Dominant)로서 나타난다. 「초상화」에서 악마성은 현실과 환상의 기묘한 혼합 속에서 흥미 있는 이미지로 출현한다. 악마성은 그것을 창조한 사람이나 받아들이는 사람 모두에게 일정한 영향을 미친다. 고골은 초상화라는 특수한 예술 장르를 통해 인간들에게 내재 되어 있는 악마성을 은유적으로 표출시킨다. 그러면 초상화 속 악마의 정체는 무엇일까? 악마성이란 인간 마음속에 숨어있는 욕망이다. 이 악마성은 주인공의 외부에 존재하고 있었던 것이 아니라, 그의 마음속에 잠재하고 있었던 범속성이었다. 그의 욕망은 예술가로서 이루지 못한 순수한 영혼과 영감에 대한 강한 질투라는 불길 속에서 그 악마적 본질을 숨김없이 드러낸 것이다. 결국, 그는 악마의 눈의 유혹을 이겨 내지 못하고 그 악마의 눈이 시키는 데로 파멸의 길을 따라간 것이었다. 악마란 외부의 초자연적인 어둡고 불가사의한 힘을 의미하는 것이 아니다. 그것은 인간이 양심을 저버렸을 때 불가항력적인 힘으로 그를 정신적 파멸로 이끌어 가는 인간의 내면에 살아 있는 존재이다. 악마성은 인간이 어떤 가치를 추구하느냐에 따라 수십 배로 확대되어 나타날 수도 있고, 아니면 악마가 발붙일 공간이 없을 정도로 극복 가능한 존재인 것이다.

실패한 예술가라는 진부한 주제를 다루고 있는 「초상화」에서 우리는 고골의 예술관을 살펴볼 수 있다. 고골에게 예술의 가치 평가는 인간 삶의 의미와 깊게 연결되어 있다. 일반적으로 인생의 선악은 종교에 의해 결정된다. 어느 민족이든 민족 공동의 종교적 자각에서 흘러나온 감정을 전달하는 예술은 좋은 예술이며 참 예술이다. 개인의 감정을 혼돈으로 이끄는 예술은 좋은 예술이 아니라 나쁜 예술이며 위선의 예술이다. 가짜 예술은 1) 보수 2) 표절 3) 모방 4) 속임수가 담긴 예술이다. 예술가들의 지나친 보수는 예술가의 직업화를 요구하며 궁극적으로는 가장 중요한 덕목인 성실성을 상실하게 된다. 예술의 직업화는 예술을 가르치는 직업 학교를 만들게 되고, 모방을 최우선시하여 참 예술을 이해하는 능력을 빼앗게 된다. 진정한 예술은 예술가가 체험한 진실한 감정을 타인에게 전달하기 때문에 비평가의 설명이 필요 없다. 예술에서 모방은 대량으로 찍어 내어 모든 예술 작품을 모두 하나 같이 똑같이 만들어 버린다. 예술은 감정의 독창성, 표현방식, 단순성, 성실성에 따라 감염성의 크기가 달라진다. 감염성이 가장 큰 예술은 단순성과 성실성으로 기본으로 한 민중 예술과 종교 예술이다. 예술의 감염성에 관한 문제는 고골의 「초상화」에서 그대로 적용된다. 여기서 악마의 눈에 사로잡힌 사람들은 누구나 악마의 바이러스에 감염되어 파멸하고 만다. 한때 가난했지만 성실했던 화가 차르트코프는 악마에 홀려서 예술혼을 돈과 바꾸어 버렸다. 고골은 예술가의 올바른 삶의 태도를 강조한다. 작가가 좋은 예술이라고 생각하는 것은 윤리성과 종교성이 내포된 예술을 말한다. 「초상화」의 끝부분에 어느 종교 화가가 쓴 글을 보자.

"예술에 모든 것을 바치고 정열을 다하여 예술을 사랑하라. 속세의 정욕으로 숨 쉬는 정열로서가 아니라 조용한 하늘의 정열로서 말이다. 이 정열이 없으면 인간은 지상에서 날아 올라갈 힘을 갖지 못하여 평안의 신묘한 음도 가져올 수 없다. 왜냐하면, 만인에게 안식을 주고 만인을 화해시키기 위해 하늘이 이 세상에 주는 것이 숭고한 예술 작품이기 때문이다. 숭고한

예술은 마음에 불평을 품게 하는 일이 없고, 울려 퍼지는 기도
가 되어 영원히 하느님을 향하여 전진한다."

「초상화」는 속물성(poshlnost′)과 예술혼의 충돌에 대한 소
설이다. 고골이 생각하는 좋은 예술이란 종교적 색채를 띠고
인간 마음을 사랑으로 감동시키는 것이다. 고골은 화가가 갖
추어야 할 덕목으로 '순수한 영혼'을 들고 있다. 세속적 욕망
의 유혹에 빠지지 않고 하늘의 이치와 사물의 이치를 파악할
수 있는 예술가는 '영혼의 순수한 눈'을 가진 자이다. 진정한
예술가는 순수한 영혼을 바탕으로 천하고 악한 것도 아름답
고 선한 것으로 승화시킬 수 있는 재능이 있어야 한다. 그러므
로 예술가는 악을 선으로 승화시키는 재능이 있어야 한다. 그
러나 순수한 영혼이 부족한 사람은 언제나 악마의 유혹에서
벗어날 수 없다. 주인공 차르트코프는 천부적인 재능을 가진
화가였다, 그러나 그는 악마의 유혹에 자신의 예술 정신을 팔
아 버렸으며, 예술혼을 팔아 버린 그에게 남아 있는 것은 영혼
의 공허감과 열등감밖에 없었다. 물질적 욕망과 사회적 명예
에 대한 환상으로 가득 찬 차르트코프는 유행 화가로 전락하
여 부귀영화를 누리면서 가난한 화가들을 조소하였다. 고골
의 예술관에서 모방은 개성 없는 대량 생산이며 환영(幻影)의
환영을 만들어 내는 것일 뿐이다. 모방은 인간의 속물성이나
부와 긴밀하게 연관되어 있다. 자신의 예술혼을 물질적 욕망
에 넘겨 버리고 세속적인 삶을 즐기게 됨으로써 차르트코프
의 예술은 자기과시의 예술이 되어 버렸다. 그러한 속물성으

로부터 완전히 자유로운 예술가만이 예술혼을 온전히 발현할 수 있다. 고골은 초상화를 그린 성상 화가를 통해 강조하는 참된 예술이란 세속적 욕망과의 절대적 단절을 통해서만 가능하다. 예술혼을 완전히 발현하기 위해서는 무엇보다도 속물성과 육체성을 절대적으로 억압해야 한다. 궁극적으로 이 소설에서 고골이 강조한 것은 예술 창조의 숭고함과 진실한 예술가가 갖추어야 할 덕목이었다. 그 덕목은 종교예술에서 나온 것이다. 돈과 명예의 유혹을 받고 파멸한다는 이야기는 고골의 초기 작품에서부터 일관되게 나타나는 서사 구조라 할 수 있다. 파멸의 유혹에서 해방되기 위해서는 예술가는 종교적 신념을 가져야 한다. 고골의 주장은 종교적 기반을 두지 않은 예술가는 악마의 유혹에서 벗어나기 힘들다는 것이다.

고골의 예술관에 나타나는 세 가지 진리를 살펴볼 수 있다. 첫째로 예술가의 삶은 고통이다. 둘째, 예술의 기원과 고통의 원인은 욕망이다. 셋째, 욕망을 제거함으로써 고통을 제거할 수 있다. 이는 곧 예술가의 삶=욕망=고통이라는 등식으로 설명할 수 있다. 욕망이란 결코 충족될 수 없고, 특히 예술가는 채워지지 않는 욕망으로 고통스러워한다. 고통으로부터 해방을 원할 때 언제나 악마는 유혹의 손길을 뻗게 되고 의지 약한 예술가는 자신의 예술혼을 팔게 되고 궁극적으로 파멸의 길을 갈 수밖에 없다. 예술가도 세속적 욕망으로 이끄는 악마의 유혹에서 해방되려면 성자들처럼 굳건한 신앙을 가질 때만이 구원받을 수 있다. 신만이 악마가 주도하는 이 기만적인 세계를 구원할 수 있을 뿐이다. 고골의 미학은 기본적으로 윤리학과 신학의 동의어이다.

넵스키 거리

이 작품은 당시 러시아의 수도 페테르부르크에서 최고의 번화가인 '넵스키 거리(대로)'에 대한 이야기이다. 이 거리는 남녀노소를 불문하고 온갖 계층과 계급의 사람들이 모여드는 신흥 도시의 대로로 수도 시민들의 다양한 삶의 양태를 보여 주는 전람회장이기도 하다. 페테르부르크는 서구 유럽 문명을 급하게 수용하기 위해 만들어진 '유럽의 창'으로써의 인공 도시이다. 이 도시는 오랜 세월 동안 자연스럽게 형성된 도시 모스크바와는 달리 표트르 대제의 명령으로 세워진 도시로 유럽 문화가 지배하는 공간이다. 이곳의 사람들은 사회적, 물질적 가치에만 집착하는 범속성과 속물성을 보여 주고 있다. 서구의 앞선 물질문명을 배우고 익혀 그 대열에 합류하려는 현실적 욕망만이 자리 잡고 있다. 그리고 사회적 명예와 권력이라는 욕망을 충족시키기 위해 계급적 서열만이 중시되는 관료제만 있을 뿐이다. 허위와 환영의 공간인 넵스키 거리는 수도의 부분이지만 수도 전체의 이미지를 더 나아가 국가 전체의 이미지를 대표하게 되는 공간이기도 하다.

이 소설에 등장하는 화가 피스카료프는 몽상적이며 소심하고 온순한 젊은이인 데 반해 그의 친구 피로고프 중위는 허영심 많은 속물적인 장교이다. 이 두 친구가 넵스키 거리의 정체를 밝혀 준다. 어느 날 저녁 무렵 화가 피스카료프와 중위 피로고프가 넵스키 거리를 산책하다가 우연히 눈에 띈 두 미녀를 각각 쫓아가게 된다. 이상적으로 묘사된 두 미녀 가운데 하나는 검은 머리의 미녀요 다른 하나는 금발의 미녀였다. 화가가 마음 설레며 몰래 뒤따라간 아름다운 여성은 거리의 창녀였다. 그러나 이상을 추구한 화가는 그 현실을 받아들일 수 없었기에 꿈속에서나마 그가 원하는 순결하고 아름다운 처녀의 모습을 보고자 한다. 마침내 화가는 꿈속에서가 아니라 실제로 그녀를 찾아가 청혼을 하게 된다. 그러나 그녀는 커다란 소리로 웃으며 그를 비웃는다. 여기서 현실과 자신이 관념적으로 생각했던 이상이 충돌하게 된다. 그 괴리를 견디지 못한 화가는 절망에 빠져 거리를 헤매다가 자살하게 된다. 한편, 중위 피로고프가 매혹을 느껴 뒤따라간 금발 여인은 독일인 유부녀였다. 그러나 그는 이에 개의치 않고 그녀를 정복할 욕망만 불태운다. 어느 날 피로고프는 남편이 부재중인 금발 미녀와 춤을 추고 키스를 하려다가 남편에게 들켜 실컷 두들겨 맞고 쫓겨난다. 보복할까도 생각해 보았으나, 어느 파티에 나가 흥청망청 마시고 다 잊어버렸다. 「넵스키 거리」에서 보여 준 피스카료프의 비극과 피로고프의 희극은 각각 인간 삶의 극단적인 양면이다. 그 양면이 공존하는 세계가 바로 넵스키 거리의 현실 세계이다. 여기서 피스카료프는 아름다움과 숭고함을, 피로고프는 저속하고 추한 속물성을 상징한다고 할 수 있다.

요컨대 넵스키 거리는 영혼 부재의 공간이다. 그 거리는 영혼 없는 몸들만 걸어 다니는 유령의 거리와 같다. 영혼이 거세

되어버린 듯한 밀랍 인형 같은 인간들이 배회하는 환영의 거리인 것이다. 이 거리의 사람들은 육체적인 특성이나 그들이 끝없이 집착하는 물질적인 모습으로만 형상화되어 나타난다. 눈, 코, 구레나룻, 모자, 옷, 등과 같은 몸 기호와 사물 기호들만이 활개를 치는 거리이다.

"오후 2시부터 3시까지, 넵스키 거리가 가장 활기를 띠는 화려한 시간이다. 이 축복받은 시간에는 인간의 가장 아름다운 작품들의 박람회가 열린다. 어떤 사람은 최고급 물개 털 깃이 달린 멋진 모피 코트를 보여 주고, 둘째 사람은 그리스풍의 아름다운 코를 보여 주고, 세 번째 사람은 너무 훌륭한 구레나룻을, 네 번째 여성은 매혹적인 두 눈과 훌륭한 모자를, 다섯 번째 사람은 정성껏 다듬어 멋을 낸 새끼손가락에 긴 행운의 보석 반지를, 여섯 번째 여성은 멋진 구두를 신은 작은 발을, 일곱 번째 사람은 놀랄 만한 넥타이를, 여덟 번째 사람은 놀라 입이 벌어질 만한 콧수염을 구경시켜 준다. 그러나 오후 3시가 되면 박람회는 끝나고, 군중도 줄어든다."

고골의 작품에선 인간의 육체적 특징이나 외형적 장식물들이 변신을 시도하고 살아 움직인다. 그리하여 거리를 걸어 다니는 것은 사람들이 아니라 옷과 구두와 넥타이 등 정교하고 화려하게 꾸며진 외형적 장식물들이 돌아다니게 된다. 인간들은 자신의 인간적 가치나 풍모를 영혼과 정신으로 보여 주지 못하고 외적 사물에 의존하게 된다. 인간을 꾸미는 외적 장식물은 반드시 외부 사물일 필요가 없다. 육체적 특징으로서의 코, 수염, 발, 등으로 나타나기도 한다. 육체적 특징은 외투나 모자와 같이 하나의 기성품처럼 인간의 신체에 부착되어 있는 사물이 되어 버린다. 결국, 부분이나 사물은 인간의 신분이나 계급을 상징하는 기호로써 이름을 획득하게 된다.

페테르부르크 문화는 인공적이며 비현실적이다. 여기서부터 도시 문화의 초자연성과 연극성이 나온다. 허허벌판에 기초 없이 만들어진 도시, 이것이 초자연적이고 환상적인 페테르부르크이다. 고골의 작품에서 이 도시는 '영혼이 부재한 곳' 즉 '악의 공간'으로 묘사된다. 페테르부르크는 기존의 러시아 전통에서 벗어나 서구주의자들에 의해 세워진 인공(인위적인) 도시일 뿐만 아니라 새로운 관료 사회를 탄생시킨 곳이다. 그런 점에서 그 도시는 중요한 의미가 있다. 현실과 비(非)현실이 대립하는 곳으로 인간의 존엄성과 가치가 무시되는 공간이다. 넵스키 거리에 나타나는 모든 것은 환영에 불과하다. 이 거리에서 보는 것은 허위와 환영으로 가득 차 있으며 진실성은 이미 사라진 상태이다. 피스카료프가 아름다운 창녀를 보고 첫눈에 사랑에 빠진 것 자체도 도시의 환영 속에 빠진 불쌍한 인간의 처절한 결과에 불과한 것이다. 그의 영혼은 이미 순수성을 구분할 능력을 상실하였다. 고골은 도시인들의 정신적 분열의 원인을 도시의 악마성과 연결한다.

"이 넵스키 거리는 언제나 거짓말을 한다. (……) 그리고 악마가 모든 것들을 실제 모습으로 보여 주기를 거부하고 램프의 불을 직접 켤 때, 넵스키 거리는 더욱 심하게 사람들을 속인다."

고골은 넵스키 거리를 악마의 공간으로 보고 있다. 그 거리의 아름다움은 악마의 농간에 의한 것이고, 그 속에서 소통은 항상 막힌다. 그곳은 기만이 넘쳐흐르는 곳이며, 순수의 영혼은 이미 사라지고 없는 곳이다. 따라서 순수함의 추구는 현실이 아닌 공상이나 환상 속에서만 가능하게 된다. 피스카료프가 자신의 꿈속에서 이상적인 여인을 발견할 수 있었던 것도 바로 이 때문이다. 고골에게 있어 도시의 이미지는 영혼이 부재한 곳으로서 악마에 의해 모든 것이 조율되는 환상의 공간인 것이다. 이 넵스키 거리의 사람들은 한결같이 욕망과 물질적 가치에 악마에 홀린 듯이 살아가는 영혼 부재의 인간들인 것이다. 이 거리가 허위와 환영의 카오스 공간임을 알려 주는 소설의 끝 부분을 인용할 필요가 있다.

"그러나 가장 기묘한 것은 넵스키 거리에서 일어나는 사건들이다. 오, 이 넵스키 거리를 믿지 마라! (……) 모든 게 기만이고, 모든 게 꿈이며, 모든 것이 겉보기와는 다르다!"

영혼 부재의 도시는 종종 타락한 인간, 즉 영혼 부재의 존재를 만들어 내는 퇴폐적 공간이 된다. 고골은 남성뿐만 아니라 타락한 여성을 영혼 부재의 인물로 소설에 등장시킨다. 앞에서 언급한 것처럼 피로고프 중위는 호색적 취미가 발동되어 매력적인 금발 여인을 따라갔다가 모욕을 당하고 강제로 옷을 벗기는 수모를 당한다. 한편 화가 피스카료프는 기사도적 사랑의 환상에서 벗어나지 못하는 늘 쉽게 흥분하는 인물이다. 화가를 매음굴로 유혹한 여인은 다름 아닌 매춘부였다. 원래 매춘부는 타락한 여성의 전형이다. 여기서 고골은 타락한 여성의 두 가지 특성을 강조한다. 하나는 타락한 여자의 낭만적 아름다움에 대한 묘사요, 다른 하나는 타락한 여자의 사악한 뻔뻔스러움에 대한 묘사이다. 피스카료프는 매력적이고 유혹적인 매춘부를 신화적 모델로 삼고자 하였다. 매춘부의 신화적 모델이란 매춘부가 정신적으로 갱생하고 부활하여 가정적으로 존경받는 여성이 되는 것이다. 그러나 그 매춘부는 오히려 화가를 비웃고 경멸하게 된다. 피스카료프는 매춘부의 신화 창조에 실패한 셈이다. 사실 고골의 소설에는 언제나 '여성은 곧 영혼 부재의 존재'라는 등식이 내포되어 있음을 부인할 수 없다.

「넵스키 거리」는 페테르부르크 세계의 우울한 알레고리로서 '페테르부르크 이야기'의 핵심 작품이다. 왜냐하면, 형식적인 면에서나 내용적인 면에서 이 작품의 모티프들이 다른 네 작품에서 변주되고 있기 때문이다. 「넵스키 거리」의 주인공 피스카료프는 예술가 모티프로서 「초상화」의 차르트코프로 변주되고, 피스카료프가 보여주는 현실과 꿈의 혼재 상태는 「광인 일기」에서 포프리신의 상황으로, 그리고 속물적인 인물 피로고프는 「코」의 코발료프로 이어진다. 「넵스키 거리」는 고골의 문학 세계라 할 수 있는 풍자적인 세계, 유머의 세계, 어둡고 음울한 세계, 욕망의 세계, 이상과 현실이 괴리된 세계를 종합적으로 보여 준다.

지금까지 우리가 살펴본 『페테르부르크 이야기』에 나타난 공통 주제는 혼돈과 무질서의 도시 세계에서 살아가는 인간들의 속물성과 탐욕이다. 속물들은 추상적이거나 형이상학적인 주제에 대해서는 철저하게 무관심한 인물들이다. 그들의 주요 관심은 주로 세속적인 욕망으로 의(衣), 식(食), 주(住), 성(性), 부(富), 명예(名譽), 승진(昇進)에 대한 관심을 넘어서지 못한다. 「초상화」의 악마는 그 자체가 인간의 물질적 욕망, 혹은 악마적 탐욕에 대한 은유가 된다. 「코」의 환상적 사건은 코발료프의 속물적인 인간성을 여실히 드러내는 기제이며, 그의 속물성은 「넵스키 거리」의 피로고프 중위나 「광인 일기」의 포프리신, 「외투」의 '유력인사' 등이 공유하는 것이다. 그러나 이 속물성은 단순히 도덕적이며 인간적인 결함을 지시하는 것은 아니다. 속물성은 어떠한 창조성도 결여한 채 그 사회의 가장 저열한 정신만을 모방하고 있는 자의 속성인 것이다. 고골은 전형적인 속물들을 문학적 형상으로 만드는 데 최고의 작가라 할 수 있다.

끝으로, 러시아 작가들이 선호하는 소설 기법들 가운데 아직도 사용되는 전통적인 작명 기법 가운데 하나인 '캐릭토님(charactonym)'을 살펴볼 것이다. '캐릭토님'이란 간단히 말해서 작가가 등장 인물에게 붙여 준 '특별한 의미의 이름'을 말한다. 작가는 작중인물의 외모나 성격 또는 직업에 어울리는 그 나름대로 의미를 지닌 이름을 짓는다. 아리스토텔레스는 캐릭터닙을 '의도적인 이름'이라 칭했으며, 다른 말로 '어울리는 이름'이라 부르기도 한다. 고골이 즐겨 사용한 '캐릭터닙' 기법을 살펴보면 소설을 좀 더 재미있게 읽을 수 있다.

「코」의 등장인물인 코발료프(Kovalyov)는 '대장장이'라는 의미의 '코발(koval´)'에서 유래하였고, 그 이름의 소리는 '수캐'라는 의미의 '코벨(kobel´)'이라는 단어를 연상시킨다. 「외투」의 주인공 아카키 아카키예비치 (Akakii Akakievich)는 '아카키의 아들 아카키'라는 말이다. 아버지와 아들의 이름이 같다. 아카키라는 이름은 발음상 '카카(kaka)'(유아어로서 '응가' 또는 '똥'을 뜻한다)를 연상시킨다. 그리고리 페트로비치(Grigorii Petrovich)는 '표트르의 아들 그리고리'라는 의미이다. 표트르라는 이름은 제정 러시아의 수도 페테르부르크를 건설한 표트르 대제를 연상시키고, 그리고리는 1054년 교회 분열 이후 19년간 교황이었던 그레고리 7세를 가리킨다고 할 수 있다. 정교회 신자들은 그레고리를 교회 분열에 책임이 있는 악의 화신으로 생각하였다. 모키(Mokii)는 '젖은'을 의미하는 러시아어 '모크리(mokryi)'에서 유래하였다. 숏시(Sóssii)는 '젖을 빨다'라는 의미의 단어 'sosat´'에서 유래하였다.

「광인 일기」의 주인공 포프리신(Poprishchin)은 '활동 무대 또는 캐리어'라는 의미의 '포프리셰(poprishche)'라는 단어에서 파생되었다. 또한 「초상화」는 초판 주인공의 이름이 체르트코프(Chertkov)였으나, 개정판에서 차르트코프로 바뀌었다. 체르트코프라는 말은 '귀신, 악마, 도깨비'를 의미하는 단어 '초르트(Chert)'에서 유래하였다. 「넵스키 거리」의 주인공인 피로고프(Pirogov)는 '러시아식 파이나 만두'라는 의미의 '피로그(pirog)'라는 단어에서 파생된 이름이다. 피스카료프(Piskarev)는 '놀란 쥐 소리'를 나타내는 '피스크(pisk)'에서 유래한 이름이다.

그리고 이 책의 번역 대본으로는 *Peterburgskie povesti*(Lenizdat, 1995)를 사용하였음을 밝혀 둔다.

조주관

1809년   4월 1일(구력 3월 20일) 우크라이나 폴타바현 미르고
로드 군 소로친치 마을에서 태어났다. 아버지와 어머
니는 모두 우크라이나 혈통의 지주이며 귀족 출신이다.
할아버지는 민속 문화에 정통하고, 아버지는 희곡을
쓰고 연출을 시도했다. 어렸을 때부터 문학과 연극에
관심을 갖고 성장했다. 어머니는 광신적 신도로 고골의
이름은 디칸카 교회에 있는 성 니콜라이라는 성상의
이름에서 따왔다.

1821년   우크라이나의 수도 키예프의 북부 지역에 있는 네진이
라는 도시의 9년제 기숙 학교인 네진 고등학교(김나지
움)에 입학했다. 고골은 진보적인 교육을 통해 계몽사
상과 데카브리스트(Dekabrist) 사상에 관심을 가졌다.

시와 희곡을 쓰기 시작했다. 시의 제목 「이탈리아」였다. 바이올린과 미술을 공부했다. 교내 연극 활동에 참여했다. 네진에서 공부할 때 첫 산문 소설 「트베르디슬라비치」를 썼다가 학교 친구의 혹평에 원고지를 불태웠다. 그 친구의 말은 "넌 절대로 소설가가 되지 못할 거야, 지금 보니 분명하다."였다.

1825년 우크라이나의 지주이자 극작가인 아버지가 사망했다.

1828년 19살에 네진 고등학교를 졸업했다. 관리의 꿈을 안고 수도인 페테르부르크로 상경했다.

1829년 서정시 「이탈리아」를 발표했다. 알로프(V. Alov)라는 필명으로 독일어 제목의 시집 『한츠 큐헬가르텐(Hanz Kuchelgarten)』(부제는 '그림 속 전원시')을 자비로 출판했다. 독자의 반응에 실망한 고골은 그 시집을 거둬들여 모두 소각했다. 유럽 여행길에 올랐다. 독일의 뤼벡까지 갔다가 다시 러시아로 귀국했다. 낮은 직급의 내무성 공무원과 연극 배우로 활동했다.

1830년 시인 바실리 주콥스키, 소설가 세르게이 악사코프, 그리고 비평가 비사리온 벨린스키와 친교하다. 문학계 상류 인사들과 교분을 맺었다. 문학 잡지에 우크라이나 삶에 대한 단편들 기고했다. 예술 아카데미에서 미술을 공부했다.

1831년 5월 20일 푸시킨과 만나면서 친교하다. 푸시킨은 고골의 창작 활동에 지대한 영향을 주었다. 9월에 작품 모음집 『디칸카 근처 마을의 야화(Vechera na khutore bliz

Dikanki)』의 제1부를 발표하고 공식적으로 인정받은 신진 작가로 활동했다. 제1부에는 네 편의 단편 소설 「소로친치 장날(Sorochinskaia iarmarka)」, 「이반 쿠팔라 전야(Vecher nakanune Ivana Kupala)」, 「오월의 밤 또는 물에 빠져 죽은 여자(Maiskaia noch′, ili utoplennitsa)」, 「잃어버린 편지(Propavshaia gramota)」가 수록되었다.

1832년 『디칸카 부근 마을의 야화』의 제2부를 출판했다. 제2부에는 단편 소설 「성탄절 전야(Noch′per ed Rozhdestvom)」, 「무서운 복수(Strashnaia mest′)」, 「이반 표도르비치 시폰카와 이모(Ivan Fedorovich Shpon′ka i ego tetushka)」, 「귀신 들린 땅(Zakoldovannoe mesto)」 이 수록되었다.

1834년 문단 친구인 시인 주콥스키의 주선으로 페테르부르크 대학의 역사학부 객원 교수가 되었다. 중세사 강의를 시작했다. 그의 강의를 수강한 투르게네프와 학생들의 평가는 부정적이었다. 고골은 일 년도 버티지 못하고 교수직을 사퇴했다.

1835년 페테르부르크 대학교의 역사 교수직 사퇴 후 문학 활동에 전념했다. 우크라이나 지방 이야기를 모은 작품집 『미르고로드(Mirgorod)』를 출판했다. 여기에 「옛날 지주(Starosvetskie pomeshchiki)」, 「타라스 불바(Taras Bul′ba)」, 「비(Vii)」, 「이반 이바노비치와 이반 니키포로비치가 싸운 이야기(Povest′ o tom, kak possorilsya Ivan Ivanovich s Ivanom Nikiforovichem)」가 수록되었다. 주로 페테르부르크 이야기를 다룬 작품집『아라베스크(Arabeski)』를 출판했다. 여기에 단편 작품「광인일기(Zapiski sumasshedshego)」,「초상화(Portret)」,「넵스키 거리(Nevskii prospekt)」와 다른 논문들이 함께 수록되었다.『죽은 혼(농노)(Mertvye dushi)』를 쓰기 시작했다.

1836년   주콥스키의 저택에서 개최된 파티에서『검찰관(Revizor)』대본을 낭독했다. 단편 소설「코(Nos)」와「사륜마차(Koliaska)」를 발표했다. 잡지 ≪현대인(Sovremennik)≫에 문학 평론을 발표했다. 4월에 첫 희곡 작품『검찰관』을 출판하고 공연했다. 두 번째 외국 여행 중 파리에 체재하고 있을 때 푸시킨이 사망했다. 독일, 스위스, 프랑스, 그리고 이탈리아를 여행했다. 그 후 12년(1836~1848) 동안 외국에서 생활했다.『죽은 혼(농노)(Mertvye dushi)』1부를 집필하기 시작했다.

1837년   겨울에 파리를 방문했다.

1838년   1841년까지 로마에 정착하여 유럽 여행을 하고 러시아에 두 번 다녀왔다.

1839년   러시아로 잠시 귀국했다.『죽은 혼』의 1부 1장을 낭송하는 발표회를 가졌다.

1840년   제3차 외국 여행에 올라 오스트리아, 독일, 이탈리아를 방문했다. 로마에서 활동하고 있던 러시아 화가들과 지냈다.

1841년   장편 소설『죽은 혼』을 탈고하고 출판을 위해 다시 러시아로 돌아왔다.

1842년	『죽은 혼』의 제1부를 출판했다. 네 권의 작품집을 출판했다. 여기에 새로운 작품들인 희곡 「결혼(Zhenit'ba)」과 「도박사(Igroki)」, 그리고 단편 소설 「외투(Shinel')」가 수록되었다. 비평계의 총아로 떠오르다. 제4차 외국 여행에 오르다. 독일, 이탈리아, 프랑스, 보헤미아 지방을 순방했다. 여행 중에 병을 얻었다.
1845년	로마에서 『죽은 혼』의 제2부 원고를 소각했다.
1846년	극적 스케치인 『검찰관의 이해를 위한 열쇠』를 발표했다.
1847년	『친구와의 왕복 서한(Bybrannye mesta iz perepiski s druziami)』을 발표했다. 벨린스키를 중심으로 한 시민 비평가들의 분노를 사게 되었다. 과거의 열성 독자들이 변절자라고 비판했다. 변명서(「작가의 고백」이란 이름으로 1855년 출간)를 집필했다.
1848년	제5차 여행을 시도했다. 예루살렘 성지 순례를 했다. 러시아로 돌아가 『죽은 혼』을 집필하기 시작했다.
1850년	옵티나 푸스틴 수도원을 방문했다. 성지 순례 및 러시아로 귀환했다.
1851년	투르게네프를 알게 되었다.
1852년	1월 말에서 2월 5일까지 사제 마트베이 콘스탄티노비치를 만나다. 그 사제는 병약한 고골에게 "푸시킨을 단념해라! 그는 죄인이며 이교도이다."라고 충고했다. 2월 24일에 『죽은 혼』의 제2부를 다시 소각시켰다. 그러나 제2부 원고의 일부가 우연히 남겨졌다. 3월 4일(구력 2월

21일 8시) 모스크바에서 우울증에 시달리다 반미치광이 상태가 되어 생을 마쳤다. 처음엔 '다닐로프 수도원'에 매장되었다. 1909년 탄생 100주년을 맞아 '노보데비치 수도원 공동묘지'로 이장되었다.

세계문학전집 **68**

페테르부르크 이야기

1판 1쇄 펴냄 2002년 9월 15일
1판 46쇄 펴냄 2023년 2월 14일

지은이 니콜라이 고골
옮긴이 조주관
발행인 박근섭, 박상준
펴낸곳 (주)민음사

출판등록 1966. 5. 19. (제 16-490호)
서울특별시 강남구 도산대로1길 62(신사동) 강남출판문화센터 5층 (우편번호 06027)
대표전화 02-515-2000 팩시밀리 02-515-2007
www.minumsa.com

ISBN 978-89-374-6068-5 04800
ISBN 978-89-374-6000-5 (세트)

* 잘못 만들어진 책은 구입처에서 교환해 드립니다.

세계문학전집 목록

세계문학전집은 계속 간행됩니다.